黄金国の黄昏

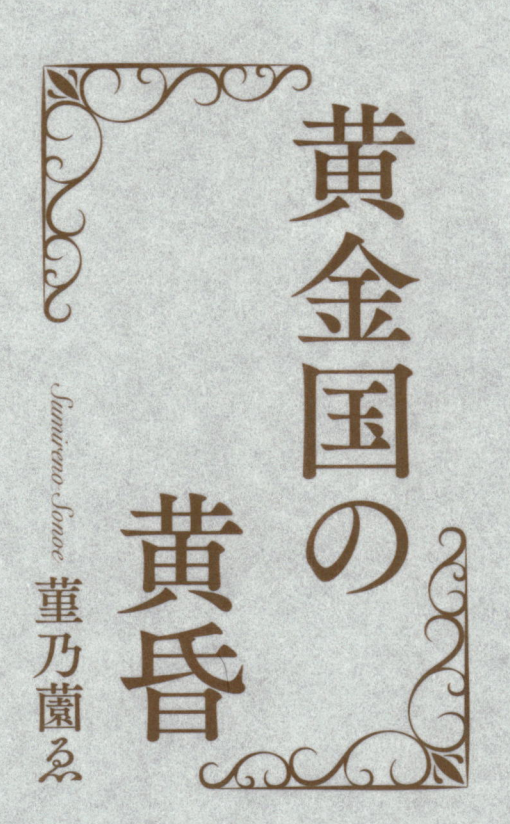

Sumireno Sonoe
菫乃薗ゑ

黄金国の黄昏

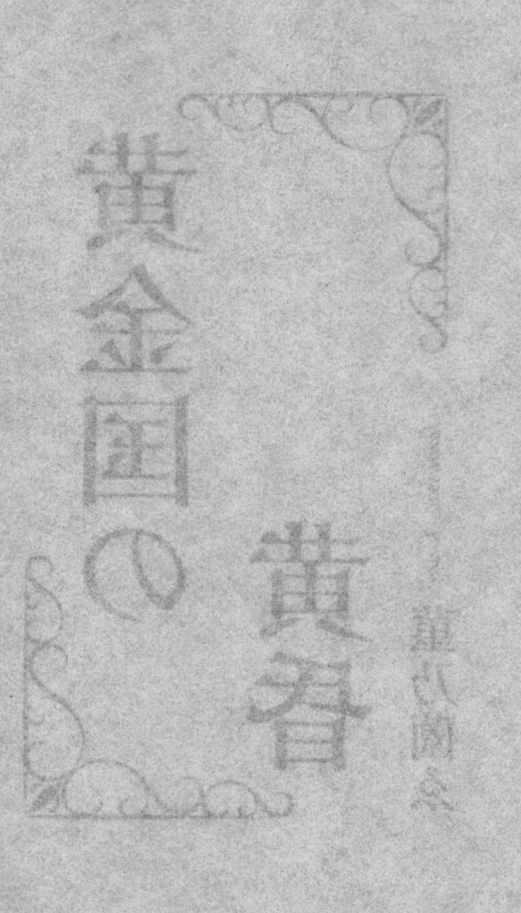

Феофан Oratorio

opsol
book

聞くがいい。
倒国(とうこく)の鐘は打ち鳴らされた。
零(こぼ)れ落ちた栄光は二度と戻らず、
十二芒星(じゅうにぼうせい)は砕け散る。
星空の下で輝くは、
神与(しんよ)の瞳、唯(ただ)一対。

──預言者プラローク詩篇より──

※本作では、造語または一般化されていない言葉を使う場合があります。

国際地図

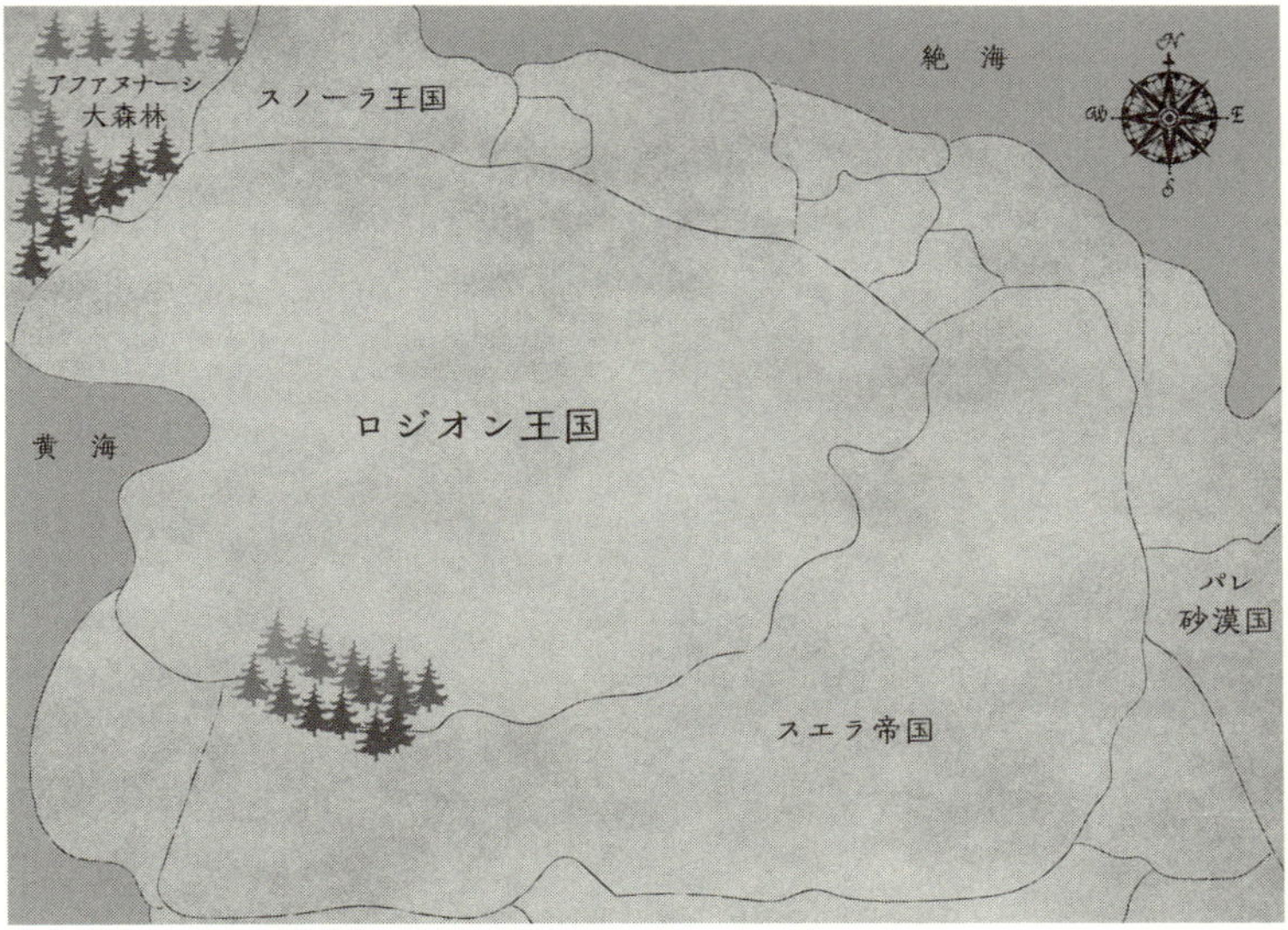

ロジオン王国国内地図

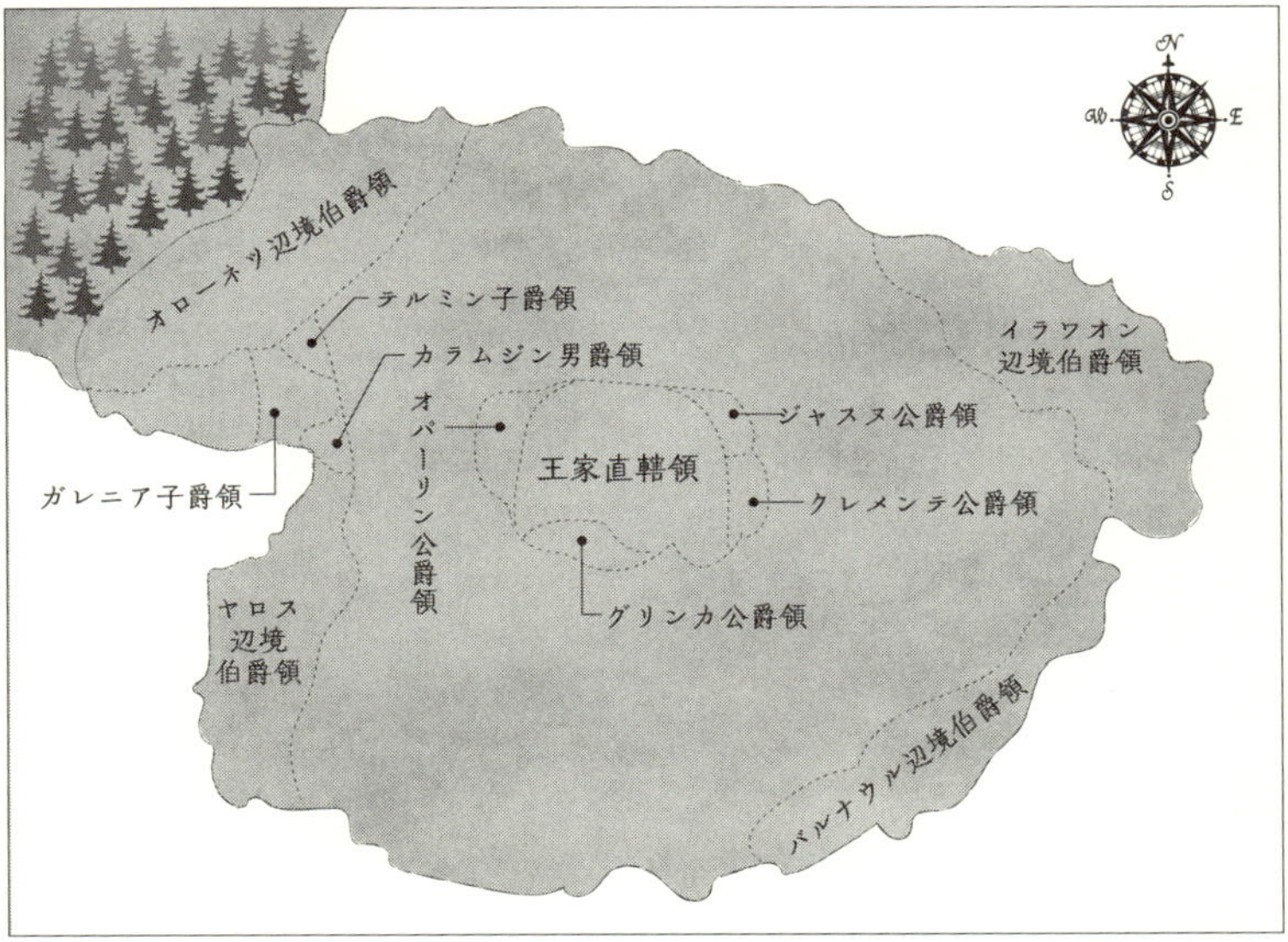

フェオファーン聖譚曲(オラトリオ) op.I

黄金国の黄昏

Содержимое

Oratorio

Беофан

登場人物相関図

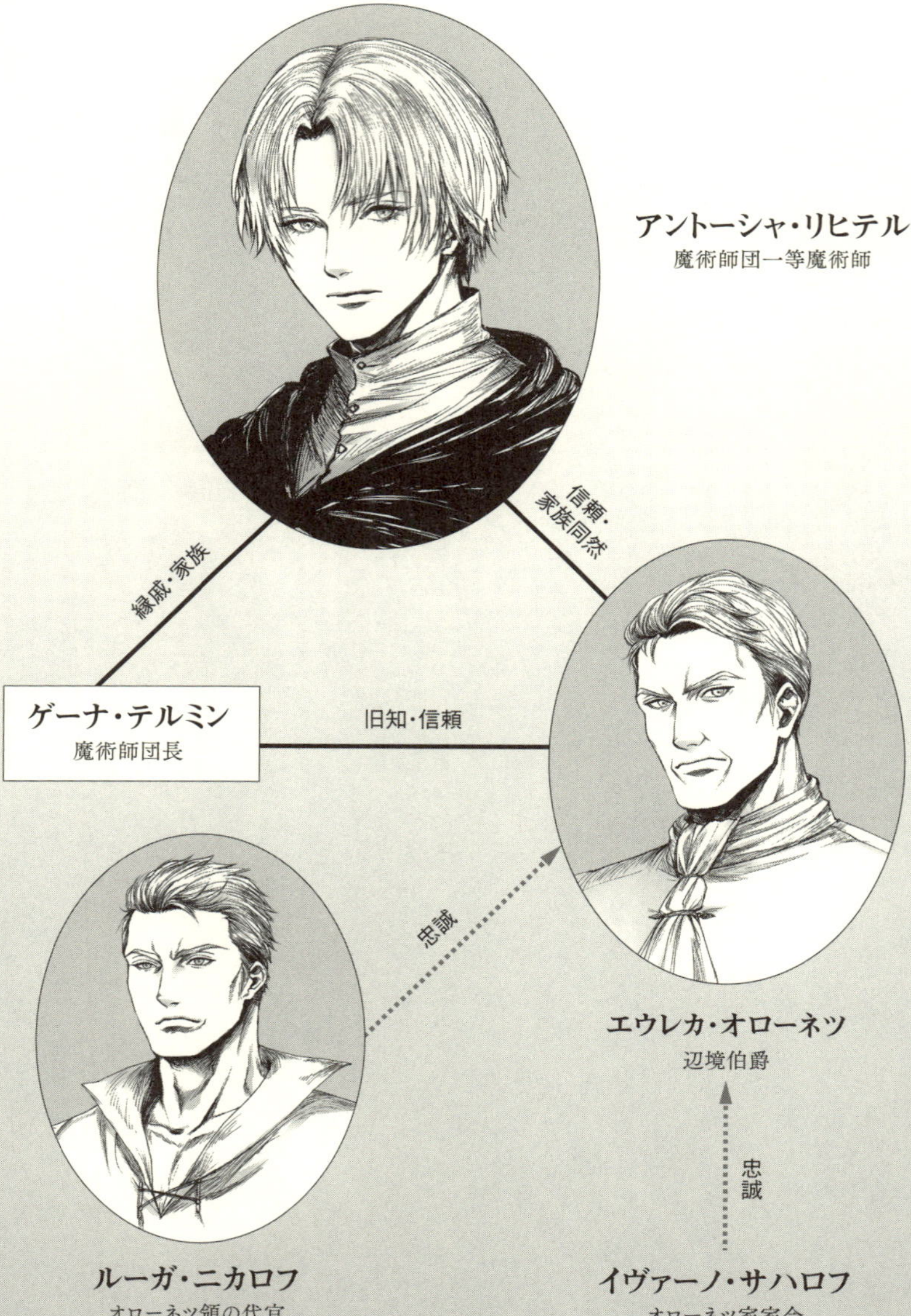
アントーシャ・リヒテル
魔術師団一等魔術師
縁戚・家族
信頼・家族同然
ゲーナ・テルミン
魔術師団長
旧知・信頼
忠誠
エウレカ・オローネツ
辺境伯爵
忠誠
ルーガ・ニカロフ
オローネツ領の代官
イヴァーノ・サハロフ
オローネツ家家令

ロジオン王家

エリク・ヤロスラフ・ロジオン
ロジオン王国現国王

エリザベタ
正妃

オフェリヤ
第二側妃、故人

姉弟

エメリヤン・スヴォーロフ
ロジオン王国宰相

アリスタリス
王子の一人

アイラト
エリク王の最初の王子

忠誠

後見

支持

タラス・トリフォン
ロジオン王家家令

マリベル

支持

近衛騎士団

王国騎士団

パーヴェル伯爵家

ダニエ
魔術師団次席魔術師

ヤキム
元魔術師団長
オニシムの祖父、故人

オニシム
現当主
ダニエの父

婚姻関係

主従・支持など

最新情報は
webでチェック

✠主な登場人物

アントーシャ・リヒテル（アントン）　魔術師団一等魔術師。ゲーナの甥の孫。凡庸な魔術師の振りをしており「魔術師団長の七光り」と揶揄されている。

ゲーナ・テルミン　千年に一人の天才と呼ばれる大魔術師。魔術師団長。子爵。

エウレカ・オローネツ　王国北西部の大領を統治する辺境伯爵。

イヴァーノ・サハロフ　男爵。オローネツ辺境伯爵家の家令。

ルーガ・ニカロフ　騎士爵。オローネツ辺境伯爵領代官の一人。

ルペラ・バクーニ　ルーガの護衛騎士。

エリク・ヤロスラフ・ロジオン　ロジオン王国の現国王。

アイラト・ロジオン（トーチカ）　ロジオン王国王子の一人。エリク王の第二側妃オフェリヤの子で、エリク王にとって最初の王子。

アリスタリス・ロジオン（アーリャ）　ロジオン王国王子の一人。エリク王の正妃エリザベタの子。

エリザベタ・ロジオン　ロジオン王国王妃。エリク王の正妃。ラーザリ二世の曽孫。グリンカ公爵の子。

オフェリヤ・ロジオン　エリク王の第二側妃。スヴォーロフ侯爵の姉。故人。

カテリーナ・ロジオン　エリク王の第四側妃。エドガル侯爵の子。

アドリアン・ロジオン　ロジオン王国王子の一人。エリク王の第四側妃カテリーナの子。

ロージナ・ロジオン　ロジオン王国王女の一人。エリク王の第四側妃カテリーナの子。

マリベル・ロジオン　アイラトの正妃。クレメンテ公爵の子。

エメリヤン・スヴォーロフ　侯爵。宰相。エリク王の第二側妃オフェリヤの弟。

キリル・クレメンテ　公爵。アイラトの正妃マリベルの父。

タラス・トリフォン　伯爵。エリク王の家令。〈王家の夜〉の統率者。

ダニエ・パーヴェル（ダーニャ）　魔術師団次席魔術師。パーヴェル伯爵家嫡男。

オニシム・パーヴェル　伯爵。ダニエの父。ヤキムの孫。

ヤキム・パーヴェル　元魔術師団長。故人。

ミラン・コルニー　伯爵。近衛騎士団長。

イリヤ・アシモフ　騎士爵。近衛騎士団連隊長。

キース・スラーヴァ　伯爵。王国騎士団長。

ラザーノ・ミカル　子爵。王国騎士団連隊長。

ヨシフ・エドガル　侯爵。ロジオン王国外務大臣。エリク王の第四側妃カテリーナの父。

ゼーニャ・カルヒナ　子爵。アイラトの家令。

ボリス・サッヴァ　子爵。農耕地帯を有する地方領主。

オレグ・パレンテ　男爵。第七方面騎士団連隊長。

ロジオン王国資料

爵位

公　　爵	初代が王族であるか、王女が降嫁した家にのみ与えられる、臣下に於ける最高爵位。当代では５家。
侯　　爵	初代が王族の血を引かない貴族としては、最も高位となる爵位。
辺境伯爵	爵位としては侯爵より一段下位。但し、国境線及び海岸線の防衛に携わってきた歴史があるため、戦時統帥権を持つ。ロジオン王国に４家のみの大貴族。
伯　　爵	高位貴族であり、伯爵家以上の貴族家からは王家に妃を出すことが出来る。爵位のみで領地を持たない場合もある。
子　　爵	中位貴族。王家の妃、公爵家の正室には息女を出せない。爵位のみで、領地を持たない場合もある。
男　　爵	下位貴族。王家の妃、公爵家の正室には息女を出せない。領地を持たない場合が多い。
騎 士 爵	有能な騎士に与えられる名誉爵位であり、領地は持たない。基本的には一代限りであるが、嫡男若しくは継嗣が騎士となった場合は、受け継ぐことが出来る。

単位（現代世界換算）

キロル	1キロル＝1km
メトラ	1メトラ＝1m
セ　チ	1セチ＝1cm
アワド	1アワド＝1時間
ミニト	1ミニト＝1分
セカド	1セカド＝1秒
ポルト	1ポルト＝現代日本における1万円相当

黄金国の黄昏

01 ロンド

人々は踊り始める

一等魔術師のアントーシャ・リヒテルは、柔らかく整った白皙の奥底に、耐え難い程の遣る瀬なさと怒りを抱えながら、仄暗い回廊を足早に歩いていた。そこは繁栄を極め尽くした大国、他国からは〈黄金の国〉とも称される、ロジオン王国の王城である。

下級官吏の出入口と定められた通用門から、王国の魔術師団が本拠とする〈叡智の塔〉へ、緩やかに続いていく道筋は広く長く、隙間なく敷き詰められた煉瓦が、優美な幾何学模様を描き出す。アントーシャは、回廊から垣間見える壮麗な宮殿の数々に、目を向けることのないまま、目指す場所へと辿り着いた。

広大な王城の奥深く、常緑樹の林を背にした叡智の塔は、十三階の高さに至り、造りは極めて豪奢だった。強固な石造りの外郭の内外に、純白の燐光石を薄く切って貼り合わせた尖塔は、まるで内側から光を発しているかに見える。白に近い上質な燐光石は、三十セチ四方の大きさの物で、平民の家族が十日は食べていける程の値段がするのである。広大な塔の全体を、純白の燐光石で覆うこと自体が、ロジオン王国の尽きぬ財力を物語っていた。

叡智の塔ですれ違う者達、階級ごとに色分けされたローブを纏った魔術師や、御仕着せ姿の下級文官、白い前掛けを着けた給仕達に、軽く会釈を返しながら、一階の奥まった一角に着くと、アントーシャは壁に嵌め込まれた薄青い石板に手を翳した。石板は一瞬、薄っすらと光を放つ。すると、足下に半透明の魔術陣が浮かび上がり、ゆっくりと点滅し始めた。

「目的地、十三階、魔術師団長執務室。我が名は、アントーシャ・リヒテル。一等魔術師。入室の許可は得ている」

アントーシャの声に呼応するように、魔術陣が薄青く発色したかと思うと、不意にアントーシャの姿が掻き消えた。ロジオン王国の誇る魔術の一つ、室内移動用の転移魔術陣が、アントーシャを目的地に運んだのである。

尖塔の頂点である十三階は、歴代の魔術師団長が君臨してきた専用階である。重厚な設えの執務室、壁一面を書架で埋め尽くした書庫、様々な器具の並ぶ研究室、機密性の保たれた個室、従者や秘書役の魔術師達が使う事務室等、広々と整えられた区画の格式こそが、魔術師団に於ける師団長の権力の証左でもあった。

十三階の入り口に当たる事務室前の小広間に、転移の魔術陣が輝きと共に浮かび上がると、アントーシャの姿が現れた。アントーシャは、魔術陣が光を消す間さえも待たず、事務室に座る魔術師に声を掛ける。

「こんにちは、ロモノフ殿。魔術師団長閣下の御呼び出しにより、急ぎ参上しました。取り次いで頂けますか」

紺色のローブ姿の二等魔術師で、アントーシャとも顔見知りの青年が、立ち上がって丁寧に頭を下げた。

「御足労頂き恐縮でございます、リヒテル様。魔術師団長閣下が御待ちでございますので、どうぞ御進み下さいませ。案内も先触れも不要と、予め仰せ付かっております」

「有難うございます。相変わらずでいらっしゃいますね、師団長閣下は。それでは、御言葉に甘えて、早々に御目に掛かるとしましょう」

アントーシャは、先程まで浮かべていた焦燥の影を拭い去り、努めて穏やかな口調で言った。当代の魔術師団長であるゲーナ・テルミンは、元々格式張った儀礼を嫌う闊達な気質であり、そうした指示もめずらしくはなかったものの、呼び出しの理由を粗方推測しているアントーシャにとっては、事態の深刻さを暗示する言葉に思えてならなかった。

一方、叡智の塔の支配者であるゲーナは、執務室に置かれた長椅子に深く腰掛けて、アントーシャを待っていた。百四十歳を超える年齢とは思えない、未だに若々しく活力に満ちた顔には、今は憂いの色が濃い。

執務室に入ったアントーシャは、労りの視線をゲーナに向けてから、左右の手を交差させて胸に押し当て、深々と頭を下げた。相手に対して魔術を行使しないことを宣言する、魔術師特有の上位礼である。アントーシャは、静かに言った。

「御待たせしてしまい、誠に申し訳ございませんでした、魔術師団長閣下。一等魔術師アントーシャ・リヒテル、閣下の御召しにより参上致しました」

ゲーナは、叡智の塔の慣例に則った礼を捧げるアントーシャに向かって、面倒そうに手を振っただけだった。

「良いから御座り、アントン。可愛い甥から閣下呼ばわりされても、有難くも何ともないと、いつも言っておるだろう」

「甥ではなく甥の孫だと、ぼくもいつも言っておりますけれど。まあ、冗談はともかく、悪い知らせなのですね、大叔父上」

勧められるまま長椅子に腰掛けたアントーシャは、どこか哀しそうな表情で、じっとゲーナを見詰めた。その視線を避けるように、ゲーナは榛色（はしばみいろ）の瞳を揺らしたが、次の瞬間には、強い想いの籠もった声を吐き出した。

「そう、悪いといえば、この上もなく悪い。ロジオン王国は、遂に召喚魔術を使うと決めたそうだよ、アントン」

ゲーナの言葉に、アントーシャは、唇を噛み締めずにはいられなかった。激しい罵倒を押し殺し、瞳だけを怒りに輝かせて、アントーシャは言った。

「世界に冠たるロジオン王国は、いつから御伽話（おとぎばなし）の王国になったのでしょうね、大叔父上。子供達の好む物語のように、勇者でも呼び出そうというのですか。現在の魔術の体系に於いて、決して成立せず、成立させるべきでもない、子供騙しの召喚魔術によって」

「勇者の召喚であれば、まだ可愛気があったやも知れぬな。王城を動かしているのは、徹底した合理主義だよ、アントン。今回の決定を下そうとする者達は、ロジオン王国が抱える問題を解決する手法の一つとして、召喚魔術の実験を行おうとしているのだ。失敗したときに生まれるであろう損失と、成功したときに考え得る利益を秤に掛けて、実験を取ろうとしているだけのことだろう」

「召喚魔術そのものは、失敗しても構わない。王城の為政者達は、そう考えていると仰るのですか、大叔父上」

「正確には、必ずしも成功を望んではいないと言うべきだろう。召喚魔術の実効性については、我々よりも、寧ろ（むしろ）王城の方が懐疑的かも知れぬ。大ロジオンを動かしている者達は、可能性の有無を検証したいのだ。それはそれで、為政者として正しい選択ではあるだろう。検証の対象が、愚かな召喚魔術などでなければな」

ゲーナは、一つ大きく息を吐いて、長椅子に背中を預けた。内包する魔力の量によって寿命が左右される世界にあって、百四十歳を超えて尚活力に満ちたゲーナの面（おもて）に、深い疲労と苦悩の影が落ちていく。アントーシャは、いつになく弱々しいゲーナの姿に胸を突かれ、思わず尋ねた。

「どうか御教え下さい。大叔父上が、あれ程までに反対しておられたというのに、誰が召喚魔術に手を染めようと言うのですか。ロジオン王国の魔術師団長にして、千年に一人の天才と謳われる大魔術師、我ら魔術の徒が神にも等しく崇拝するゲーナ・テルミン師が、決して行ってはならないと断じておられる禁忌の魔術を、無理にも行使しようとしているのは、一体誰なのですか」

「王城でも指折りの大貴族、聡明で鳴らす王子、志尊の主たるエリク国王陛下、そして我が叡智の塔の裏切り者だよ、アントン。詰まり、我々は完全に包囲されているのだ。陛下が御決断になられた以上、私は従わぬわけにはいかぬだろう」

ゲーナは、右手を胸に当て、ローブに皺が寄るのも構わずに爪を立てた。ゲーナの仕草が意味する所を知るアントーシャは、一言も口を挟まず、然り気（さげ）なさを装って視線を落とす。ゲーナは、微かに震える声で言った。

「遂に、時は至ったのだ。百年の余、この日が来ることを常に恐れ、常に願ってきた。私には、この大王国の黄昏（たそがれ）の鐘が聞こえるよ」

ゲーナから呼び出されたアントーシャが、叡智の塔に到着した同時刻、ロジオン王国の宰相を務める大貴族、エメリヤン・スヴォーロフ侯爵は、三人の客を迎えていた。王国に五家しかない公爵家の当主にして、三代前の国王ラーザリ二世の王女を母に持つキリル・クレメンテ公爵と、クレメンテ公爵の貴族派閥の中核を成すオニシム・パーヴェル伯爵、さらにパーヴェル伯爵の嫡男で、若くして王国魔術師団の次席魔術師にまでなったダニエ・パーヴェルである。

紺色の御仕着せに身を整えた給仕達が、純白の大理石に金の象嵌で様々な文様を刻み込んだ、宰相執務室の優美な大机の上に、恭しく人数分の紅茶を置いていく。スヴォーロフ侯爵はそれを見届けてから、宰相付きの官吏を全て追い払い、彼らの計画について話し合いを始めた。もう五年以上の時間をかけて、彼らが張り巡らせてきた、計画という名の謀略は、遂に佳境に差しかかろうとしていたのである。

優雅な紅茶の香りを確かめたクレメンテ公爵は、内心の興奮を押し殺し、何気ない口調で言った。

「では、叡智の塔に於いて召喚魔術を行うのは、陛下の正式な決定だと考えて良いのかね、スヴォーロフ侯爵」

「ええ。本日、内密に陛下の御召しを受け、決定事項として準備を仰せ付かりました。既に下準備は終わったと御報告致しました所、早々に事を行うべしとの御言葉もありました。陛下の綸言でございますから、何があっても違えることは出来ません」

スヴォーロフ侯爵の言葉を聞いたクレメンテ公爵は、貴族的な相貌に似合いの笑みを浮かべ、パーヴェル伯爵とダニエは、そっと目で合図を送り合った。

「それは重畳。スヴォーロフ侯爵の手腕には、いつも感心させられるな。これで我がロジオン王国は、スエラ帝国とさえ比べられぬ、永遠の覇者としての栄光を摑むだろう」

「私くしなどよりも、この計画を立てられた公爵閣下こそ、王者の力量を持っておられるものと崇拝しておりますよ」

ロジオン王国の絶対君主たるエリク王の耳に入れば、不敬罪にも問われかねないだろう、極めて危険な賛辞を受けて、クレメンテ公爵は瞬間、誤魔化しようのない喜悦を浮かべた。発言者である当のスヴォーロフ侯爵は、クレメンテ公爵に淡く微笑みかけただけで、直ぐにパーヴェル伯爵に視線を移し、こう尋ねた。

「パーヴェル伯爵。そちらの動きは如何だろう。ゲーナ・テルミン魔術師団長は、未だに召喚魔術の行使に抵抗しているようだったけれども」

「全く、時代の読めぬ愚者でございますな、あの男は。テルミンについては、これなるダニエから御説明させて頂きとう存じます。魔術師団長に次ぐ次席魔術師として、テルミンを補佐しているのは、他ならぬダニエでございますから」

クレメンテ公爵とスヴォーロフ侯爵は、それぞれ鷹揚に頷いた。発言の許しを得たダニエは、丁寧に一揖することで答礼に代えた。ロジオン王国の中核を担う大貴族達にじっと視線を向けられ、大机の下で組み合わされた手が、僅かに震えるようだった。ダニエは慎重に言った。

「魔術師団長は、叡智の塔の中では、召喚魔術の計画そのものを一切口に致しませんので、先ずは私くしの推測も交えて御報告致しますことを、御許し下さいませ。本日、宰相閣下の御召しを受けた魔術師団長は、叡智の塔に戻った直後、一等魔術師のアントーシャ・リヒテルを呼び出しました。何を置いても参上するように言い、またアントーシャが到着したら人払いをせよと、秘書達に申し付けております」

「アントーシャとは、確かテルミンの甥だったのではなかったか。テルミンは、何故急いでアントーシャを呼ぶのか」

クレメンテ公爵の質問に、ダニエは皮肉な微笑を浮かべ、客観的に聞こえるだろう言葉を選んで説明した。

「アントーシャ・リヒテルは、魔術師団長の遠縁に当たり、誕生した直後から同じ屋敷で暮らしております。生家は侯爵家と聞いておりますが、如何(いか)なる理由で親元を離れたのか、知る者はおりません。公正無私と評されることもあるテルミンは、相当この甥が可愛いのでございましょう。魔術の才に乏しいにも拘わらず、若くして私くしに次ぐ一等魔術師の内の一人に取り立てております。今回の呼び出しは、宰相閣下の御言葉を受け、寵愛するアントーシャに何事かを相談する為に、帰宅する間も惜しんでのことと思われます」

　スヴォーロフ侯爵は全く表情を動かさず、パーヴェル伯爵は満足気に息子を見遣り、クレメンテ公爵は小さく頷いた。三者三様の反応を見せる中、質問を重ねたのはクレメンテ公爵だった。

「その相談事の内容について確かめられるのか、ダニエよ」

「抜かりはございません、公爵閣下。テルミンの秘書役の一人は、私くしの腹心の部下でございます。彼(か)の者に申し付け、叡智の塔の十三階には、漏れなく盗聴の魔術機器を仕掛けております。暫くすれば、ゲーナがアントーシャに何を言ったのか、詳しく御報告出来るものと存じます」

「テルミンこそは、当代一の大魔術師にして、千年に一人の天才と呼ぶ者もいる。それ程の者に気付かれもせずに盗聴など、可能なのかね」

「勿論、可能でございます、宰相閣下。盗聴の魔術機器は、テルミン自身の魔力によって術式を刻まれた物であり、自ずと魔力の質が同一化しております。その為、盗聴や監視を疑って探索の魔術を行使したとしても、自らの魔力との差異は見出されず、簡単には気付けないのです。また、盗聴を開始する魔術陣は、一年以上前から起動したままにしておりますので、魔術機器の発動を契機として、盗聴に気付くこともございませんでしょう」

ダニエの言葉の底には、ゲーナを冷たく嘲笑する響きがあった。叡智の塔に於ける研究の一環として、ゲーナは多種多様な魔術機器を生み出しており、ゲーナが嫌う盗聴の魔術機器もその成果の一つである。ダニエは秘書役の魔術師を懐柔し、厳重に保管されているはずの物を持ち出させて、密かに仕掛けさせていたのである。

また、常時魔術陣を起動したままの状態にしておく為の魔術機器や、魔術機器と魔術機器を繋ぐ接続器を完成させ、改良を重ねてきたのもゲーナである。ダニエがいくつかの発明品を連結させてしまえば、過去のゲーナの偉大な功績が、ゲーナ自身を監視する檻となった。

長く魔術師団長として君臨するゲーナと、若くして魔術師団長に次ぐ地位に就いたダニエは、致命的なまでに異質だった。生まれ付いての魔術師であるゲーナにとって、魔力量にも魔術の才能にも恵まれながら、魔術の深淵に挑もうとはせず、地位や権力を望むダニエは、〈小賢しい俗人〉に過ぎなかった。ダニエにとっては、貴族としての誇りを忘れ、千年に一人の天才という虚名に溺れる愚者こそが、ゲーナだったように、二人はどこまでも遠く隔たっていたのである。

難解な魔術理論にじっと耳を傾ける聴衆に向かって、ダニエは丁寧に説明を続けた。

「魔術陣を常時発動させておく魔術機器は、蓄積させる魔力量を変えて何種類か作られ、実験の後、秘書役の魔術師が破棄する筈でございました。私くしは、その中から最も小さな容量の物を選んで盗聴器と連結させ、魔術師団長の執務室周りに仕掛けたのです。魔力補充の際は、予め認証させた魔術師団長の魔力を、機器が自動的に吸収致します。一度に補充する魔力量が微量なことから、魔術師団長も気付いた素振りはございません」

「いくら小さな物とは言え、一年以上も魔術陣を起動したままにし続けるとは、相当な負担であろう。成程。ここ最近、テルミンに衰えが見えてきたようにも思えるのは、盗聴の魔術陣に魔力を吸い取られている影響もあるかも知れぬな」

「左様でございます、宰相閣下。一度の量は少なくとも、執務室にいる間、常に魔力を吸収されていれば、流石に回復が追い付かないのでございましょう。魔術師団長の御歳も影響しているのかも知れませんが」

自らの派閥の中核を担うパーヴェル伯爵の嫡男、詰まりは子飼いの部下ともいえるダニエの報告に、クレメンテ公爵は微笑みを浮かべた。満足の意を示す為に、洗練された所作で軽く両手を挙げると、深い紫にも見える黒紅色（くろべにいろ）のジュストコールの袖口を飾る金糸が、魔術機器の一つである水晶灯の光を弾いて鮮やかに煌めいた。

「周到な手配だな、ダニエ。テルミンがアントーシャに何を言うのか、分かり次第伝えよ。全ての事が成ったならば、そなたが叡智の塔の十三階に座することもあろうな」

「光栄至極でございます、公爵閣下」

透かさず応じたのは、パーヴェル伯爵だった。満面の笑みを溢（こぼ）したパーヴェル伯爵は、嫡男に代わってクレメンテ公爵に礼を述べ、ダニエも深々と頭を下げた。スヴォーロフ侯爵は銀の呼び鈴を鳴らし、部屋付きの給仕を呼んだ。

「では、幸先の良い船出を祝って、少しばかり乾杯するとしましょう。取って置きの葡萄酒を御出し致しますよ」

スヴォーロフ侯爵の言葉を契機に、三人の訪問者は謀略の影をするりと拭い去り、王城の大貴族だけが身に付ける傲慢なる優雅さを以（もっ）て、暫しの歓談を続けたのだった。

その日、ルーガ・ニカロフの下に一人の文官が駆け込んできた。ロジオン王国の北西部に位置する大領、オローネツ辺境伯爵領の郡部に設けられた代官屋敷での出来事である。

「大変です、ルーガ様。物見の塔に合図が来たそうです。昨晩からルフト村が襲撃されています。襲っているのは、第七方面騎士団と思しき部隊。被害の詳細はまだ不明。敵方の騎士の人数は二十名程度です」

文官の悲鳴にも似た報告に、代官として管轄地を預かるルーガは、椅子を撥ね飛ばすようにして立ち上がると、室内にいた副官に向かって矢継ぎ早に指示を飛ばした。

「俺が行く。馬を引け。随行は二十名。門番と農兵の中から、直ぐに出られる奴に声を掛けろ。十ミニトで出立する。間に合わない者は後からお前が連れてこい。良いな」

「はっ、直ちに」

副官が代官の執務室から飛び出していくと同時に、ルーガは急を知らせてきた文官に向き直り、緊迫した声で指示を重ねた。

「後を頼む。先ずは、決められた手筈通りに狼煙を上げて、オローネツ辺境伯爵閣下に急を知らせるんだ。合わせて、早馬をオローネツ城に向かわせろ。詳細は分からないままで良い。俺達だって、行ってみるまでは何も分からないんだからな。先程の報告だけでも、閣下は救助の手配を整えて下さる筈だ」

「畏まりました、ルーガ様。この代官屋敷でも、救援物資を用意致しますか」

「そうしてくれ。取り敢えず、一アワドの間に揃う物だけを、先行して送り出してくれ。医薬品は多目にな。後は、或る程度纏まり次第、順次送ってくれれば良い。急げ」

「御意。御前、失礼致します」

文官が部屋に駆け戻るのを横目に、ルーガは人目も気にせずに服を脱ぎ捨てると、常に戸棚に用意してある戦闘用の衣服を着込み、革鎧と軍靴(ぐんか)を次々に身に着ける。ルーガが最後に手にしたのは、長年愛用する片手剣である。ロジオン王国の騎士団が使う細身の軍刀に比べると、無骨で飾り気のない実用一辺倒の豪剣だった。

手早く身支度を終えたルーガは、足早に代官屋敷の表門へと向かった。そこには既にルーガの軍馬が引き出されており、他にも五人の男達が馬の手綱を取って並んでいた。その内の一人、門番の御仕着せの上に革鎧を身に着け、長い槍を持った男が、ルーガに言った。

「親父さん、この五人は直ぐに行ける。後の奴らも三十ミニトで行ける」

「良し。俺達で先行する。ルフト村まで馬を飛ばせば、二アワドは掛からん。村の奴らが不憫だからな。少しでも早く行ってやろう。付いてこい」

そう言うと、ルーガは勢い良く軍馬に跨(またが)った。代官屋敷の表門は大きく開け放たれ、ルーガに進むべき道を示しているようだった。

門を出るや否や、一気に馬を疾走させながら、ルーガは低く呻(うめ)いた。こうして村々の救助に駆け付けるのは、一体何度目になるのだろうか。先を急ぐルーガには、目指す村は絶望的なまでに遠い。息も吐かずに辿り着いた先でルーガ達を待っているのは、凄惨を極めた地獄だろう。命を捨てても護りたい領民達は、襲撃を受けてからの一昼夜の間に、取り返しの付かない傷を負わされているに違いないのである。

黄金の国として繁栄を極めるロジオン王国には、約百年前から施行されている特殊な法律が存在する。過去に類を見ない悪法であると同時に、ロジオン王国を強力な中央集権国家として完成させた根源ともいえる〈報恩特例法〉である。ルーガを走らせ、絶望させているのは、正にこの報恩特例法だった。

約七千万人の人口を持つロジオン王国の戦闘員は、騎士と兵士を合わせ、概ね百万人を超える。ロジオン王国と並ぶ大国であるスエラ帝国でも、約八千万人の人口に百二十万人の戦闘員が配備されている状況を見ても、人数そのものは適正であるだろう。異質であり、異常ですらあったのは、その編成である。

ロジオン王国の軍部は、近衛騎士団、王国騎士団、方面騎士団の三つの組織から成る。人員数は、王城と王族を守護する近衛騎士団が一万五千人、王都の治安維持に当たる王国騎士団が二万五千人、王都以外の地方に配備された方面騎士団が九十六万人である。最大数を擁する方面騎士団は、広大な王国を十六の地域に分割した十六の支部によって成り立っており、支部間の上下は存在しない。

そして、ロジオン王国の貴族達は、当代当主から三代以内に、王子王女と婚姻した嫡子のいる公爵家を除いて、戦力の保持を一切認められていなかった。領主が召し抱えることを許されているのは、爵位によって決められた僅かな護衛騎士と、領地の運営に必要な非戦闘員だけだった。

自警団の結成さえ禁止される中で、領主達が領土の治安を維持しようとすれば、方面騎士団に出動を依頼するしかない。対する方面騎士団は、基本的には領主の求めに応じる義務を負い、同時に対価を求める権利を与えられる。領主からは方面騎士団を維持する資金の拠出であり、領民からは報恩特例法の名の示すとおりの徴収である。詰まり、〈方面騎士団は施した恩を領民から直接取り立てられる〉と定めたのが、報恩特例法なのである。

馬に鞭を当て、晩春の草原を駆け抜けながら、ルーガは三十年程前の光景を思い出していた。オローネツ辺境伯爵領ではなく、ルーガが生まれ育った或る地方領で、村人による納税拒否の騒動が起こったときのことである。長雨による不作に貧しい村が耐えられず、納税の猶予を願い出ただけであったのに、必死に縋る村人達に不快を感じた領主は、護衛騎士に自分と家族の身を護らせた上で、管轄の方面騎士団に村の鎮圧を依頼したのだった。

軍事を専門とする武装の騎士と、農具以外には武器さえ持たない村人達である。そもそも村人達には、戦う気すらなかったのだから、勝敗は瞬時に決した。押し寄せた方面騎士団の騎士達によって、首謀者と目された数人の村人は、二つの道を歩まされた。その場で嬲り殺しにされるか、捕縛されて殺されるかである。そして、呆気なく騒動が鎮圧された後、村にとって本物の地獄がやってきた。

報恩特例法では、地方領の為に動員された騎士は、動員の原因となったり、救助対象となったりした領民に対して、一度限り直接的に〈恩返し〉を要求する権利を持つ。禁止されるのは、無抵抗の者を殺害することと、領地を強奪することだけである。言い換えれば、抵抗する者は殺しても構わず、土地以外は何を奪っても許されているのである。

略奪を合法とされた方面騎士団は、舌舐めずりをして、反乱を起こしたとされる三つの村に襲いかかった。金品や食糧は真っ先に奪われ、女達は凌辱された。妻や子、母や姉妹を護ろうと、男達は地に這い蹲って許しを乞うたが、一顧だにされなかった。十歳にもならない幼い娘を犯されようとした父親が、堪りかねて鎌を振り上げた瞬間、方面騎士団の騎士達は、大声で笑いながら父親を斬り殺した。

さらに、一度限りと定められた略奪には抜け道があった。土地以外は略奪対象になるのだから、領民の身分も一度なら奪えるだろうと、強引な解釈を重ねた結果、若い女や子供達、労働力になりそうな男達は、〈一度だけ〉領民としての権利を奪い、方面騎士団の為の奴隷に落とすようになったのである。

領民としての権利を奪われた村人達の多くは、方面騎士団専用の奴隷として留め置かれるか、奴隷商に売り払われた。どちらに救いがあるのかなど、誰にも分からない。何(いず)れにしろ、報恩特例法の徴発対象になった村人達は、全てを奪われるだけだった。

騎士爵の息子として生まれたルーガは、頑健な身体と優れた武勇を目に留められ、十代の半ばに護衛騎士として出仕した。それから間もなく、領主の供として方面騎士団が去った後の村へ視察に訪れたルーガは、余りにも凄惨な光景を前に言葉を失った。貧しい村の家々は燃やされ、あちらこちらに死体が散乱していた。多くの村人は連れ去られ、残された年寄り達は力なく蹲(うずくま)り、枯木の如き腕には生死も分からない赤子達が抱かれていたのである。

村々の惨状を目の当たりにしても、当時のルーガが仕えていた領主は、心を動かされた素振りを見せなかった。絹のジュストコールに金の飾り鈕(ボタン)を輝かせた領主は、つまらなそうに鼻を鳴らしながら、こう言ったのである。

「虫けら共が生意気に反乱など起こすから、このような目に遭うのだ。此奴(こやつ)らの所為(せい)で方面騎士団に謝礼を払わされるとは、全く業腹(ごうはら)だな」

目の裏が真っ赤に燃え上がり、心臓が摑み潰されそうになる程の憤怒があるということを、ルーガはこのとき初めて知った。横にいた同僚が異変を察知し、咄嗟(とっさ)に足を踏んで止めてくれなければ、ルーガは領主に斬りかかり、その場で他の護衛騎士達に斬り殺されていただろう。

領主館に戻ったルーガは、即座に辞意を申し出ると、領主に形ばかりの忠誠を誓っている家族をも捨てて、着の身着のままで出奔した。紆余曲折の末、領民を護る為に命を懸けようとするオローネッツ辺境伯爵に拾われたのは、ルーガにとって望外の幸福だった。領民を同じ人間として認識し、その守護を貴族の義務だと考えている領主に行き当たるなど、砂漠の中で砂金を見付けるにも等しかった。

三十年前のあの日と同じ、清々しい春の空の下で、救いを待つ村へと一途に馬を駆りながら、ルーガは信じてもいない神に問い続けた。ロジオン王国の地方領に生きる者達の地獄は、いつか終わる日が来るのだろうか。報恩特例法の名の下に、領民を蹂躙するロジオン王国の暴虐に、一体誰が終止符を打ってくれるのだろうか、と。

ロジオン王国が誇る巨大にして壮麗な王城は、なだらかな丘陵の傾斜をそのまま生かし、大小様々な宮殿を連ねることによって形成されている。国王を始めとする王族が居住する各宮殿や、外国からの賓客を迎える迎賓館、謁見の間や議場を備えた国事の為の大宮殿といった宮殿群は、それぞれが用途に相応しい機能性を有しながら、誰もが圧倒される程に豪奢だった。

丘陵の麓近くに広がる平地には、いくつもの巨塔が立ち並んでいる。塔の内部で執務を執り行うのは、過酷な選抜試験の末に国中から集められた官吏達と、医薬や科学の進歩に邁進する研究者、魔術の深淵に挑む魔術師等である。ロジオン王国に於いて、国王の御座所を上から見下ろすことは決して許されず、最も高さのある十三階建ての叡智の塔でさえ、宮殿よりは遥か下手に位置していた。

その王城の最上部、丘陵の頂きに聳え立つ大宮殿に設えられた〈花王の間〉で、ロジオン王国の当代国王であるエリク・ヤロスラフ・ロジオン、死後はヤロスラフ一世と呼ばれるはずの男が、己が王子の一人と向き合っていた。影の如く控える近衛騎士達は、父子の親密な語らいに水を差さないよう、巧みに気配を消しながら王を護っている。

濡れたように輝く漆黒の髪を緩く波打たせ、壮年期も後半に差しかかろうとする者だけが纏う気怠さと、大王国の君主に相応しい威風を複雑に混ぜ合わせたエリク王の容貌は、見る者の心を騒がせずにはおかない、一種の退廃的な魅力を湛えていた。その秀麗な面にも大国の絶対君主たる身分にも相応しい、威厳と甘さを纏った声で、エリク王は言った。

「予てより宰相が強請っておった計画を、試してみることにした。事を行う際には、そなたが余に代わって見届けるが良い、アーリャよ」

アーリャと呼ばれたのは、エリク王の三番目の王子にして、王妃エリザベタが七度目の出産で漸く産んだ第一王子、アリスタリス・ロジオンである。未だに王太子を決めようとしないエリク王も、内心ではこの正嫡たる王子の成長を待っているのだと考える臣下は多く、アリスタリス自身も、程なく下されるであろう父王の選択を微塵も疑ってはいなかった。

「勿論、何事も仰せのままに致しますとも、父上。もう少し、詳しい御話を御伺いしてもよろしいでしょうか」

アーリャの愛称で呼ばれるのは、この場では王と王子ではなく、父と子として接しても許されるという合図である。父王への憧憬を隠しもせず、十八歳の王族にしては僅かばかり幼い顔で、アリスタリスは父に尋ねた。美貌で知られる王妃に似て、美少女めいた姿をしたアリスタリスには似合いの表情だった。

アリスタリスの見せる、明らかに甘えを含んだ眼差しを、事もなげに受け止めて、エリク王は淡く微笑んだ。

「我が宰相は、召喚魔術とやらを行いたいのだそうだ。世に名高い〈智のスヴォーロフ〉一族の血の結実、天才の中の天才たるエメリヤン・スヴォーロフともあろう者が、面白きことを言うものではないか。余が治める大ロジオンが、大真面目に召喚魔術を論じる羽目になろうとは、想像もしていなかったよ、アーリャ」

そう言って微笑みを深くしたエリク王の、どこか蠱惑的(こわくてき)な表情の意味は、アリスタリスには分からなかった。大王国に君臨する君主として、何一つ欠ける所のないエリク王は、寵愛する王子に対しても、容易に内心を覗かせはしないのである。アリスタリスは、突然耳慣れない言葉を聞かされた驚きに、夏の空を思わせる瞳を見開いた。

「召喚魔術というと、異世界から勇者を招くものではないのですか、父上。本当にそんなことが可能なのでしょうか」

「勇者の召喚など、物語の中の話に過ぎぬよ、アーリャ。この本宮殿の書庫にも、そうした物語は腐る程積まれているのであろうな」

揶揄(からか)いを含んだエリク王の言葉に、アリスタリスは白皙の頬を仄かな薔薇色に染めたものの、咄嗟に言い返さないだけの分別は持っていた。じっと口を噤(つぐ)んだまま、甘える視線で話の先を乞うと、エリク王はこう続けた。

「転移の魔術陣は、予めいくつかの条件を組み込み、認証された人間の魔力を流すことによって発動する。例えば、そなたが先程使ったように。王妃の住まう〈リーリヤ宮〉の設定地点から別宮殿の設定地点へ、アリスタリスと護衛の騎士三名を運ぶ、とな。宰相の考える召喚魔術とは、この条件設定を最大限に拡大した術式に他ならぬ。召喚魔術によって、我が大ロジオンが必要とする何かを呼び込もうというのだよ、エメリヤンは」

「もう少し、御教え下さいませ。条件の拡大設定とは、具体的にはどのようにするものなのですか、父上」

「着地点は召喚魔術の実験場となる叡智の塔。出発点は特に定めず、異次元や異世界、過去や未来の全てを対象とする。さらに、呼び込む対象について、予め我々が必要とするいくつかの条件を定め、召喚の魔術陣に書き込むのだそうだ」

「異次元や異世界など、本当に存在しているのでしょうか。どの教師も、どの魔術師も、異次元や異世界の話など致しませんでしたが」

「魔術師ではない我らには、本当の所は分からないのだよ、アーリャ。正確に言えば、大魔術師ゲーナ・テルミンでなければ、真実には辿り着けないのかも知れぬ。異次元や異世界という概念が存在するとして、凡百(ぼんぴゃく)の魔術師では検証自体が不可能であろう。世の魔術師が口にする〈魔術の深淵〉とは、実は次元の壁を意味するのではないのかと、余は兼ねてより考えていたのだ」

呟きにも似たエリク王の言葉は、アリスタリスには理解の出来ないものだった。先程、エリク王に笑われた勇者召喚の夢物語と、一体何が違うというのか、アリスタリスには分からなかった。

「英邁にして偉大なる父上の御考えは、私にはまだ難しいようです。宰相の目論見は、荒唐無稽にも思えるのですが、それは我々の魔術師達に行える術なのでしょうか」

「難しいであろうな。宰相自身、直ぐに成功すると思ってはおらぬだろう。只、我々が欲している物を得るには、あらゆる可能性を追求しなくてはならぬだけのことだ」

「我々が欲するものとは、何を指すのですか、父上。御尋ねしてもよろしければ、御教え下さいませんか」

アリスタリスの素直な問いかけに、静かな笑みを浮かべたエリク王は、躊躇なく正解を口にした。

ロジオン王国にとっては、機密として扱われている情報である。

「我が王国が必要とし、枯渇の危機に瀕しているもの、詰まりは、さらなる動力源に他ならぬよ、アーリャ。この世の全てのものは、何らかの動力によって動いている。生き物ならば、食事や水や空気がそれであろうし、火を起こすには薪や石炭が要り、水を得るには地を掘るか、自然の雨を待たねばならぬ。魔術師ならぬ身には、万能の力に思える魔術にしても、触媒となる輝石類がなければ、小石一つ動かしは出来ぬのだ。動力源をより多く手にした者こそが、畢竟、この世の覇権を握るのだろう」

エリク王は、王城に出入りするアリスタリスの教師達のような、勿体ぶった物言いを好まない。血筋や権威や人格で政治を語ろうとしない父王の合理性を、アリスタリスは幼少の頃から深く敬愛していた。アリスタリスは、懸命に考えながら言った。

「ということは、今回の召喚魔術に於いては、動力源となり得る何かを、召喚時の条件として盛り込むのですね」

「そう。召喚するべき対象に、その為の設定を設けるのだよ。強い魔力を持つ者、魔力を増幅させ得る者、輝石を生み出せる何か、或いは魔力以外の力を持った者、とな。そして、最も大切なのは、召喚した存在に鎖を付けることであろう。新たな動力源になる程の力を持ちながら、我らに制御出来ぬ存在を呼び込むなど、自殺行為に等しい。それはこの世界にまだ見ぬ王、或いは未知の厄災を生み出す可能性さえあるのだよ、アーリャ」

「そう御聞きすると、宰相は随分と危険な賭けに出ようとしているのですね。そして、父上はそれを御許しになられた」

「動力源は、そう遠くない未来に枯渇するからだよ、アーリャ。実際、魔術触媒となる輝石類に至っては、採掘量は確実に減り続けている。魔術師達の魔力さえ、ひと昔前よりは平均的に少なくなっているという。我が王国は未だ衰えを見せておらぬけれど、だからこそ今の内に手段を講じねばならぬだろう。この〈黄白（おうはく）〉のように」

そう言って、エリク王は〈花王の間〉に視線を巡らせ、床と壁とを指し示した。〈黄白〉とは、黄金に銀を混ぜ込んだロジオン王国独自の金属を言う。ロジオン王国では、その割合を厳密に定め、身分によって使用出来る色味を区別しているのである。

八割の黄金に二割の銀を混ぜた柔らかな金色は、国王の居住する私的な宮殿である〈ボーフ宮殿〉と、王国を代表する本宮殿である〈ヴィリア大宮殿〉でのみ使われる。王妃の住まうリーリヤ宮殿と、王太子の住居となる〈スヴェトリン宮殿〉では、黄金七割に銀三割。他の宮殿では、黄金と銀を半々の割合で鋳造した〈黄白〉を使う。何れにしろ、目も眩む程に膨大な金銀が、黄金の王国とも呼ばれるロジオンの威容を支えていた。

「この王城を〈黄白〉で満たす為に、我が曽祖父たるラーザリ二世陛下は、先に鉱山を持つ小国を三つ降（くだ）し、金銀を齎（もたら）す属国となされた。余とて、新たな力を得る機会があるのであれば、試してみるに吝（やぶさ）かではないのだよ」

「畏まりました、父上。どうか御任せ下さいませ。父上の手足であり耳目である身として、必ずや役目を果たしてご覧に入れましょう」

とろりとした微笑を浮かべて、アリスタリスは父を仰ぎ見た。エリク王は手を差し伸べ、自分の真横の椅子に息子を呼んだ。

「ここへ御出で、アーリャ。このヴィリア大宮殿で、余の話を盗み聞く愚か者はおらぬとは言え、内密の話をするには相応しい雰囲気というものがある。父と子が睦まじく、陰謀の詳細を打ち合わせようではないか」

父王の諧謔に、アリスタリスは空色の瞳を輝かせ、素早く立ち上がった。父王に呼ばれさえすれば、アリスタリスは喜んで、その傍らに侍るのだった。

ヴィリア大宮殿の一画に設けられた財務府の貴賓室には、その日、何組かの客が訪れていた。秋口に迫る来年度の国家予算案の策定に向け、財務大臣を補佐する高官達が、いくつかの組織の責任者を招いては、予算についての意見を聞き取っていたのである。

実務的な場に相応しく、紺色や灰色の控え目なジュストコールを纏うのは、財務府付きの貴族達であり、黒絹の御仕着せを着用しているのは、苛烈な選抜試験を勝ち抜いた文官達である。大ロジオンの政治の中枢ともいえる財務府では、宰相スヴォーロフ侯爵の号令の下、徹底した能力主義の人事が行われていた。

心地良く張り詰めた空気の中、貴賓室の壁際に置かれた長椅子に、ゆったりと腰掛けている男だけは、見るからに異質だった。二十代の半ばに見える相貌は、仄暗さを湛えて典雅であり、緩く波打つ黒髪の艶めかしさは、宛ら夜の化身のようである。見る者が見れば、一目でエリク王の息子と分かる秀麗な青年は、今は亡きエリク王の第二側妃にして、スヴォーロフ侯爵の実姉オフェリヤの産んだ最初の王子、アイラト・ロジオンに他ならなかった。

王子の身にはめずらしく、己が手で文字を書き付けていたアイラトは、扉を叩く音に顔を上げた。忙しく立ち働く文官が、新たな来訪者を告げたのである。

「御次は、近衛騎士団長のコルニー伯爵閣下でございます。副官方を二名、事務官を二名同行しておられます。直ぐに御入り頂きますか」

大きな長机を囲む貴族達が、揃って頷くのを見て、文官は丁寧に一揖した。室内を護る護衛騎士は、その礼を合図に扉を開き、訪問客を招き入れる。全てに先触れと護衛騎士の誰何が行われる、一見迂遠にも思える遣り取りは、巨大な王城のそこかしこで一日に何十度となく繰り返される、当り前の作法だった。

待つ程もなく、貴賓室に足を踏み入れたコルニー伯爵一行は、壁際に座るアイラトに気付くと、驚きに目を見張った。エリク王の王子であるアイラトが、高官達の執務の場にいることなど、全く想定していなかったのである。一瞬の戸惑いを飲み下し、コルニー伯爵は素早くアイラトに向かって片膝を突き、供の者達も団長に倣った。

ロジオン王国の王城に於いて、許しもなく王子に話しかける臣下など、存在しない。アイラトは、無言で深く頭を下げるコルニー伯爵に、鷹揚に話しかけた。

「立ってほしい、コルニー伯爵。陛下の御意向で、私が宰相の仕事を手伝っているのは、伯爵も知っているだろう。今日は予算案の進捗状況を確かめる為に、無理を言って同席を願ったのだよ。質問があれば聞かせてもらうだろうが、それ以外、私はいないものとして扱ってくれれば良い」

「御意にございます、アイラト王子殿下。殿下の仰せの通りに致します。御免」

簡潔に言って、長机に設けられた席に座ったコルニー伯爵に、アイラトは淡く微笑んだ。典雅と洗練を極めたかに見えるアイラトは、過剰な儀礼を嫌う合理性を有しており、その意味でもエリク王に良く似た王子だった。

財務府付きの貴族達は、アイラトに向かって深々と頭を下げてから、即座に書類を開き、仕事に取りかかった。

「御出でを頂き恐縮でございます、コルニー伯爵閣下。申し上げるまでもなきことながら、近衛騎士団は王家直属の騎士団であり、宰相府の管轄下にある財務府は、予算案を作成する権限を持っておりません。然しながら、予算案の元となる概算を弾き出すようにと、国王陛下の御下命がございますので、御協力を御願い申し上げます」

「勿論、承知しております。事務方の責任者も同席致させましたので、何なりと御尋ね下さい。よろしく御願い申し上げます」

コルニー伯爵の言葉を皮切りに、話題は直ぐ様資金繰りへと移っていった。近衛騎士団の人員が年々増加を続け、比例して人件費が上昇しているのは何故なのか。王族の護衛と王城の警護を受け持つ近衛は、遠出など想定されていないのだから、所有する馬の数を減らせるのではないか。対外的な戦闘の結果ならともかく、訓練で負傷する騎士が多過ぎる点も、財政に悪影響を与えているのではないか。何よりも、魔術触媒となる輝石類の使用量を抑える術はないのかと、洗練された会話を装った激論が交わされるのである。

やがて、互いに一歩も引かない駆け引きの後、最後の意見と質問を求められたコルニー伯爵は、僅かな沈黙の後、貴賓室の誰にとっても予想外の問いかけを行った。

「方面騎士団に関する予算の扱いは、例年の通りなのでしょうか。私くしの管轄でもないのに、僭越な質問だとは思いますが」

僅かな沈黙の後、コルニー伯爵の質問に答えたのは、財務副大臣の一人であるキーラ・ストルピン伯爵だった。ストルピン伯爵は、若々しい面に戸惑いの色を浮かべながら、慇懃にコルニー伯爵に説明した。

「あくまでも、私くしの権限の範囲内での御答えになります。それでもよろしいでしょうか、近衛騎士団長閣下」

「勿論です、ストルピン伯爵」

「端的に申し上げますと、例年通りの結果になる公算が大きいものと存じます。詰まり、方面騎士団に対する予算枠は設けられておらず、非常時に備えた予備費のみが、例年と同額計上されるのではないでしょうか」

「では、百万人近い方面騎士団を養うのは、相変わらず地方領から拠出される維持費と、報恩特例法の運用による利益だけであり、ロジオン王国の国家予算としては、ほぼ割り振られないというわけですね」

「左様でございます、近衛騎士団長閣下。それが、法の定めでございますので」

コルニー伯爵は、険しい表情で黙り込んだ。近衛騎士団の予算について折衝していたときよりも、暗い落胆の気配を孕んだ沈黙だった。ストルピン伯爵は、敢えてコルニー伯爵の真意を尋ねようとはせず、然り気なく話題を変えた。

「しかし、不思議なものですね、近衛騎士団長閣下。今回の聞き取りの間に、閣下と全く同じ質問をなさった方が、もう御一方おられるのですよ」

「それはまた、奇遇ですね。何方なのか、御尋ねしても構いませんか」

「私的に話しているわけではありませんので、構いませんでしょう。王国騎士団長を務めておられる、キース・スラーヴァ伯爵閣下ですよ。近衛騎士団長閣下と共に、ロジオン王国の双璧と讃えられる御方ですね。言うまでもなく、スラーヴァ伯爵閣下にも先程と同様の回答をさせて頂きました所、近衛騎士団長閣下と同じ御顔をなさっておられました」

内心の不満と不安を押し殺した、危うくも険しい顔だとは、ストルピン伯爵は言わなかった。しかし、ストルピン伯爵の意図は明確にコルニー伯爵に伝わり、長椅子の上で軽く身を乗り出していたアイラトにも伝わった。コルニー伯爵は、唇を微笑みの形に変え、静かな声で言った。

「御教え頂き有難うございます、ストルピン伯爵。閣下の御厚意に感謝申し上げます。近衛騎士団と王国騎士団、方面騎士団の三騎士団は、等しく我が国の軍務を担い、国王陛下に無二の忠誠を捧げ奉る騎士なのですから、何かと気に掛かるのです。私くしも、スラーヴァ伯爵も。他意などはありませんよ」

コルニー伯爵は、もう一度はっきりとした笑顔を見せた。対するストルピン伯爵は、丁寧に黙礼するに留め、長椅子からじっと視線を注いでいたアイラトも、何も言おうとはしなかった。ストルピン伯爵の後ろに控えていた文官が、予定時間の終了を告げるまでの短い間、只、文字盤に色水晶を嵌め込んだ置き時計だけが、微かに針の音を響かせていたのだった。

ロジオン王国の北西部に位置するオローネツ辺境伯爵領は、王国でも屈指の面積を誇る大領である。北西の方角からさらに北へ、細く長く延びる領地は、スノーラ王国との国境線や、人類未踏の地であるアファヌナーシ大森林に接する。ロジオン王国にとって、正しく北の防衛線ともなるべき辺境地なのである。

ロジオン王国の爵位は、上から公爵、侯爵、辺境伯爵を含む伯爵、子爵、男爵、騎士爵の順となる。最上位の公爵家は、初代が王族、若しくは王家より降嫁した王女の夫である貴族家で、当代は五家が名を連ねる。次いで、王族を始祖としない貴族家の頂点となる侯爵家、上位貴族の内に数えられる伯爵家と続く。王国の四方に四家のみ存在する辺境伯爵家は、爵位こそ伯爵位であるものの、何れも国境線を護る要であり、非常時の軍事統帥権を始め、いくつかの特権的な権利を有する名家として知られていた。

オローネツ辺境伯爵家の現当主として、豊かな北の大地に君臨するのは、エウレカ・オローネツである。五十代の半ばに差しかかろうかというオローネツ辺境伯は、砂色の短髪を緩く撫で付け、鍛え上げた屈強な身体に堂々たる覇気を纏った男であり、高位貴族というよりは、歴戦の大元帥にも見える風格がある。事実、為政者としても武人としても優れたオローネツ辺境伯は、地方領の英雄とも呼ばれる存在だった。

晴れやかな春の日、オローネツ辺境伯の居城であるオローネツ城の領主執務室に、足早に訪れた者がいた。鋭く扉を叩く音が響いたと思うや否や、執務室の入り口を護っていた護衛騎士の一人が、緊迫した声を掛けた。

「閣下。只今、急ぎの知らせが参りました。物見の塔から、緊急連絡用の狼煙が見えたそうでございます」

執務室にいた者達、オローネツ辺境伯や家令のイヴァーノ・サハロフ男爵、数人の文官、室内を護る二人の護衛騎士が、一斉に身体を強張らせた。

「入室させよ、オネギン」

「御意にございます、閣下」

オローネッツ辺境伯に名を呼ばれた護衛騎士は、素早く扉の外を検(あらた)めると、知らせに訪れた騎士を招き入れた。オローネッツ辺境伯は、礼を取ろうとする騎士を押し留め、簡潔に問いかけた。

「御苦労。早々に報告を」

「御意。先程、緊急連絡用の狼煙が上がりましたのを、私くしを含め、四名の当番が確認致しました。方角は北西、色は青。最初の狼煙に続き、黒の狼煙が三度上がりましてございます」

オローネッツ辺境伯は、一瞬、苦し気に顔を歪めた。吐き出す息は微かに震え、机の下で握り締めた両手には、血を滲ませる程の力が込められる。オローネッツ辺境伯は、歯を食い縛ることで懸命に激情を抑え込み、知らせに訪れた騎士に尋ねた。

「北西の青。ルーガからの知らせか。そして、黒が三発と言ったな」

「はい、閣下。狼煙の色、間合い、数の何れにつきましても、四人で確認を致しておりますので、間違いはなきものと思われます」

「そなたらが、忌むべき狼煙を見間違えることなど、万に一つもあるまいよ。それが分かっておればこそ、何とも遣り切れぬ。黒は二年振りだったか、イヴァーノ」

オローネッツ辺境伯に呼ばれた男は、怜悧(れいり)な表情の下に滴るばかりの憎しみを込めて、刃物の如き声で答えた。

「左様でございますよ、閣下。行き摺(ず)りの盗賊に見せ掛けて、領民を襲う屑共(くずども)はいくらでもおりましたが、第七方面騎士団の団服のまま、村そのものが襲撃されたのは、二年振りでございます。罪もなき村人達に、一体どれ程の被害が出るのか、考えただけで臓腑が捻じ切れる思いが致します。援軍の用意を致させますか、閣下」

オローネッツ辺境伯は、僅かに迷う素振りを見せた。しかし、直ぐに首を横に振ると、苦渋の滲む口調で言った。

「無駄であろう。オローネッツ城からルーガの代官屋敷まで、早馬を走らせたとしても一日では着かぬ。救出に向かったルーガでさえ、被害に遭った村に着くのは翌日になろうに、我らが到着する頃には、全てが終わっておろう。我がオローネッツは広い。助けに駆け付けるには、絶望的なまでに広いのだよ。今は、続報を待つしかあるまい」

「仰せの通りでございます、閣下。今に始まったわけではないにしろ、全く以て信じられない愚かさですな。王城に於いては、日常的に転移魔術が使われ、王都と近郊の領地では、遠隔通信を可能にする魔術機器が配備されているというのに、我ら地方領の者達は、未だに馬を走らせて移動し、狼煙を上げて急を知らせるのですから。余りの矛盾、余りの格差への怒りと妬みは、この歳になっても消えてはくれませんな」

平静な表情を保ちながら、イヴァーノの瞳は怒りに燃え上がり、言葉は血を吐くようだった。報恩特例法の名の下に、護るべき領民達を虐殺され、凌辱され、強奪され、奴隷へと売り払われてきたオローネッツ辺境伯は、イヴァーノにかける言葉を持たず、歯を食い縛るしかなかった。エウレカ・オローネッツが辺境伯爵となり、イヴァーノ・サハロフが家令となって三十年余り、何十回、何百回と繰り返すしかなかった恨み言は、ロジオン王国の歪みを象徴するものでもあった。

報恩特例法の名の下に、強力な中央集権国家となったロジオン王国は、魔術と魔術機器、通信と情報を王都に集中させ、王家の監視下に置いて厳しく統制している。王都に暮らす貴族と市民が、高度に洗練された技術を専有する反面、王都から遠く離れた地方領は、数百年前の時代宛らの生活を余儀なくされているのである。

遠隔通信の魔術機器が一つでもあれば、転移魔術で領内を移動する技術が確立されていれば、今、昏い表情で椅子に沈み込んでいるオローネツ辺境伯は、領民を救う為に剣を取り、即座に駆け出していただろう。

「それでも、我らが手を拱いているわけにはいかぬ。出来るだけ早く、救助の手筈を整えるとしよう。物資と医薬の手配をしておくれ、イヴァーノ。襲撃された村の規模が分からぬ故、先ずは多目にな。オネギンは、城にいる者達を編成して、救助部隊を出立させる準備をせよ」

「御意にございます、閣下。領内最大規模の村が襲われたと仮定し、一アワドの内に第一陣の手配を整えましょう。ルーガからの報告が入り次第、順次追加を致します」

「それで良い。頼むぞ、イヴァーノ」

「救出部隊の人数は如何致しますか、閣下」

「物資を運ぶ人数は、イヴァーノの指示を受けよ。物見も兼ねて先行させる騎士は二十。三十ミニト後の出発は可能かね、オネギン」

「勿論でございます、閣下。では、御前を失礼致します」

それだけを言うと、オネギンと呼ばれた護衛騎士は、握った右手で一度、己が左胸を叩いてから執務室を後にした。イヴァーノも、側に控える文官達に指示を出し、早々に動き始めた。襲撃の只中に助けに入ることは出来なくとも、被害に遭った村人を救う為の手立ては、完全に失われたわけではないのである。

執務室に残されたオローネツ辺境伯は、無意識の内に両手を固く組み合わせ、馬を駆るルーガと同じ心で祈った。一人でも多くの村人が無事であるように、ルーガの救助が、オローネツ城の救援が間に合うようにと、只ひたすらに祈り続けた。信じるべき神を持たず、神よりも己れの臣下を信じてきたオローネツ辺境伯の、それは血を吐くが如き祈りだった。

叡智の塔の最上階、ロジオン王国の魔術師団長の専用区画である十三階は、緊迫感に包まれていた。召喚魔術の行使を決めたロジオン王国に対し、ゲーナは〈黄昏の鐘が聞こえる〉と言った。ゲーナの言葉は、己が忠誠を誓うはずの王国に対して、滅びを予言する暗喩に他ならない。ロジオン王国の未来を危ぶむゲーナに、アントーシャは、然り気なく壁の一点へと視線を流した。

「何も案じることはない、アントン。例の忌々しい盗聴の魔術機器は、既に別の物にすり替えておいた。彼奴(あやつ)らが後になって耳にするのは、私の老人臭い愚痴と、私を面倒そうに宥(なだ)めるお前の相槌だけだろうさ」

「この間、ぼくと大叔父上とで残しておいた音源ですか。元々、盗聴の魔術機器に残っていた音源と入れ替えたのですね」

「そうとも。お前と私で、あれ程力を入れて演技をしたのだ。目眩ましの為の意味のない会話だとも気付かず、必死に深読みをしてくれるだろうさ。釣り人が魚を釣るのではない、魚が釣られてくれるのだと、私の釣りの師匠は言っていたものだがね。さて、我々と彼奴らと、どちらが魚と言えるのかな」

「大叔父上が魚なら、特大の雷魚だと思いますね。あんなに骨の多い魚など、ぼくは食べたくありませんよ。それで、大叔父上がこの上もなく悪いと断言されたということは、エリク王の決定は覆る余地のないものなのですね」

呆れたように溜息を吐きながら、瞳に必死な色を浮かべて問いかけるアントーシャに、ゲーナは重々しく頷いた。

「そう。早急に事を成すよう、陛下から宰相へ内々に勅命が下ったそうだ。やられたよ、アントン。我々が考えていた以上に、陛下は未知の動力源を求めておられたらしい。宰相の周りの狐共も、今回は安全な巣穴から這い出てまで、陛下に奏上を繰り返していたからな。謀略に縁のない私とお前の二人では、最初から太刀打ち出来る道理はなかったのだろう」

めずらしくも呻き声を上げて、己が頭を掻きむしりたくなる衝動に、アントーシャは必死に耐えた。苛立ちを発散するよりも先に、アントーシャには、どうしても確かめなくてはならないことがあったのである。

「それで、召喚の対象は決まったのですか。人か、物か、動植物か」

「まだ決定とまでは言えないが、多分、人になるだろう。動植物は毒性や感染症などの危険が避けられず、物質は解析に時間が掛かり過ぎる。その点、人であれば比較的容易に実験が出来ると、愚か者共は考えたのだ。さらに重要であるのは、人であれば隷属させる為の魔術が効力を発揮する可能性が高い、という点だろうさ」

ゲーナが告げた最悪の結果は、同時にゲーナとアントーシャが予想していた通りの答でもあった。アントーシャは、今度こそ低く呻いた。

「何という愚かな真似をしようというのでしょうね、彼らは。異界から人を攫ってきて隷属させ、動力源として搾取しようなどと、真面な国家の考えることではありません。単なる誘拐と脅迫ではありませんか」

「そうだとも。我が祖国は、界を跨いだ犯罪国家に成り下がる。とは言え、これまでも侵略を繰り返して巨大化し、臣民を道端の雑草のように踏み躙ってきた王国なのだから、何の不思議もあるまいよ。繁栄を極めている我がロジオン王国は、既に亡国の旅路に就いている。国体は保てたとしても、国家としての誇りは死んだのだ」

穏やかな口調で語られた、ゲーナの言葉の苛烈さに、常になく不穏なものを感じて、アントーシャは息を呑んだ。対するゲーナの顔は、既に先程までの憂いの色を消し、場違いな程の明るさに煌々と輝いているかに見えた。ゲーナの様子に不穏な気配を感じたアントーシャは思わず聞いた。

「大叔父上、何を考えておられるのですか」

「今になって漸く、愛する祖国と決別する意思が固まったのだよ、アントン。今回の召喚魔術は、何があっても失敗させる。魔術師として、これまで多くの罪に加担してきた私も、この分水嶺は踏み越えない。界を越えて恥を晒し、ロジオン王国の犠牲者を増やすことなど決して認めない。私はそう決めたのだ」

ゲーナは、曇りのない顔で微笑んだ。大魔術師として比類ない力を振るってきたゲーナは、数多くの魔術機器を開発し、高度な術式を練り上げ、ロジオン王国の発展に多大に寄与してきた。その王国が悪に染まるというのなら、貢献者の一人であるゲーナもまた悪であり、魔術師としても人としても、己が罪を償わなくてはならない。百四十歳もの年を経るまで権謀術数に彩られた貴族社会に生き、長く王城で魔術師団長の職にありながら、未だに高潔さを失わない男は、そう考えているのである。

アントーシャは、ゲーナの下した決断に言葉を差し挟まず、案じる眼差しを向けただけだった。ひたむきに己れを見詰めるアントーシャに、ゲーナは唐突に頭を下げた。

「これまで本当に済まなかったな、アントン」

「急にどうなさったのですか、大叔父上。態々貴方に謝られる覚えなど、ぼくには何一つありはしませんよ」

「聡いお前は、ほんの子供だった頃から、ロジオン王国の在り方に疑問を持っていたではないか。制約の多い王城の魔術師になるのも、お前の本当の望みではなかっただろう。ロジオン王国の為に働くよりも、その王国に虐げられた人々を救うことこそ、お前の成すべき役割だった。それなのに、私は自分の我儘でお前を傍らに置いてしまったのだ。何よりも、お前に凡庸な魔術師の振りを強いるなど、私の罪は恐ろしい程に重いよ」

ゲーナの言葉に、堪らずアントーシャは顔を伏せた。次席魔術師のダニエから〈才に乏しい〉と揶揄されたアントーシャは、その実、傑出した能力を有していた。アントーシャの魔術の才は、千年に一人の天才と呼ばれるゲーナをすら、遥かに凌駕するのである。

「何一つ真実を悟れぬ愚か者共に、お前が〈魔術師団長の七光り〉と陰口を言われる度に、私は悔しかった。お前程の魔術師はこの世にいない、やがて魔術の深淵を踏み越えるのは、魔術の申し子たるアントーシャなのだと、いつも心に思っていた。しかし、当のお前の悔しさは、私の比ではなかっただろう」

微かに声を震わせるゲーナに、アントーシャは慌てて伏せていた面を上げ、明るい表情を作って微笑みかけた。

「やはり、ぼくには謝られる覚えはありませんよ、大叔父上。御忘れですか。ぼくが力を隠したのは、二人で決めた結果ではありませんか。悪目立ちした挙句に王家に縛られ、望まない術を使う羽目にならないように、と。ぼくを護ろうとして下さった大叔父上の御心は、嫌という程分かっていますよ」

「それでも、私が自分の都合で、お前を利用してきた事実には変わりない。そして今回も、お前を頼るしかないのだ、アントン」

「良いですよ、引き受けます。ぼくには何でも仰って下さい。魔術を限界まで行使して死ね、と命じて下さっても構いませんよ」

アントーシャの答は、そよそよと吹く春の風のような気軽さを纏っていた。ゲーナは、真剣な表情で問いかけた。

「私の頼みを引き受ければ、お前は王国そのものを敵に回すかも知れない。大逆罪の汚名を着せられ、この世界に寄る辺なき身になる可能性すらあるだろう。お前にはそれも分かっているだろうに、何故一瞬も迷わずに応じるのだね、アントン」

「貴方は、ロジオン王国に罪を重ねさせない為に、闘い抜くと決められた。その正義と真実を、ぼくは知っています。真理の徒である魔術師なら、貴方の御決断に従うべきでしょう。それに、改めて言うのも嫌なのですけれど、貴方はぼくの父親のようなものではありませんか。子供の頃からずっと、ぼくは貴方が大好きなのですよ」

わざとぶっきら棒に告げられた、アントーシャの言葉の健気さに、ゲーナは思わず胸を詰まらせた。激しく迫り上がる涙を懸命に抑えて、ゲーナは笑った。静謐(せいひつ)な老賢者の仮面を脱ぎ捨てた、獰猛(どうもう)な笑みだった。

「よく言ってくれた、アントーシャ。では、大王国を相手に蟷螂(とうろう)の斧を振るうとしよう。魔術師の誇りに懸けて、召喚魔術の陰謀など粉微塵に叩き壊してやろうではないか。大魔術師ゲーナ・テルミンと、私のたった一人の最愛の息子、魔術の申し子たるアントーシャ・リヒテルの手で」

かくして、後に世界を変革に導く運命の輪は、ロジオン王国の命運を握る人々の間で、緩(ゆる)りと回り始めたのである。

01 ロンド—人々は踊り始める—

02 カルカンド

状況は加速する

ロジオン王国の王城が聳え立つ丘陵の中腹、ヴィリア大宮殿を仰ぎ見る一角に、近衛騎士団の広大な練兵場が整備されている。近衛騎士団が有する千頭の馬の内、選り抜きの五十頭を飼う馬房や、外周二キロルに達する馬場は、見る者を圧倒する迫力を持つ。さらに、一度に数百人の近衛騎士が同時に使用出来るだろう訓練場や、騎士達の宿舎、食堂等の設備、近衛騎士団で働く使用人の作業場、武器庫や備蓄庫等、様々な施設が連綿と連なっているのである。

練兵場の一角に建つ、離宮かと見紛うばかりに瀟洒な建物は、近衛騎士団を統率する本部である。中庭に設けられた百メトラ四方の訓練場は、近衛騎士団の幹部だけに解放される特別な場所であり、多くの近衛騎士は、中庭で剣技を披露する日を望みながら、日々訓練場で剣を振るっているのだった。

その選ばれた騎士の為の場所で、エリク王の正嫡の王子であるアリスタリスは、晩春の眩しい日差しを気にも留めず、愛用の剣を構えていた。ロジオン王国の騎士団では、近衛騎士団、王国騎士団、方面騎士団の何れを問わず、刃の薄い細身の軍刀を使う。スエラ帝国の騎士が好んで用いる、重い幅広の片手剣に比べると、一見華奢にも見える剣である。〈黄白〉を生み出した王国の鋳造技術は極めて高く、鉄を何度も焼き固めて鋼とし、見た目を裏切る強靭さと鋭さを持たせていた。

アリスタリスが愛用する剣も、知らない者が見れば極上の装飾品のようだった。刀身は鏡の如く磨き抜かれた銀鋼、柄の部分は〈黄白〉で覆った上に、いくつもの宝石を嵌め込んでいる。国王の寵愛を受ける王子に相応しく、騎士としては不似合いな芸術品を、アリスタリスは十五歳から実用に使っているのである。

アリスタリスの眼前には、騎士と思しき男が対峙していた。長袖の上下に軍靴を履き、上から革鎧で上半身を護っただけの軽装は、アリスタリスと殆ど同じでありながら、十八歳の王子よりも頭一つ以上は大きく、しなやかで強靭な筋肉を感じさせる身体付きをしている。青年と呼べるだろう若さには似合わず、一分の隙もない立ち姿からは、強者の気配が漂っていた。

アリスタリスが身に着けている革鎧が、白色に金でロジオン王国の紋章である不死鳥を刻印しているのに対し、白く輝く騎士の革鎧の胸元には、金色の獅子が咆哮する文様が描かれていた。汚れを恐れぬ純白地に映える金獅子こそは、ロジオン王国では誰一人知らない者のいない、栄えある近衛騎士団の騎士章なのである。

何合、何十合と打ち合った後、勝負は唐突に緊迫した。剣を右中段に構えたアリスタリスは、右足の一歩を強く踏み込むや否や、同じく中段に構えられた騎士の剣を、素早く片手で撥ね上げる。どこに打ち込んでも防がれるのは分かっているのか、敢えて攻撃を届かせようとはせず、次の一歩で相手の胸元近くまで迫る為の、裂帛の気合を込めた目眩ましである。

すると、騎士は撥ね上げられたはずの剣を気にも留めず、只、アリスタリスを超える歩幅と速度で一気に距離を詰めてきた。一瞬、騎士の残像が見えたかと錯覚する程の打ち込みは、それだけで相手の間合に入ったのだろう。鋭く呼気を吐き出すと同時に、アリスタリスの白く優美な喉元に、細く尖った剣の切っ先が突き付けられていたのだった。

アリスタリスは、騎士から目を逸らさないまま、強く剣を握り締めていた右手の力を、ゆっくりと解いた。

「私の敗けだ。降参する。今の攻撃は、自分では中々悪くないと思ったのに、卿(けい)にはまるで赤子扱いされてしまった。実力の差は如何(いかん)ともし難いな」

慎重に剣を引いた騎士は、アリスタリスの謙虚な態度に、男らしく吊り上がった目元を緩ませた。卿と呼ばれたのは、近衛騎士団で連隊長を務めている騎士爵、イリヤ・アシモフである。唯一、王妃が産んだ正嫡の王子であるアリスタリスに、決して大怪我など負わさないように、初めて剣を手にした八歳の頃から、アリスタリスの教官は、剣の名手と名高いイリヤの役目だった。

「目眩ましだと気付かれてしまえば、狙った攻撃は逆に相手に付け入る隙を与えます。只の誘いであるからこそ、本気である必要がございます」

「自分では気迫を込めて打ち込んだつもりだったのに、やはり甘かったか」

「気迫は乗っておりましたよ、殿下。只、身体強化の魔術を発動する気配を感じませんでしたので、本命の攻撃ではないと分かっただけでございます」

アリスタリスは、少女めいた唇を軽く尖らせた。言われてみれば簡単に理解出来る話でも、実戦の中で咄嗟に応用するのは難しい。術式や触媒を用いる魔術師とは違い、身体強化の魔術を使う者の殆どは、身の内の魔力を体内に循環させることによって、本来の能力を超えた力を振るう。その微かな気配を感じ取り、相手の出方を先読み出来てこそ、優れた剣士なのだと教えたのは、目の前のイリヤに他ならなかった。

小気味の良い音を立てて剣を鞘(さや)に収めたイリヤは、悔し気な表情を隠せないアリスタリスに、剣の師としての笑顔を向けた。

「並の騎士でしたら、今の殿下には敵いません。身体強化の魔術をさらに磨いて、御身の護りに努めて頂ければ、自ずと武力そのものが底上げされて参りましょう。いつも申し上げておりますように、剣の技量とは、元々の体力と剣技、さらに身体強化の魔術との総合値で語られるべきものでございますので」

この世界の人間は、一人の例外もなく魔力を持っている。ゲーナのように膨大な魔力量を誇る者もいれば、全力を傾けても数十センチ高く飛び上がるのが限界という者も多い。一つの傾向として、身分が高い程、魔力量に恵まれた者が多く、言い換えれば、魔力を多く持つ者は、やはり栄達の道が拓かれ易かった。

アリスタリスの魔力は、王族としては水準にある。長時間に亘って身体強化を続けるのは難しく、視力や敏捷性(びんしょうせい)を伸ばしたり、防御力を底上げしたり、攻撃に力を乗せたりと、必要に応じて目まぐるしく用途を使い分けては、敵を翻弄(ほんろう)する。並外れた器用さと魔力操作の巧みさこそ、アリスタリスの持って生まれた才能であり、訓練場では殆どの騎士を凌駕する力を与えていた。

「そうか。今の場合で言えば、止めの攻撃を仕掛ける前に、急所を防御する為の身体強化を行う。その上で、偽計の攻撃強化と本気の攻撃強化を重ね合わせれば、卿を騙せる可能性があったわけか。魔力発動を感じ取れる程の剣士など、滅多にいない現実はさて置くとして、必殺の一撃を狙って魔力を溜めておくなど、逆効果だったのだな、イリヤ先生」

「左様でございます、殿下。まあ、そのように為された所で、教官としての沽券(こけん)に関わりますので、まだまだ殿下に一本差し上げるつもりはありませんよ」

無骨なイリヤのめずらしい冗談に、アリスタリスは機嫌良く笑った。そして、続けて次の勝負に移ろうとした所で、近衛騎士団付の従卒が走り寄って来た。素早く右膝を突いて発言の許可を待つ従卒に、アリスタリスは鷹揚に頷き、直答を許した。

「殿下、御鍛錬中に申し訳ございません。そろそろ、次の御支度をして頂く御時間だそうでございます。何卒御移り下さいませ」

「もうそんな時間か。イリヤ卿、続きは次回の楽しみとしよう」

「畏まりました、殿下。私くしも準備を整えまして、定刻になりましたら、殿下の御部屋に御迎えに参じます」

「近衛の連隊長に、いつも一介の護衛騎士のような真似をさせて悪いな。今日は陛下の名代として動くのだから、卿にも許してもらおう」

「恐れ多い御言葉でございます、殿下。正統なる世継ぎの君たる殿下に付き従うのは、近衛騎士の本分でございます」

　単なる臣下の追従ではない、イリヤの本心からの言葉に、アリスタリスは喜びと戸惑いの交じり合った顔をした。

「まだ、そうとは決まっていないよ、イリヤ先生」

「大ロジオンの偉大なる至尊の君、我らが無二の忠誠を捧げ奉る国王陛下が、別の選択をなさろう筈がございません。本日、陛下の名代として会議に御臨席なさるのも、他の王子殿下方ではなく、アリスタリス王子殿下御一人ではございませんか。近衛騎士如きが、陛下の御心を忖度申し上げるのは不遜ながら、自ずと察せられるものはございましょう。第一、近衛はもう固まっておりますよ、殿下」

　固まったのではなく、イリヤ自身が固めたのだろうとは、アリスタリスは口にしなかった。近衛騎士団本部の訓練場で、意味を持った視線を交わし合う二人の頬を、晩春の青い風がそろりと流れ過ぎていった。

この日、ロジオン王国の王城に聳え立つ、壮麗なヴィリア大宮殿の一室にして、歴代の王族や大貴族達が、密かに重要な会議を繰り返してきた〈賢者の間〉には、既に殆どの参加者が集っていた。〈賢者の間〉の中央に設えられた、飴色の大きな円卓に座しているのは、五人の貴顕(きけん)達である。会議の主宰者たる宰相、スヴォーロフ侯爵が中央の議長席に着き、右手側から順に、召喚魔術の発案者であるクレメンテ公爵とパーヴェル伯爵、ゲーナ・テルミン魔術師団長である。そして、スヴォーロフ侯爵の左手には、エリク王を彷彿とさせる面差(おもざ)しをしたロジオン王国の王子の一人、エリク王の第二側妃を母に持つアイラト・ロジオンが座っていた。

第二側妃オフェリヤは、スヴォーロフ侯爵の同腹(どうふく)の姉であり、アイラトの出産と同時に身罷(みまか)っている。姉を亡くした当時、幼い少年だったスヴォーロフ侯爵は、長じてアイラトの後見となり、母という後ろ盾を失くしたアイラトの正妃に選ばれたのは、クレメンテ公爵の長女だった。詰まり、この日の〈賢者の間〉の円卓には、血縁によって結ばれた派閥の雄が、一堂に会したとも言えるのである。王城の権力闘争になど興味を持たず、寧ろ嫌悪しているゲーナこそが、この場では他所者(よそもの)だった。

「未だ定刻には至りませんか、叔父上」

簡単な問いかけにさえ、頭脳の明晰さと峻厳(しゅんげん)なる精神性を漂わせながら、アイラトが尋ねた。叔父と呼ばれたスヴォーロフ侯爵は、軽く頭を下げる。

「予定の時刻まで五ミニト程の間がございます。御待たせして申し訳ございません、殿下。今暫く御待ち頂きますよう、御願い申し上げます」

「叔父上が謝罪をなさる理由はありません。五ミニトの間くらいは待ちましょうが、定刻には会議を始めましょう」

アイラトがそう言った直後、宰相付きの官吏が静かに近寄り、もう一人の他所者であるアリスタリスの到着を告げた。

「アリスタリス王子殿下、御来臨でございます」

アイラトを除く人々は、椅子から立ち上がってアリスタリスを迎えた。一方、優雅な足取りで〈賢者の間〉に入って来たアリスタリスは、異母兄のアイラトが既に円卓に座しているのを見て、僅かに眉を寄せた。

「アイラト王子殿下は、この会議に御出席なのですか。私は伺っておりませんでした。陛下も御存知なのでしょうね」

「陛下の御意向で、私は以前から、宰相の仕事の手伝いをさせてもらっていますからね。今日も公務の一環ですよ、アリスタリス王子殿下。さあ、こちらに御座りになって下さい。ロジオン王国の未来を左右する会議を、始めるとしましょう」

自らが主宰者であるかのようなアイラトの誘いに、アリスタリスは一瞬剣呑(けんのん)な眼差しを投げ、護衛騎士として付き従っていたイリヤは、アリスタリスに残された椅子を末席と見て顔を強張らせたが、どちらも結局は不満を口にせず、沈黙のまま席に向かった。〈賢者の間〉では、出席者を厳しく選ぶ反面、席の上手下手を問わないという、暗黙の約束事があったからである。身分の上下にかかわらず、闊達に意見を交わす為の〈賢者の間〉であり、円卓でもあった。

アリスタリスが着席し、イリヤは己が仕える王子の後ろに立った。このとき〈賢者の間〉にいたのは、円卓に座した六名と、アリスタリスの護衛騎士であるイリヤ、ゲーナの補佐官と目される次席魔術師ダニエである。アリスタリス以外、全員が護衛騎士を退出させていることに気付き、イリヤは一瞬だけ迷う素振りを見せたものの、人々の無関心に力を得て、そのままじっと動かなかった。記録の為の書記官が二人、椅子に座って用意を整えている様子を確かめてから、スヴォーロフ侯爵は会議の開始を告げた。

「全員が御揃いになり、定刻に至りました。これより、召喚魔術の実施に至る詳細を詰めて参りましょう。魔術師団長、先ず召喚魔術の方法を説明して頂きたい」

スヴォーロフ侯爵の指名を受けたゲーナは、巧みに内心を押し隠しながら、淡々とした口調で話し始めた。

「前提として申し上げますと、召喚魔術とは、転移魔術陣の拡大使用に他なりません。最も魔術的な護りの固い叡智の塔の〈儀式の間〉を基点に、異世界や異次元から召喚対象を転移させます。召喚条件は、これから詰めていく予定です。魔術触媒や魔力の補充が目的である以上、自ずとそれに準じたものになるでしょう」

アリスタリスは、初めて父王に召喚魔術の話を聞いたときから、ずっと感じていた疑問を、ゲーナへと投げかけた。

「界を越えた転移というのは、現実に可能なのだろうか、魔術師団長。まるで夢物語のようで、とても現実に成せる術とは思えないのだが」

「可能かどうかの二択で御答えするのなら、恐らく可能でございます、アリスタリス王子殿下。具体的にどの世界の何を転移させるのか、詳細に術式を組み上げられれば、魔術陣は発動致します。

後は、術者の魔力が足りるかどうかであり、これは術者の増員によって対応出来るのではないかと考えております」

アリスタリスに問いを重ねる隙を与えず、ゲーナに質問をぶつけたのは、如何にも興味を惹かれた表情のアイラトだった。

「今の回答を逆に捉えると、発信点となる地点を設定出来ない場合、失敗する確率が上がるという意味になるのかな、魔術師団長よ」

「左様でございます、アイラト王子殿下。本音を申せば、異世界や異次元の実在が魔術的に証明出来ない以上、召喚魔術が成功する確率は極めて低いと考えざるを得ませんな」

アイラトは、ゲーナの場違いとも言える否定的な意見を、気に留める素振りもなく、楽し気に目元を緩ませた。

「再び、今の回答を逆に捉えると、召喚魔術を経験することによって、我々は異世界や異次元の実存を証明出来るかも知れないわけだ。素晴らしい。真理探究の徒の端くれとして、この実験の意義を痛感するよ。そうは思わないかな、魔術師団長」

ゲーナは静かに目を伏せ、型通りの座礼を以てアイラトへの返答とした。詳しい内情を知らされていないアリスタリス以外の者には、ゲーナの内心の不満は明らかだったものの、彼らは少しも気にしなかった。

重ねて召喚魔術の方法論について確認を続けた後、頃合いを見たスヴォーロフ侯爵は、ゲーナが何としても避けたかった結論に結び付けた。

「これまでの魔術師団長の話を総合すると、発信点を特定出来ない以上、召喚対象については或る程度まで条件を決めなくてはならないでしょう。その上で、様々な要件を満たすとなると、魔力或いは魔力に代わる力を持った異界の人間、という答になろうかと思います。皆様、如何御考えでしょうか」

議論の始まりから明確な解答に至っているであろう、スヴォーロフ侯爵の言葉に、ゲーナは最後の抵抗を試みた。

「念の為に言わせて頂くと、対象者を無事に召喚出来る確率は低いのですぞ、宰相閣下。また、仮に召喚出来たとしても、その者を元の世界に送り返す手段などありません。言葉が通じる可能性も殆どないのですから、本当に動力源と成り得るのかどうか、調査に協力を求める術すらないのですよ」

相手の同意を得られない召喚など、単なる拉致に過ぎないのだと、ゲーナは暗にスヴォーロフ侯爵を責めた。当のスヴォーロフ侯爵よりも早く、ゲーナの言い分を一蹴したのは、クレメンテ公爵だった。

「弱腰な言を吐くものではないぞ、魔術師団長。ロジオン王国のさらなる繁栄の為の計画なのだ。それに疑問を挟むようでは、忠誠を疑われるのではないかな」

「御心配には及びませんよ、クレメンテ公爵閣下。私は契約の魔術紋によって、ロジオン王国への忠誠を誓っております」

苦渋の表情を浮かべたゲーナは、そっと左胸に手を当てた。〈賢者の間〉の会議に集まった人々は、成人前のアリスタリスを含め、全員がゲーナの仕草の意味を理解していた。魔術大国であるロジオン王国の魔術師団長、詰まりは世界の魔術師の頂点に立つ存在であるゲーナ・テルミンが、契約の魔術紋を刻まれた身であると、王城の中枢に関わる者であれば、誰もが知っているのである。

幼少の頃から膨大な魔力を有し、天才と名高かったゲーナは、ロジオン王国の成人である二十二歳を迎えると同時に、魔術紋によってロジオン王国に縛られた。決して王の命に逆らわず、何があろうと王に害を為さず、王と王国の為に尽力する。その誓いを破れば、瞬く間に魔術紋がゲーナの心臓を止めるだろう。

契約の魔術紋、ゲーナ自身は隷属紋と呼ぶ術式が刻まれている以上、ゲーナは当代の国王であるエリク王の命に絶対の服従を強いられる。如何に召喚魔術に反対していようと、エリク王が成せと命じるのであれば、ゲーナは全身全霊で魔術を行使するしかない。それこそが、ゲーナを縛り、追い詰める運命の桎梏に他ならなかった。

クレメンテ公爵は、王家の血を引く公爵家の当主に相応しい傲岸さで、冷たくゲーナを一瞥しながら言った。

「ならば良い。正体の分からぬ者の都合を考えて、大義ある魔術の実施を逡巡するなど、魔術師団長の身で許されまい」

己が正妃の父であり、計画の発案者の一人でもあるクレメンテ公爵の言葉に、アイラトもまた言を重ねた。

「私も同意見ですよ、義父上。その者が十分に我々に協力してくれるなら、相応の立場や富を与えて報いてやれば良い。寧ろ私達が問題にするべきは、その者を確実に管理下に置けるかどうかでしょう」

「管理の問題は、陛下も御気になさっておられました。私に今回の計画を見届けるようにと御指示なされた際にも、新しい力を制御出来ないまま呼び込むことのないよう、十重二十重に策を講じなくてはならないと、御心配であられました」

そう発言したのは、アリスタリスだった。本人は意図していなかったとしても、無意識の内に父王との親密さを誇示するアリスタリスの幼さに、スヴォーロフ侯爵は曖昧な微笑みを浮かべ、宥めるような口調で言った。

「陛下の御懸念は御尤もかと存じます、アリスタリス王子殿下。最初に召喚魔術の必要性を訴えられたクレメンテ公爵閣下も、時間を掛けて管理下に置く方法を検討してこられました。左様ですな、公爵閣下」

「然り。だからこそ、この場にパーヴェル伯爵を同席させた。伯の子息で、そこにいる次席魔術師のダニエが、数年前から隷属の魔術紋の改良に取り組んでおる。ダニエよ、今からは会議に於いての発言を許可する。よろしいな、皆様」

ゲーナを除く人々は、軽く会釈をして肯定の意を示した。ゲーナは半眼になって不快感を飲み下し、やはり肯定の会釈を返した。

「王子殿下方にも御同意を頂いたのだ。召喚対象者の隷属方法について、そなたの存念を詳しく説明するが良い、ダニエよ」

「畏まりました、公爵閣下」

幾度も王国の命運を左右する会議が開かれた、歴史に残る〈賢者の間〉での発言を許された栄誉と、孤立するゲーナへの優越感に高揚しながら、ダニエは素早く襟を正し、自らの研究成果を説明し始めた。

「ここ数年、私くしは叡智の塔の業務を終えてからの時間を、隷属魔術の研究に充てて参りました。皆様方も御存知であられますように、我が国では罪を犯した者や借金を負った者、戦争で捕虜とした他国人らに、隷属の魔術を使用しております。これは専用の魔術機器に隷属の条件を術式として刻み込み、本人の魔力によって発動させるもので、支配権限者に予め知らされる解除の術式を用いれば、器具を外すことが出来ます。一方、魔術機器による隷属魔術とは別の方法論を持つのが、先程魔術師団長が仰った魔術紋です」

楽しんで獲物を嬲る猫の如く、ダニエは残酷な微笑を浮かべてゲーナを見遣った。数百年前ならいざ知らず、今のロジオン王国に於いて隷属の魔術紋を施された魔術師など、ゲーナ一人しか存在しない。魔術紋による隷属を強制すれば、束縛を嫌う魔術師達は、雪崩を打って国外へと流出してしまうだろう。魔術大国であるロジオン王国は、魔術師の気質を知るからこそ、魔術紋の使用には消極的だった。

近代のロジオン王国に於いて、唯一とも言える例外となったゲーナは、余りにも大きな魔力と才能を持っていた。ゲーナの存在を危険視した王家と、当時の魔術師団長であるヤキム・パーヴェルが、長年の不文律を破ってでも、魔術紋によってゲーナを服従させたいと望んだのは、極めて当然の成り行きだったのだろう。

ゲーナ・テルミンの生家は、不運にも建国以来の名門貴族であり、王家が協力者とするには極めて好都合な者達だった。ゲーナの父母や兄弟は、王家の要請に対して一切の不服を申し立てず、寧ろ進んでヤキム・パーヴェルに助力した。親兄弟を切り捨てて、一人出奔する道を選べなかったゲーナは、ヤキムの魔術を簡単に撥ね除けるだけの力を持ちながら、結果として隷属の重い鎖に繋がれたのである。

ヤキムの曽孫(ひまご)であるダニエは、そうした事情を誰よりもよく知りながら、上手く立ち回れなかったゲーナを嗤(わら)ったのだった。

「魔術紋を用いた契約は、本人と施術者の魔力によって行われ、契約内容を魔術紋としてその身に刻み込みます。最初から改変の可能性を書き込んでいればともかく、不可変の魔術紋であれば、効力は本人の肉体が滅びるまで消えません。私くしはこうした魔術紋の原理を応用し、今回の召喚対象者に何らかの鎖を付けられないかと考えたのでございます」

「面白い。何故そのように考えたのだ、ダニエ」

「魔術紋を用いない従来の契約魔術を対象者に使用した場合、いくつかの問題点があると愚考したからでございます、アイラト王子殿下。先ず、力尽くで魔術機器を付けられるのかどうか。本人が反抗的であったり、強い力を持っていたりすれば、魔術機器を付けられない可能性がございます。また、本人が持つ魔力が、我々が認識しているものとは異質であり、魔術機器を作動させても、隷属させられない可能性もございます」

　父であるエリク王に最も似ていると噂され、実際に父王と同じく合理的な論証を好むアイラトは、満足気に言った。

「仮に上手く装着させ、一旦隷属させられたとしても、魔術機器の許容量を超える可能性もある。そうだな、ダニエ」

「左様でございます、殿下。そこで、召喚の魔術陣そのものに隷属の術式を加え、変更可能な契約の魔術紋ではなく、最初から不可変の隷属紋を施した状態で召喚してしまうのです。何らかの理由によって隷属紋を刻めない場合、召喚自体が停止されるようにしてしまえば、召喚対象者を管理下に置けないなどという危険性はなくなります。その為の具体的な魔術陣の術式も、既に完成しております」

　ダニエが説明する間、ゲーナの表情を探っていたスヴォーロフ侯爵が、視線を動かさないまま尋ねた。

「魔術師の語る論理は、魔術師ならざる者には理解し難い。ダニエの申す術式は、そなたから見ても実現可能なのだろうか、魔術師団長」

既に反論する気力さえ失ってしまったのか、意識して表情を消し去ったゲーナは、淡々とした口調で答えた。

「先程と同じ答になりますな、宰相閣下。可能か不可能かの二択であれば、可能でしょう。対象者の魔力量や魔力の性質が分かりませんので、確実とは言えないまでも、召喚後に隷属の魔術機器を嵌めようとするよりは、遥かに危険は少ないものと思われます。極めて複雑な術式を構築し、それだけの術式を発動させるに相応しい魔術触媒を用意し、術を維持するに足るだけの魔力を供給出来ればの話ではありますが」

スヴォーロフ侯爵は、魔術師として並ぶ者のいないゲーナの回答に頷くと、円卓を囲む人々に重々しく宣言した。

「よろしい。それでは、ダニエの言う手法を用いて、召喚魔術の実施に向けて邁進すると致しましょう。今回の計画は、国家機密に準じるものと定めますので、関係者以外には他言なされませんよう、御気を付け下さい」

「宰相閣下、私からも一つよろしいか」

「何かな、魔術師団長」

「今回の召喚魔術に際し、叡智の塔からは相当数の魔術師を選抜して、準備に当たらせるのでしょう。私の補佐役には、一等魔術師のアントーシャ・リヒテルを指名したい」

ゲーナの提案を聞いて、〈賢者の間〉に於ける会議の間中、口数少なに控えていたパーヴェル伯爵が、初めて明確に異を唱えた。

「それはおかしかろう、魔術師団長。貴方の補佐役を務めるべきは、席次から言っても次席魔術師たるダニエの筈。しかも、今回の召喚魔術には、ダニエが考案した隷属魔術が使われるというのに、他の者が補佐の任に当たるなど考えられない。アントーシャ殿とやらが、魔術師団長に匹敵する程の天才ならともかく、然る噂も聞きませんしな」

大叔父に似ない凡庸な魔術師であるというアントーシャの噂を、ここぞとばかりにあげつらうパーヴェル伯爵の発言を、クレメンテ公爵が追認した。

「誰しも身内に花を持たせたいものではあるが、今の提案は少々無理が過ぎるであろう。ダニエを重用するが良い、魔術師団長」

「公爵閣下もそう言われるのだ。今回は引いた方が良いだろう、魔術師団長。アントーシャという魔術師が、ダニエ以上の魔力量を誇っているのであれば考えても良いけれど、どうやらそうではないのであろう」

クレメンテ公爵に続き、ロジオン王国の王子たるアイラトにまで決め付けられて、ゲーナは沈黙した。ここでもまた、ゲーナは劣勢に立たされたのである。

国王が居住するボーフ宮の庭園に造られたガゼボの一つで、エリク王は今を盛りと咲き誇る花を眺めていた。単なる四阿(あずまや)に過ぎないとは言え、そこは大ロジオンの国王宮に設えられた設備である。壮麗な宮殿の中にあって、敢えて自然な趣を演出する庭園に溶け込むよう、計算され尽くした素朴さを持たせながらも、造りは豪奢を極めていた。

庭園の自然な風情に合わせて、ガゼボの周りの風景も、穏やかな雰囲気に満ちていた。大国の君主であるエリク王の周囲には、十人を超える護衛騎士が護りを固めているにもかかわらず、王の目に触れる位置に立つのは、近衛騎士団の略正装である白銀の胸鎧を纏った二人の近衛騎士と、エリク王の内向きの諸事を差配する王家の家令、タラス・トリフォン伯爵だけだった。

そこへ、侍従や女官に先導されながら、一人の少女が現れた。純白の絹に薔薇色の飾り帯を締めた贅沢なドレスを身に着けた姿は、幼いながらも気位の高さを窺わせる。それも道理か、少女はエリク王の数多いる王女の一人なのである。

先導役の一人である侍従は、緊張した面持ちでタラスの前に進み出ると、深々と腰を折った。漆黒の上着には、胸元に金糸の太陽が刺繍されている。王国の太陽と称えられる国王の宮殿に侍る者だと、一目で分かる出で立ちである。許しもなくエリク王に話しかける真似など、決して出来ない立場の侍従は、タラスが頷くのを待ってから、おもむろに口を開いた。

「畏れながら申し上げます、トリフォン伯爵閣下。ロージナ王女殿下が、陛下に是非とも御見せしたいものがあると仰せになり、既に庭園まで御越しでございます」

ロージナが姿を見せた瞬間から、一度として王女に視線を向ける素振りを見せないタラスは、虫を払うかの如く答えた。

「本日、ロージナ王女殿下が御越しになられる予定はなく、陛下への謁見も許されていない。何故、先触れを出して陛下の御裁可を仰がない。如何に王女殿下であれ、陛下への突然の御訪問など認められぬと、王女殿下の女官に申し伝えよ」

取りつく島もないタラスの様子に、侍従が為す術もなく顔を伏せる一方、ロージナに付き従ってきた女官は、構わずタラスの前に歩み出た。女官が言う。

「そうは申されましても、わたくし共は姫君の御名前で、何度も御面会を願い出ております。無作法は承知でございますけれど、こうでも致しませんと、姫君が御父君に御会いになれないのでございます。陛下とて、愛娘たる姫君の御願いとあらば、ほんの僅か御時間を作って下さるのではございませんか」

「女官如きが、陛下の御心を忖度するのは不敬である。口を閉じ、疾く戻るが良い」

「姫君のたっての御願いでございます。どうか陛下に御取り次ぎ下さいませ」

「ならぬ。疾く戻るが良い」

王女の名を以てしても、タラスを説得出来ないと悟った女官は、そっとロージナに目配せをした。

ロージナは小さく頷くと、三十メトラ程先に姿の見えるエリク王に向かって、大きな声で話しかけた。

「御父様、わたくし、御父様に御目に掛けたいものがございますの。少しの間で構いませんので、御話し出来ませんか。御願い致します、御父様」

作法一つにも洗練を極めた大ロジオンの王城にあっては、到底許されないロージナの無作法に、タラスは眉間に深く皺を寄せたまま、エリク王に視線で問いかけた。エリク王は、然程興味を惹かれた様子も見せず、一度だけ鷹揚に頷く。眉間の皺を消さないまま、タラスは言った。

「誠に畏れ多きことながら、陛下の特別の御慈悲でございます。ロージナ王女殿下、陛下の御前に御進み下さい」

タラスの重々しい許可を得て、ロージナと女官は喜色を浮かべ、弾む足取りでエリク王に近寄った。そして、ドレスの裾を左右の手で摘み、それぞれに片足の膝を曲げて挨拶をする。ロージナは軽く膝を折る上位礼、女官は深く腰を落とした最上位礼である。

エリク王は、礼から直るように合図しただけで、自分からロージナに話しかけず、椅子を勧めもしなかった。いない者として扱われたロージナと女官は、タラスに困惑した視線を向けたものの、いつの間にかエリク王の後ろに控えていたタラスも、石像かと見紛うばかりの無表情を貫いて、平然と立っているだけだった。

厳正な貴族社会であるロジオン王国には、身分が上の者から話しかけるか、許可を表す合図を出すか、或いは自由を許された間柄でない限り、下の者から口を聞いてはならないと決められている。明文化された法ではなく、王城に於ける不文律であり、だからこそ厳守されている作法を、ロージナはまたしても踏み破った。エリク王の無言に対して為す術を失い、思い余った女官によって小声で促されたロージナは、再び自分から父王に声を掛けたのである。

「御父様、御久し振りでございます。もう一月も御目に掛かれませんでしたので、ロージナは寂しゅうございました」

「そうか。今日は、寂しいからといって来たのか、姫よ」

漸くロージナに注がれたエリク王の声音は、殆ど温度を持っていなかった。まだ幼いロージナは、エリク王の言葉の意味を深く考えようともせず、父王が自分に視線を向けてくれた喜びに、淡く頬を染めた。

「そうですわ、御父様。わたくし、御父様に御会いしたかったのです。それに、御母様の猫が子を産みましたので、御父様にも御見せしたかったのです。御父様、猫は御好きでいらっしゃるでしょう。とても可愛いのです」

「猫か。確かに猫は好きだよ。前の猫が死んでしまってから、暫くは飼っていないがね。良かろう。見せて御覧」

エリク王の許可を得て、ボーフ宮の侍従の一人が捧げ持っていた籐籠（とうかご）の蓋を開けた。途端に、頬りない子猫の鳴き声がか細く響く。控えていた近衛騎士の一人が、素早く籐籠を覗き込み、何かを確かめてから猫を抱き上げた。雪かと見紛う程に白く、艶やかに長い毛並みの子猫である。タラスは、近衛騎士から猫を受け取り、やはり何かを確かめてからエリク王に言った。

「生後二月程でございましょうか。元気で愛らしい子猫でございます故、問題はありますまい。如何致しますか、陛下」

エリク王は、目の前の机の上に置かれていたガラス製の遊戯盤を、自らの手で横にずらし、空いた場所を指差した。タラスによって、そっと机に座らされた子猫は、騒ぐでも暴れるでもなく、只じっとエリク王を見詰めている。存外、猫の扱いに慣れたエリク王が、軽く曲げた人差し指を子猫の鼻先に突き出してやると、子猫は何度も指の匂いを嗅いでから、小さく喉を鳴らした。子猫とエリク王は、明らかに何かが通じ合った様子だった。

「純白の毛並みに相応しく、そなたをスニェーク〈雪〉と名付けよう。今からそなたは、ボーフ宮に住まうが良い」

子猫に申し渡すには重々しく、仄かな愛情を纏った父王の宣言に、ロージナは瞳を輝かせて喜びの声を上げた。

「御父様が飼って下さるのですね。同時に生まれた子猫の中でも、一番綺麗で賢い猫だから、きっと気に入って頂けると思いましたの。スニェークだなんて、素敵な名前だわ。御父様に気に入って頂けて、とても嬉しいわ」

「スニェークは、余が大切に可愛がると約束しよう。大儀であった、ロージナ」

幼い王女の喜びを意に介さず、呆気なく退席を促したエリク王の言葉に、ロージナは慌てて言い募った。

「あの、御父様。これからはスニェークに会いに、ボーフ宮まで来てもよろしいでしょう。わたくしも御父様と同じで、猫はとても好きですの。御父様の御側でスニェークと遊べたら、どんなにか楽しく思いますわ」

「先触れを出して尋ねなさい。状況が許せば許可が出るだろう」

「スニェークの母猫は、御母様が飼っていらっしゃるの。御父様、御母様の所まで、母猫に会いにいらして下さるかしら。ローザ宮には、スニェークと同時に生まれた子猫も後二匹おりますの。とても可愛いのよ。きっと御父様の御気に入るのではないかしら」

段々と必死になるロージナに、女官も縋るような目を向けて、無言でエリク王に懇願した。そんな王女らを一顧だにせず、言葉を挟んだのはタラスだった。

「ロージナ王女殿下が御帰りになられる。御見送りせよ」

即座に動いた近衛騎士に促され、流石のロージナと女官も、これ以上居座るわけにはいかなかった。物言いた気な瞳でエリク王を見遣ってから、ロージナは何度も振り返りながら、ゆっくりと庭園を去っていく。王女と女官の歩みの遅さは、引き止める声が掛かることを期待してのものだったが、エリク王は最後まで眉一つ動かさないままだった。

ロージナ達の姿が完全に見えなくなってから、エリク王は底に冷たさを潜ませた声で、傍に立つタラスに尋ねた。

「ロージナは第四側妃の娘。では、第四側妃は誰の娘だったか」

「外務大臣を務めておられる、エドガル侯爵閣下でございます」

「そう、外務大臣である。外交を差配する者の孫娘が、王城の作法さえ身に付けておらぬとは、詰まらぬ話もあるものだな、タラスよ」

「ここ二月程、陛下は第四側妃殿下と御会いになっておられませんし、最後に彼の側妃殿下の下に御渡りになられましたのは、三年前でございます。先様も、色々と焦っておられるのでございましょう。何れにしろ、本命はロージナ王女殿下の兄君かと存じます」

エリク王は色のない微笑みを浮かべ、壮年の男とは思えない程美しく整えられた指先で、そっとスニェークの頬を撫でた。

「王太子位争いから脱落しない為に、子猫と小娘を使うか。姑息なことよ。利用されるロージナも不憫故、そろそろ動くとしよう」

「どこまでなさいますか」

「第四側妃には、半年前から愛人が居たのだったな」

「第四側妃殿下付の護衛騎士の一人が、閨に侍っております。未だ年若い近衛でございます。証拠も既に揃っておりますので、如何様にも」

「ならば、第四側妃をその男に下げ渡すとしよう。第四側妃の産んだ王子王女は、全て王籍を剝奪し、相手の男の貴族籍に入れよ」

「罰せずとも良い、と仰るのでございますか、陛下」

タラスは、めずらしくも内心の不満を露わにした。大ロジオンを統べる絶対君主たるエリク王を、タラスは若い頃から一心に敬愛し、命を懸けた忠誠を貫いてきた。その至高の主に対して、こともあろうに〈寝取られ男〉の汚名を着せた第四側妃は、タラスにとって八つ裂きにしても飽き足らない敵だったのである。

一方のエリク王は、議会が定めた政略に従って迎えたに過ぎない第四側妃に、不貞を憎む程の関心さえ持ってはいなかった。

「罰を与えぬのではない、タラス。余は、栄えあるロジオン王国の正史に、不義を犯した側妃が居たなどという恥を、書き残されたくないだけなのだ。何らかの問題のあった側妃を、国王が手近な男に下げ渡し、王子王女ごと王城から遠ざけた。それで良かろう。第一、第四側妃の不義を公に問うてしまえば、子らも全て殺さねばならぬ。愚かな女一人の為に、そこまでせずとも良かろう」

「御意にございます。一両日中に準備を整えます」

「愛人を引き入れる手助けをした者や、知っていて沈黙していた者は、一人残らず殺すが良い。王城の口さがない雀共には、それだけで口に出来ぬ真実が伝わろう。子らの為に側妃の命は奪わぬのだから、不忠者を罰して見せしめと致せ」

「必ずや、全員を炙り出しましょう。御任せ下さいませ、陛下」

タラスは、強い意志を秘めた瞳で一揖した。タラスが心の内で書き溜めていた不忠者の名簿には、ロージナを煽って王城の不文律を破らせた、先程の無礼な女官の名も、はっきりと刻まれているのである。

既に第四側妃の問題に関心をなくしたエリク王は、大人しく机の上で座り込んでいる子猫に目を向けた。〈黄白〉で作られた遊戯用の駒の中から、優雅な手付きで馬の頭部を模した駒を摘み上げると、静かに子猫の近くに置く。

「スニェークよ、馬の形をした駒は騎士を意味するのだよ。黄金の馬の後ろには、近衛の騎士が多く付き従っているだろう」

次に、エリク王は、馬から少し離れた位置に、上部が半球形の形をした駒を置く。盤上の遊戯では僧侶と呼ばれる駒である。

「僧侶の駒は、貴族や官吏を従えている。勿論、全てではないが、中々に強(したた)かであり、複雑な動きをするだけの知恵がある」

　エリク王が三度目に手に取ったのは、上部を城らしき形に整えた駒であり、馬と僧侶の間、丁度三角形の頂点を示す場所に置く。

「城は、近衛以外の騎士を指すと考えれば良い。ここで動くのは王国騎士団であろう。彼らは、馬とも僧侶とも仲が悪い」

　仄かな微笑みを浮かべながら、エリク王は最後に人の形を模した駒を取り、馬と僧侶と城から成る三角形から離れた机の端へと静かに置いた。

「人型の駒は地方貴族であり、普段は政局には関わってはこない。但し、やり方を誤ると他の駒を薙ぎ倒すかも知れぬので、注意が要るであろう。四つの駒の内の三つ、せめて二つを合わせれば、王の駒に手が届くであろうに、今はそれぞれがいがみ合っている。さて、ロジオン王国の王太子位争いは、どうなるであろうな、スニェークよ」

　優しく語りかけられた子猫は、出会ったばかりの主人に柔らかく湿った鼻先を擦り寄せ、健気な声で鳴いたのだった。


　ヴィリア大宮殿の〈賢者の間〉に於いて、召喚魔術の可否を判断するという名目で行われた、心を削るばかりの会議を終えて、ゲーナは叡智の塔の執務室に帰り着いた。ゲーナを待っていたのは、憂いに顔を曇らせたアントーシャだった。会議への参加を許されなかったアントーシャは、落ち着かない気持ちを抑えて、一人ゲーナの首尾を案じていたのである。

「御帰りなさい、大叔父上。御疲れ様でした」

僅かばかり前、暗い表情で〈賢者の間〉を出てきたはずのゲーナは、アントーシャに脱いだばかりのローブを渡し、人の悪い顔で笑った。

「疲れるには疲れた。会議の内容は愚劣であるし、終始、猫を被っておったからな。しかし、首尾は上々だよ、アントン」

一瞬、湧き上がる激情に耐えるかの如く、アントーシャはゲーナのローブを強く握り締めた。橙色にも近い程深い黄色に染められたローブは、王族以外の禁色である紅金色に近く、魔術師団長であるゲーナだけが着る特別なものである。魔術師団長の権威の象徴とも言えるローブを、感情のまま皺にするわけにはいかず、アントーシャは溜息と共に指から力を抜き、丁寧に衣桁に掛けた。

アントーシャの心の内を知りながら、敢えて微笑みを浮かべたゲーナは、優しい声で言った。

「そのように深刻な顔をせず、こちらに来て御座り、アントン。ロジオン王国でも指折りの高位貴族と王族、そして我ら魔術師の理を踏み外そうとする裏切者が、揃って踊っていた不毛な会議の結果、全ては私達の想定の通り運んだのだよ」

ゲーナに手招きされるまま、アントーシャは向かい側の長椅子に腰掛けた。必死に平静を装おうと、無理に浮かべたアントーシャの微笑みの痛々しさに、ゲーナは胸を突かれたものの、表情には出さないままに口を開いた。

「今日の会議は、中々に興味深かったよ。召喚魔術の行使などという愚劣な策を、一体誰が推し進めてきたのか、大体の構図が見えてきたからな。予想という意味では、当初から分かってはいたが、呆れる程にその予想の通りであった」

「主犯格となったのは、やはりダニエ・パーヴェルでしたか。魔術の理を知って然るべきであり、知っていなければならない叡智の塔の魔術師。それも、歴史上最も偉大な魔術師であるゲーナ・テルミン師に次ぐ地位にある、次席魔術師ともあろう者が、何という愚かな真似をするのでしょう。ぼくには、ダニエの気持ちが欠片も分かりませんよ、大叔父上」

まるで幼い子供のように、無意識に唇を尖らせたアントーシャの表情に、ゲーナは思わず微笑んだ。召喚魔術を巡る心労に晒されるまで、アントーシャを前にしたゲーナがよく浮かべていた、明るく柔らかな微笑みだった。

「そうだろうとも、アントン。お前には、決してダニエの心は分からない。大空を飛ぶ鷹が、溝(どぶ)を這い回る鼠の気持ちなど分かるものか。ダニエは、私を貶(おとし)め、私を超えたいのだろうさ。ダニエ・パーヴェルは、前魔術師団長たるヤキム・パーヴェルの曽孫であり、魔術師として極めて高い自尊心を持っている。実際、魔力にも才能にも恵まれている。だからこそ、魔術師として私に敵わない現実が、我慢ならないのだろう」

「ですが、大叔父上に敵わないのは、当然ではありませんか。ゲーナ・テルミンを超える魔術師など、有史以来一人もおらず、今後も決して現れはしません。大叔父上こそは、至高の魔術師にして、魔術を志す全ての者にとって、夜空の星にも等しい方なのですから。ダニエが大叔父上を妬むなど、犬が月に吠えるようなものです。ぼくは、犬は大好きですから、この例えは嫌ですけれど」

アントーシャが用意していた果実水で喉を潤しながら、ゲーナは含み笑った。表情には出さなくても、自らを恃(たの)む者の多い叡智の塔の魔術師達は、ゲーナの圧倒的な力を羨みつつ崇拝し、敬愛しつつ憎んでいる。目の前のアントーシャの如く、僅かな葛藤もなくゲーナの存在を受け入れることの出来る魔術師は、数少なかったのである。

「お前がそう言ってくれるのは、お前こそが偉大な魔術師だからだよ、アントン。お前が生まれてくるまで、強大な魔術師であると自惚れていた私が、嫉妬する気持ちにさえならなかった程に。月に吠える犬であっても、次元を超え、界を隔てた天空に輝く太陽には、吠える気にすらならず、只、崇拝の眼差しを向けるだけだろうさ。とは言え、今は魔術の話ではなく、〈賢者の間〉での会議の趨勢だったな」

ゲーナは、勢い良く果実水を飲み干して、緩りと口元を吊り上げた。アントーシャには、悪戯な笑みに見える表情は、ゲーナを嫌いつつ恐れる者からすれば、悪辣な策士の顔であり、物語の魔王の如く不吉な微笑に見えただろう。

「〈賢者の間〉に集まったのは、クレメンテ公爵、パーヴェル伯爵、ダニエ、アイラト王子、アリスタリス王子。そして、ロジオン王国が誇る宰相にして、〈智の巨人〉と呼ぶに足る天才、エメリヤン・スヴォーロフ侯爵だ。分かりやすいといえば、誠に分かりやすい。アイラト王子を王太子に推す勢力と、一人監視の為に訪れたアリスタリス王子という構図だろう。あのスヴォーロフ侯爵が、単純な謀略を仕掛けるとは思えないのが、不思議ではあるが」

ロジオン王国の王位継承は、正嫡の王子が優先されることはなく、生まれた順に決められるとも限らない。絶対的な法として決められているのは、男子にのみ王位継承権があるという一点であり、議会が承認した正妃、側妃の産んだ王子であれば、等しく継承権が与えられるのである。

すべての者が魔力を持つ世界では、生まれつきの魔力量が大きく寿命を左右する。史上最高の魔術師と呼ばれるゲーナは、百四十歳の年齢を重ね未だに壮健であり、魔力量の多い高位貴族ともなれば、百歳を超える者も少なくない。ロジオン王国の王位継承が、生まれた順に拘らないのも、こうした寿命の問題が大きかった。

現在の国王であるエリク王は、王族の中でも突出して魔力量が多く、壮年を迎えて尚、衰える気配は微塵もない。当然、在位年数が長くなるだろうと想定されており、次の王太子選定も喫緊の課題とはなっていなかった。正妃エリザベタの産んだ王子であり、王族としては平均的な魔力量である十八歳のアリスタリスと、出産と同時に亡くなった第二側妃オフェリヤの子であり、王族の中でも目立って魔力量の多いアイラトは、どちらも有力な王太子候補ではあるものの、未だ決定には至っていなかった。

「エリク王が玉座を去るのは、少なくとも二十年以上は先になるだろうから、クレメンテ公爵などは焦っているのだろうな。直ぐに王の義父になれなくとも、王太子の義父にはなって、己れの地位を押し上げたいのだ。〈黄白〉に取り憑かれた者の気持ちは、我らには理解出来ぬものだな、アントン。王子に許される〈黄白〉の色と、王太子に与えられる〈黄白〉の色。その違いの為だけに、界を隔てた罪なき者を、奴隷にしようとしても恥じぬのだから」

ゲーナの言葉に、アントーシャの琥珀色の瞳が燃え上がった。滅多に怒りを見せず、常に優しく穏やかな色を湛えた瞳に浮かぶのは、今は憤怒の色である。アントーシャは、湧き上がる感情を抑えるかのように、ゆっくりと口を開いた。

「ということは、召喚対象は予想通り〈人〉であり、召喚対象者の管理の為に、ダニエが考案したという、隷属魔術の術式を使うつもりなのですね。何と愚かで、何と恥知らずなのだろう。ダニエ・パーヴェルに魔術師の名を与えるのは、この世の魔術師全てに対する侮辱ですね。召喚魔術の実行はいつ頃になりそうですか」

「一月後と決まった。準備が慌ただしいのは、事が外部に漏れない内に既成事実を作りたいからだろう。ダニエが、既に粗方の準備は整っていると主張して、その意見が取り入れられる結果となった。実際に召喚魔術を実行するときには、私とダニエの他、二十人の魔術師が揃えられる。その全てが、ダニエの息の掛かった配下の魔術師ばかりだよ」

「叡智の塔で不満を溜めている、貴族ばかりの一派ですね。二十人の魔術師の中からも、一等魔術師であるぼくは外されたのですね」

「最初に私の補佐官としてお前を指名した所、反対の集中砲火を浴びたよ。魔術師として大した能力を持たないお前を選ぶのは、私の身内贔屓に過ぎないそうだ。ダニエなど、私に呆けたのか、とでも言いたそうな顔付きだったな」

〈賢者の間〉で見せたダニエの得意気な顔を思い出し、ゲーナはさらに上機嫌に笑った。アントーシャは、呆れたように言った。

「先にぼくの名前を出して、態(わざ)と反対させたのですね。相変わらず、大叔父上はあくどい駆け引きが御上手だ。疑われはしなかったのですか」

「クレメンテ公爵とパーヴェル伯爵、ダニエ、それに上品な王子殿下方は騙せただろう。宰相だけは、私にも読めない。あれは、複雑な精神構造をした〈智の怪物〉だよ、アントン。全て気付かれていたとしても、驚きはしない。寧ろ私が不思議に思うのは、あれ程の天才が、クレメンテ公爵如き凡人に味方し、召喚魔術などという下策を実行しようとしている事実の方だ。スヴォーロフ侯爵の思惑は、どこにあるのだろうな」

　ゲーナにとって、警戒するべき唯一の対象はスヴォーロフ侯爵だった。ロジオン王国という巨大国家の政治を主導し、欠片の隙もなく運営してきたスヴォーロフ侯爵を、ゲーナは高く評価している。ゲーナが千年に一人の天才魔術師と呼ばれるように、宰相スヴォーロフ侯爵は、比類なき内政の天才にして、智の巨人の名を恣(ほしいまま)にしているのである。ゲーナの懸念を知りながら、アントーシャは敢えて明るく言った。

「己が甥を至尊の座に就けて権力を握る、という筋書きは如何ですか、大叔父上。クレメンテ公爵とスヴォーロフ侯爵は、アイラト王子の最大の後ろ盾です。アイラト王子が未来の王となれば、王城は宰相の天下でしょう」

「自分でも思っていないことを言うものではないよ、アントン。あのスヴォーロフ侯爵が本気でそう望んでいるのなら、とうの昔にアイラト王子殿下が王太子宮の主人になっているに違いない。まあ、分からないなら分からないで仕方がない。今は我々を見逃してくれているのだから、それで良しとしよう。ともあれ、召喚魔術を行使する間、お前は自由を得た。監視は付いたとしても、アントンなら問題にならないだろう。お前が召喚魔術の輪の中に入れられてしまったら、身動きが取れなくなる所だったよ」

「どうしても、御気持ちは変わりませんか、大叔父上」

ここで、アントーシャはゲーナに縋る目を向けた。何度も話し合い、仕方なく納得していても、ゲーナの立てた計画は、やはりアントーシャには耐え難かった。物事をくどくどと言わない気質のアントーシャも、今回だけは諦めが付かなかったのである。

「身勝手な私を許しておくれ。アントン。優しいお前を酷く苦しめると分かっていても、他に方法はないのだよ」

ゲーナは、アントーシャを深い眼差しで見詰めながら、己れの胸に刻まれた魔術紋の上を、そっと指で撫でた。

「この忌々しい魔術紋の御陰で、私は百二十年もの間ロジオン王国に縛られてきた。愛する祖国が道を誤り、己が国民や他国の人々を蹂躙するのに、私自身が手を貸してきたのだよ。今度こそそれを止める為に、我が身を捧げるしかあるまい」

「ぼくなら、隷属の魔術紋を無効化出来ると思います。どうか試させて下さい、大叔父上。御願いします。他に方法があるのに、大叔父上を犠牲にするなど、ぼくにはとても耐えられそうにないのです」

「気持ちは嬉しいよ、アントン。しかし、それはならぬと、何十回も話したであろう。この魔術紋は、私と前魔術師団長との相互契約だった。私は王家に隷属させられ、ヤキム・パーヴェルは契約に必要な魔力を己れ一人で贖った。大きな魔力量を誇っていたヤキムは、だからこそ僅か五十歳で世を去ったのだ」

アントーシャは、柔らかな琥珀色の瞳を潤ませ、まるで頑是ない幼子のような口調で激しく言い募った。

「ヤキム・パーヴェルの魔力が尽き、枯木を思わせる死を迎えたのは、ヤキムの自業自得ではありませんか。偉大な魔術師である大叔父上に、ぼくの唯一人の家族に、こんなに酷い真似をして。死んでいなければ、今、ぼくが自分の手で殺してやるのに」

「やめておくれ、アントン。いつも優しい言葉しか紡がぬお前が、私の為に人を殺すなどと口にするものではないよ」

「もう一度、御願いします。どうか、大叔父上の魔術紋を解除させて下さい。ぼくから、父にも勝る方を取り上げないで下さい」

目に一杯の涙を溜めながら、必死になって言葉を重ねるアントーシャを、ゲーナは深い愛情を籠めた眼差しで見詰めた。

「許しておくれ、アントン。魔術師として交わした契約を一方的に破るのは、私の誇りが許さない。何よりも、お前と出会う前の長き間に、私の手は汚れてしまった。今更、自分一人救われるわけにはいかぬのだよ」

「だから、ぼくが、貴方を殺す手伝いをするのですね」

呻くように言って、アントーシャは堪らずに両手で顔を覆った。ゲーナは、席を立ってアントーシャの傍に寄り添い、強く抱き締めた。アントーシャは必死になって嗚咽を堪え、ゲーナは愛おしむように背中を撫で続ける。もう二人とも何も言わず、只、時間だけが緩やかに過ぎていった。


〈賢者の間〉での会議の後、ロジオン王国の本宮殿であるヴィリア大宮殿の宰相執務室で、スヴォーロフ侯爵は淡々と執務を行っていた。洗練された統治機構を有するロジオン王国に於いて、宰相の役割は極めて大きく、大部分の省庁は宰相府の指揮下にある。王国の絶対君主たるエリク王を除けば、スヴォーロフ侯爵こそが王国政治の頂点だった。

広々とした宰相執務室には、装飾品と呼べる程のものは殆どない。万事に合理的なスヴォーロフ侯爵は、執務の場を飾り立てようとはせず、家具の類についても実用性を重視していた。大ロジオンの宰相として、格式を保てるぎりぎりの豪華さを持った室内は、部屋の主の許容する範囲を見極めた、官吏達の苦労の賜物でもあった。

スヴォーロフ侯爵の執務中、部屋には常に数多くの官吏が列を成している。迷うということが殆どなく、業務を処理する速度が尋常ではないスヴォーロフ侯爵は、官吏達が次々に差し出す多種多様な案件を、瞬時に理解して精査し、正しい指示を出していくのである。常に冴え渡った頭脳は、エリク王をして〈この世で最も賢いかも知れぬ〉と称賛されるに相応しいものだった。

ロージナがボーフ宮を訪ねた日、張り詰めた空気の中でスヴォーロフ侯爵が書類を捲る音だけが響く執務室に、控え目に声を掛ける者がいた。官吏の一人が、来客を知らせる先触れに訪れたのである。

「御執務中に申し訳ございません。タラス・トリフォン伯爵閣下が、宰相閣下への御目通りを御希望だそうでございます。如何御返事致しますか」

「陛下の家令殿の御申し出とあらば、全てに優先するであろう。我が執務室でよろしければ、いつなりと御越し頂くが良い。私がどこかに足を運んだ方がよろしいのであれば、そうさせて頂くと御答えせよ」

「宰相閣下の御許可があれば、直ぐにでも執務室に御出でになるそうでございますので、御案内して参ります」

官吏が戻って間もなく、タラスが執務室に現れた。スヴォーロフ侯爵は立ち上がってタラスを迎え、優雅な身振りで応接の長椅子へと誘った。爵位も階位も、スヴォーロフ侯爵の方が上ではあるものの、国王の側近中の側近である家令という立場は、大ロジオンの宰相に丁寧な扱いをさせるだけの権威と実力を持っていた。

「突然の訪問を御許し頂き、誠に有難うございます、宰相閣下。無作法を致しましたこと、御詫びを申し上げます」

「タラス伯にならば、いつなりと扉は開いておりますよ。とは言え、伯がそのように御急ぎとはめずらしい。何かございましたか」

「よろしければ、護衛騎士以外の者を、隣室に御下げ頂けませんでしょうか。陛下よりの御下知(おげち)がございますので、宰相閣下と御打ち合わせをさせて頂きたいのです」

「勿論構いませんよ、トリフォン伯爵」

軽く頷いたスヴォーロフ侯爵は、一度だけ小さく手を振った。宰相の側仕えを許される程の者達が、スヴォーロフ侯爵の意図を読み間違えるはずがない。官吏達は僅かな戸惑いも見せず、タラスに丁寧に一礼し、滑るように部屋を出ていった。官吏らの気配が完全に消えるのを待って、タラスは端的に言った。

「そろそろ第四側妃の問題を片付けると、陛下が御決めになられました。宰相閣下にも御協力を御願い申し上げます」

「ほう。何か切っ掛けがございましたか」

「大した話ではございません。本日、第四側妃に目に余る振る舞いがございましたので、良い頃合いかと存じまして」

タラスの瞳の奥には、隠し切れない怒りが燃え盛っていた。白皙に酷薄な笑みを浮かべながら、タラスは、ロージナが先触れもなくボーフ宮を訪問した顚末と、第四側妃がエリク王の関心を取り戻そうと、にわかに焦り始めた状況を説明した。

「ロージナ王女は無知であり、女官共は許されざる無礼者でございます。我らがエリク国王陛下は、追い詰められた第四側妃らが一層愚かな行いに手を染め、ロージナ王女らを利用するのではないかと危惧しておられ、苦渋の御決断を下されました」

「至尊の国主たる御方が、耐え難きを耐えておられましたのに、今まで猶予を与えておられた陛下の寛大な御心は、愚かな者共には伝わりませんでしたか。確かに、そろそろ頃合いでございましょう。長引けば陛下の御名にも関わりかねませんから。側妃の不貞による大逆罪として、関係者全員を処刑致しますか」

顔色一つ変えず、スヴォーロフ侯爵は聞いた。ロジオン王国では、妃が不貞を理由とした大逆罪で処刑された場合、妃の産んだ王子王女もまた、不貞の時期にかかわらず処刑すると決められている。一度でも不貞に手を染めるような女の産んだ子は、誰が父親か分からないと、王子王女ごと切り捨てられるのである。ロジオン王国に於いて、国王の血筋を意味する王統は、それ程までに不可侵なものだった。

「いいえ、陛下は不義の女を愛人の男に下げ渡すと仰せです。子らは王籍を剝奪して男の貴族籍に入れよ、と。寛大なる陛下は、子らの命を哀れんでおられるのです」

タラスは、もう第四側妃を妃とは言わず、彼の女の産んだ子供達についても、王子王女とは呼ばなかった。スヴォーロフ侯爵は、大きく頷いた。

「よろしい。何事も陛下の御意の通りに致します。女の父親に関しては、直ぐに外務大臣を罷免する手筈を整えましょう。爵位と領地は如何なさいますか」

「領地は没収し、爵位は男爵位にまで落としましょう。新しく子らの父になる男も、男爵家の嫡男ですから、釣り合いは取れるというものです。それから、男を閨に招く手伝いをした女官が三名と従僕が二名、知っていながら黙認していた女官が四名、侍女が五名いると判明しております。この十四名の者達は、一人残らず処刑致します」

「ならば、罪状は王国に対する叛逆罪が妥当な所でしょうか。詳しい罪状までは明らかにせずとも、皆、口に出せない真実に行き着くでしょう。犯人共は、近衛に捕縛致させますか。王城での騒乱は、通常は近衛の出動となりますけれど」

「いいえ。此度は慣例を破り、近衛ではなく王国騎士団を使いたいと考えております。実は、近衛の中にも男に協力していた痴れ者が二名おります。二人一組で護衛騎士として不寝番を務める筈が、買収されて口裏を合わせ、男を閨に送っていたのです」

そう口にしたとき、常に冷静な微笑みを浮かべていたタラスが、耐え切れないように眉根を寄せ、瞳を暗く光らせた。近衛騎士団の騎士は、王家の守護を最大の職務とし、国王への絶対的な忠誠を誓ったはずの者達だった。よりにもよって、その近衛騎士団の騎士がエリク王を愚弄したという事実に、タラスは激怒し続けているのである。

「王城に王国騎士団を出動させるという陛下の御決断そのものが、近衛騎士団への処罰の一つなのでございます。近衛を処刑するのは外聞が憚られます故、一度は見逃す形になり、痴れ者共にも表立った処罰は下しません。勿論、不忠者に生きる空などありは致しません」

「協力者の数まで詳細に把握しておられるトリフォン伯が、愚か者共をそのままにしておかれる筈もなし。畏れ多くも陛下を愚弄し、貴方を本気で怒らせた時点で、女も男達も行く末は決まっていたのでしょうな、トリフォン伯爵」

タラスは、氷壁を思わせる瞳で優雅に微笑んだ。国王の家令であるタラスが、もう一つ、別の顔を持っていることは、王城でも知られた事実である。国王に最も近い家令、王国一の忠臣と呼ばれるタラス・トリフォン伯爵は、国王直属の特別部隊である〈王家の夜〉を統べる立場でもあったのである。

王子王女の助命という建前から、一旦は第四側妃や愛人、不貞の協力者達を見逃したように見せたとしても、崇拝するエリク王を侮辱した者達を許す気など、タラスには欠片もありはしなかった。

国王の直接の命令のみに従い、宰相ですら全貌を把握していない組織に於いて、長く全権を握ってきたタラスに、スヴォーロフ侯爵は、淡々と尋ねた。

「処分と処刑はいつに致しましょうか、トリフォン伯」

「明日の夜は、男が閨にやって来る予定の日でございます。ローザ宮で現場を押さえ、全ての関係者を捕縛させておきますので、翌朝から動きましょう。女から側妃の地位を剝奪し、子らを王籍から外し、不義の男と女の婚姻を結ばせ、子らを男の貴族籍に入れ、女の父を降爵させなくてはなりませんので、手続きは膨大でございます。大変に御面倒とは存じますが、何卒よろしく御願い申し上げます」

「畏まりました。明朝までには全ての書類を整え、朝一番に議会を招集致しましょう。反対する者などおろう筈もございませんが、根回しもしておきましょう」

「忝(かたじけの)うございます、宰相閣下」

「何の。陛下の御心に沿うことこそ、私くしの使命でございます。それにしても、今回の断罪は、近衛には手痛い打撃でしょうな。アリスタリス王子殿下は、どう御考えになるのやら。陛下はそれも計算しておいででしょうか」

「私くし如きが、偉大なるロジオン王国の国王陛下の御心を代弁するなど、到底許されませんよ、宰相閣下」

スヴォーロフ侯爵とタラスは顔を見合わせ、優雅に微笑み合った。大ロジオンを支える高位貴族だけが持つ落ち着きが、底知れない威風となって、密やかに二人の姿を彩っていたのだった。

ロジオン王国の王都ヴァジムは、王城が聳え立つ丘陵を囲むように広がる、美しくも洗練された都である。王城に最も近い外周には、五家の公爵家を始めとする高位貴族の大邸宅が豪奢を競い、

02 カルカンド―状況は加速する―

高位貴族の区画を取り巻く形で地方領主達の王都屋敷が立ち並ぶ。ロジオン王国に存在する八百余の貴族家の約半数は、この貴族街に屋敷を構えているのである。

　貴族街の外周の一角、高位貴族と地方領主の端境とも言える場所に、一際目立つ屋敷があった。侯爵家にも匹敵する敷地の広さと、高々と張り巡らされた石造りの外塀が目立つ屋敷である。庭園を整える気配さえもなく、半ば自然のままに放置されたかに見える木々の深さが、かえって視線を吸い寄せていた。道行く人々は、異質な屋敷の設えに首を傾げ、そこがロジオン王国の誇る魔術師団長にして、千年に一人の天才と謳われる大魔術師、彼のゲーナ・テルミンの住まいだと知って、それぞれに得心していくのだった。

　広大な敷地に比べれば、建物は比較的小さなものに見えた。塀と同じ石造りの外壁には所々緑の蔦が絡まり、山間の古城を思わせる風情が漂う。魔術師団の限られた魔術師以外、滅多に訪れる者もなく、使用人でさえ最低限の古参しかいない屋敷に、ゲーナはアントーシャと暮らしていた。

〈賢者の間〉での会議を終えた日、少しばかり早目に寝室に入ったゲーナが、浅い眠りに就いていた夜半、屋敷の中で高度な魔術を発動する気配があった。唐突に出現した巨大な魔力に、一瞬で覚醒したゲーナは、身動きも出来ないまま暗闇で目を凝らす。ゲーナが求めたのは、目に見える何かではなく、魔術の術式の残像であり、いつの間にか寝室を満たしている魔力の痕跡でもあった。発動された魔術が、自分を傷付ける可能性などないことを、ゲーナは既に知っていたのだった。

　黄金にも勝る煌めきで、柔らかな金色の粒子を漂わせる魔力の持ち主に、ゲーナは優しく話しかけた。

「来たのか、アントン。私の身動きを封じて、どうしようというのやら。相変わらずの悪戯坊主め。夜中に甘えて、私の寝台に潜り込んでくるのは、八つの歳に止めたのではなかったのかね。まあ、お前が何を考えているのか、分からぬわけではないが」

　ゲーナの密やかな含み笑いに誘われるように、闇の中から姿を見せたアントーシャは、二十歳を超えた青年にしては幼く、一目で思い詰めているのだと分かる程に強張った表情で、父と慕う相手に宣言した。

「ぼくは今から、大叔父上の信頼を裏切り、貴方の誇りを傷付け、自分自身の信念をも曲げるつもりなのです。何度も何度も御願いして、その度に断られてきましたけれど、今日こそは後に引けません。大叔父上の胸に刻まれた、その忌々しい隷属の魔術紋を、ぼくが消させて頂きます。必ず、大叔父上を自由にして御覧に入れますので、どうか御許し下さい」

「ならぬ、アントン。お前の気持ちは嬉しい。お前なら、確かに我が胸の魔術紋も消せるだろう。しかし、駄目なのだ。私の魔術紋は、ヤキム・パーヴェルとの命を懸けた誓いでもあると、今日も言った所だろうに」

「ええ。だからこそ、魔術師としての誇りを重んじる大叔父上は、ぼくに召喚魔術を破らせて、その反動で自ら死のうとしておられるのです。分かっています。嫌という程分かっていますとも。けれども、ぼくにだって感情というものがあるのです。たった一人の家族、たった一人の父上と慕う方を、みすみす死なせることなど出来ません。ぼくには、貴方を死なせずに、召喚魔術を破るだけの力があるというのに」

　悲しい目で己れを見詰め、さらに口を開こうとするゲーナに構わず、アントーシャは身の内の魔力を練り上げる。如何に言葉を重ねようと、ゲーナの心を動かすには足らず、既に説得など無意味であると、アントーシャは理解していたのだった。

　ゲーナから視線を逸らし、呼びかける声に応えようともせず、魔術師としての誇りからも目を背け、アントーシャは昏い声で詠唱した。

「我が父を縛り、貶め、利用しようとする契約よ。我、アントーシャ・リヒテルは、それを認めぬ。偉大なる大魔術師、この世の至宝たる天才、魔術の深淵に臨みし賢者にして、我が最愛の父たる者。ゲーナ・テルミンが身に受けし隷属の魔術紋よ、疾く砕け散るが良い」

アントーシャの詠唱が終わるや否や、ゲーナの寝室は黄金の光に満たされた。それは、青天の白日の如く輝かしく、夜空の月に似て優しく、激しく打ち寄せる波かと見紛うばかりの力強さで、ゲーナの身体を包み込んだのだった。

静かに寝台に横たわっていたゲーナは、深い感嘆の吐息を吐いた。魔術師ならざる者は言うに及ばず、この世の殆どの魔術師が理解出来ないであろうアントーシャの魔術を、ゲーナは正確に読み解いていた。アントーシャの魔術には、世の常の術式は存在せず、詠唱に込められた意志が、自動的に術式としての回路を形成していくのである。魔術触媒さえ必要としない、アントーシャだけが成し得る魔術の芸術的なまでの美しさに、ゲーナは陶然と視線を吸い寄せられていた。

ゲーナは、アントーシャに聞かせるでもなく、胸に溢れる感嘆の思いを吐露する為だけに、そっと呟いた。

「我が息子の魔術は、何と美しいのだろうな。私を含め、この世の全ての魔術師が使う魔術とは、成り立ちからして違うのだ。魔術にして魔術に非ず。只、純然たる神秘があるのみ。アントーシャの魔術を崇敬する者は、そこに魔術の理を見るであろうし、アントーシャの魔術を妬む者は、自ら救いなき嫉妬の渦に落ちるだろう。お前こそは、世の魔術師にとっての試金石であり、魔術の申し子に他ならないよ、アントン」

部屋を満たしていた金色の光は、ゲーナの身体を基点に収縮し、緩やかに点滅した。一度二度三度と瞬き、光が点滅を終えたとき、アントーシャの魔術は完成し、百二十年に亘ってゲーナを縛り付けていた隷属の魔術紋は、見事に消え去っているはずだった。魔術に失敗するという経験のないアントーシャは、術の成功を疑ってはいなかった。

しかし、間もなく最後の点滅を終えようとした瞬間、金色の光は輝きを失い、黄金の魔力で描かれた術式ならざる術式は、粉々に砕けて消え失せた。魔術の失敗というよりも、それは魔術そのものが自らを破壊した果ての消失だった。

薄い硝子を割ったかの如き音なき音が、長く鋭く響く中、呆然とした顔をしたアントーシャが、悲痛に言った。

「どうしてです、大叔父上。どうして、そこまで為さるのです。後ほんの少しで、完全に魔術紋を消してしまえたのに」

術者であるアントーシャの目には、自らが行使した魔術の動きがはっきりと見えていた。具現化した魔力そのものである金色の光が、複雑な回路を組み上げながら、ゲーナの胸の魔術紋に絡み付き、ヤキム・パーヴェルの魔力によって刻み込まれた術式を引き剥がそうとしたとき、ゲーナ自身の銀色の魔力が立ち上り、内側から魔術紋を護ろうと、ヤキムの術式に力を注いだのである。

強引に魔術紋を破棄することは、アントーシャには可能だった。しかし、ゲーナの魔力が魔術紋に結び付き、分かち難く一体化しようとする以上、魔術紋を引き剥がせば、ゲーナ自身の魔力もまた塵となって消え失せるだろう。魔術師にとって、それは死にも等しい結果に他ならなかった。

知らずに流れ出した涙を拭おうともせず、アントーシャは寝台の前に膝を突き、必死になってゲーナを揺さぶりながら懇願した。

「お願いです、大叔父上。魔術紋への干渉を御止め下さい。ヤキム・パーヴェルには、死して後まで大叔父上の魔力を動かす力などありはしない。魔術紋を護ろうとするのは、大叔父上御自身の御意志なのでしょう。ぼくが術の行使を止めなかったら、大叔父上の魔力を永遠に奪ってしまう所だったのですよ。何故ですか。魔術師としての誇りの為に、魔術師であることさえ捨てる御覚悟だと言うのですか」

金色の光が消滅すると共に、身体の自由を取り戻したゲーナは、微かに震える腕を上げ、ゆっくりとアントーシャの頭を撫でた。思わずそうせずにはいられなかった程、アントーシャの声は哀切であり、表情は痛々しくも傷付いていた。

「ずっと隠し続けてきた真実を打ち明けなければ、お前は諦めてくれないのだろうな、アントン。お前に軽蔑されるのは死ぬより辛いが、言わぬわけにはいかないらしい」

「真実とは何ですか、大叔父上。何を聞かされても、ぼくが貴方を軽蔑する未来などありません。諦めるつもりも、ありはしませんけれど」

涙に濡れたアントーシャの瞳を見詰めながら、ゲーナは深い溜息を吐いたかと思うと、何の前置きもなしに言った。

「魔術紋の誓いより重く、魔術師としての誇りより深く、私の心を縛っているのは、忠誠心というものなのだ、アントン。このゲーナ・テルミンが、千年に一人の天才と呼ばれる大魔術師ともあろう者が、最後の最後まで捨て切れないのは、ロジオン王国と王家への、愚かな忠誠心なのだよ。信じられないだろうがな」

ゲーナの言葉に、アントーシャは言葉を返さず、何度か瞼（まぶた）を瞬かせた。自由奔放な大魔術師であり、国家の枠組みに価値を見出しているようにも見えず、ロジオン王家に対する忠誠など、感じている素振りさえ見せなかったゲーナの告白に、声も出ない程に驚愕していたのである。

「軽蔑しただろう、アントン」

「いえ、軽蔑などしませんけれど、到底信じられません。ぼくを揶揄っておられるのでしょう、大叔父上。ロジオン王家を批判し、地方領の苦境に心を痛めていた貴方が、王家への忠誠心に縛られているなど、とても真実とは思えません」

アントーシャにそっと微笑みかけて、ゲーナは寝台から身体を起こした。咄嗟に差し伸べられた手に拘りなく支えられながら、ゲーナは言った。

「揶揄ってなどいないよ、アントン。私の為に優しい心を痛めているお前を、こんなときに揶揄うわけがない。誠に残念ながら、私の心の奥の奥、魔術紋よりもさらに深い奥底には、ロジオン王国と王家への忠誠が刻まれている。遥か昔、私が幼児だった頃から、私の父母が繰り返し教え込んだからだろう」

そう言ったゲーナの表情を、アントーシャは長く忘れられなかった。常に超然として誇り高く、膨大な魔力に相応しい若々しさを湛えたゲーナが、百歳を超えた老人の顔で、自分自身を嗤ったのである。まるで堰を切ったかのように、ゲーナの言葉は滔々と続いて途切れなかった。

「私の周りの大人達は、恐れていたのだろうな。ロジオン王国でも過去に例のない、膨大な魔力を持って生まれた子が、自分達や王家に御せぬ存在になるのではないか、と。だからこそ、生まれて間もない頃から、我が母は赤子の無垢な魂に囁き続けたのだ。テルミン伯爵家は建国以来の忠臣にして、偉大なる国王陛下の股肱の臣。大ロジオンと国王陛下に身を御捧げするは、この上もなき喜びなのです、とな」

ゲーナは、怒りとも哀しみともつかない感情に、必死に耐えているかに見えた。アントーシャは、ゲーナを支える腕に力を入れながら、戸惑いを隠せなかった。アントーシャの知るゲーナと、王家への忠誠心という言葉が、どうしても結び付かなかったのである。混乱するアントーシャに、ゲーナは尋ねた。

「〈国王陛下に弥栄（いやさか）。大ロジオンの栄光は、天壌無窮（てんじょうむきゅう）と定まれり〉。この言葉を知っているかい、アントン」

「初めて聞きます、大叔父上。言葉の意味としては、分かりますけれど。国王を褒め称え、ロジオン王国の栄光が永遠に続くものと、寿（ことほ）いでいるのでしょう。ぼくには、とても気味の悪い言葉に聞こえます」

「ああ、それは良かった。お前には、決して聞かせぬようにしてきたのだからな。今の言葉は、他国との戦争に向かう兵士らが、出陣に際して口にする決まり文句だよ。私が幼い頃には、ロジオン王国はスエラ帝国との戦いを繰り返していた。貴族の子も庶民の子も、朝に夕に詠唱せよと義務付けられていたのだ。私など、一日に何十回も、子守唄代わりに聞かされたものだ」

自身が口にした通り、ゲーナの生家は、建国以来の忠臣の一つに数えられる伯爵家である。自我が芽生え、人格が定まる遥か前から、父母によって執拗に行われた思想教育は、百歳を超す年齢になっても、ゲーナに影響を及ぼし続ける枷となっていたのである。ゲーナは、また一つ、深い溜息を吐いて言った。

「幼子の魂というのは、誠に恐ろしいものなのだな。只の洗脳に過ぎないと頭では分かっているのに、この歳になってまで、植え付けられた感覚を捨て去ることが出来ない。私の胸の奥には、信仰とも言える記憶がある。祖国であるロジオン王国を愛し、偉大なる王家に忠誠を誓い、建国以来の貴族である身分に誇りを持ってきた、幼い頃の記憶が。これはもう、呪いだろうさ。隷属の魔術紋以上に悪質な、忠誠という名の呪いなのだよ、アントン。お前が慕ってくれる大魔術師、ゲーナ・

テルミンの正体は、その程度の俗物なのだ」

「けれども、大叔父上は、エリク王の意に背いてまでも、召喚魔術を破ろうとしておられます。これまでだってそうだ。方面騎士団に虐げられる地方領の人々の為に、陰に日向に力を尽くしてこられたではありませんか。魔術紋の誓約に触れず、巧妙に契約の隙を突いて、出来るだけの力を注いでおられるではありませんか」

余りにも悲痛なゲーナの述懐に、アントーシャは堪らず口を挟んだ。唯一の身内として、常にゲーナに寄り添ってきたアントーシャは、偉大なる天才が心の内に秘めてきた拭い難い忠誠心を教えられても、それを蔑もうとはしなかった。美しい国土への愛情こそあれ、ロジオン王国への愛着も、王家への忠誠も持たないアントーシャは、ゲーナがそうあれと望んだからこそ、自身は何からも自由な自分であれるのだと、既に気付いていた。

「私という存在は、矛盾の塊なのだよ、アントン。魂の底から魔術師でありながら、魔術師としてのみには生きられず、ロジオン王国の崩壊を望みながら、自らは忠誠心に囚われて手を下せないのだ。我ながら呆れ果てるよ」

微かに震える腕を動かして、ゲーナはもう一度、アントーシャの頭を撫でた。必死に縋り付くアントーシャの姿は、ゲーナの硬く強張った心を温め、魂の救済にも似た慰めをもたらしていた。ゲーナは、静かに言った。

「人は〈王〉を求めるのだ。心の底から王を必要としないのは、自らが己れの王である者だけだ。我が最愛の息子たるアントーシャよ。ゲーナ・テルミンは、魔術師である前に、骨の髄までロジオン王国の貴族なのだよ。私はそうした存在として育てられ、既に血肉として染み付いた忠誠は、私のような年寄りには切り捨てられない。地方領の罪なき領民達が、地獄の責苦に落とされていると分かっていても、私には祖国を滅ぼす選択は出来ないのだ。私に隷属の魔術を掛け、忌まわしい魔術紋を我が身に刻んだヤキム・パーヴェルは、憎むべき敵であると同時に、或る意味での恩人でもあった」

魔術紋があればこそ、ロジオン王家に反旗を翻そうとせず、王に膝を折る自分を、許してこられたのだから。そう言って、ゲーナは薄く嗤った。アントーシャは、もう何も言えず、じっとゲーナの瞳を見詰めるだけだった。

「お前を盾に取られたら、私は祖国を捨てられるだろう。我が息子より大切なものなど、私には何一つないのだ。しかし、お前以外の全てのものは、私の天秤を動かせない。魔術紋ではなく、私自身が掛けた呪いが、私を縛っているのだから。自分自身の手で呪いを解き、錆び付いた刻を動かし、魔術師としての誇りを取り戻す為に、私の願いを聞いておくれ、アントン。ロジオン王国の臣民、王家の忠実な犬として残された寿命を生きるなど、私には耐えられない。生きて呪縛を解けぬなら、死によって心の自由を勝ち取りたい。ゲーナ・テルミンを、魔術師として死なせてほしいのだ」

潤んで揺らいでいたゲーナの瞳が、銀色の魔力を帯びて燃え上がり、発光したかとばかりに輝いた。魔術師として生きられないのであれば、魔術師として死にたいというゲーナの祈りは、否応なくアントーシャを突き動かした。皺の寄ったゲーナの手を握り締めながら、アントーシャは、このとき遂に陥落したのだった。

タラスがスヴォーロフ侯爵を訪ねてから二日後の朝は、春風の吹き抜ける晴天だった。その美しい青空の下を、荒縄で後ろ手に縛られた幾人もの男女が、裸足のまま引き摺られていく。着ている物は上等な女官服や女中服、或いは王城の従僕が着る御仕着せである。ロジオン王国の誇る豪華絢爛たる王城で、只ならぬ何かが起こっているのだと、王城の者達は誰もが一目で察していた。

罪人らしき男女を引き連れているのは、濃紺の革鎧を身に着けた三十人程の小隊である。胸元に金で刻印された狼の紋章は、ロジオン王国の王国騎士団が使う騎士章として知られている。王城で起こった出来事に関しては、近衛騎士団が動くべき所を、所轄違いの王国騎士団が差配しているという事実が、一層見物人の不審を煽っていた。

一行がそろそろ王城の裏口に差しかかろうかというとき、女中服を着た年配の女が一人、必死の形相で走り寄り、先頭を進む騎士の前に跪（ひざまず）いた。後れ毛もなく結われていただろう髪は乱れ、女中服の裾には泥が付いている。王城の使用人の一人として厳しく躾けられているはずの女は、身繕いをする余裕さえなく、目の前の騎士に懇願した。

「どうか御待ち下さいませ。その中に娘がおります。娘をどこへ連れていかれるのですか。御願いでございます。どうか、どうか訳を御聞かせ下さいませ。娘は畏れ多くも第四側妃様の専属侍女でございます。側妃様は御存知なのでございますか」

騎士は一言も言葉を発せず、手にしていた槍の柄で女を薙ぎ払った。然程の力を入れたようにも見えなかったが、鍛え抜かれた王国騎士の力は強く、女は一撃で鼻血を吹き出した。それでも、女は尚も懸命に追い縋り、騎士の足下に縋り付いた。

「御待ち下さい。娘が何をしたというのです。どうか御許し下さいませ。娘を連れていかないで下さいませ。御願いでございます」

懸命の訴えに眉一つ動かさず、再び騎士が女を殴打しようとしたとき、背後から小隊長の階級章を付けた騎士が現れた。無造作に女の髪を掴み、血塗れの顔を上げさせた騎士は、憐れみをかける素振りさえ見せずに言った。

「後ろに引き連れた逆賊の中に、お前の娘がいるというなら、お前も祖国の敵だ。お前の娘は、偉大なるロジオン王国の誇りを踏み躙った。汚らしい売女（ばいた）が間男を引き入れる手助けをし、王統に唾を吐いたのだ」

滴る程の怒りと侮蔑に満ちた騎士の声は、目の前の女だけではなく、身を隠して見物していた者達の耳にも鋭く突き刺さった。激しい驚愕と衝撃がその場を支配し、やがて無言の興奮が伝播していった。ロジオン王国の歴史を見ても、滅多にない程の醜聞である。数時間の内には、王城の中でこの一幕を知らない者などいなくなるだろう。

必死で騎士に縋り付いていた女は、呆然とした表情で力をなくし、後ろから現れた騎士に引き摺られるまま、力なく道を開けた。

「御母さん、ごめんなさい。助けて、御母さん」

女の娘と思しき侍女は、殴られて腫れ上がった目から涙を溢し、何とか女に駆け寄ろうとしたものの、乱暴に荒縄を引き摺られ、為す術もなく連れられていった。そんな母娘の別れに心を動かされた素振りもなく、少しも歩みを止めないまま、王国騎士団の小隊は、王城の裏口を出ていったのである。

やがて、見物人の目が途切れたのを確認してから、一人の騎士が小隊長に近寄り、そっと声を潜めて話しかけた。

「此奴らの大罪を暴露してしまって良かったのですか、小隊長。見えない所に隠れて、かなりの者達が聞き耳を立てておりましたが」

「構わない。必要な場面があれば、誰に告げても良いと予め許可されているのだ。子の命の為に売女の罪を公表しないだけで、真実に蓋をする必要はないそうだ。陰で関係者を始末せず、処刑という手段が選ばれたのも、そういう理由だろうさ」

「成程。裁かれないからといって、許されるわけではない、と。近衛も良い恥晒しですな。陛下を守護すべき身で王統に泥を塗るなど、騎士の風上にも置けない。これだから、王宮の騎士人形は役に立たないというのです」

「全くだ。まあ、今回の捕縛から外されたのだから、陛下から役立たずと叱責されたも同然だろう。近衛の連中、今頃は青くなっているだろうな。王城の真っ只中で、王国騎士団が捕縛の任に就くなど、前代未聞だからな。まして、罪の舞台となったのは側妃の宮殿で、間男も協力者も近衛の騎士だ。近衛騎士団の団長が、我らがスラーヴァ伯爵閣下であれば、余りの屈辱と陛下への申し訳なさに耐え切れず、既に自刃(じじん)して果てておられるだろうさ」

　そう話す間に、一行は裏手の森の中にひっそりと設けられた処刑場に辿り着いた。周囲の木々は生い茂り、細かな砂を敷き詰めた地面は、まるで血を吸いでもしたかの如く赤茶けている。処刑場の中程に二十本ばかりの丸太が立てられているのは、処刑される罪人を縛り付ける為の杭だった。

　ロジオン王国では、重罪を犯した罪人を公開で処刑する場合がある。単に見せしめにするのではなく、公に罪を糾弾し、正義の裁きが為されたと証明する為に、敢えて罪人の血を見せるのである。側妃の不貞に手を貸していた者達を秘密裏に殺さず、王国騎士団によって白昼堂々と連行した末に、王城の処刑場で罰するという決断は、妃の不始末を白日の下に晒すことさえ辞さない、エリク王の密かな怒りに他ならなかった。

　王城から連行される途中、王国騎士達の余りの峻厳さに打ちひしがれて、黙々と引き摺られてきた者達も、本当に一切の猶予のないまま処刑されると気付いたのだろう。にわかに泣き喚く者、逃げ出そうと藻掻く者、或いは座り込んで動こうとしない者が続出したが、騎士達は一顧だにせずに殴り据え、或いは剣を抜いて脅しては、一人一人杭に縛り付けていった。男達の哀願の声と女達の悲鳴が交差する喧騒の中、王国騎士団の騎士達は眉一つ動かさず、至尊の主人であるエリク王を愚弄した不忠者を、冷たく見据えるだけだった。

罪人達が残らず縛られた後、小隊長が片手を挙げて合図をすると、処刑場の片隅で待ち構えていた屈強な男が十人程駆け寄ってきて、騎士達に頭を下げた。戦闘の場合を除き、騎士の剣は罪人を切らない。屈強な男達は、王城から送られてくる罪人を処罰する為の、王城専属の処刑人なのである。小隊長は胸元から恭しく封書を取り出し、処刑人の頭目を務める男に手渡した。

「今回の罪人の名簿だ。女が十二名と男が二名記載されている。この内九人の女は、普通に処刑してくれれば良い。しかし、名前に印のある女三名と男二名は、我らがロジオン王国に大逆罪を働いた畜生共だ。罪状に相応しく処刑せよと、陛下の家令たるトリフォン伯爵閣下の直々の御申し付けである」

「畏まりました。必ず、仰せの通りに致します。見聞していかれますか」

「いや、任せる。封書に書かれた罪状を読めば、お前達が手心を加えるとも思われないからな。一つ頼みたいのは、二重に丸を打たれた女についてだ」

「ラリサ・リュボワでございますね。リュボワ子爵家の息女にして、ローザ宮の女官を務めていると書いてございます」

「そうだ。トリフォン伯爵閣下からの御下命で、その女だけは楽に死なせてはならないと仰せ付かっている。今回の罪状とは別に、陛下に許されざる無礼を働いた女だそうだ。手段は任せるので、念入りに頼むぞ」

無慈悲な宣言に、一人の女が絹を裂くような悲鳴を上げた。顔色を失い、今にも倒れそうに震える女は、たった二日前、ロージナと共にボーフ宮を訪れた女官だったのである。


側妃の不貞を手助けした使用人達が、王国騎士団の騎士に連行される直前、只ならない気配に揺れていたのは、王城を護る近衛騎士団である。純白の生地に黄金の獅子を描いた団旗が翻る近衛騎士団の本部は、異常な緊張と動揺に包まれていた。

夜通し王城の警護に当たっていた近衛騎士によれば、早朝、王国騎士団が突如として第四側妃の住むローザ宮に踏み込み、多くの女官や従僕達を捕縛したという。王城内、それも王族に関わる事態であれば、王家直属の組織である近衛騎士団が動かなくてはならない所を、近衛には何一つ知らされないまま、宰相スヴォーロフ侯爵によって一切の手出しを禁じられたのである。王家の為だけに存在する近衛騎士団よりも、王国騎士団を重用するかの如き状況は、過去にも類を見ない程の異常事態だった。

近衛騎士団本部の団長執務室では、イリヤを含めた連隊長達が、無言で部屋の主人の帰りを待っていた。近衛騎士団長であるミラン・コルニー伯爵は、取るものも取り敢えずスヴォーロフ侯爵の下へ赴き、情報の収集に奔走しているのである。

咳(しわぶき)一つも憚られる緊張の中、連隊長達の苛立ちが限界に達した頃に、漸くコルニー伯爵が戻ってきた。四十代を迎えて若々しく、颯爽たる気風に満ちたコルニー伯爵の表情は、連隊長達が見た覚えがない程に暗く沈み、僅か数時間の間にいくつも歳を取ったかに見えた。団長の憔悴ぶりに驚きながらも、連隊長達は一斉にコルニー伯爵を取り囲み、口々に訴えた。

「閣下、御戻りを御待ちしておりました。一体何が起こっているのです」

「何故、我ら近衛ではなく、王国騎士団が動いたのですか。王城での出来事にございますのに。王城は、我ら近衛騎士団の聖域にございます。王国騎士団の如き者共に、好き勝手に動かれるなど、到底納得致し兼ねます」

「陛下は、陛下は御承知なのですか。我ら近衛騎士団を差し置いて、陛下が王国騎士団に御下命遊ばすなど、あろう筈がございません」

半ば呆然と立ち尽くしていたコルニー伯爵は、連隊長らの問いかけに答えないまま、大きな音を立てて椅子に身を投げ出した。王城では無作法とされる立ち居振る舞いであり、末端の騎士ならともかく、高位貴族であるコルニー伯爵には似合わない姿だったが、今は威儀を保つだけの気力もなかったのだろう。コルニー伯爵は、大きな溜息と共に苦々しく言葉を吐き出した。

「落ち着け、皆。凡(およ)その事情は分かった。分かりたくはなかったがな。此度の王国騎士団の動きは、大罪を犯した者達を捕縛する為のものだ。陛下の第四側妃だった女が、半年前から不貞を働いていたらしい。よりにもよって、我らが護るロジオン王国の王城で、国王陛下の正式な妃だった女が、ローザ宮の閨に間男を引き入れたのだ。今回、王国騎士団に捕らえられたのは、間男の協力者と見做された者共だ」

吐き捨てる口調で語られた言葉に、近衛騎士団の団長執務室は異様な沈黙に包まれた。王の正当な血筋である王統を何よりも重視するロジオン王国では、妃の不貞は絶対に許されない。しかも、国王が通うであろうローザ宮の寝室に間男を招き、国王が身を横たえる寝台で男と情を交わす行為は、エリク王とロジオン王国を愚弄するに等しかった。

余りの罪の重さに慄き、忠誠を捧げる王を侮辱された事実に激怒し、身を震わせる連隊長達は、同時に大きな疑問に直面した。有り得可からざる事態だからこそ、近衛騎士団が剣を振るい、大逆の罪人共を捕縛するはずではないのかと、誰もが思ったのである。アリスタリスの剣の師として、王家への忠誠心の篤いイリヤが、戸惑いがちに言った。

「団長閣下の御話によって、王城が騒然としている理由は分かりました。しかし、それ程の大事であればこそ、我ら近衛の出番なのではありませんか。何故、我らに御下命頂けないのでしょうか。王国騎士団など、王城の外を這い回る野良犬の如きものでございます。王城を守護するのは、我ら近衛騎士団でございますのに、何故」

「側妃だった女の愛人が、近衛の騎士だったからだよ、イリヤ」

近衛騎士として当然の怒りに駆られ、必死に言い募るイリヤに向かって、被せるように投げ出された言葉の衝撃に、団長執務室が音もなく揺れた。また一つ溜息を吐き、片手で瞼を覆ったコルニー伯爵が、暗い声で続けた。

「昨夜、女と閨にいた近衛騎士が、〈王家の夜〉によって現場を押さえられ、側妃と共に捕縛された。何しろ情交の最中だったのだから、言い訳の余地もない。これまで不貞に加担していた者達も残らず調べ上げられ、既に王国騎士団に連行された。愛人の男は、元第四側妃の護衛騎士だ。不寝番に当たる度に、もう一人の護衛騎士と口裏を合わせて時間を作り、閨に侍っていたそうだよ」

近衛騎士団の誇る優秀な連隊長達は、コルニー伯爵が何を言っているのか、直ぐには分からなかった。やがて、コルニー伯爵の話が、嘘偽りのない事実なのだと理解するにつれ、連隊長達は、顔色を失って立ち竦んだ。王の妃と近衛騎士の不貞というだけでも、ロジオン王国の歴史に泥を塗る醜聞であるのに、手引きをした大罪人さえもが近衛騎士だというのである。到底信じられず、信じたくもない最悪の事態に、声を上げる者さえいはしなかった。

重い沈黙が執務室を支配して暫く、連隊長の一人が喘ぐように口を開いた。男の顔は蒼白であり、激しい衝撃に襲われていることは誰の目にも明らかだった。

「誠に申し訳ございません、団長閣下。第四側妃の護衛騎士であれば、我が連隊でありましょう。しかも協力者がいるなどとは、御詫びのしようもございません。我が連隊の所為で、近衛騎士団の名に泥を塗るとは、私くしの命如きで償える罪ではございませんでしょう」

既に立っている力さえも失い、床に崩れ落ちた連隊長の横で、憤怒の余り顔面を紅潮させたイリヤが、今にも駆け出しそうな勢いで尋ねた。

「閣下、痴れ者共の名を御教え下さい。今から八つ裂きにして参ります。尊い陛下を侮辱し、我らが近衛騎士団の名誉に唾を吐いたのです。一刻の間も惜しまれます。せめて我らの手で大罪人を処刑し、陛下への御詫びとさせて下さい」

「だめだ、イリヤ。奴らに手出しをしてはならぬ」

「何故ですか。全ての近衛騎士にとって、最悪の裏切り者達ではありませんか。百度殺しても飽き足りません。行かせて下さい、団長閣下」

イリヤの懇願によって、沈黙の呪縛から解き放たれた連隊長達は、揃ってコルニー伯爵に詰め寄った。騎士と名の付く者であれば、第四側妃の閨に侍った間男と、男を助けた痴れ者を殺すことでしか、近衛騎士団の恥を雪げないと分かっていたのである。しかし、拳を握り締めたコルニー伯爵は、首を縦には振らなかった。

「落ち着け、イリヤ連隊長。皆も聞くが良い。陛下の御下知で、元第四側妃は愛人に下げ渡されると決まった。王子王女も王籍を剝奪され、愛人の貴族籍に入る。不貞ではなく、陛下の御不興を買った側妃を、罰として下げ渡すという建前を取る。王子王女の命を奪わずに済むようにと、陛下が直々にそう御決めになられたのだ。陛下こそ、耐え難きを耐えておられる。不貞の徒を見逃していた我々が、陛下の御決定に逆らえるものか」

イリヤは、手負いの獣を思わせる声で唸った。他の隊長達も、固く歯を食い縛って耐えた。コルニー伯爵の言う通り、エリク王が処分を決めた以上、異論を唱えられる者は、ロジオン王国にはいなかったのである。益々重苦しい気配が漂う中、連隊長の一人がぽつりと呟いた。

「陛下はさぞ、近衛に失望されたことでございましょうね。王城内であるにもかかわらず、管轄違いの王国騎士団が用いられたのは、だからなのですか、閣下」

「宰相閣下によれば、陛下の家令たるトリフォン伯爵が、此度は近衛を使わぬ、王国騎士団に任せよと言われたそうだ。トリフォン伯爵の御言葉は、即ち陛下の思し召しだろう。我ら近衛騎士団は、エリク国王陛下から、信じるに足りずと断を下されたも同然なのだ。失態の大きさを考えれば、当然の結果だろうさ」

「近衛の誇りを踏み躙った下衆共は、この先も生かされるのですか。我らは、このままずっと恥を背負っていかねばならないのですか」

イリヤの苦し気な問いかけに、コルニー伯爵は初めて微笑んだ。滴る程の侮蔑を秘め、見る者の背筋を凍らせずにはおかない、仄暗い微笑だった。

「まさか。そんな筈はないだろう、イリヤ連隊長。我ら近衛の誇りは、何よりも重い。決して、下衆共に踏み躙られたままになどしておくものか。王子王女の処遇の為に、彼奴らは一度は見逃される。しかし、養子の手続きさえ済んでしまえば後は知らぬと、トリフォン伯爵が仰っていたそうだ。

十分な余裕を見て、十日もしたら動くとしよう。私も責任を取って、近衛騎士団長の職を辞するつもりなのでね。餞別代わりに、彼奴らに本当の地獄を見せてやろうではないか」

コルニー伯爵の言葉を最後に、連隊長達はそれぞれの隊に戻っていった。近衛騎士達の動揺を鎮めると共に、広く情報収集に当たる為である。王国騎士団が捕縛した大罪人の他に、近衛騎士団を恥辱の底に落とした裏切り者がいるのであれば、必ずコルニー伯爵の目の前に引き摺り出すのだと、決意はどこまでも固かった。

連隊長達が足早に去っていき、再び沈黙が支配する中で、一人イリヤだけは執務室を出ようとしなかった。先程までの激情を抑え、沈鬱な表情となったイリヤに、コルニー伯爵は落ち着いた口調で言った。

「どうした、イリヤ連隊長。ここにいるのは、私と君の二人だけだ。何か思う所があるのなら、遠慮なく話せば良い」

「不躾な質問を御許し下さい、閣下。今回の近衛の大失態によって、アリスタリス王子殿下の御立場が悪くなる可能性はございませんか」

正嫡の王子であるアリスタリスに、イリヤは固く忠誠を誓っている。幼い頃から手を取って剣を教えてきた愛弟子ともいえる王子は、正妃エリザベタの実家であるグリンカ公爵家の権勢と、近衛騎士団の支持を後ろ盾としている。その近衛騎士団がエリク王の不興を買ったとなれば、未だ先の読めない王太子位争いにさえ影響しかねなかった。

不安と焦りに瞳を揺らめかせるイリヤに、望み通りの答を返せないコルニー伯爵は、そっと目を伏せた。

「残念ながら、影響がないとは言えないだろう。今回の大逆で、第四側妃の王子達は完全に王太子位争いから離脱した。しかし、彼らは元々後塵を拝していたのだから、アリスタリス王子殿下にとって得点にはならない。正嫡はアリスタリス王子殿下とは言え、アイラト王子殿下との十歳の差は大きく、アイラト王子殿下の支援者は強力だからね。アリスタリス王子殿下を推す近衛が、今の局面で陛下の御信頼を裏切ってしまったのは、とても痛いよ」

「何とか巻き返す為の策はございませんか、団長閣下。このままでは、アリスタリス王子殿下に御合わせする顔がございません。それに、アイラト王子殿下が王太子となれば、アリスタリス王子殿下を推す近衛は、実質的に解体されてしまうでしょう。此度の不祥事は、アリスタリス王子殿下への支持を削る上で格好の口実になってしまいます」

イリヤの必死の問いかけに、コルニー伯爵は瞼を閉じて考え込んだ。イリヤの言葉は正しく、アイラトが王太子宮の主人となれば、自らを支持しようとしなかった近衛騎士団達の人事を、現状のままにしておくとは思えなかった。何より、アイラトの叔父である宰相スヴォーロフ侯爵が、近衛騎士団を宰相府の支配下に置こうとするのは目に見えていたのである。

ずっと目を伏せたままでいたコルニー伯爵が、真剣な眼差しでイリヤを見詰めたとき、口にしたのは思いも寄らない言葉だった。

「アリスタリス王子殿下の護衛騎士として、貴君は今回の召喚魔術の実施に立ち会うと言っていたのではなかったか、イリヤ連隊長」

緊迫した話の最中に、無関係にも感じられる質問をされたイリヤは、一瞬、何を言われたのか分からずに目を瞬かせた。

「左様でございます。それが何か」

「貴君に話を聞いたときから、ずっと考えていた。召喚魔術は、今までのロジオン王国にはなかった試みだ。正しい行いであるか否かは別にして、新しい力に繋がるかも知れない。少なくとも、変革の可能性を秘めているだろう。成功しても失敗しても、だ。宰相達が何を思って召喚魔術を使おうとしているのかは分からないが、それが我々の逆転の糸口になるかも知れない」

「誠でございましょうか、閣下。剣を振るうしか術のない非才の身には、団長閣下の御話は筋が見えて参りません。どうか御教え下さいませ」

「王城の官吏団と王都の貴族達は、既に多くがアイラト王子殿下に押さえられている。我が王国の権力は四局ある。至上の王家、実質的に国を運営する官吏と貴族、軍事力を持つ三つの騎士団、王国の領土の多くを有する地方貴族だ。四局の内、ロジオン王国の政治の頂点に立つ宰相、天才の中の天才と称されるスヴォーロフ侯爵が、アイラト王子殿下の実の叔父なのだから、アイラト王子殿下有利の構図は動かし難いだろう。そして、我々はどうあっても、王国騎士団や方面騎士団と組むわけにはいかない。だとすれば、残された勢力は地方貴族だけなのだ。私に考えがあるよ、イリヤ連隊長」

コルニー伯爵は、強い眼差しでイリヤを見詰めた。第四側妃の不貞と断罪は、ロジオン王国の王城を震撼させ、王太子位争いの激化を告げる契機ともなったのである。


ロジオン王国の慣わしとして、議会によって選出された正式な妃には、花の名を冠した宮殿が与えられる。正妃エリザベタが住まうリーリヤ宮がそれであり、花の女王たる百合の呼び名に相応しく、洗練の極致ともいうべき典雅な宮殿が聳え立つ。第四側妃カテリーナを主人とするローザ宮は、咲き誇る薔薇にも似て豪奢であり、何れもロジオン王国の底知れない富を感じさせるものだった。

華やかさに満ちたローザ宮には、カテリーナと五人の子供達が暮らしていた。二人の王子と三人の王女を含めた六人の王族に仕える為に、ローザ宮付けの使用人として詰める者は、一日に優に三十人を超え、王族を守護する近衛騎士も、夜を徹してローザ宮の警備に当たる。夜半から早朝にかけての時間でさえ、第四側妃と王子達にそれぞれ三名の不寝番が付き、同じ階に寝室が設えられた王女達にも、合わせて五名の不寝番が配備されるのである。表門、裏門、使用人の通用門などの警備を含めると、近衛騎士の数は二十人にも達していた。

女官達の処刑から遡ること数刻、未だ夜の闇に沈むローザ宮に、突如として侵入する者達がいた。襟章も飾り紐も鈕さえもなく、闇に溶けるが如き漆黒の軍服は、王城で権勢を振るう高位貴族達が見れば、一目で侵入者の身元を露わにするものだろう。不自然な程に存在感がなく、異様に記憶に残り難い風貌に見える男達は、タラスが指揮する〈王家の夜〉なのである。

タラスの命を受けた男達は、誰にも見咎められず、手にした鍵で使用人用の勝手口を開けて侵入すると、身を潜めてローザ宮の最奥を目指した。要所ごとに立つ護衛騎士達の目を掻い潜り、長い廊下を進んでは階段を上り、遂に目的地に辿り着いたとき、〈黄白〉の金具に飾られた豪華な扉の前には、一人の護衛騎士が立っているだけだった。本来、側妃の寝室の前には左右に二人の不寝番が付き、数時間ごとに一人が交代すると決められているにもかかわらず、その護衛騎士は無作法にも扉に背を預け、退屈そうに立っていた。

〈夜〉と呼ばれる男達の一人が、見えない位置から狙いを定め、護衛騎士に向かって小さな何かを投げ付けた。只一撃で護衛騎士は音もなく崩れ落ち、見張りを排除した男達は、素早く扉を開け放った。その部屋こそは、かつてはエリク王が通うこともあった、第四側妃カテリーナの閨。

男達が閨に踏み込んでからは、全てが急だった。男達は誰にも気付かれないまま、情事の最中にあったカテリーナと愛人の近衛騎士を捕らえ、全裸に敷布を巻きつけただけの姿で縛り上げた。カテリーナと愛人は、突然の事態に驚愕し、叫び声を上げて助けを呼ぼうとしたものの、二人の喉からは一切の音が出なかった。夜明けまでの間、誰にも気付かれず済むよう、〈王家の夜〉の一員として侵入していた魔術師が、素早く沈黙を強いる魔術を行使したのである。ローザ宮への深夜の突入劇は、誰一人として気付かれないまま、呆気なく終わりを告げたのだった。

やがて、王城の夜が明ける頃、規則正しい軍靴の音を響かせて、帯剣した集団がローザ宮を取り囲んだ。濃紺の革鎧に刻印された金の狼の騎士章を、夜明けの曙光に煌めかせながら、二百五十名の王国騎士団中隊がローザ宮を制圧しようとしていたのである。ローザ宮の門を護る近衛騎士達は、有り得可からざる事態に驚愕し、震える声で叫んだ。

「王国騎士団が何の真似だ。ここは我ら近衛騎士団が御護りする、第四側妃殿下の宮殿である。王城の外側を這い回る王国騎士団であっても、知らぬとは言わせんぞ」

突然の威圧に射すくめられながらも、正門を守護する近衛騎士が槍を構えて誰何すると、王国騎士団の中から鋭い覇気を纏った男が歩み出た。他の騎士達の紋章が一頭の金狼の刻印であるのに対して、男の革鎧に刻まれた金狼は四頭。王都の四方の護りを意味する〈四狼章〉は、王国騎士団の団長だけに許された紋章である。男は鋭く重い声で言った。

「国王陛下の勅命により、只今からローザ宮は王国騎士団の管理下に置かれる。近衛騎士は直ちにこの場を去れ」

「御待ち下さい。我らは何も聞かされておりません。近衛騎士団の本部に確認して参りますので、暫し御待ち下さいませ」

「無用。近衛が命に従わずに抵抗するようなら、斬り捨てて構わぬと、陛下より御許可を頂いておる。王命に服さぬとあらば、貴様らの首、王国騎士団長キース・スラーヴァが叩き落としてやろう」

そう言うと、男は腰の剣を一気に引き抜いた。次の瞬間、周囲を固めた王国騎士達も一斉に抜刀する。二百を超える長剣は、夜明けの光を鋭く弾き、宛ら発光しているかのようだった。王城内での抜刀など、平時ならそれだけで処刑されるべき重罪である。漸く事態の異常さに気付いた近衛騎士達は、思わず戦慄した。

引くに引けず、動くに動けず、抜き身の剣を前に近衛騎士達が硬直したとき、鋭く叱咤する声が響き渡った。

「キース・スラーヴァ伯爵閣下は、間違いなく陛下の勅命によって参じられた。疾く門を開けよ、愚か者共」

冷徹な瞳で言い放ったのは、いつの間にかスラーヴァ伯爵の背後に控えていたタラスである。王城の近衛騎士で、エリク王の家令であるタラスの顔を知らない者はいない。タラスの登場によって、エリク王の意思を悟った近衛騎士達は、遂にローザ宮の護りを解いたのである。

近衛騎士の中の一人、必死に王国騎士団を誰何していた者に冷たい視線を向けると、スラーヴァ伯爵は素っ気なく命令を下した。

「貴様はローザ宮への立ち入りを認める故、他の近衛共を立ち去らせよ。貴様に与える時間は十五ミニトのみ。期限を過ぎてもローザ宮にいる近衛は、逆賊として我ら王国騎士団が捕縛し、抵抗する者があれば斬り捨てる。行け」

スラーヴァ伯爵の叱咤に、命じられた近衛騎士は転げるように宮殿内に駆け込んだ。他の近衛騎士達は、王国騎士団に追い立てられ、呆然とした表情のまま、近衛騎士団の詰所へと歩み去った。

騎士達が抱いてきた近衛騎士としての輝かしい矜持は、僅かの間に粉微塵に砕け散ったのである。

一方、近衛の護りを破った王国騎士団は、大挙してローザ宮に押し入ると、一糸の乱れもない統率の下、驚き騒ぐ使用人達を次々に制圧していった。ローザ宮の周囲を固めるのは二百人余の王国騎士、ローザ宮を内から手中に収めたのも王国騎士であり、白々と明け始めた王城の朝に、濃紺の革鎧に金狼の騎士章が煌めく様は、ローザ宮が猛々しい狼に牙を立てられたかにも見えた。

「名簿に名前のある逆賊は、縛り上げて一室に集めよ。何があっても逃してはならぬぞ。一人残らず、必ずだ」

「他の者共は、見張りを付けて広間に拘束する。こちらに連れてこい」

「各出入口は、何人たりとも通すな。窓からの逃亡にも注意せよ」

「制止を振り切ってローザ宮の外に出ようとする者は、罪人と見做す。抵抗するなら切り捨てよ。抜刀すら許されない王城だが、今回は非常時だ。切り捨て御免の許可を、トリフォン伯爵閣下から頂戴しているからな」

小隊長達は、事前に取り決めた配置に従って、抜かりなく各々の隊を指揮する。国王の勅命により、近衛騎士団の聖域にも等しい王城に於いて、王国騎士団が正義の鉄槌を下す機会なのである。日頃から近衛騎士団との間に隔意があり、格下の存在として見下される声さえ聞いていた王国騎士団にとって、今回以上に溜飲の下がる勅命もなかっただろう。騎士達の士気はこの上もなく高く、宛ら天を衝く勢いだった。

「我らへの御配慮、心より感謝致します、トリフォン伯爵」

仮の本陣と定めた大広間に立ち、事態の進行を見守っているスラーヴァ伯爵は、不意に傍らのタラスに頭を下げた。同格の伯爵位、王国騎士団長の要職にあるスラーヴァ伯爵にとっても、エリク王の家令であるタラスは、丁寧に腰を折るべき相手だった。

スラーヴァ伯爵の言葉に、タラスは穏やかに微笑んだ。緊迫した空気が場を支配するローザ宮の中で、タラスとスラーヴァ伯爵の周りだけが凪いでいた。

「何のことですかな、スラーヴァ伯爵」

「不忠者を捕縛するという名誉の御役目に、王国騎士団を御推薦下さったのは、トリフォン伯でございましょう。王都を護る我が王国騎士団は、王家を守護し奉る近衛騎士団に比べ、どうしても陛下の勅命を賜る機会が少のうございます。それが、此度は王城内の出来事であるにもかかわらず、近衛を差し置いて我が王国騎士団を御使い下された。陛下に御信頼頂いているかに思え、皆が感激しております」

「御決めになられたのは陛下でございます。実際、陛下は王国騎士団を信頼しておられますし、王国騎士団の実力を高く評価しておられますよ、スラーヴァ伯。少なくとも、売女の閨に侍る畜生など、王国騎士団にはおりますまい」

「申すまでもございません。よりにもよって、何という穢らわしい所業を為すのか。トリフォン伯に御聞かせ頂いても、直ぐには信じられなかった程です。偉大なるエリク国王陛下を愚弄するに等しく、断じて赦すわけには参りません。捕縛に関わった王国騎士団一同、屈辱と怒りに燃え上がっております よ」

タラスとスラーヴァ伯爵は、ローザ宮の喧騒をよそに、静かに頷き合った。〈王家の夜〉の統率者であるタラスは、エリク王に恥辱を与えた第四側妃への憤怒に燃え、王国騎士団長であるスラーヴァ伯爵は、騎士たる者の名誉を泥に塗れさせた近衛への侮蔑を隠さず、共に断罪への意志を確かめ合ったのである。

ローザ宮への侵入から暫く、完全に夜が明け、晩春の爽やかな朝日が王城を輝かせる頃、小隊長の一人が報告の為に駆け寄ってきた。

「団長閣下に御報告申し上げます。閣下の御指示の通り、元王子王女の五名は、元第四側妃カテリーナの居間だった部屋に集めました。元王子の一人は、我らに対して無礼者と叫びを上げ、抜刀して抵抗致しましたので、武器を奪って監視しております。何合かは剣を交えましたものの、怪我などはさせておりません。大罪人共は捕縛して拘束し、他の使用人共も一箇所に集めて待機させております」

「よろしい。参りましょうか、トリフォン伯爵」

「そうですな。ヴィリア大宮殿も動き出しておりますから、もう一アワドもすれば、宰相閣下の御差配によって全ての手続きが終わる筈です。売女の所業を白日の下に晒し、恥ずべき大罪の結末を知らしめるには、良い頃合いでありましょう」

タラスとスラーヴァ伯爵は、悠然とした足取りでローザ宮の豪奢な廊下を進んでいった。二人が目指すのは、エリク王と二人の王子以外、男の立ち入りを許されない、第四側妃カテリーナの私室だった。


タラスとスラーヴァ伯爵が、カテリーナの居間に足を踏み入れたとき、正式な側妃に許された色合いの〈黄白〉が、朝日を受けて柔らかに光る室内には、屈辱に燃える二人の王子と、身を寄せ合って震えている三人の王女が、一塊になって監視されていた。一人では着替えの置いてある場所さえ分からない王子達は、寝衣の上に薄い上着を羽織っただけの頼りない姿を晒していた。

　平然と入室してきたタラスを目にした瞬間、第四側妃の子の中で最も年長の王子であり、王太子候補の一角と目されていたアドリアンが、激しい怒声を浴びせかけた。

「タラス、これはどういうことだ。これ程の無礼、申し開きがあるなら申してみよ。如何に家令とは言え、父上は決してお前を許さぬぞ。まさか、ロジオン王国の正式な妃であり、陛下の妻であられる母上にも、無礼な真似をしているのではないだろうな。答えよ、タラス」

　エリク王の王子達の中では最も気性が激しく、目尻の上がった碧瞳（へきがん）が高貴な猫を思わせる青年は、王族らしく美麗な面を激怒に歪め、裂帛の気合を込めてタラスに迫った。エリク王のみに絶対の忠誠を捧げ、王子王女が相手であっても、求められる儀礼以上には遜（へりくだ）らないタラスであっても、正当な王子であるアドリアンの怒りには、即座に膝を折らなければならないはずだった。

　しかし、眼差しを凍らせたタラスは、アドリアンの叱責に心を動かした気配も見せず、酷薄に嗤いながら言った。

「さて、そなたの父とは誰であろう」

「気でも狂ったか、タラス。我らの父上とは、偉大なるロジオン王国の至尊の主、エリク国王陛下に決まっておろう」

「妄（みだ）りに尊き御名を口にするな、愚か者が。そなたらは、既に王子でもなければ王女でもない。他ならぬ陛下が御決めになられたのだ。そうでなければローザ宮の奥深く、抜刀した王国騎士団が踏み込める道理がないではないか」

　タラスの言葉がもたらした衝撃に、アドリアンは絶句して立ち竦んだ。王国騎士団が側妃の宮殿に大挙して押し入り、剣を抜いて王子王女を脅し、自由を奪って拘束するなど、本来なら大逆罪と言われても申し開きの出来ない蛮行である。エリク王の家令であるタラスが、王国騎士団の所業を許している時点で、エリク王の命であることは疑いようがなかった。

蒼白になったアドリアンの代わりに、口を開いたのはロージナだった。数日前、子猫を連れてボーフ宮を訪問し、父王に謁見したばかりのロージナは、エリク王の面影を心の拠り所として、涙ながらにタラスを詰った。

「嘘よ。お前は嘘を吐いているのよ。無礼者。御父様がわたくし達を御捨てになる筈がないわ。お前なんて、御父様と御母様に申し上げて首を刎ねてやるわ」

「私の言葉が嘘だと思うなら、そなたらの母に訳を聞いてみれば良い」

瞳に暗い愉悦を宿したタラスが、幼い少女に冷たく言うと、傍に立っていたスラーヴァ伯爵が、すかさず騎士達に合図を送った。無言で控えていた騎士達は、王国騎士団長の下知を受け、即座に隣室に踏み込んだ。王の妃の寝室に、男達が乱入するという不敬に、王子王女らが目を見開いている中、騎士達は数人掛かりで重い何かを引き摺り出してきた。

「まさか、母上」

現れたのは、敷布に包まれて縛り上げられた、カテリーナと愛人の男だった。アドリアンは驚愕に息を呑み、王女達は余りにも無惨な母の姿に細い悲鳴を上げた。タラスは王子王女の受けた衝撃を気にも留めず、言葉も選ばず、淡々と宣告した。

「ここに連行した女は、畏れ多くも陛下から側妃の地位を賜りながら、半年前から己が護衛騎士を愛人とし、恥知らずにも陛下から賜ったローザ宮で関係を持っていたのだ。昨夜も男を閨に引き入れていた故、〈王家の夜〉が現場にて捕縛した」

「戯言は許さないぞ、タラス。そんな馬鹿な。誇り高い母上が、不貞の大罪を犯す筈がないではないか。これは何かの陰謀に違いない。妃の地位を危うくさせようと目論む輩が、母上を陥れたに決まっているだろう」

「そなたが如何に思おうと勝手ながら、証拠の記録用魔術機器もある故、言い逃れは出来ない。何より、そなたらの母は罪を認めておる。今朝、その女と男の額に刻んだのは、真実しか告げられなくなる自白用の魔術紋だ。自害も虚偽も許さぬ印であると、王子として魔術を学んできたそなたらにも分かるであろう」

タラスの言葉と共に、カテリーナと男の額が淡く発光した。二人に刻まれた魔術紋を目にして、反論する術をなくしたアドリアンは、今にも崩れ落ちそうな両足に力を入れ、喘ぎに似た声で必死に母に問いかけた。

「母上、まさか、まさか、タラスの話は真実なのですか。嘘だと仰って下さい。母上が、大ロジオンの正式な妃である母上が、父上を裏切るなんて、私には信じられない。信じたくない。これは悪質な陰謀なのだと、母上は潔白なのだと、どうか仰って下さい」

悲愴な顔で髪を振り乱していたカテリーナは、溺愛する息子の問いかけに、一言も話すまいと唇を噛んだものの、額に刻まれた魔術紋は沈黙さえも許さない。恥辱と後悔に塗れながら、カテリーナは、決して言ってはならない真実を口にした。

「許して、アドリアン。誰にも分からないと思ったの。分からなければ、そんな事実はないも同じだもの。〈王家の夜〉に調べられているなんて思わなかったの。彼を気に入っていたの。閨も素晴らしかった。陛下よりもずっと。彼は優しかったの。陛下は三年も御渡りにならず、会ってさえ下さらない。わたくしは、未だ若く美しいのに。彼に抱かれている間は、とても満ち足りていた。王宮では能くある話だというし、黙っていれば平気だと思ったの。ごめんなさい、アドリアン。わたくしは」

「黙れ、女」

水の如く滴り落ちる第四側妃の告白を、厳しい声で遮ったのは、それまで沈黙を貫いていたスラーヴァ伯爵だった。スラーヴァ伯爵は、大ロジオンの王国騎士団長に相応しい風格を漂わせた相貌に、侮蔑の怒りの色を浮かべ、カテリーナに言った。

「お前の穢らわしい言葉は聞くに耐えぬ。我らが陛下を愚弄した罪は、我が王国騎士団が必ずや千倍にして償わさせてやろう」

スラーヴァ伯爵の発する威圧の凄まじさに、カテリーナは喉を引き攣らせて黙り込み、アドリアンでさえ口を噤んだ。満足気に頷いたタラスは、飴色の木目に〈黄白〉の象嵌を施した柱時計に目を向け、然り気なく時刻を確認してから、半ば放心状態の王子王女らに告げた。

「そこに転がる女は、夜半に情事の現場を視認された瞬間から、ロジオン王国第四側妃としての地位と、地位に付随する一切の権利を剝奪されている。その上で、一緒に縛られている愛人の近衛騎士に下げ渡された。元第四側妃カテリーナは、つい先程、王城での執務が開始されると同時に、愛人である男の正式な妻としての届出が裁可されたのだ」

タラスの言葉を聞いた途端、元第四側妃となったカテリーナは、悲痛な叫びを上げながら、狂ったように身を捩った。

「嫌よ、嫌よ。わたくしはロジオン王国の妃なのよ。近衛騎士風情の妻になるなど、有り得ない。アドリアンが王になれば、わたくしは国母として全ての女が羨む地位に就くのよ。他の男と寝たくらいで、王族でなくなるなんて酷過ぎるわ」

恐怖と恥辱の中で、為す術もなく無言を貫いていた愛人の近衛騎士も、若々しく端整な顔を歪めて叫んだ。

「巫山戯るな。俺だって、年増の淫売を妻にするなんて真っ平だ。側妃だというから、優しくしてやっただけだ。俺には婚約者だっているんだ。助けてくれ」

スラーヴァ伯爵は、足を踏み締めて男に近付くと、無言のまま蹴り上げた。剣の名手と呼ばれるまでに鍛え上げられたスラーヴァ伯爵の容赦のない攻撃に、重ねて縛り上げられていた元第四側妃も共に撥ね飛ばされ、大きな悲鳴を上げた。男の呻きとカテリーナの啜り泣く声以外、もう誰も何も言わなくなった部屋で、タラスは淡々と話を続ける。

「元第四側妃が何と言おうと、既に処理の終わった話である。王子王女であった者達も、母親の下賜に伴って王籍を剥奪され、男の養子として男爵家の籍に入った。売女を陛下の後宮に送った元第四側妃の父親は、王国を侮辱した罪で侯爵から男爵へと降爵され、王都の屋敷と領地も没収される。これらの届出についても、ヴィリア大宮殿の執務開始と同時に正式に裁可された故、何があっても覆りはしない」

既に立っているだけの気力を失い、煌びやかな〈黄白〉の床に座り込んだアドリアンは、掠れた声でタラスに聞いた。

「国王の妃が不貞を働いた。何故、私達を処刑しない。妃の不貞は、子諸共大逆罪と決まっているではないか」

「陛下は、我が子であった者達の命を憐れまれたのだ。不貞を助けた使用人共は、一人残らず処刑する。しかし、そなたらの命は取らぬ。そなたらを生かす為に、女と男の命も取らぬ。陛下がそう決められたのだ」

「いっそのこと、殺してくれた方が慈悲ではないのか」

「そう思うなら、そなたの好きにすれば良い。但し、これ以上王城を穢すことは許さぬ。死にたければ、男の家に着いてから死ぬのだな」

唇を震わせたアドリアンは、タラスの無慈悲な宣告に遂に言葉を失った。悲痛な沈黙に沈んだ兄の傍で、ずっと哀れな程に震えながら泣き続けていたロージナは、最後の望みを懸けてタラスに縋った。

「御願い、一度で良いから御父様に会わせて。御会いして一生懸命に御願いしたら、御父様はきっと許して下さると思うの。御母様のことは怒っていらしても、わたくし達は宮殿に置いて下さるに違いないわ」

タラスは、直ぐには返事をしなかった。只、無表情のままロージナの下に近寄ると、少女のか細い顎に白手袋に包まれた指を添え、じっと瞳の奥を覗き込みながら、滴るばかりの憤怒を籠めて囁いた。

「そなたの父は、そこに転がっている男だ。今度、陛下を父と呼んだら、このタラスの誇りに懸けて、そなたをゆっくりと斬り刻んでやろう」

生まれて初めて向けられた激烈な殺意に、ロージナは声もなく倒れ伏した。タラスは、白手袋を取って無造作に投げ捨てると、ロージナへの関心を失ったとばかりに離れていった。スラーヴァ伯爵もまた、ロージナを一顧だにせず、王子王女だった者達に告げた。

「さあ、そなたらに残された時間は一アワドしかないと思え。時間内に、三枚の衣服を選び出すが良い。そなたらがローザ宮から持ち出しを許されるのは、只それだけだ。王子王女として王国から与えられていた物は、王籍と共に全て剝奪された。宝石の一つでも盗もうとすれば、盗賊として首を晒す羽目になるだろう」

冷徹な命令を最後に、スラーヴァ伯爵もタラスも、アドリアン達にはもう視線さえ向けなかった。大王国の王子王女として、この世の栄華を極めていた子供達は、一夜にして訪れた運命の激変に、声もなく蹲るしかなかったのである。

王城の朝が始まり、夥しい数の人々が職務に就き始めた頃には、ローザ宮の異変の噂は、熾火の如く広がっていた。行動を制限された近衛騎士の一団と、仕事の合間を縫って噂を拾い集めに訪れた宮廷雀、主人たる貴族に命じられて様子を窺う陪臣達が、遠巻きにローザ宮の様子を窺う。一分の隙もなくローザ宮を包囲したままの王国騎士団の存在が、否応なく事態の異常さを知らしめていた。

騒然とした空気の中、最初に姿を現したのは、二十人程の使用人達だった。女官や侍女、従僕と思しき御仕着せの男女は、縛られてこそいなかったものの、前後左右を王国騎士団の騎士達に囲まれ、重い足取りでローザ宮から歩み出た。目端の利いた者なら、騎士達に連れられていった男女が、厳しい尋問を受けるのだと察しただろう。

次に現れたのは、引き摺り出されたというに相応しく、荒縄で両手を縛られ、腰縄で繋がれた十人程の男女である。高位の女官もいれば、年若い侍女も老齢の侍従もいる。明らかにローザ宮の使用人であり、元第四側妃カテリーナの側近と思しき身なりの者達に、大きな響めきが湧き起こった。王国騎士達は、興味津々に視線を向ける人々を気にする素振りも見せず、堂々と罪人を連行していったのだった。

スラーヴァ伯爵が宣言した通り、一アワドの時間が過ぎたローザ宮の裏門には、王国騎士団の用意した荷馬車が引き出された。王城から王都にある愛人の屋敷まで、元第四側妃と王子王女達を運んでいく為の馬車である。密やかではあっても、特に人目を避けるでもない出立に、ローザ宮の周囲に集まった見物人達は、抑え切れない興奮の気配を立ち上らせた。

既に時間は昼に近くなり、噂は王城を駆け巡っている。昨日まで側妃や王子、王女として権勢を誇っていた者達が、ロジオン王国の歴史の中でも滅多にない程の醜聞の果てに、どのような顔をして宮殿を去っていくのか。残酷な興味に駆られた人々は、或る者は隠れて、或る者は堂々と、元第四側妃達を待っているのだった。

そんな中、数人の王国騎士達によって、敷布に包まれた男女が担ぎ上げられてきた。顔さえ隠されず、適当に巻き付けられたらしい敷布の隙間から生々しい素肌を覗かせ、荷物よりも乱暴にローザ宮から運び出されたのは、元第四側妃カテリーナと若い男だった。敬愛する王を侮辱された王国騎士達は、カテリーナに慈悲をかける必要を一切感じておらず、女としての尊厳を守る価値を認めず、情事の跡も生々しい二人に、身支度をさせる手間さえかけなかったのである。

想像さえしなかった恥辱に、敷布の中の男女は固く目を瞑って呻いていた。見物人達は信じられない光景に沈黙したものの、次の瞬間には、蜂の巣を突いたかのような喧騒に沸き立った。ロジオン王国の王城に於いて、先長く語り継がれるに違いない、余りにも見事な転落劇だった。

元第四側妃が馬車に積み込まれると、遂に最後の追放者が現れた。王国騎士に前後を固められたまま、ローザ宮の王子王女達が連れ出されたのである。白い絹のシャツとトラウザーズを身に着けたアドリアンは、布に包まれた着替えだけを持って馬車に向かった。成人したばかりの多感な元王子は、血が滲む程に唇を噛み締め、せめて堂々と宮殿を去ろうとして、痛々しい程に努力をしていたが、暗く淀んで光を消した眼差しは、アドリアンの必死の思いを裏切り、絶望の深さを如実に物語っていた。

年少の王子と二人の王女達は、やはり簡素な服装に着替えの包みだけを手に持ち、下を向いて歩いてきた。ロージナだけは、人目も憚らずに泣きじゃくりながら、何度もローザ宮を振り返っていた。残酷な見物人の中にも、流石に子供達を哀れに思った者が多かったのか、何人もの女達がそっと涙を拭っていた。

アドリアンが馬車に乗って姿を隠し、王子王女らも後に続き、いよいよ列の最後にいたロージナが乗せられようとした瞬間、何を思い出したのか、元王女は不意に顔を上げた。幼く愛らしい顔を涙で汚したロージナは、何度も周囲を見回してから、王国騎士に向かって甲高い声で叫んだ。

「待って。わたくし達の猫がいないの。母猫と子猫が二匹、姿が見えないの。御願い、あの子達を探して頂戴」

タラスに脅された恐怖を思い出し、ロージナは「御父様の猫の母親達」という言葉を、既の所で呑み込んだ。ローザ宮で飼われていた三匹の猫は、明け方からの騒ぎを恐れてか、何処とも知れず身を隠していたのである。

「猫などどうでも良い。早く馬車に乗るのだ」

ロージナの背後にいた王国騎士の一人が、素っ気なく答えた。目の前の荷馬車を送り出せば、騎士達の任務は無事に終了する。誇り高い王国騎士団には、エリク王を裏切った妃の子であり、恥辱の中で捨てられた元王女の猫に構う暇などありはしなかった。

「でも、大切な猫達なの。御願いだから探して。連れていかせて。宮殿の物を持ち出すのは許さないと言われたけれど、猫は良いのでしょう。賢い猫達だから、呼べば出てくると思うの。御願い、探させて」

ロージナの必死の懇願に、仕方なく動いたのはスラーヴァ伯爵だった。最後の出発を見届ける為に、副官を伴って待機していたスラーヴァ伯爵は、ぐるりと周囲を見回してから、見物人達にも聞こえる程の声で言った。

「ローザ宮で飼われていた猫には、元第四側妃の罪は及ばぬ。誰か見掛けた者がいれば、王国騎士団まで連れて来るが良い。また、見付けた者が飼ってやろうと思うのなら、特に許可はいらぬ。好きに家に連れて帰るが良い」

スラーヴァ伯爵の言葉に、ロージナは唇を噛んで下を向いた。父王との最後の繋がりを、呆気なく断ち切られたロージナは、王国騎士団の者達に背中を押されるまま、馬車に乗り込むしかなかったのである。

間もなく、馬車はゆっくりと走り出し、彼女達を王城の外へと連れ去っていく。王子王女達は、目の前の現実を受け入れることの出来ないまま、生まれ育った王城に永遠の別れを告げたのだった。

カテリーナ達を乗せた馬車が走り去り、王国騎士団の多くがローザ宮を離れ、見物人達も自らの持ち場へと戻り、近衛騎士達の姿も消えた後、ローザ宮の裏門へと続く植え込みの端に、小さな影が並んだ。ロージナが必死に探していた、三匹の猫達である。主人達の身に起きた動乱を察しているのか、三匹はひっそりと身を寄せ合い、声を出そうともせず、いつまでも馬車の去った方角を見詰めていた。

どれくらいの時間そうしていたのか、少しも動こうとせずに座り込んだままの猫達に、不意に優しい声がかけられた。

「やあ、こんにちは。お前達、さっきからずっと同じ場所にいるけれど、何か考え事をしているのかな。もしかして、行く所がないのかい」

猫達の前にそっと座り込んだのは、ローブ姿の一等魔術師、アントーシャだった。猫達は逃げもせず、揃いの緑金の瞳でアントーシャを見詰めた。純白の猫が母親であり、灰色の子猫と茶色の子猫が、エリク王の愛猫スニェークの兄弟なのだろう。

「お前達はローザ宮の猫なのだろう。可哀想に、思わぬ成り行きになってしまったね。どうだろう、お前達は、見付けた人が自由に飼って良いそうだから、これから一緒にぼくの家に来ないかい。お前達に手伝ってほしいこともあるから、来てくれると、ぼくもとても助かるよ。色々と面倒を掛けると思うけれど、御願い出来ないかな」

人間を相手にするかのような口調で、アントーシャは丁寧に話しかけた。三匹の猫達は緑金の瞳を光らせ、互いに視線を交わしてから、おずおずとアントーシャに近寄り、黒いローブに尾を立てて身体を擦り付けた。

「来てくれるのかい、有難う。とても嬉しいよ。御礼の印に、好きなだけローブを毛だらけにしてくれても構わないよ」

そう言って、アントーシャは笑いながら腰を上げ、優しく手を差し伸べると、器用に三匹の猫を抱き上げたのだった。

02 カルカンド—状況は加速する—

03 リトウス

儀式は止められず

ロジオン王国の絶対君主であるエリク王が、召喚魔術の行使を命じてから約一月、魔術大国の威信を懸けた儀式を三日後に控え、人々はそれぞれの立場から準備に奔走していた。最も緊迫しているのは、勿論、叡智の塔の魔術師団である。魔術師団長であるゲーナが、或る意味で主役の座から外され、寧ろ泰然と日々を過ごしているのに比べ、召喚魔術に関わる二十人余の魔術師を率いる立場となったダニエは、傍目にも明らかな程に憔悴していた。

叡智の塔の十二階、魔術師団長に次ぐ次席魔術師に与えられた執務室で、今もダニエは作業に追われていた。既に魔術師の身分を象徴するローブさえ脱ぎ捨て、ダニエは一心に魔力を練り上げる。ダニエが行っているのは、転移の魔術陣の上から隷属の魔術陣を書き加えるという、非常に困難な術なのである。

黄金の国とも称されるロジオン王国は、スエラ帝国と世界の覇権を争う大国として君臨している。そして、王国の繁栄を担っているのは、叡智の塔の魔術師達が長年に亘って生み出してきた、様々な魔術陣だと言っても過言ではなかった。森羅万象に干渉する為の動力源が魔力だとすれば、限りある動力源を効率良く活用する為の回路に当たるのが、魔術師が刻む魔術陣である。優れた魔術陣を有することは、国家にとって資源や戦力、財力を得るにも等しかった。

実際に隷属の魔術陣を刻むには、主に二つの方法があると言われている。一つは、魔力の伝導率の高い輝石類を触媒とした隷属の魔術機器を作製し、機器そのものに魔力を以て術式を埋め込む方法。もう一つは、人の身体に魔術紋を書き入れ、魔力によって定着させる方法である。後者の場合は、魔術紋を刻まれる側が隷属を受け入れて相互契約を結ぶか、魔力量の差に物を言わせて強引に従わせるしかなかった。

〈賢者の間〉の会議で議論されたように、異界から人を召喚出来たとして、対象者を隷属させるのは決して簡単な行為ではない。いきなり召喚された異界の人間が、ロジオン王国の威光に頭を垂れ、協力的に振る舞ってくれると考える程、ダニエも自惚れてはいない。怒りに燃えて反抗してくるか、混乱して暴れるか、何れにしろ隷属の魔術機器の装着は難しいと想定するべきだった。

数年前、召喚魔術の実現可能性について、父であるパーヴェル伯爵から相談を受けたダニエは、直ぐにこの問題に行き当たった。ロジオン王国への忠誠心を持たず、身分制度への理解さえないであろう異界人、しかも大きな魔力を持っているかも知れない者を攫ってくるなど、この世に厄災を招く結果にも繋がりかねなかった。

骨の髄まで貴族であるダニエにとって、相手の都合や想いなど、殆ど顧みる価値を持たない。ダニエは只、王国とパーヴェル伯爵家、さらには彼自身の安全の為に、異界人を効果的に隷属させる方法を模索し始めたのである。

一年程の検討期間を経てダニエが下した結論は、転移魔術陣の改変だった。召喚対象を指定する転移術式の中に、〈ダニエによって隷属の魔術紋を刻まれた者〉という制限を書き加える。そうすれば、異界人を管理下に置けるだけでなく、術者であるダニエ自身が、異界人に対する支配権を確立出来るかも知れないのである。

新たな事実に行き着いたとき、ダニエは抑え難い興奮に昂った。自らが得意とする隷属魔術によってゲーナを出し抜き、ロジオン王国の歴史に名を残す魔術師となる道が、ダニエの目の前に広がったのである。

大きな魔力を持って生まれた高位貴族の嫡男でありながら、ダニエは常に満たされないままだった。魔術学院に通っているときも、叡智の塔の魔術師になってからも、ダニエの行く手には、必ず大魔術師ゲーナ・テルミンが立ち塞がっていたからである。

過去に例のないだろう魔術機器の設計図を考えついても、既にゲーナが先行していた。斬新であるはずの魔術理論を発表しても、ゲーナの亜流としてしか評価されなかった。大きな魔力で魔術陣を発動させても、ゲーナの発動量には遠く及ばなかった。一人ダニエだけでなく、ロジオン王国に生まれた魔術師達は、誰もが同じ壁に直面してきたと言っても過言ではないだろう。

千年に一人の天才たるゲーナ・テルミンは、己れを恃む者の多い魔術師にとって、福音であり厄災でもあった。そして、誰よりも自尊心の強いダニエは、どうしてもゲーナの存在が受け入れられなかったのである。

ゲーナとダニエが、師弟としての絆を結んでいれば、ダニエの気持ちも変わったのかも知れなかったが、自由闊達で権威主義を嫌うゲーナと、典型的な選民思想の持ち主であるダニエとでは、相性は最悪だった。ダニエが叡智の塔の魔術師になってから、共に十数年を過ごしても尚、ゲーナとダニエの心の距離は開いていく一方であり、いつしかゲーナへの闘争心だけが、ダニエを駆り立てる力となっていた。

あらゆる方面に造詣の深い、謂わば万能型の魔術師であるゲーナは、唯一、契約魔術や隷属魔術を苦手としていた。自身に魔術紋を刻まれた経験が、ゲーナに耐え難い嫌悪感を起こさせるのだろうと、ダニエは推理した。ゲーナを超える為に、契約魔術と隷属魔術に特化した研究に傾倒していったのは、ダニエにとって当然の帰結だった。

ダニエは、机の上に置かれた紫色の燐光石に目を向けた。異世界からの召喚という巨大な魔術に耐え得る触媒として、宰相であるスヴォーロフ侯爵から届けられた最上級の聖紫石(せいしせき)である。叡智の塔を始め、王城に設置された転移用の魔術陣には、薄青い板状の青光石(せいこうせき)が使われているのに対し、透明度の高い紫色の聖紫石は、魔力の伝導率が極めて高く、長年に亘って変質し難く、最近では滅多に産出されない宝玉だった。

両手で捧げ持つ程の大きさを有する聖紫石を見詰めながら、固く眉根を寄せたダニエは、刻み込んできた術式を小声で確認していった。

「目的。人間を転移させる。転移基点。異世界及び別次元。座標は不明。対象の捜索場所を最大限に設定。転移到達点。ロジオン王国、叡智の塔、〈儀式の間〉。転移対象の条件。人間、健康、潜在的な感染症なし、魔力若しくは類似の超常能力を有する。性別年齢不問、ロジオン王国の自然環境にて生存可能。目標多数の場合。最大魔力保有者を自動選定。閾値(いきち)設定。転移魔術陣発動、次元跳躍、捜索、転移発動、次元再跳躍の合計値算出。良し、ここまでは良い」

額に滲んできた汗をシャツで乱暴に拭い、ダニエはさらに確認を続ける。魔術師にとっては、精神力を削る作業が続いた。

「拡大転移魔術陣に回路連結。隷属魔術設定。目的。対象人物を隷属化。対象。未定。条件設定。転移発動後から目的地到達までの期間に隷属完了。隷属権者。一位ダニエ・パーヴェル。二位オニシム・パーヴェル。二位以下は設定変更可能。隷属範囲。生死を含む完全隷属。付帯条件。隷属不可の場合は転移発動停止。転移発動停止不可の場合は対象の生命活動を停止。閾値設定。転移魔術陣に連結、発動、付帯条件分残量の合計値算出」

一気に言い切ると、ダニエはじっと目を瞑り、高鳴る鼓動を落ち着かせようと努めた。数年の間、心血を注いできた魔術陣は、再確認を経て十分実用に耐えるだけの完成度を誇っている。ダニエは、改めてそう確信した。

残された作業は、術式発動の鍵を暗号化し、ダニエ自身の魔力を以て、発動基点となる聖紫石に刻み込むだけだった。魔術師による鍵の設定は、画家が作品の最後の一筆として署名を入れるに等しいものであり、複雑極まりない魔術陣をダニエの成果として確立させるだろう、記念すべき瞬間でもあった。

唯一人の執務室で、ダニエは早くから決めていた暗号を呟いた。ヴァシーリ〈王〉、それがダニエの鍵だったのである。


遥かに続く闇の中、今にも消えそうな程に小さな星が一つ、仄かに瞬いていた。あえかな光では手元を照らすにも足らず、一層暗く沈み込むような情景の中で、アントーシャは唯一人、じっと座り込んでいた。地面でもなく椅子でもなく、空間そのものにしどけなく身を預け、頬杖を突いた姿からは、深い悲しみと諦観の気配が立ち上っていた。

温かな琥珀色に輝いているはずの瞳は、今は生気を失って色を消し、宛ら硝子玉にも見える。召喚魔術を破壊する為に、自ら命を捨てる覚悟を決めたゲーナを、どうしても翻意させられず、絶望に苛まれるばかりのアントーシャは、何人たりとも立ち入れない暗闇に閉じ籠もり、辛うじて精神の均衡を保っていたのである。

広いといえば果てしなく広く、上も下も右も左もなく、現実であって現実ではない。アントーシャが座っているのは、選ばれた魔術師だけが到達出来る魔術の頂点の一つ、当代の叡智の塔では、ゲーナだけが可能にすると言われている〈真実の間〉である。ロジオン王家に認められ、契約の魔術紋で縛られる未来を防ぐ為、凡庸な振りを続けているアントーシャは、物心が付いた頃から、自在に〈真実の間〉を造り出していたのだった。

〈真実の間〉は、魔術師の魔力量によって空間の広さが決まり、魔術師の精神世界を反映した情景を映し出すと言われている。ゲーナをも凌駕する才能を持ったアントーシャは、〈真実の間〉を簡単に作り替えることが出来たが、深い闇に閉ざされたこの日の有様は、内心の激しい懊悩そのものだった。

やがて、虚な瞳を凝らして、アントーシャが暗闇を見詰めると、辺りは微かに明るくなった。小さく光る星が一つ、二つ、三つと生まれ、月のない暗夜が広がったのである。深い息を吐き、固く歯を食い縛りながら、アントーシャは、〈真実の間〉でゲーナと語り合った夜を思い出していた。アントーシャが幼い頃の、美しく幻想的な思い出である。

「見て御覧、アントン。我らが生きる世界の果て、界を隔てし先の先、時空を超えた永遠の彼方に、違う世界が広がっているだろう」

そう言って、ゲーナは夜空を指差した。アントーシャが十歳になった、誕生日の出来事である。滑らかな丸い頬をした少年のアントーシャは、敬愛する大叔父に寄り添い、星々よりも明るく輝く瞳で、じっとゲーナの指差した先を見詰めた。

アントーシャの〈真実の間〉は、少年の喜びに満ちた心に呼応するかのように、満天の星々を華やかに瞬かせ、鏡の如く煌々と冴え渡る月が、明るく夜空を照らしていた。アントーシャは、どこまでも神秘的で美しい光景に目を細めながら、小さな手で大叔父の皺深い手を握り締め、傍のゲーナに問いかけた。

「ねえ、大叔父上。ぼく達が見ている光景は、現実のものなのですか。この世界の他に、別の次元、別の界、別の時空があるのだろうと、何冊もの魔術書に書いてありました。逆に言うと、違う世界の存在を実証出来た人は、誰もいないようなのです。ぼくの目には、向こうの世界で生きている人々の姿まで、はっきりと見えているのに」

　ゲーナは、如何にも嬉しそうな笑みを浮かべて、アントーシャの頭を撫でた。細く柔らかな子供の髪の手触りが、百年以上も人を拒み続けてきたゲーナの心に、疼(うず)くような愛しさを感じさせているのだと知らないまま、アントーシャは言葉を続けた。

「ほら、一等明るい星の下に広がる世界では、不思議な物体が空を飛んでいますよ。あれは一体何なのでしょう。大きな金属の塊にも見えますけれど、そんなに重い物が飛べる筈がありませんよね。ああ、ぼくの足の下に見える世界は、真っ白な氷に覆われていますね。見ているだけで震えるくらい、とてつもなく寒そうだ。オローネツの小父様の領地と遠く国境を接しているスノーラ王国は、こんな氷の国なのでしょうか。それとも、ぼくが見ている光景は、やはり実在しない幻に過ぎないのでしょうか。ああ、不思議だな」

　薄っすらと頬を染め、楽しそうに話すアントーシャに、ゲーナは優しく微笑みかけ、十歳の少年には難解過ぎるはずの話を聞かせた。

「私の可愛い一人息子は、随分と難しい話をするのだな。この世の魔術師の殆どが、一生掛かっても到達出来ないであろう魔術の深淵に、幼いお前が既に辿り着こうとしているのだと、分かっているのかな。確かにあってどこにもなく、幻であって幻でない、異なる界を鮮明に視ることの出来る者は、私とお前の二人しかいないのだよ、アントン。今、この瞬間にそうであり、有史以来そうであり、恐らくは遠い未来に於いてもそうだろう」

「なぜですか、大叔父上。見え方が違うというのなら分かります。でも、そこにあるものが見えないのは、なぜなのでしょう。見ようとしないからなのでしょうか」

「殆どの魔術師は、お前が見ているものを垣間見る為にならば、喜んで命を差し出すだろうさ。そこにあるものが見えないのは、人が内包する魔力の問題なのだよ、アントン。全ての者が魔力を持つ世界にあって、人の視力には二種類ある。物質を見る視力と、物質に非ざるものを視る視力だよ。物質を見る視力が、眼球の働きや疲労、老化や遺伝によって違いを生むように、物質に非ざるものを視る視力は、内包する魔力の量や質によって変わってくる。鮮明に界の実相を見るに足る程の膨大な魔力を持つ者は、この世界にたった二人、お前と私だけなのだ」

「こんなにもはっきりと、こんなにも美しく、ぼくたちの目の前に広がっている光景が、誰の目にも触れないなんて、とても残念ですね、大叔父上。星々の海の中で、複雑に折り重なった界の不思議さを目にしたら、お金も権力も意味のないものに思えるのに」

「我が息子は、十歳にして既に哲学者なのだな。お前の可愛らしい頭の中には、どれ程の叡智が眠り、お前の澄んだ瞳には、どこまで遠くが見えるのだろうか。私が施した封印は、未だに固く護られているというのに」

途中から呟くが如く消えていったゲーナの言葉は、アントーシャの耳には入らなかった。ゲーナの二の腕に、甘えて頬を擦り寄せながら、十歳になったばかりの少年は、じっと〈真実の間〉の彼方を見詰めていたのである。

降るが如くに星の輝く空に目を凝らせば、界と界、次元と次元を隔てる階層が、明確に浮かび上がった。アントーシャの目に映るのは、薄硝子にも見える巨大な丸屋根の如きものであり、透明から仄かな水色、発光する薄黄色、血の滴りにも似た真紅と、何色もの色を持った連なりだった。その丸屋根の一つ一つが、アントーシャとゲーナの生きる世界とは別の見知らぬ世界、異なる次元、過去と未来の交錯した時間軸なのだと、アントーシャは自然に理解していた。

感嘆と憧憬の吐息を漏らしながら、アントーシャは益々ゲーナに身を寄せた。幼い少年の涼やかに高い声で、百歳を超えた世紀の天才にすら、完全には理解出来ないだろう真理を、アントーシャはうっとりと口にする。

「物質に非ざるものを視る視力というのは、世界の成り立ちを読み解く力であり、目に見えない筈のものを具現化する力なのでしょうね。ああ、でも、本当に美しい光景の前では、理屈は必要ありませんね。こんなに不思議な光景を目にするのが、魔力の御陰なのだとしたら、ぼくはとても幸せですよ、大叔父上。いつの日か別の界、異なる次元、時間を超えた時空へと、旅することが出来るようになるのでしょうか」

「お前にならば、きっと可能だろうさ。私の最愛の息子であり、魔術の申し子たるアントーシャよ。近い将来、お前の封印を解く日が来れば、この世の誰も見られず、想像さえしなかった世界が、お前の前に開けるだろう。千年に一人の天才と呼ばれる私が予言するよ、アントン。魔術の深淵に到達し、世界の真理を我がものとし、理の体現者となるのは、アントーシャ・リヒテルであると。時至れば、何処までも行くが良い、我が息子よ」

「一人では嫌ですよ、大叔父上。御一緒に旅をしましょうよ。世界の果てを超えて、界を渡って、次元を跳んで。考えるだけで楽しいな。ぼくが大人になる頃には、大叔父上の魔術紋だって、きっと跡形もなく消してみせますからね。ロジオン王国から自由になって、二人で行きましょう、どこまでも」

大らかに笑って言うアントーシャを、ゲーナは片腕で引き寄せた。老人にしては大柄なゲーナからすれば、未だ頼りない程に細く、胸までの背丈しかないアントーシャを、魔術師のローブで大切に包み込みながら、ゲーナも笑った。それは、魔術紋を刻み込まれてから百年以上、赤子のアントーシャを引き取るまでは一度として浮かばなかった、屈託のない笑みだった。

やがて、十歳の少年の姿が掻き消え、星々の輝きが失われ、鏡の如き月が姿を隠した闇の中、二十歳を越えた今のアントーシャが、唯一人取り残された。十年以上前、同じ〈真実の間〉で確かに交わされた会話は、鮮明にアントーシャの記憶に残っていたが、過去の懐かしい記憶でさえ、己れを苛む杭となった。あの日、ゲーナの魔術紋を消し去るのだと宣言したアントーシャは、大切な約束を遂に果たせないまま、ゲーナの強い意志に押し流されるしかなかったのである。

ゆっくりと顔を上げたアントーシャは、空間に身を投げ出して座り込んだまま、瞳を凝らした。琥珀色の澄んだ瞳が輝き、太陽の光にも似た黄金色に染まったかに見えたとき、アントーシャの目に映ったのは、ゲーナと共に見た情景と同じ、暗い夜空を覆う巨大な硝子作りの丸屋根の如きものの連なりだった。

その内の一つ、淡い青色の輝きの中には、轟々と燃え盛る紅蓮の星々が、凄まじい勢いで飛び交っている。アントーシャは、今にも青い輝きを砕きそうに衝突を繰り返す、一際大きな星に視線を据えたまま、小さな声で呟いた。

「我が心にも等しき焦燥と絶望の蹉跌(さてつ)、界を破壊せんと荒れ狂う灼熱の憤怒よ。疾く鎮まりて、己れを律するが良い。我が〈真実の間〉の支配者、アントーシャ・リヒテルが命ずる」

詠唱とも言えない詠唱が終わった瞬間、アントーシャの身体から金色の光が放たれた。光は、果てしない空間を黄金に染め上げる程に膨大であり、目を射るばかりに輝かしかった。アントーシャは、眉間に力を入れて歯を食い縛り、さらに魔力を高めて光を生み出し続ける。数瞬の後、全ての闇を金色に染め上げた光は緩やかに収縮し、数多ある丸屋根の中の一つ、淡い青色の丸屋根へと吸い込まれていった。

そこからは一瞬だった。青色の硝子を思わせる丸屋根に、今にも砕き破りそうな激しさで衝突していた紅蓮の星を金色の光が包み込むや否や、激烈な閃光が迸(ほとばし)った。そして、数度の点滅の後に閃光が消え去ったとき、丸屋根の中には静かに瞬く星々が浮かんでいたのである。

アントーシャは、微かに震える唇で大きな息を吐き、益々深く空間に沈み込んだ。いつも穏やかに微笑んでいるアントーシャが、激しい疲労に襲われ、自分の身体さえ支えられなくなっていたのである。アントーシャは、微かな声で呟いた。

「封印されたままのぼくでは、界を隔てた領域に干渉するのは簡単ではないな。〈真実の間〉という魔術的な空間で、極限まで最適化した術だったとしても。だが、しかし、失敗はしなかった。ぼくが体力を消耗し、魔力が枯渇寸前にまで減少したとは言え、物理的な干渉は成った。星々の性質を改変することと比べれば、大叔父上の偉大な魔力が相手だとしても、召喚魔術の破壊は容易いだろう」

のろのろと重い腕を持ち上げたアントーシャは、両手で顔を覆って、断末魔の獣を思わせる声で呻いた。

「いっそ、出来なければ良かったのに。そうすれば、ぼくは、この手で大叔父上を傷付けずに済んだのに。ぼくの力は、愛する父を殺す為のものだとでもいうのか」

アントーシャの悲痛な問いに答える者は、〈真実の間〉には誰一人としていなかった。いつしか、たった一つ瞬いていた微かな星さえも消え去り、只、漆黒の闇だけがどこまでも広がっていったのだった。

第二側妃オフェリヤが暮らしていた蘭の宮殿、〈アルヒデーヤ宮〉で生まれ育ったアイラトは、クレメンテ公爵家の姫を正妃として迎えたとき、独立した王子宮として〈ドロフェイ宮〉を与えられていた。神の賜物という意味の名を持つ宮殿は、〈黄白〉の輝かしい光に照らされながら、どこか静謐で優美な佇まいを見せる。豪華絢爛な装飾よりも、洗練を極めた典雅な品々を好むアイラトの美意識が、ドロフェイ宮を支配しているのである。

その日、ドロフェイ宮の主客室を三人の客が訪れていた。義父であるクレメンテ公爵と、王国騎士団の団長を務めるスラーヴァ伯爵、王国騎士団連隊長のラザーノ・ミカル子爵である。アイラトを含めた四人は、護衛騎士を隣室に待機させ、一つの机に向かい合わせに腰掛けて、近習が注ぐ葡萄酒の淡い色目を眺めていた。立ち上る香りに仄かな微笑みを浮かべ、爪の先まで磨かれた繊細な指で杯を掲げて、アイラトが言った。

「先のローザ宮の不始末では、王国騎士団に随分と世話になった。王族だった者達の愚かさ故に、伯らに手間を掛けさせてしまい、私も王子として遺憾に思う。せめてもの慰労に、杯を重ねてほしい。乾杯」

クレメンテ公爵は同じように杯を掲げ、スラーヴァ伯爵とミカル子爵は、アイラトに向けて恭しい座礼を見せてから、両手で杯を持った。ロジオン王国では、血縁関係や姻戚関係を持たない貴族が、王族の私的な宮殿に招かれることは少なく、飲食を共にする機会はさらに少ない。スラーヴァ伯爵が、王国騎士団長を務める高位貴族とは言え、副官である子爵共々、王子と杯を酌み交わすのは、破格とも言える歓待だった。

互いに慎重に言葉を選びながら、高位貴族の儀礼が必要とする時間だけ、取り留めのない話題が静かに流れていく。アイラトに言われるまま、スラーヴァ伯爵の杯に二杯目の葡萄酒が注がれたとき、本題に踏み込む機会を見定めたクレメンテ公爵が、おもむろに尋ねた。

「ところで、スラーヴァ伯爵。先日話した召喚魔術の実施が、いよいよ三日後に迫ってきたのだよ。伯が興味を持つのなら、儀式の場に立ち会わせも出来るだろう。王国騎士団の団長としては、如何思われるのかな」

唐突とも言えるクレメンテ公爵の問いかけにも、スラーヴァ伯爵は動じなかった。武官であれ文官であれ、情報収集が生命線を握る王城にあって、スラーヴァ伯爵もまた、地位に相応しい情報源を持っているのである。スラーヴァ伯爵は、慎重にアイラトの表情を窺ってから、クレメンテ公爵に丁寧に答えた。

「御配慮を賜り、誠に有難う存じます、公爵閣下。御迷惑にならないのでございましたら、是非とも御供をさせて頂きたく存じます。新しい力となるかも知れない存在を、大ロジオンに呼び込む試みだと伺っております故、陛下から王国騎士団を御預かりしている身として、関心を持たずにはいられません」

「それは結構。我がロジオン王国の盾であるスラーヴァ伯爵が、召喚魔術の意義を分かってくれたとは、大変に喜ばしい。今回の召喚の成否はともかく、その新しい可能性を垣間見るだけでも、閉塞した現状を動かす契機になるのではないかな。勿論、私の言う閉塞とは、偉大なるエリク国王陛下が憂慮しておられる問題に他ならない。ロジオン王国が魔術大国であるからこそ、魔術触媒の減少は一大事なのだ」

上機嫌に微笑むクレメンテ公爵の様子に倣い、優雅な微笑みを浮かべながら、アイラトも言葉を重ねた。

「魔術触媒、或いは動力源の問題は、陛下の善政の下、欠けるものなき大ロジオンの唯一の心配事だからね。儀式の場にはアリスタリス王子殿下も立ち会うであろうから、当然、近衛が護衛騎士として付いてくる。その意味でも、スラーヴァ伯爵の判断は正しかろう。私に付く護衛騎士は、近衛の中では主流を外された者達であるし、伯が来なければ、近衛は情報を秘匿して、常の如く王国騎士団を爪弾きにするに違いない。違うかな、スラーヴァ伯爵」

「御意にございます、殿下。少し昔話をさせて頂けば、近衛騎士団長のコルニー伯爵と私くしとは、王立学院の同期生なのでございます。当時はかなり気安い友でありましたし、今でも御互いに友情は残しているものと信じております。只、如何せん、余りにも立場が隔たってしまい、会話すらままなりません。コルニー伯爵の心がどうであれ、近衛と我らとの溝は埋まりますまい」

初めて聞く話に、アイラトは軽く目を見張った。近衛騎士団の団長として明敏を謳われるコルニー伯爵と、王国騎士団の団長として勇猛を称されるスラーヴァ伯爵が、親しい友であったとは、王城でも殆ど知られていない話だった。

「そなたらが親しい友であったとは、寡聞にして知らなかったな。近衛騎士団と王国騎士団は、水と油のようなものであるから、団長同士も同じだと思い込んでいたのだろう。義父上は御存知だったのですか」

「随分と上の年代ながら、私は王立学院の卒業生なので、噂として知ってはいたよ、殿下。立場が分かれた故、今は御互いに敬遠しているのだと思い込んでいたがね。スラーヴァ伯爵とコルニー伯爵といえば、当時の王立学院の双璧と謳われていたな」

「私くしには過分な御言葉です、公爵閣下。優秀で正義感に溢れたコルニー伯爵が、近衛騎士団長を務めているのですから、王国騎士団には高い壁でございます。貴族としての政治的な素養を比べれば、私くしなどコルニー伯爵の足下にも及びますまい。コルニー伯爵に率いられた近衛騎士団は、凡ゆる意味で強うございましょう。乗り越える為には、私くしも色々と手を尽くしませんと」

本人が意図しないまま、然り気なく紡がれたスラーヴァ伯爵の呼び水に、クレメンテ公爵は一気に話の駒を進めた。

「スラーヴァ伯の言う〈手〉の中に、畏れ多くもアイラト王子殿下が加わり、そなたらの望みを叶えて下さるだろう。天才の中の天才、宰相スヴォーロフ侯爵の実の甥であられる殿下は、〈智のスヴォーロフ〉の大いなる才気をも身に宿しておられるのでな。言うまでもなく、そなたら王国騎士団がアイラト王子殿下の御助力を望み、アイラト王子殿下に忠誠を誓ってくれたらの話ではあるが」

「我が王国騎士団の忠誠は、常に偉大なる陛下とロジオン王国に捧げております。また、いつの日か、アイラト王子殿下に剣を捧げられる日が訪れましたならば、喜んで殿下の御麾下に馳せ参じる所存でございます」

クレメンテ公爵は、満足とも不満足とも取れる曖昧な表情を浮かべたものの、流石に重ねて言質を取ろうとはしなかった。一方、義父の進めた話の駒を、アイラトはいとも流麗に後退してみせた。

「王国騎士団の比類なき忠誠は、陛下も日頃から頼もしく思っておられる。そうでなければ、先のローザ宮の制圧に際しても、〈王家の夜〉だけを動かされただろう。王族の一員として、私も得難く思っているよ、スラーヴァ伯爵、ミカル子爵」

謀に慣れ切った大貴族らしく、素早く引き際を見極めたクレメンテ公爵も、アイラトが作り出した話の流れに乗った。

「そう。〈王家の夜〉ならば、人知れず全てを終えるのは簡単だっただろうに、敢えて隠蔽しようとなさらず、王国騎士団を王城に招き入れたのは、陛下の確固たる御意志に違いない。何にしろ、近衛騎士団が前代未聞の醜態を晒したのだから、王国騎士団の忠誠はさらに輝くであろう。今後とも、活躍を期待しているよ、スラーヴァ伯爵」

「誠に有難き御言葉、恐懼の至りでございます、アイラト王子殿下。御期待に添えますよう一層精進致します、クレメンテ公爵閣下。我ら王国騎士団は、至尊の主たるエリク国王陛下の僕にして、ロジオン王国の剣なのでございますから」

そう言うと、スラーヴァ伯爵はミカル子爵共々、椅子の上で深く頭を下げた。一幕の会話の意味を測れない者は、王城の奥には存在しない。薄氷とは言わないまでも、決して分厚くはない氷の上を、三人はそれぞれに渡り終えたのである。

暫くの歓談の後、王国騎士団の二人がドロフェイ宮を退出すると、待ちかねたように女官が先触れを告げた。クレメンテ公爵の娘であり、アイラトの正妃でもあるマリベルの訪れである。父親に似た高貴な面差しに微笑を浮かべて、マリベルは女官が差し替えた椅子に座った。王家の血を引く公爵家の姫は、目下の男が先程まで座っていた椅子になど、腰掛けるはずがなかった。

「突然、無作法に押しかけてしまいまして、申し訳ございません。殿下、御父様。王国騎士団長との御話は、如何でございましたの」

マリベルの問いかけに答えたのは、父であるクレメンテ公爵だった。愛娘の登場に、嬉し気に頬を緩ませながら、クレメンテ公爵は口では素っ気なく言った。

「何の話かな、マリベル。彼らは、ローザ宮の後始末をさせた功を称する為に、殿下が御呼びになられたのだよ」

娘の言葉の意図を理解していながら、当り障りのない返答ではぐらかそうとする父親に向かって、無邪気さを装ったマリベルは、婉然と微笑みながら言った。

「御父様は、相変わらず表向きの御話は教えて下さいませんのね。殿下も同じでいらっしゃるし、いつもそう。わたくし達女は、濁流が流れ去った後の何もない畑に、じっと佇むだけの存在なのですわ。ローザ宮の事件は奥向きの事件なのですから、わたくしにも教えて下さってもよろしいでしょうに」

マリベルの非難に応えたのは、夫たるアイラトである。マリベルを前にしたアイラトは、一枚の絵画を思わせる程に優美であり、秀麗な面に仄かな微笑を浮かべた表情は、どこか精緻な人形のように無機的だった。

「ローザ宮の事件では、近衛騎士団ではなく王国騎士団が動員されたからね。当然、自らの聖地を護れなかったばかりか、穢らわしい罪人を出した近衛は、一気に王城での信頼を失墜させた。陛下からの勅命を賜り、速やかに騒動を鎮圧した王国騎士団は、大きく面目を施した。私は王族の一員として、王国騎士団の労力に謝意を示そうと考えた。只それだけの会合だよ、マリベル」

「殿下が仰るのでしたら、そういう話にしておきますわ。口出しを致しまして、申し訳ございません、殿下。もし御気を悪くなさったのでしたら、どうか御許しになって。わたくし、これからは大人しく沈黙を守っておりますわ」

アイラトの落ち着いた口調の中に、僅かな冷淡さを感じ取ったマリベルは、潮目を読んで口を噤んだ。クレメンテ公爵家の息女であり、王子の正妃でもあるマリベルが、軽く頭を下げて謝罪する姿に、クレメンテ公爵も取りなすように言った。

「マリベルは、男に生まれたかったのだよ、殿下。美しいドレスを着て宝石に飾られるよりも、人を用い、国を動かしたかったのだ。実際、マリベルが男であったら、と何度思ったか知れない。マリベルがクレメンテ公爵家を継いでおれば、当家は隆盛を極められたのではなかろうか。お前も私も、御互いに残念であったな、マリベル」

「女と生まれた御陰で、わたくしは殿下の妻になれたのですもの。満足でございますわ。それに、女には女の政と闘いがございます。殿方が剣と智謀で闘っておられる後ろで、わたくし達は美貌と謀を以て、殿方を助けますのよ。特に、わたくしの崇拝する殿下は、波の高い大海に漕ぎ出そうとしておられるのですもの。わたくしも、出来るだけの手を尽くさなくてはなりませんわ」

マリベルの意味を含んだ言葉に、クレメンテ公爵は機嫌良く微笑んだ。マリベルの熱を秘めた視線を受け止めたアイラトは、穏やかな貴公子の表情のまま、マリベルに優しく問いかけた。

「そなたは、いつも私を助けてくれているよ、マリー。だから、私に一つ教えておくれ。元第四側妃とアドリアン元王子が完膚なきまでに失脚した、此度のローザ宮の動乱は、もしかしてそなたが種を蒔いてくれたのではないのかい」

「あら、わたくしが糸を引いていると御思いですのね。随分と思い切った御尋ねですこと。どうしてそう御思いになられましたの、殿下」

「私はね、ずっと不思議に思っていたのだよ、マリベル。確かに元第四側妃は愚かで淫蕩な女だった。しかし、反面では自ら愛人を作るだけの才覚もなかっただろう。女官達が揃って淫婦の閨事に協力したというのも、それはそれで不自然ではないか、とね。誰かが上手く誘導してやらないと、あの女は浮気を楽しむ器量さえなかっただろう。あれは、そなたの言う女の闘いの戦果だったのではないのかな」

マリベルは白く嫋（たお）やかな手を口元に運び、楽し気な声で笑った。青い瞳は濡れて輝き、明らかな愉悦を湛えていた。娘をよく知るクレメンテ公爵や、政略で結ばれた夫であるアイラトには、それがマリベルの内心の喜びを表しているのだと分かっていた。

「わたくしの殿下は、やはり素晴らしい御方ですわ。殿下のそういう勘の鋭くていらっしゃる所、わたくしは御尊敬申し上げておりますのよ」

「少し種明かしをしておくれ、我が妃よ」

「大した手出しは致しておりませんわ。元第四側妃様は陛下の御渡りがなく、とても鬱屈しておられましたの。あの方の御実家は、有力な侯爵家ではありますけれど、王城を動かす程大きな後ろ盾にはなれません。王太子位に手を届かせるには、陛下の格別の御寵愛を賜るしかございませんでしたのに、肝心の陛下が関心を御示しになられないのですもの。元第四側妃様は、焦りの余り何かで憂さ晴らしをせずにはいられない状態だったのです。それに、あの方御自身が、何というのか、とても女らしい方でいらしたから、殿方の愛情がなければ御不満なのです」

だから、人を使って唆（そそのか）し、ほんの少し背中を押しただけ。無邪気で愛らしい貴婦人の顔をして、マリベルは微笑んだ。上目遣いにアイラトを見詰めたまま、マリベルは言葉を続ける。

「近衛騎士団の中には、容貌の優れた騎士が多いものでございましょう。ですから、特に元第四側妃様の御好みに適いそうな者を探して、ローザ宮付けの護衛騎士に当てるように致しましたの。後は、女官達の思考を誘導させただけですわ。どの妃も楽しみは持っているのだから、少しくらいの火遊びは咎められないと、噂を流して信じ込ませましたの」

アイラトは少しも驚いた素振りを見せず、穏やかな微笑みを浮かべたまま、笑顔のマリベルに質問を重ねた。

「素晴らしい手腕だね。そうした闘い方は、確かに貴婦人にしか出来ないだろう。中々に見事だな。ローザ宮にも、そなたの飼っている犬がいたのかい、マリー」

「少しだけ。身元も推薦者も確かな者達ですし、元第四側妃様が閨に護衛騎士を引き入れてからは、時機を見て異動させましたので、今回の捕縛対象にはなっておりません。細心の注意を払っておりますので、御心配には及びませんわ、殿下」

クレメンテ公爵は、滔々と語られるマリベルの謀について、自らは知っていたとも知らなかったとも言わなかった。只、笑顔の仮面を被り続けたまま口を噤んだアイラトの様子に、気遣わしい視線を向けてからマリベルを窘めた。

「もう止めておくが良い、マリベル。秘すべき行いを賢しらに口に出すのは、淑女の嗜みから外れよう」

父親の視線の意味に気付いたマリベルは、一瞬にして表情を改め、絢爛たる美貌に憂いの色を浮かべた。眉を下げた悲しそうな顔で、マリベルは優雅に一揖した。

「申し訳ございません、御父様。わたくしが短慮でございました。殿下も御気を悪くなさらないで下さいませ。余りにも思い通りに進んだものですから、少し良い気になってしまいましたの。差し出がましい真似をせず、少し大人しくしておりますわ」

「差し出がましいとは思わないよ、マリー。確かに、王城の貴婦人には貴婦人なりの闘い方がある。私の母も、私を身籠もったまま闘ってこられたからね。此度のそなたの手腕には、感服するしかないだろう。これからもよろしく頼むとしよう、私の妃殿下」

アイラトの優し気な口調と明らかな賛辞に、クレメンテ公爵は安心したように目元を緩め、マリベルは頬を薔薇色に染めた。

「殿下の御言葉、嬉しゅうございます。こちらこそ、今後ともよろしく御願い申し上げますわね、わたくしの殿下」

艶めかしい唇を緩ませて、マリベルが微笑みかけると、アイラトは微かに瞼を伏せ、マリベルに手を差し伸べた。政略で結ばれた高貴なる王子と妃は、如何にも仲睦まじい風情で、束の間、手を握り合ったのである。


清々しい晩春の空の下、オローネッツ辺境伯爵領の代官の一人、ルーガ・ニカロフが率いる一団が、懸命に馬を走らせていた。ルーガの代官屋敷に急報がもたらされたのは、数アワドも前である。ロジオン王国が定めた報恩特例法による出動だとしても、方面騎士団に蹂躙されているルフト村から、救いを求める知らせを受けたルーガ達は、頬を擽る風を感じる余裕さえなく、一心に前だけを見て馬を駆り立てているのだった。

「見えた。村が見えてきた。奴ら、まだ村にいやがるぞ」

ルーガより僅かに先行していた門番姿の騎士が、後ろを振り返って鋭く叫んだ。馬上で目を凝らせば、ルフト村の表門と思しき辺りに、かなりの数の馬が繋がれている様子が、判別出来た。ルーガは素早く合図を出し、後に続く馬列を止めた。

「良し、何とか村の者が連れ去られるには間に合ったか。なら、待機して味方が追い付くのを待つとしよう。但し、第七方面騎士団の奴らが村を離れようとしたら、我らだけでも突っ込むぞ。誰か一人、物見に立ってくれ」

「俺が行きますよ」

先程先行していた男は、ルーガが頷くのを確かめてから、馬の轡（くつわ）を引いて静かに村に近寄っていった。残されたルーガ達は、馬から降りて各々に緊張を解き、後続が追い付いてくるのを待った。第七方面騎士団が村を襲ってから、既に一昼夜が経つ以上、村人達が無傷であるはずがない。それでも、奴隷として連れ去られることだけは阻止しようと、男達は水を飲む間も惜しんで馬を飛ばしてきたのである。

待つ程の間もなく、次々に後続が追い付いてくる。第一陣、第二陣の人数が揃った所で、ルーガ達は身を潜めてルフト村へと近付いていった。第七方面騎士団の襲撃者達が村に残っている以上、話し合いで物事が解決するなどとは、ルーガも騎士達も欠片も思ってはいなかった。

山間の農村への襲撃など、簡単な仕事だとでも考えたのか、一行が目的地である村に到着したとき、第七方面騎士団は見張りすら立ててはいなかった。ルーガ達が目にしたのは、表門に力無く寄りかかり、呆然と空を見上げている老人の姿だけである。老人は、ルーガ達に気付いた途端、青褪めて憔悴した顔を歪めた。

「ああ、代官様。来て下さったんですね。御待ちしておりました」

「御主は村長だな。待たせて済まなかった。村の皆はどうしている。第七の奴らは、まだ村に留まっているんだな」

平静を装った声で発せられたルーガの問いかけに、涙さえ乾いただろう村長の瞳が、暗い激情に揺れた。

「はい。畜生共は、未だ飽きずに村の女達を貪っておりますよ。若い男達の何人かは嬲り殺され、残りは一纏めにして縛られております。生きた者で放り出されているのは、我ら力なき年寄りだけでございます。女子供を人質に取られている以上、年寄りの死に土産に奴らに刃物の一つも向けられませんでした」

「奴らは一箇所に固まっているのか。人数はどのくらいいるんだ。奴らは、第七方面騎士団と名乗ったのか。いくつも質問して済まんが、答えてくれるか、村長」

「勿論でございます、代官様。私くしの家が村では一番大きいので、奴らの多くは当家に集まっています。人数は三十人程でございましょうか。夜の内は見張りを立てておりましたのに、夜が明けてからは、一晩中女達を犯していた奴らは眠り込み、今は見張りだった者が女を弄んでおります。あの畜生共は、第七方面騎士団に間違いありません。第七の騎士服を着て、自ら恥ずかし気もなく名乗っておりました」

ルーガは、歯を剝き出しにして獰猛に笑うと、大きく逞しい身体から陽炎の如き憤怒の気配を立ち上らせながら、部下の数人を指差した。

「お前達は、先に縛られている者を解放しろ。お前とお前は、奴らの馬を奪って裏の森に隠してこい。お前達三人は裏門に回って、身を隠して逃げようとする奴がいれば捕まえろ。残りは俺と一緒に来い。第七の蛆虫共に、報いを受けさせてやるぞ」

集まった男達は、全員がルーガと同じ顔で笑った。門番や農民に偽装してまで、村人達を護る為に戦ってきた男達である。罪なき人々を蹂躙する方面騎士団は、誰にとっても憎んで余りある不倶戴天の敵なのである。

力を振り絞って立ち上がった村長に導かれ、ルーガ達は目指す家に向かった。肥沃な土地に恵まれたオローネッツ辺境伯爵領の村は、山間の農村としては豊かであり、村の集会所を兼ねる村長の家も、他領では滅多に見ない程広く立派な建物だった。

鋭い視線で辺りを窺いながら、ルーガ達は素早く持ち場を固めた。村の彼方此方に座り込んでいた老人達も、徐々にルーガ達の姿に目を留め始めたが、村長の合図に従って声を殺し、必死にルーガ達の姿を見詰めている。そして、村長の家の裏口に向かった者達が合図の笛を鳴らした瞬間、ルーガは軍靴で表戸を蹴破り、腹に響く声で叫んだ。

「第七方面騎士団の諸君に告ぐ。全員、直ちに出て来い。私は、オローネッツ辺境伯爵閣下より、当地の代官に任ぜられている騎士爵、ルーガ・ニカロフである。諸君らの所業に異議がある故、直ぐに表に出てもらおう」

ルーガの誰何から暫くして、だらしなく方面騎士団の団服を着崩した男達が、抜き身の剣を片手に歩み出てきた。男達の面は不快そうに歪み、楽しみを中断させられた苛立ちに満ちている。その中の一人、小隊の隊長と目される男が、ルーガを睨み据えて言った。

「地方領主の騎士爵風情が、一体何の用だ。我らは報恩特例法に基づいて、オローネッツ辺境伯爵領ルフト村に滞在している。ロジオン王国の栄えある第七方面騎士団が、貴様ら地方領の領民共の為に力を貸してやったのだ。法の定めの通り、恩を返させて何が悪い。我らは取り込み中だ。早々に立ち去らねば、お前が罪に問われるぞ」

「報恩特例法に基づいて、第七方面騎士団が出動したと言うのだな。良いだろう。諸君らは、ルフト村の者達に何をしてやったというのだ」

表面は冷静を装いながら、ルーガは鋭く問い質した。ロジオン王国の宿痾とも言うべき報恩特例法は、地方領の領民から〈恩を返させる〉為に、一度限りの略奪行為を許している。方面騎士団の蛮行は、ロジオン王国の地方領に於いてのみ、合法と成り得るのである。隊長らしき男は、嗤いながら言った。

「この村が盗賊に襲われるという情報が入ったので、我らが護ってやったのだ。農民共では、手練れの盗賊には手も足も出ないからな。我らが出動していなかったら、全員が皆殺しにでもなっていたのではないか。精々感謝するが良い」

「ほう。では、盗賊はどこにいる」

「我らが出張ってやったのだから、恐れをなして逃げたのだろうさ。襲撃を未然に防げたのは、我ら第七方面騎士団の御陰よ。直接の戦闘はなくとも、十分に報恩特例法の対象となる。それくらい、いくら田舎者の代官でも知っているだろう」

　隊長と思しき男の言い分に、ルーガは唇を吊り上げた。他の地方領では通用したかも知れない誤魔化しは、オローネツ辺境伯爵領では一顧だにされない。確かに笑っているはずの顔に壮絶な怒りを浮かべて、ルーガは隊長の虚言を踏み砕いた。

「良いだろう。法というなら、こちらも法で応えてやろう。報恩特例法は地方領主や代官、或いは村長が、方面騎士団に出動を要請した場合にのみ適用される筈だ。国王陛下からの勅命の場合は勿論対象となるが、よもやロジオン王国の国主が、ルフト村のことなど下知するまい。諸君らは、誰の求めで恩とやらを施したというのか」

「実際に出動の要請を受けたのは、第七方面騎士団の本部だから、能く覚えていないな。ルフト村の村長だったのではないか」

「嘘を吐くな。儂が村長だ。儂は、お前達の出動など頼んでおらんぞ。オローネツ辺境伯爵閣下が御治めになられている領地に、手練れの盗賊などいるものか。盗賊はお前達だ。盗賊の人殺し共が、恥知らずな嘘を吐くな」

ルーガ達の背後にいた村長は、堪らずに叫びを上げて飛び出すと、気力を振り絞って第七の騎士達を睨み据えた。隊長らしき男は、村長の言葉に動じた素振りも見せず、鼻を鳴らして唾を吐いただけだった。ルーガは、構わずに追及を続ける。

「さあ、当の村長はこう言っているぞ。先程も宣言したように、代官はこの俺だ。俺も諸君らに要請など出していない。過去に於いて一度もなく、未来に於いても決してしない。代官本人が断言するのだから、確かだろう」

「では、お前達の領主が、我ら第七方面騎士団を頼ったのだろうさ。嘘だと思うなら、今から代官屋敷に戻って、正式に領主に問い合わせてみるが良い。それまでは、我らの行為は合法だ。罪に問われたくなければ、疾く代官屋敷に逃げ戻るのだな」

そう言って、隊長格の男は薄ら笑いを深くした。正式にという以上、確認とは公文書の行き来を意味する。広大な領地を有するオローネッツ辺境伯爵領で、領主の居城まで往復するとなると、早馬を飛ばしても一両日はかかるだろう。王都の貴族達であれば、転移魔術で瞬時に行き来し、通信用の魔術機器を使って情報を伝達する所を、泥に塗れて走らなければならないのである。男は、そうした地方領主達の不自由さを知った上で、ルーガを嘲ったのである。

一方、男の嘲笑を冷静に受け流したルーガは、胸元から一通の書状を取り出すと、恭しく押し戴いてから、第七の騎士達の眼前へと掲げた。

「お前は嘘を吐いているな。この書状は、俺が代官に就任する際に、オローネッツ辺境伯爵閣下から直々に賜ったものだ。方面騎士団に出動を要請した際は、事の大小にかかわらず、合図の狼煙によって必ず三ミニトの間に伝達する。伝達なき場合は、出動要請はないものとして動け、とな。お前は、オローネッツ辺境伯爵閣下の御指示を疑えというのか。この期に及んで、時間稼ぎなど出来ると思うな」

ルーガが手に持った書状に浮かび上がった、雄々しい巨竜の刻印は、第七方面騎士団でも知らない者のいない、オローネッツ辺境伯爵家の紋章だった。ルーガと対峙する男は、今度こそ言葉に詰まった。ルーガは大切に書状を仕舞うと、軍刀の柄に手をかけて、無言の気合と共に一気に抜き放った。ルーガの後ろに控えていた数人の護衛騎士も、ルーガに続いて次々に軍刀を抜き、残りの部下達は槍や刺股(さすまた)を構える。男は慌てて言った。

「待て、待て。その者達は何だ。我がロジオン王国では、地方領に戦力を置くことなど認められておらんぞ。お前達こそ法を破っているではないか。我らも黙っていてやるから、ここは双方とも痛み分けといこうではないか」

「お前の目は節穴か。こいつらは俺の護衛騎士と門番、それに近隣の農民達だ」

「巫山戯るな。武装した上に、方面騎士団に立ち向かってくる農民などどこにいる。第一、其奴(そやつ)らはどう見ても、兵士として訓練されておるではないか」

今までの余裕をかなぐり捨て、怒鳴り付けてきた男を前に、ルーガは己が部下達を振り返って、不思議そうに聞いた。

「可笑しいな。お前達、門番や農民ではないのか」

門番の御仕着せや農民姿の部下達は、構えを解かないまま大きく首を傾げ、冷笑を浮かべながら口々に答えた。

「農民に決まってるでしょう、親父さん。手に持っているのは鍬(くわ)ですよ、鍬。耕しやすいように、ちょっとばかり鋭く研いでいますがね」

「私達は門番ですよ、大将。うちの代官屋敷には門番が二十人ばかりいるから、当番のとき以外は身体を鍛えているだけですよ」

「俺なんて、農夫の格好の上に革鎧を着けただけですよ。これで農夫じゃないなら、何だというんですかね。こっちが教えてほしいですな」

ルーガは両手を広げ、大袈裟に肩を竦めた。その戯(たわ)けた仕草に似合わず、ルーガの眼は依然として激しい怒りに底光りしていた。

「ほら、俺達は何の法にも触れていないとさ。まあ、下らない茶番はもう良いだろう。貴様らは只の盗賊であり、大切なオローネツ辺境伯爵領の領民を踏み躙った極悪人だ。たった今、報いを受けさせてやろう」

そう言うと、ルーガは刺股を構えた部下に目配せした。合図を受けた男は、無言のまま思い切り深く左足を踏み込むと、右腕の筋肉をしならせて刺股を投げた。有り得可からざる直線軌道で飛んだ刺股は、声を出す間も与えず、隊長格の男の腹に突き刺さる。誰が見ても一撃で致命傷を与えたと分かる、渾身の投擲(とうてき)だった。

微塵の躊躇もなく、絶対的な優位に立つはずの存在を攻撃してきたルーガ達に、第七方面騎士団の者達は激しく動揺した。隊長らしき男に駆け寄りながら、それぞれに叫ぶ。

「隊長、しっかりして下さい」

「畜生、いきなり何て事をしやがる」

「俺達はロジオン王国の第七方面騎士団だぞ。貴様ら、王国に弓引く気か。叛逆者め」

ルーガは、夥しい血を流して痙攣する隊長と、蒼白な顔で狼狽(うろた)えている男達を、感情のない冷たい目で見遣ったまま、平然と佇んでいた。そして、第七の者達の怒りなど歯牙にもかけず、腹の底から咆哮した。

「黙れ、下衆が。貴様らこそロジオン王国の恥晒しだ。貴様らに嬲り殺された領民の仇、取らせてもらうぞ。者共、行け」

代官屋敷の者達は、ルーガの叫びに応じて第七方面騎士団の騎士に殺到した。数名の男達は、素早く村長の家の中へと突入し、裏手から入った仲間と共に、嬲られていた女達の救助に向かう。或る者は、槍で騎士の喉を突き、或る者は刺股で騎士の眼球を抉り出す。いくつかの部屋に分かれて、だらしなく寝入っていた者達は、満足に剣さえ抜けないまま、次々に刺し貫かれていく。完全に先手を取られた第七方面騎士団小隊は、態勢を立て直す間もなく、瞬く間に敗北したのである。

「二人か三人は生かしておけ。オローネツ城まで引き摺っていって、厳しい詮議に掛ける。後の奴らは止めを刺せ。一人も逃すなよ」

入り口に仁王立ちしたまま、活路を開こうと向かってきた騎士を右に左に切り裂いたルーガは、冷たい表情のまま軍刀の血振りをし、微かな音を鳴らして鞘に戻した。家の外からは、縛られた村人の見張りをしていた騎士や、目敏く逃げ出そうとしていた騎士を制圧したと、ルーガに報告する声が聞こえてくる。突入から十ミニトと経たない内に、ルフト村を蹂躙した第七方面騎士団の者達は、完全に無力化されたのである。

「村長も村の皆も、もう済んだぞ。辛いだろうが、少し休んだら被害を確認してくれないか。怪我をした者がいたら、手当てをしてやらないといかんし、下衆共に殺された村人達も、綺麗に清めて弔いをしような」

村長の家を遠巻きに窺っていた年寄り達や、先に解放した者達に向かって、ルーガは言った。第七の者達を前にしていたときの猛々しさが幻だったかのように、ルーガの声は胸に染み入る程に優しく、深い悲しみに潤んで震えていた。

　そのとき、ルーガの部下に支えられ、上着だけを着せかけられた姿で連れ出されてきた若い娘が、血に塗れた床に崩れ落ち、身も世もなく慟哭(どうこく)した。娘は散々に凌辱されたのだろうと、一目見ただけで誰にでも分かった。そんな娘の慟哭は、手負いの獣の断末魔にも似て、慰めることさえ出来ない程の絶望に満ちていた。

　娘の見せた嘆きの深さに気圧され、為す術もなく立ち竦んだルーガ達に、堪え切れない涙に咽んだ村長が、静かに言った。

「あの娘は、幼馴染の許嫁と、三日前に祝言を挙げたばかりだったのです。小さい頃から仲の良い二人で、誰が見ても似合いでしてな。本当に幸せそうでした」

「そうか。村長、娘の夫は生きているか」

「いいえ。あの娘は若くて器量好しですから、蛆虫共は真っ先にあの子に群がっていったのです。夫になった若者は、それを止めようとして、娘の目の前で嬲り殺しにされました。それからずっと、壊れた人形のようにろくに身動きもしなかったのですが」

「代官の職を拝命しながら、俺は皆を護ってやれなかったな。済まない」

　ルーガは唇を震わせ、沈痛な声で言った。村長は、娘の慟哭に痛まし気な眼差しを注いだまま、首を横に振った。

「何を申されます。名もない領民を助ける為だけに、無理を承知で駆け付けて下さる代官様など、他の領地にいるものですか。村人の仇を討って下さった代官様を、国に逆らってまで護ろうとなさる御領主様など、他領では夢物語でございます。オローネッツ辺境伯爵領の領民は皆、言葉では尽くせぬ程に有難く思っておりますよ、代官様。悪いのは方面騎士団の畜生共と、奴らを許す王国ではありませんか」

静謐な瞳で自分を見詰める村長からも、激しく慟哭する娘の姿からも逃げるように、ルーガは瞼を伏せた。報恩特例法がもたらす地獄は、こうして今も続いている。オローネツ辺境伯爵やルーガが、どれ程に領民を護りたいと願っても、ロジオン王国に報恩特例法がある限り、領民達が真に救われる日は来ないだろう。

巨大なロジオン王国に鉄槌を下し、罪なき人々に救いをもたらす者は、いつか現れるのだろうか。もしも、その誰かが立ち上がってくれたとしたら、最後の血の一雫まで捧げ尽くしてみせようと、ルーガは固く心に誓っていた。


ロジオン王国の王妃と定められた者は、代々がリーリヤ宮と名付けられた壮麗な宮殿に暮らしている。典雅に咲き誇る大輪の白百合は、ロジオン王国に於いて、花の女王とも呼ばれているからである。何れの王の時代も、王城には高貴な花々が咲き乱れ、白百合と妍(けん)を競っていた。

当代のリーリヤ宮の主人、エリク王の正妃であるエリザベタ・ロジオンは、三代前の国王であり、世に〈征服王〉とも呼ばれたラーザリ二世の曽孫に当たる。ラーザリ二世の王女の一人が、グリンカ公爵家に降嫁して産んだ嫡男がエリザベタの父であり、王妃とエリク王とは、複雑に血の混じり合った遠縁の間柄なのである。

幼少の頃から美貌と聡明さで知られ、グリンカ公爵家の白百合〈リーリヤ〉と呼ばれたエリザベタは、呼び名が暗示する通り、早くから未来の王妃と目されていた。実際、ロジオン王国の議会は満場一致でエリザベタを選び、順当に王妃として冊立されたものの、唯一つ、エリザベタは王子にだけは恵まれなかった。六人もの王女を立て続けに産み、七人目で漸くアリスタリスを出産したときには、元々繊細だったエリザベタの身体は、長時間寝台を離れていることが難しい程弱っていた。

ローザ宮の騒動から数日、エリザベタは王妃だけに許された割合の〈黄白〉が煌めく自室で、豪奢な天蓋付きの寝台に横たわったまま、己が産んだ唯一の王子であるアリスタリスを迎えていた。少しばかり熱が出ているのか、頬を仄かに紅潮させて、エリザベタは言った。

「このような姿で御迎えしてしまって、無作法ですわね、殿下。今日は、貴方ときちんと御話をしたいから、楽な姿勢にさせてもらっているのよ。本当に気分は悪くないのだから、心配しないで下さいましね」

寝台の脇に運びこまれた薄紫の繻子（しゅす）張りの椅子に、ゆったりと腰掛けたアリスタリスは、そっと白く華奢な手を握った。

「御無理をなさらないで下さい、母上。母上の御身は、何にも増して大切なのですから。私に御用が御ありだったのですか」

「ええ。元第四側妃カテリーナのことなのだけれど」

エリザベタの言葉に、アリスタリスは思わず目を伏せた。アイラトが宰相府の業務を補佐しているように、十八歳になった頃から、アリスタリスも近衛騎士団の差配に関わり始めていた。剣の師であるイリヤの力もあり、元々近衛騎士団と距離が近く、近衛を最大の後ろ盾の一つとするアリスタリスにとって、父の側妃と近衛騎士との醜聞の果ての粛清は、途轍もなく大きな打撃だった。

「御心配を御掛けしてしまって、申し訳ございません、母上。名誉ある近衛騎士があれ程までの愚行を仕出かすとは、思ってもおりませんでした。母上には御詫びの言葉もなく、父上に至っては御顔を見る勇気も出てはきませんよ」

悔し気に唇を噛んだアリスタリスを、呆れを含んだ目で見詰め、エリザベタは気怠気に質問を投げかけた。

「聡明でいらっしゃる筈なのに、わたくしの大切な息子は、少し清純に育ち過ぎたのかしら。ねえ、殿下。貴方はカテリーナの醜聞について、何か疑問には思わなかったの。ここはロジオン王国の王城、女の謀の表舞台ですのよ」

エリザベタの言葉を聞いて、アリスタリスは、潤んで輝く瞳を見開いた。ローザ宮の事件の発覚から今に至るまで、アリスタリスは何も疑ってはいなかったのである。

「私は、事態の深刻さに衝撃を受ける余り、頭から聞かされた通りに信じ込んでおりました。そうではなかったと仰るのですか、母上」

グリンカ公爵家の息女であり、誕生の瞬間から正妃になるべく育てられたエリザベタは、王城と貴族社会の実像を知り尽くしている。漸く生まれた唯一の王子を溺愛する母親ではなく、一流の政治家だけが持つ冷徹さで、エリザベタはアリスタリスを叱咤した。

「貴方も十八歳を過ぎたのだから、もう少し物事の裏を読まなくてはなりませんよ、殿下。カテリーナという女は、確かに愚かだったし、男にだらしのない淫蕩な質だったのでしょう。けれども、心の中で目移りしたり、言葉だけで恋の駆け引きを楽しむことと、実際に不貞に足を踏み入れることとでは、全く話が違います。第四側妃に過ぎないとは言え、カテリーナはこの大王国の正式な妃だったのですよ。常に人目もあるし、発覚すれば大逆罪で処刑されるかも知れないというのに、そう簡単に火遊びなど出来るものですか」

「母上は、カテリーナが無実だったと仰るのですか」

「いいえ。あの女の罪は明白ですとも。閨に踏み込まれるなど、女として死にも勝る恥辱です。只、自然に生まれた罪ではなかったのでしょう。わたくしは、あの愚かな女が不貞の泥沼に落ちるように、上手く誘導した者がいたのではないか、と申しているのです」

ロジオン王国の王妃であるエリザベタの言葉には、地位に相応しい重さがあった。言われてみれば納得の出来る解釈であり、元第四側妃と女官達が単純に大罪を犯したと考えるよりも、寧ろ自然な説明だった。

アリスタリスは、唇を歪めて微笑みの形を作った。己れの幼さを嘲笑うかのような、仄暗く自虐的な笑みだった。

「私は馬鹿だな。仰る通りですよ、母上。相手の近衛騎士にしても、余程の自信があり、状況が整わなければ、陛下の側妃に手出しなど出来る筈がない。何らかの意図を持って、積極的に行動する者がいなければ、不貞は起こり得ないでしょう」

「ええ、殿下」

「扇動者の目的は、カテリーナの処罰。しかし、陛下は元第四側妃を御寵愛ではなかったのですから、カテリーナ本人を追い落としても、王城の勢力図に大きな影響はない。可能性として考えられるのは、カテリーナの不貞によって、元第四側妃の子である王子達を王太子位争いから完全に排除すること、ですね」

エリザベタは、漸く満足の笑みを浮かべた。アリスタリス・ロジオンは、ロジオン王国の王子として十分な聡明さを持ち、王位を望むだけの意気込みもある。謀略の可能性に気付きさえすれば、厳しい王妃の目に適う答に行き着くのである。優しい母の声で、エリザベタは言った。

「そうですよ、殿下。正式な側妃が簡単に不貞を行える程、我が王城は隙のある場所ではありません。誰かが作為的に仕掛けたと考える方が、余程自然なのです。大方、罪の相手が近衛騎士となれば、正嫡の王子たる殿下に傷を付けられるとでも考えたのでしょう」

「元第四側妃が推していたのは、当然、自身の長子であるアドリアン元王子。今回の事件で失態を犯した形になったのは、私を支持してくれている近衛騎士団。王太子に冊立される可能性が高いのは、私とアイラト王子、アドリアン元王子だったのですから、一石二鳥を狙うとすればアイラト王子殿下ですね。まさか、あの方が」

王太子位を競う相手であるアイラトの名を出したものの、アリスタリスは懐疑的な思いで首を捻った。兄弟でありながら母を異にし、同じ王城に住まいながら遠く隔たったアイラトの秀麗な面差しを脳裏に浮かべても、側妃の不貞とは結び付かなかったのである。アリスタリスの疑いを、エリザベタも、即座に否定した。

「様々な状況から考えて、アイラト王子殿下の住まうドロフェイ宮が火元であるのは、間違いない所だとして、わたくしもアイラト王子殿下は無関係だと思います。あの方は殿下と同じで、陛下を心から崇拝していらっしゃいますもの。陰謀を仕掛けるとしても、陛下の御名に泥を塗るような方法は選ばれないでしょうね」

アリスタリスと話す内に気力が湧いてきたのか、エリザベタは眼を輝かせ、息子に握られたままの手に力を入れた。アリスタリスもまた、母の言葉に大きく頷いた。

「仰る通りです、母上。異母兄弟とは言え、アイラト王子殿下と私とは、子供の頃から親しく話した経験すらありません。今も遠い方であり、余り兄とも感じませんが、あの方の父上への憧れが、本物であることは、同じ父を持つ息子として私にも分かります。父上の妃に不貞を働かせるなど、聞くだけで不愉快に感じられるのではないでしょうか」

「ええ。アイラト王子殿下は、狡猾な陰謀家であられる反面、高潔で潔癖な気質の方ですから、不貞を謀に用いたりはなさいません。崇拝する陛下の妃に対しては、ですけれども。第一、上手く女官達を誘導するようなやり方は、殿方は御好みになりませんし、不得手でもありましょう。ドロフェイ宮には、陰謀家を自認している方がおられますから、アイラト王子殿下の知らぬ間に陰で動いたのではないかしら」

「マリベル妃ですか。父親のクレメンテ公爵と、アイラト王子殿下の叔父であるスヴォーロフ侯爵は、マリベル妃の謀を知っているのかな」

「クレメンテ公爵の方は、或る程度は力を貸している筈ですよ。あの俗物は、己が娘の力を過信して、王妃の器だと公言していますしね。宰相については何も分からないわ。真の天才であるからこそ、彼の者の心は複雑過ぎるもの。低俗な陰謀に加担する程愚かではないけれど、反面、面白がって無責任に煽りそうな気もするし」

じっと耳を傾けていたアリスタリスは、上目遣いでエリザベタの目を覗き込んだ。十八歳という年齢よりも幼く見える少女めいた美貌の王子は、蕩けて甘い微笑みを浮かべて、エリザベタに尋ねた。

「それで、母上はどうなさるおつもりですか。事実はどうであれ、私が立場をなくしたのは確かです。事態を好転させる手段を御存知なら、私に教えて下さいませんか」

「分かっていますよ、殿下。此度の成り行きなど、陛下は御存知に決まっています。それでも、これ以上騒動を広げない為に、マリベルを放置なさる可能性はありますからね。陛下に重い腰を上げて頂けるように、わたくしが動きましょう」

エリザベタから望む答を引き出したアリスタリスは、微笑を一層深いものにして、大王国の王妃たる母に尋ねた。

「結果的に、事態はどう動くと御考えですか、母上」

「愚かなマリベルと父親は、陛下から切り捨てられるでしょう。アイラト王子殿下に関しては、御本人の行動次第ですね。マリベルを放置して、あの女の行動を追認してくれるのなら、陛下からの評価は暴落します。逆に、陛下に妃の罪を告発する道を選べば、アイラト王子殿下との勝負は続きましょう。何れにしろ、クレメンテ公爵家の力を削げるのですから、近衛の失態などいくらでも取り戻せますよ、殿下」

アリスタリスは、夏の空の如く澄んで輝く瞳に、陶然とした憧れの色を纏わせて、母の白く美しい顔を見詰めた。

「有難うございます、母上。貴女のような方を母に持てるとは、私は本当に幸せ者ですよ。母上は、ロジオン王国で最も価値のある貴婦人であられるだけでなく、私の女神でもあらせられる。至らない息子の為に、どうか御力を御貸し下さい。アイラト王子殿下は無理でも、私に恥を掛かせたマリベル妃には、一矢報いておきたいのです。私の素晴らしい母上なら、助けて下さいますね」

命を削って産み落とした王子の手放しの賛辞と、幼く甘える微笑みに、常に冷静なエリザベタの青褪めた頬が、淡い薔薇色に染まった。この瞬間、アイラトの正妃たるマリベルは、自分でも気付かぬ内に、ロジオン王国に於ける女性の頂点、王妃エリザベタの敵と定まったのである。


その夜、五歳ばかりの幼子は、高熱に魘(うな)されていた。柔らかな金色が辺りを満たす豪華な寝室の一角、大人でも持て余す程に巨大な寝台の上で、その子は荒い息を吐きながら、赤い顔で背を丸めている。医薬の手は尽くされており、傍らには医師が常に付き添っていたものの、幼子が望んでいるものは与えられていなかった。

「陛下の御成りでございます」

密やかな声と共に、何人もの人が動き出す気配を感じ、幼子は必死になって薄眼を開けた。すると、滑らかで冷たい手が、そっと幼子の頬を包み込んだ。

「可愛いトーチカ。具合はどうだい」

全ての者を平伏させるだけの力を持った声が、優しく幼子に呼びかけた。生まれると同時に母を亡くした幼子を、トーチカという愛称で呼んでくれる人など、この世に一人しかいない。幼子は、力のない腕を伸ばして、その声に縋り付こうとした。声の主は、幼子の気持ちを察してくれたのだろう。小さな手を握り締め、一層柔らかな声で囁いた。

「余はここに居るよ。今宵は夜通し、こうしてそなたの手を握っていよう。安心してゆっくりと御休み、トーチカ」

「何を仰るのですか、陛下。アイラト王子殿下の御風邪が、陛下にまで移ってしまうかも知れません。殿下の御様子は、医師が付き添って診させて頂きますので、どうかボーフ宮に御戻り下さいませ。尊き御身は、何者にも代えられは致しません」

「良いではないか、タラス。余の可愛いトーチカが、寂しがっているのだ。他の王子王女と違い、この子には甘えられる母が居ない。そうであれば、父である余が、病んでいるときくらい側に居てやろうではないか」

アイラトの求める声の主が、別の誰かと密やかに話している。どこか遠い所から聞こえてくるような言葉に、幼子は自分がアイラトという名であり、声の主がロジオン王国の至尊の主たる父王であることを思い出した。母を亡くし、後見すべき祖父をも亡くしたアイラトを、広大な王城の中で一人、父王だけが気に掛けてくれるのである。自分が望んでいたものが、父の優しい手であると気付いたアイラトは、満足の吐息を吐いた。

「そばにいて、おとうさま」

甘えて縋り付くアイラトに目を細め、喉の奥で柔らかく笑いながら、エリク王は小さな王子に言った。

「勿論だとも、可愛いトーチカ」

威厳よりも優しさを滲ませた父王の囁きに、深く安堵したアイラトは、漸く安穏とした眠りに落ちていったのだった。

また別の夜、十歳ばかりに成長したアイラトは、煌びやかな宮殿の片隅で、一人膝を抱えて座り込んでいた。夕刻から浮き足だった気配を漂わせていた王城では、夜も更けたというのに、彼方此方に煌々と篝火(かがりび)が焚かれ、何度も祝砲らしき音が響いている。アイラトの暮らすアルヒデーヤ宮でも、見知らぬ女官達が現れては消え、消えては現れて、騒めきに拍車を掛けていた。

常の女官達であれば、アイラトの姿が見えないだけで青褪め、必死に少年の姿を捜したはずなのに、その夜に限っては、アイラトを呼ぶ声はいつまでも聞こえず、母のいない幼い王子は、見知らぬ女官達の意地悪気な囁きを耳にしたのである。

「王妃陛下が遂に王子殿下を御出産になられて、陛下はさぞや御喜びでしょうね。待ちに待っておられた、正嫡の王子殿下ですもの」

「王太子位は、これで決まりではないの。母君は正妃エリザベタ陛下で、祖父君はグリンカ公爵閣下だもの。今のロジオン王国に、敵対出来る勢力などないでしょう。だとすると、アイラト王子殿下はどうなるのかしら」

「母君が産褥で亡くなられたのはともかく、直ぐに祖父君が亡くなられたのが致命的だったわね。跡を御継ぎになられたスヴォーロフ侯爵閣下は、まだやっと御成人なさったばかりですもの。有名な英才でいらっしゃるから、何れは宰相にもなられるでしょうけど、本当の意味でアイラト王子殿下の後見が務まるのは、少なく見積もっても十年は先でしょう」

「でも、陛下はアイラト王子殿下を御寵愛よ。頻繁に側妃様のいらっしゃらない宮殿まで御出まし遊ばして、アイラト王子殿下に御会いになられているじゃない」

「母君を亡くされた殿下を、哀れに思っておられるのでしょう。でも、今度御誕生になられたのは、正嫡の王子殿下ですもの」

「御産まれになったばかりなのに、まるで絵画の中の赤子のように、御可愛らしい王子殿下なのですって。陛下はとても御喜びになって、御手に抱き上げられたそうよ。陛下の御寵愛も、今夜からはアリスタリス王子殿下が独占なさるのでしょうね」

直ぐにでも顔を出し、不敬な会話を漏らす女官達を叱責しようと思いながら、アイラトは立ち上がりさえ出来なかった。せめて固く耳を塞ぎ、悪意に満ちた言葉を聞かなければ良かったのかも知れないが、か細い腕を上げる力さえ出てこない。見覚えのない女官達が、腐った花の甘さを含んだ声で吐き出す言葉が、アイラトを深く搦め捕ったのである。

大ロジオンの王子として生まれ、自分だけの為に整えられた豪奢な宮殿に暮らし、多くの人々に傅かれ、何一つ不自由のない日々を過ごしながら、アイラトの心には拭い難い寂寥が巣くっていた。父王の側にいる瞬間だけ、跡形もなく消えていく寂しさである。その父王が、自分を見捨てるというのなら、アイラトはどう生きていけば良いのだろうか。正嫡の王子の誕生を祝う二十一発の祝砲が、アルヒデーヤ宮までも揺るがせる中、アイラトはいつまでも暗闇に座り続けていたのだった。

このときの見知らぬ女官達が、王妃エリザベタの息の掛かった者達であり、わざと政敵となる王子の耳に毒を吹き込んだのだと、アイラトは何年もしてから気付いたものの、幼く柔らかな心に打ち込まれた楔(くさび)は、もうアイラトを蝕んでいた。アリスタリスの誕生以来、アイラトの寂寥は消えず、父王を前にしてさえ、僅かにして確固たる隔たりを生んだのだった。

「殿下。只今、ボーフ宮より御返事を頂戴致しました。陛下が早速、ボーフ宮にて御会い下さるとのことでございます。御用意を遊ばされませ」

不意に掛けられた呼び声に、アイラトの意識がゆっくりと覚醒した。五歳の幼子ではなく、十歳の少年でもない、二十八歳に成長したアイラトは、正妃マリベルとの婚姻と同時に賜ったドロフェイ宮の最奥、己が正妃にさえ立ち入りを許さない私室で、長椅子に沈み込んでいたのである。父であるエリク王への面会を求め、先触れの使者からの返事を待つ間に、幼い頃の記憶に揺蕩(たゆた)っていたのだと、アイラトは漸く思い出した。

「ああ。いつの間にか、少し眠ってしまったらしい。昔の夢を見たよ。懐かしくも温かな夢と、記憶から消してしまいたい程に苦しい夢を。だが、直ぐに起きなければならないな。御忙しい陛下が、御時間を取って下さったのだから」

「御顔の色が悪うございます。御気分が優れないのではございませんか、殿下。何か御飲み物を御持ち致しましょうか」

心配そうな表情で問いかけるのは、アイラトの家令を務めるゼーニャ・カルヒナ子爵である。王子の家令ともなると、伯爵以上の家柄の者が務めるのが慣例であり、子爵位に過ぎないゼーニャは、有力な臣下とは言えなかった。リーリヤ宮の女官達であれば、それこそゼーニャの任命そのものが、アイラトの立場の弱さを物語っているのだと嗤っただろう。

しかし、穏やかで優しく、高潔な人格者であると同時に、権力への関心が極めて薄いゼーニャは、エリク王が直々に命じて選び抜いた家令だった。寂しい境遇の王子が何を必要としていたのか、エリク王やタラスはよく理解していたのである。老齢を迎えた家令から注がれる、常に変わらない慈愛の籠もった眼差しを受け止め、アイラトは静かに言った。

「大丈夫だ。少し夢見が悪かっただけだから、心配には及ばないよ。それよりも、そなたに詫びねばならないことがある。長く仕えてくれたのに、私はそなたの忠誠に応えられなくなった。今日を以て、私は王子ではなくなると思うのだ」

余りにも唐突なアイラトの言葉に、ゼーニャは目を大きく見開き、思わず身を震わせたものの、取り乱しはしなかった。数瞬の沈黙の後、大きく息を吐いたゼーニャは、落ち着いた口調で尋ねた。

「昨日、殿下が内密に御教え下さいました、マリベル妃殿下の件でございますね。畏れ多くも、大ロジオンの太陽であられる陛下の御名を、愚劣な謀で貶めたという」

「然り。一晩考えてみたものの、私の気持ちは微塵も変わらなかった。余事なら知らず、陛下の尊き御名に泥を塗る陰謀だけは、断じて許すわけにはいかない。たとえ全てを失う結果になったとしても、陛下を虚仮にした女をそのままには出来ない。我が正妃を名乗らせるなど、私の誇りが許さない。まして、父を貶める裏切り者ではないかと、私まで陛下に疑われるくらいなら、死んでしまった方が良い。私は、今から陛下に御会いして、マリベルの罪を告発してくるよ」

「左様でございますか。それでは、私くしも御供致しましょう」

「止めないのか、ゼーニャ」

「何の故を以て、殿下を御止め致しましょう。私くしもロジオン王国の忠実なる臣下でございますれば、陛下への侮辱など、絶対に許しは致しません。御立派な御判断でございますよ、殿下。殿下がどのような御身の上になられましても、私くしは御側におります。いざともなれば、私くしの領地に蟄居して、二人で畑でも耕せばよろしゅうございます」

本気で語られるゼーニャの冗談に、アイラトは会心の笑みを向けた。最もエリク王に似た容貌だと評されるアイラトが、常に浮かべている艶やかな笑みとは違う、屈託のない穏やかな笑顔だった。


アイラトの来訪を許したエリク王は、引見に用いる執務室ではなく、滅多に人を立ち入らせることのない居間へと、己が王子を招き入れた。巧みに気配を消した二人の護衛騎士とタラス、アイラトの供をしたゼーニャがいるだけの密室である。スニェークと名付けた純白の子猫を膝に乗せ、エリク王は寛いだ様子でアイラトに声を掛けた。

「能く来たね、トーチカ。ここへ来て御座り」

アイラトは父王の前まで進み出ると、無言のまま両膝を床に突き、自らの首筋を差し出した。この場で斬首されても構わないという覚悟を示す、最も重い謝罪の形である。物に動じないはずのタラスが僅かに目を見張り、護衛騎士達も思わず身体を強張らせる中、只、エリク王と子猫だけは、少しも動揺する素振りを見せず、静かな眼差しでアイラトを見詰めた。

「これはまた、唐突に何の真似をしているのだね、トーチカ。余には、愛する息子の首を落としたがるような、物騒な趣味はないよ」

敢えて揶揄いを含ませたエリク王の言葉を聞いても、アイラトは顔を上げなかった。父王の眼差しを受け止めようとせず、身動きの一つも慎んで、謝罪の姿勢を貫いたまま、アイラトは硬い声で言った。

「私くしには、陛下に懺悔させて頂かなくてはならない罪がございます。私くしの話を御聞き頂ければ僥倖(ぎょうこう)でございますけれど、それすら叶わず、今この場で死を賜りましても当然だと思われる程に、重く許されぬ罪でございます」

「そなたの言う罪が何であるかはさて置き、先ずは御座り。そうして跪かれたままでは、話を聞く気にもならぬ。タラス」

エリク王が名を呼ぶと、忠実なる家令は素早くアイラトの傍らに寄って片膝を突き、丁寧な物腰で促した。

「アイラト王子殿下。陛下の御言葉でございます。どうか御立ちになられまして、陛下の横へ御掛け下さいませ。仮に、貴方様に罪があったと致しましても、未だ何も決まってはおりません。陛下の御下知は絶対でございます」

タラスに諭されたアイラトは、もう一度深々と頭を下げてから、静かに身を起こした。秀麗な面は硬く強張り、エリク王の視線を避けて目を伏せていたが、アイラトをよく知る者が見れば、奇妙な感慨に打たれたかも知れない。洗練の極地とも言える王城の中にあってさえ、息を呑む程に典雅であり、どこか謎めいて摑み所のなかったアイラトが、今は青年らしい純粋さを湛え、無骨にさえ見える表情を覗かせていたのである。

アイラトの変化を見極めようとでもしているのか、微かに目を細めたエリク王が、無言のままの王子に言った。

「さて、余の大切なトーチカは、一体どうしたというのだろう。そなたが正式な先触れを立てて謁見を求め、人払いまで頼んでくるなど、余の記憶にはなかった仕儀である故、案じていたのだ。はっきりと分かるように説明してくれるが良い」

アイラトは、ここで漸く顔を上げた。苦渋と覚悟に満ちた眼差しで父王を見詰めながらも、迷いのない口調で答えた。

「私くしは、陛下に軽蔑され見放されるのが、何よりも辛うございます。物心の付いた頃から、陛下の御目に留まることだけが、私くしの生きる意味でございました。けれども、陛下の息子と呼ばれる身として、沈黙しているわけには参りません。陛下、元第四側妃であった女の不貞は、自然に起こった罪ではございませんでした。我が妃たるマリベルが行った、愚劣な誘導の結果だったそうでございます。マリベルの息の掛かった女官を、事前にローザ宮へと入り込ませ、不貞を唆しておりました」

「成程。そなたは、いつ気付いたのだ、トーチカ」

「元々疑ってはいたのです。本人の資質がどうであれ、常に人目のある王城で、陛下の側妃ともあろう者の不貞など、容易には行えるものではございません。ローザ宮の王子達の失脚を狙って、誰かが餌を撒いたのではないか、と。昨日、マリベルが得意気に仄めかしましたので、正面から確かめました所、呆気なく認めました」

エリク王は、特に表情を変えず、微かに肩の力だけを抜いた。己れの膝で丸くなったままの子猫を抱き上げると、傍で手を差し出したタラスに預け、気怠気に頬杖を突く。一国の王にしては砕けた姿は、同時に退廃的な艶に満ちていた。

「余は面倒故に好まぬだけで、陰謀は王城の華でもあろう。策士を気取るマリベルよりも、聡明にして複雑な思考を有するそなたの方が、遥かに謀略には長けているであろうに、何故それ程に苦し気な目をしているのだね、トーチカ」

「陛下の仰せの通り、私くしはアリスタリス王子殿下とは違い、清らかな心根の王子ではございません。マリベルがローザ宮の者達に毒を盛ったり、何か他の醜聞を広げたりしたというのであれば、きっとそれを黙認しておりましたでしょう。しかし、あの女は、事もあろうに陛下の側妃に不貞を働かせ、結果として陛下の尊き御名を穢しました。それだけは、何としても許すわけにはいかないのです」

マリベルを告発する間にも、アイラトの瞳は激しい怒りに燃え上がった。エリク王の王子の一人として、崇拝する父王を貶めるような真似だけは、何があっても許容しない。それがアイラトの真実だったのである。

表情には出さないまま、〈王家の夜〉の統率者に相応しい鋭さで、アイラトの様子を注視していたタラスは、エリク王にそっと目配せした。エリク王は鷹揚に頷いてから、アイラトの告白とは全く関係のない質問をした。

「そなたは、何故余のことを陛下と呼ぶのだ、トーチカ」

唐突な質問に、アイラトは思わず目を瞬いた。合理主義者であるエリク王は、滅多に話の論旨を違えない。父王の意図が分からず、アイラトは戸惑った。

「何故と申されましても、陛下はロジオン王国の至高の君、唯一無二の国王陛下であらせられます故、陛下と御呼びする以外に術がございません」

「公の場であれば然もあろう。しかし、ここは余の私室であり、周りにはタラスとそなたの家令、そして僅かな護衛騎士しかおらぬ。余はそなたを愛称で呼んでいるのだから、父と呼べば良かろうに、そなたは頑なに陛下と呼ぶ。何故なのだ」

大罪を告白している最中にエリク王が呼称に拘る理由が、やはりアイラトには理解出来なかった。それでも、何一つ隠さないと決めていたアイラトは、俯いてエリク王の視線を避けると、これまで一度として口にしなかった本心を告げた。

「私くしはここで罰せられ、二度と陛下に御目に掛かれないかも知れないのですから、御下問に御答え申し上げます。私くしが十歳のとき、王妃陛下がアリスタリス王子殿下を御出産になられました。当然、正嫡たるアリスタリス王子殿下が、王太子として冊立される日が来るのだと思ったら、私くしは悔しくて堪らなかったのです。陛下の跡を継ぎ、誰よりも陛下に必要とされるのは、あの愛らしい王子殿下になったのだ、と。陛下から御関心を向けて頂くことこそが、私くしの存在意義でございましたのに」

己れの物言いの余りの幼稚さに、アイラトはいたたまれない程の羞恥を感じながらも、話を止めようとはしなかった。最後になるかも知れない機会に、アイラトは敬愛する父へ、素直な思いを告げておきたくなったのである。

「陛下もきっと、アリスタリス王子殿下の御成長を待っておられる。であるならば、私くしは異母兄として、アリスタリス王子殿下を支える道を模索するべきでしたのに、どうしても出来なかったのです。父の最愛の王子の座を奪われたのなら、せめて玉座くらい自分が手にしてやろう、王太子であるならば、陛下に認めて頂けるのではないかと考えました。私くしのような愚か者に、陛下を父と呼ぶ資格などあろう筈がございません」

十歳の少年が囚われた幼い嫉妬は、二十八歳になっても己れを縛っているのだと、そこまで一気に言い切ってから、アイラトはおもむろに口を噤んだ。王子の率直過ぎる告白に、エリク王は一つ溜息を吐き、物憂気に言った。

「何とまあ、驚いた話だな。聡明さで音に聞こえた王子が、かくも幼い意地を張っていたとは。流石に余にも分からなかったよ、トーチカ。何と愚かな」

遂に父王に軽蔑されたのかと、アイラトは悲し気に顔を歪め、益々深く俯いた。エリク王は構わずに続けた。

「十八年だ、トーチカ。十八年もの長き間、そなたの心など知りもせず、息子に距離を置かれたと悩んでいたとは、余は自分の愚かさに呆れるしかないな」

想像だにしていなかったエリク王の言葉に、アイラトは驚いて顔を上げた。アイラトの目に映ったエリク王は、めずらしくも眉を顰め、微かに唇を尖らせている。大ロジオンの国主がするとも思えず、常に感情の読み取れないエリク王には不似合いな表情に、アイラトは思わず言った。

「陛下、何を仰るのです」

「いつでも余の側に居たがったそなたが、小さな可愛い余のトーチカが、急に他人行儀な距離を置いて、頑なに余を陛下としか呼ばなくなったのだ。父として悩んだとて、何も不思議ではないであろう。それぞれの母に溺愛され、王太子に仕立て上げる為に養育された王子達と違って、可愛いトーチカは、余が育てたも同然であったのに。第四側妃の不貞などよりも、余にはトーチカの態度の方が、余程心痛だったのだよ」

幼い頃から一心に慕い、誰よりも偉大な存在として憧れ続けた父の信じられない恨み言に、アイラトは震える程の喜びを感じた。複雑にして深淵なる精神を持つ父王が、言葉で言う程単純な思考をしていないことは、エリク王と似通った精神性を有するアイラトには、よく分かっていた。しかし、同時に、エリク王は嘘を吐かない。絶対的な王者たるエリク王には、嘘を吐く必要がないからである。

陛下という呼び方に拘ったように、エリク王がアイラトとの距離感に悩んでいたというのは、一つの真実なのだろう。エリク王の真実がそれ一つではなかったとしても、アイラトには十分だった。内側から光を灯したかの如き微笑みを浮かべ、アイラトは言った。

「有難うございます。嬉しゅうございます。その御言葉を頂けただけで、懺悔に参った甲斐がございました。陛下、いえ、父上。私くしには、もう何一つ心残りはございません。どうか我が罪を御裁き下さいませ」

「そなたを罰する理由などありはしないよ、トーチカ。詰まらぬ女を正妃としたのは、只の政略に過ぎぬ。クレメンテ公爵家の後ろ盾を得る為に、余と宰相が定めただけの縁であろうに。そなたはこうして余の下に参ったのだから、それで良い」

豪奢な椅子から身を起こし、不意に手を伸ばしたエリク王は、自分と同じ色をしたアイラトの艶やかな黒髪を撫でた。驚きに目を見開いたアイラトに、緩りと微笑みかけてから、エリク王は神妙に子猫を抱いたままのタラスに目を向けた。

「タラスよ、そなたに抜かりはあるまい。ローザ宮の不義を後押しした者が居たと、〈王家の夜〉でも摑んでおるのであろう」

「御意にございます、陛下。元第四側妃の愛人だった男は、見目が良く女にだらしがないと、近衛騎士の中でも有名でございました。そうした男を態々選んで側妃の護衛騎士に就け、教育の行き届かぬ女官を先導して、不貞を行い易い状況に誘導した者がいるのだと、早くから承知しておりました。只、疑うに足る者が何名かおりましたので、我らが候補を絞り切るまでには、もう数日は必要でございました」

「マリベルとエリザベタ、どちらも動機と手段を持っている。第三側妃は世捨人に等しく思われているが、絶対にないとは言い切れない。特に、王妃が計画したとなれば、敢えてアリスタリスの立場を貶めてでも第四側妃に謀略を仕掛け、トーチカに疑いの目を向けさせるくらいは、平気で考えるであろうしな」

タラスは無言のまま一揖し、エリク王に賛同と称賛の意を示した。最も身近な女達が相手であっても、容易に感情に流されないエリク王の客観性に対して、タラスは常に尊敬と忠誠を捧げているのである。

「トーチカの告白の御陰で、火元はマリベルと定まった。当然、王妃にもそれは分かっている。ならば、アリスタリスの立場を回復させる為に、今後は王妃が動くであろう。そなたはどう考える、トーチカ」

質問を投げかけられたアイラトが考え込んでいたのは、僅かな時間だった。エリク王から思いもよらない形で受け入れられ、常の自分を取り戻した。アイラトは、確定した未来を読み取る確かさで言った。

「私くしの知る王妃陛下であれば、直ぐにでもタラス伯を呼び出しましょう。ドロフェイ宮が陰謀の元であるから、陛下の御名を穢した責を問うべきであると、王妃の権限で命じられるのではないでしょうか。我が国の王権を手にしておられるのは、国王陛下のみではございますが、王妃の名の下に命じられてしまえば、タラス伯も無視は出来ないでしょう」

アイラトの回答は、エリク王の見立てとも一致していたのだろう。小さく頷いたエリク王は、婉然と微笑んだ。

「そなたは、能く王妃を理解している。そうではないか、タラスよ」

微笑みを浮かべたタラスは、アイラトに向かって一揖した。穏やかに装われた表情の下で、エリク王以外の者には常に冷徹な視線を注いでいるタラスが見せた、めずらしくも温か味を感じさせる微笑みだった。

「御意にございます。アイラト王子殿下は、流石に御目が確かであらせられます。恐らく数日の内には、王妃陛下から私くしへ、内々に御呼び出しがございましょう。アイラト王子殿下の仰せの通り、王妃陛下としての権限で御命じになられましたら、何らかの御応えをせぬわけには参りません。如何致しますか、陛下」

「此度は、王妃の思惑通りに動いてやれば良かろう。元第四側妃の不貞に謀の影があると、地位ある者に指摘されてしまえば、〈王家の夜〉も動かざるを得まい。マリベルが仕掛けた謀が公になれば、アリスタリスの立場は一気に回復し、トーチカは小さくはない失点を被る。それでも良いのだな、トーチカ」

「勿論でございます、父上。どうか私くしに罰を御与え下さい」

　エリク王の問いかけに、アイラトは一瞬の迷いもなく答えた。大逆罪による死さえ覚悟していたアイラトは、マリベルの策謀が公になり、自らの汚点になる未来に、何の異論も持ってはいなかったのである。エリク王は重ねて尋ねた。

「王太子位争いから一歩後退しても、構わぬと言うのだな、トーチカ」

「構いません。元々玉座を望んだのは、幼稚な嫉妬の故でございます。私くしの生きる縁であられる父上が、今も私くしを御心に掛けて下さっていると分かりましたからには、今この場で、アリスタリス王子殿下の臣下に下れと御下命がございましても、否やはございません」

「それは詰まらぬ。余が未だに王太子を決めぬのは、それなりの存念があるからなのだよ、トーチカ。訳はやがて明らかになるであろうから、もっと闘ってみるが良い。結果がどうであれ、そなたが余の大切な息子である事実は変わらぬ。仮にアリスタリスが王太子と決まったら、トーチカは余と共に居れば良いのだ」

　エリク王の言葉に、アイラトは花が咲いたように笑った。ボーフ宮を訪れたときに纏っていた暗さを払拭した、どこまでも明るい笑顔だった。息を潜めてアイラトの背後に控えていたゼーニャも、嬉し気な笑みを零した。

「召喚魔術とやらが終わったら、少しドロフェイ宮の掃除をするとしよう。マリベルは暫し幽閉して存分に詮議し、王籍を剝奪した上でクレメンテ公爵家に差し戻す。娘の謀を黙認したと思しきクレメンテ公爵にも、責は及ぶであろう。トーチカ、そなたは謹慎の上、マリベルとは正式に離別となる。構わぬな」

「御意にございます、父上」

「そなたの謹慎が終わり次第、新しい妃を選んでやろう。余のトーチカの力になれるであろう娘に、誰か心当たりはあるか、タラス」

　タラスは、そっとエリク王の顔色を窺った。王子王女が次々に成人しつつある今、常に準備を整えている婚姻候補者の名簿の中で、どの名が最もエリク王の意に適うのか、素早く思案したのである。やがて、タラスは明瞭に言った。

「アリスタリス王子殿下には、近衛の支持がございましょう。さらに、王妃陛下の御実家であるグリンカ公爵家は、三代以内に王家の血を引く公爵家でございますので、約一万人の騎士団を擁しております。同程度の騎士団を持つクレメンテ公爵家を切り捨てるのであれば、アイラト王子殿下にも武力が必要かと愚考致します。些か爵位は低うございますが、王国騎士団の団長を務めるスラーヴァ伯爵の息女は如何でございましょう。スラーヴァ伯爵の末の娘が、数年前に長患いの婚約者を亡くしており、未だ新たな婚約者は決まっておりません。当の息女は聡明で清楚、穏やかな人柄の淑女だと評判でございます」

貴族家の一令嬢について、詳細な事情まで把握しているタラスに、視線だけで満足を伝えながら、エリク王が頷いた。

「一度、トーチカと会わせてみれば良い。トーチカが気に入るのであれば、話を進めよ。伯爵家では王子の正妃には不足であろうから、スラーヴァ伯爵を侯爵に陞爵させ、正妃不在のまま側妃と致そうか。マリベルの処分から日が経たぬ故、直ぐに正妃に立てずとも不思議はあるまい。新たに別の正妃を迎えるか、その娘を正妃に直すかは、トーチカの好きにすれば良い。タラス、早速諸処の手配をせよ」

「御意にございます、陛下」

「異論はないか、トーチカ。そなたに思う所があるのであれば、ここで話してしまうが良い。叶えられる願いであれば、余が力になろう。誰ぞ、望む娘は居らぬのか」

思いもよらないエリク王の計らいに、アイラトは喜びを滲ませた。父王を侮蔑したマリベルへの愛情など、既に一欠片も存在しておらず、他に心を傾ける相手もいない。婚姻を政略と考えるのが当然の身分であるアイラトにとって、新たな後ろ盾を得させようとするエリク王の思惑は、純粋な情愛に等しかった。

「私くしには、何の存念もございませんので、全て父上の仰せの通りに致します。タラス伯が推薦し、父上が御認め下さった令嬢であれば、それだけで私くしには十分でございます。有難うございます、父上。御心、嬉しゅうございます」

「左様か。ならば、幼い頃のそなたのように、これからは余を御父様と呼んでも構わないのだよ、可愛いトーチカ」

とうに大人になった息子を揶揄いながら、黄金の国ロジオンの至尊の主たるエリク王は、上機嫌に笑ったのだった。

オローネツ辺境伯爵領の村を襲った第七方面騎士団の騎士達を、瞬く間に屠ったルーガとその部下達は、生かしたまま捕らえておいた三人の罪人を荷馬車に乗せ、オローネツ辺境伯爵の居城を目指していた。ルーガが差配を任されている代官屋敷からオローネツ城までは、馬車で二日程の距離である。短くもない旅の行程で、捕らえられた者達は最低限の水分以外、麦の一粒も与えられず、乱暴に荷馬車に積み重ねられていたのだった。

一行の道行もそろそろ終わろうかという頃、ルーガと共に轡を並べて馬を進めていた護衛騎士の一人が、周囲の様子を見回しながら言った。

「オローネツ城までは、もう三アワドくらいでしょう。夕暮れまでには間があります。この辺りで休憩を挟みますか、ルーガ様」

問われたルーガは、無言のまま答えず、目を細めて周囲の気配を探った。常のルーガには似合わない、硬い緊張を孕んだ表情だった。

「いや、止めておこう。出来るだけ早くオローネツ城に入りたい。なぜかは分からないが、嫌な予感がしやがる。ここにいるのは危険だと、何かに訴えられている気がするんだ。ちりちりと、頸の毛が逆立つみたいにしてな」

「止めて下さいよ。親父さんの勘は、滅法当たるんですから。本当に危険に陥ったら、どうするんですか」

ルーガと共に長く闘ってきた門番という名目の騎士が、眉を寄せて気安く抗議した。周りに集まったルーガの部下達も、口々に賛同の声を上げる。もう一人、やはり門番の姿をした騎士は、真剣な顔で言った。

「親父が怪しいと思うのなら、直ぐに対応出来る態勢を取った方が良い。訳などなくても、俺達は親父に従いますよ。今までも、そうやって危険を乗り越えてきたんだから、勘を軽視するべきではないでしょう」

門番姿の騎士の言葉に、ルーガに同行する十人程の者達は、一斉に自らの指揮官を注視した。

ルーガは馬の歩みを止め、僅かな間を置いて決然とした声で命じた。

「只今を以て、俺達は戦闘態勢に入る。説明出来る理由はない。欠片の根拠もない。しかし、俺達は間もなく襲撃される気がする。騎士として、三十年以上も命懸けで戦ってきた俺の勘が、絶対に間違いないと囁くんだ。出来ればオローネツ城まで一気駆けといきたい所だが、恐らくは間に合わん。少しでも有利な立場で戦えるように、態勢を整えて迎え撃つ。誰か、近くに陣を張れる場所を知らないか」

ルーガの下した判断に、にわかに緊張感が高まる中、農夫の扮装をした男が、周囲を慎重に見回しながら答えた。

「この辺りは一面の草原が続いていきますからね。見晴らしが良くて奇襲を掛け難い反面、身を隠すのは簡単じゃない。右前方の林に入っても、手入れされた木々と湖があるだけで、木こり小屋一つ建っていなかったと思いますよ」

「ということは、本格的な陣を張って迎え撃つのは無理か。仕方ない、湖を背にして背後を護る背水の陣といこう」

「襲ってくるとしたら、第七の奴らでしょう。どうやって、俺達の居場所を特定したんだ。跡を付けられていて、気付かない俺達じゃない筈だが」

「捕虜にした奴らが、場所を知らせるような魔術機器を隠し持っているのかも知れない。今からでも、身ぐるみを剝いで置いていきますか、ルーガ様」

「いや、時間が惜しい。直ぐに見付けられる場所に、魔術機器があるとも限らないし、別の方法で見張られている可能性もある。村への襲撃には出動させなくても、それぞれの方面騎士団には、魔術師や魔術騎士が配置されているからな。個別の襲撃ではなく、第七の団長の指示があれば、そいつらが出てくる可能性が高い。とにかく、今は移動が優先だ。ルペラ、お前には指示を出す」

ルーガに呼ばれたのは、成人したばかりに見える若い護衛騎士だった。長剣を腰に佩いたルペラは、思わぬ成り行きに驚き、緊張に凛々しい顔を強張らせながらも、強い眼差しでルーガに応えた。

「何なりと御申し付け下さい、ルーガ様」

「俺達の中で、お前の馬が最も速い。お前はこのまま、全速力でオローネツ城まで走れ。我らは右前方、林の中の湖の前で敵を迎え撃つ。閣下に申し上げて、援軍を呼んでこい。万が一、間に合わなくても、荷馬車に放り込んだ屑共に喋らせた内容を閣下に御伝え出来れば、それだけで良い。危険を承知で頼む。行け」

命令を受けたルペラは、一瞬、仲間を置いていくことに躊躇する素振りを見せたものの、直ぐに表情を引き締めた。

「承知致しました。必ず援軍を連れてきます。御武運を」

その言葉だけを残して、ルペラは即座に馬に鞭を入れた。置き去りにする仲間を、ルペラは一度も振り返らない。いつ命を落とすかも分からない騎士という仕事に、大きな誇りを持っている男達に、長々と別れを惜しむ感傷など不要だった。

ルペラが砂煙を上げて走り去った途端、ルーガ達も慌ただしく動き出した。一行は各々の馬に鞭を呉れ、一気に林に駆け込んだ。襲撃が未確定な状況だからと戸惑い迷うような者は、ルーガの部下にはいない。門番や農民に擬態しながら、完全武装の方面騎士団から領民を護ってきた男達は、百戦錬磨の戦士なのである。

森の女王とも呼ばれる橅(ぶな)の木々が、美しい緑の陰影を作り出す林の中を、ルーガ達は巧みに走り抜ける。人の手の入った林には、騎馬や馬車が通れるだけの道らしきものもあり、ルーガ達の進みを容易にしたが、同時に襲撃を企てる者達にも容易く侵入を許すだろう。十ミニト程の後、林の中に唐突に広がる湖に到達したルーガ達は、荷馬車を横付けして第七方面騎士団の騎士達を引き摺り出した。

「良し、こいつらを一人ずつ荷馬車に縛り付けろ。どうせ碌な真似をしてこなかった屑共だ。ここは一つ、俺達の為に弓矢避けになってもらおう」

「全員、防具の着用は良いか。弓矢はどれくらい積んである」

「弓が五、矢が五十です」

「では、三人は荷馬車の中から敵を狙え。二張は予備だ。この地形では騎馬は分が悪い。全員下馬して、白兵戦に持ち込むぞ。罠を仕掛ける者は急げ」

簡易的に襲撃を迎え撃つ陣を整え、半死半生の捕虜達を馬車に縛り付け、全員が荷馬車の陰に身を潜めてから五ミニトもしない内に、静かな林の中に騎馬の気配が満ちてきた。声を潜め、唇の動きだけでルーガは言う。

「来たぞ。総員用意」

ルーガの部下達は、それぞれの武器に軽く手を添え、敵の姿に目を凝らす一方、手荒い扱いに体力を削られ、されるがままになっていた第七方面騎士団の捕虜達は、味方の気配を感じ取ったのか、必死で呻き声を上げ始めた。如何にも弱々しい動きは、敵に居所を知らせるには十分だった。

やがて、鳥の羽ばたきが木々を揺らす中、襲撃者達が姿を現した。

「いたぞ。オローネツの愚民共は、湖の手前だ。全員殺せ。一人たりとも逃すな。オローネツ辺境伯爵の下に駆け込まれると、事は面倒になる。その前に、彼奴らの口を塞ぐのだ。我ら第七方面騎士団の力を見せてやれ」

荷馬車を視線に捉えるや否や、隊長らしき男が声を張る。身分を隠す気すらないのか、林の中から現れたのは、方面騎士団の誇る金色の軽鎧に身を固めた、二十騎を超す騎士達である。門番姿の男が、如何にも呆れた口調で言う。

「なあ、ルーガの親父。あいつらは正真正銘の馬鹿なのか。それとも、あれも策略の内なのか。大っぴらに正体をばらして、襲撃の時機を教えてくれる刺客なんぞ、俺達は会った覚えがないんだがな。オローネツ辺境伯爵閣下に知られては具合が悪い、だから口封じが目的なんだと、自分で言ってどうするよ」

完全武装の騎士達に包囲されようとしている中、恐れ気もなく襲撃者を揶揄する言葉に、オローネツの男達は太々しく笑った。ルーガもまた、日焼けした男らしい顔に明らかな嘲笑を浮かべながら言った。

「前から馬鹿だとは思っていたが、第七方面騎士団の奴らの馬鹿さ加減は、本当に留まる所を知らないな。俺達があんな阿呆共に殺されたとなると、オローネツ辺境伯爵閣下の御名に傷が付く。ここは何としても切り抜けるぞ。良いな」

「応とも」

ルーガ達の様子など気にも留めず、黄金の軽鎧を輝かせた第七方面騎士団の騎士達は、荷馬車を目がけて殺到した。騎士達にとって、武力の保有さえ禁じられた地方領主の手勢など、略奪対象としての価値しかない領民達と、何ら変わらない存在だったのである。

事態が動いたのは、一気に突進してきた騎馬が、林を抜けようとした瞬間だった。何かに足を取られたのか、騎士を乗せた馬がもんどり打って地面に転がり、馬体から投げ出された騎士が地面に叩き付けられたのである。

後続の騎馬達は、慌てて制止の声を上げ、馬を止めようと手綱を引いたものの、勢いの付いた馬体が直ぐに減速出来るはずがない。そのまま三騎が地面に転がり、騎士達は鎧姿で地面に激突した。倒れた馬達は何とか起き上がったものの、既に制御は失われており、主人である騎士達を置いたまま目もくれず、四方に駆け去っていった。

最初に地面に叩き付けられた騎士は、首の骨でも折ったのか、口から血塗れの泡を吹き出し、身動きもしない。後の二人も、己が馬の蹄に掛けられて、瀕死の状態に見える。隊長と思しき男は、歯噛みして怒鳴った。

「子供騙しの罠に掛かって何とする。天蚕糸か何かを張ってあるのだ。馬を降りて、早く忌々しい糸を切ってこい」

隊長の叱咤に数人の騎士が下馬し、腰に佩いた剣を抜いた。そして、張り巡らされた透明の糸が光に反射するのを確認し、直ぐ様に切り付けようと駆け寄ったとき、荷馬車の幌の隙間から、立て続けに矢が射かけられた。ルーガ達が好んで扱う強弓は、百メトラを超える射程を誇る。数十メトラの位置まで肉薄した騎士達は、彼らにとって格好の的だった。

一人の騎士は、眼球を射貫かれて悶絶している。別の騎士は、眉間に深々と矢を受けて即死した。相手を侮り、顔面を保護する面頬を下げたままにしていた騎士達は、次々と放たれる矢から必死に逃れ、震える手で何とか面頬を引き上げた。

強靭な全身鎧に身を包んでいながら、手もなく後れを取る部下の姿に激怒した隊長は、堪らずルーガ達を罵倒した。

「この卑怯者め。騎士が弓矢を用いるなど、恥を知らぬのか。天蚕糸の罠など、農民の仕様であろうが。騎士道に則り、正々堂々と勝負出来ないのか」

ロジオン王国でもスエラ帝国でも、正式に騎士と呼ばれる者達は、未だに飛び道具を嫌う。相手と剣を交えてこそ騎士であり、狩人が獲物を狙う弓矢は、〈卑しい武器〉だと考えられているのである。

隊長の言い分に、ルーガは嘲笑を深くし、部下達も歯を剝き出しにして凄みのある笑顔を見せた。ルーガ達に言わせれば、獣にも劣る所業を重ねてきた略奪者が、堂々と騎士道を説くなど、質の悪い冗談でしかない。ルーガが口を開く間さえなく、部下達は口々に第七方面騎士団を罵倒した。

「第七の畜生共が騎士道とは、騎士道が泣くな。これ程の皮肉を聞いたのは、生まれて初めてだ。恥知らずも極まったな」

「それに、俺達は門番と農民だと言っとるだろうが」

「第七の騎士道なんぞ、俺達が知るかよ。帯剣さえ禁じられている相手を、全身鎧の重装備で襲撃しておいて、騎士道とは笑わせてくれるぜ」

「ルーガの親父。あいつら、まさか本気で言ってるのか」

「下衆なだけじゃなく、あいつらは頭までおかしいらしい。敵が自分の思い通りに戦ってくれるわけがなかろうが。阿呆が」

部下達の罵倒を耳にしながら、冷静に状況を観察していたルーガは、一つの賭けに出ようと決めた。どうやら目の前の愚か者は、オローネツ城から救援を呼ぶ為に、護衛騎士を先行させた事実に気が付いてはいないらしい。時間さえ稼げれば、ルーガ達が生き残る確率は上がるかも知れない。口では馬鹿にしつつも、ロジオン王国の高い技術で鋳造された軽い全身鎧の強靭さと、軽鎧で武装したときの方面騎士団の武力を知るルーガは、少しも油断してはいなかったのである。

第七方面騎士団が飛び道具を用意していないと見極め、おもむろに荷馬車の陰から歩み出たルーガは、堂々と己が顔を晒して相手を挑発した。

「黙れ。貴様らは、我らをオローネツ辺境伯爵閣下の家臣と知りながら、略奪の証拠を隠蔽する為に襲撃したのだろう。貴様らのような野盗共に、卑怯と言われる筋合いはない。もし正々堂々の勝負を願うのなら、受けて立ってやろう。一対一とは言わず、三対三で決闘といこうではないか。お前達に、それを受けるだけの誇りはあるか」

度重なる屈辱と怒りに震える隊長は、部下達が口を出す隙さえ与えず、ルーガの挑発に応えた。

「生意気な愚民共め。良かろう。騎士たる者が決闘を申し込まれたら、これを断ることは出来ないのが、古今東西を問わぬ騎士道の決まりだ。貴様ら下賤な農奴の頭に、我ら第七方面騎士団の戦い方を叩き込んでやるから、覚悟するのだな」

オローネツ城からの救援を待つルーガが、時間稼ぎの罠として仕掛けた決闘の申し入れに、第七方面騎士団の隊長と思しき男は、易々と搦め捕られた。既に何人かの騎士を失い、完膚なきまでに侮辱された隊長は、即座に決闘を受け入れたのである。内心の思惑を欠片も窺わせず、ルーガは平然と言葉を続けた。

「良し。ならば、決闘だ。人数は三対三で、同時に戦うのは一人ずつ。決着が付くまでの間、他の者は手出し無用。武器は弓矢などの飛び道具を除いて自由。馬からは降りて戦う。場所は御互いから二十メトラ離れた中間地点。この条件でどうだ」

「良かろう。我ら第七方面騎士団の立会人は、このオレグ・パレンテ男爵が務めてやる。貴様らも立会人の名乗りを上げろ」

「俺が、我が一行の指揮官だからな。俺がやる。ルーガ・ニカロフ、騎士爵。オローネツ辺境伯爵閣下から、代官の職を拝命している」

「良し。副官、三名の騎士を選べ。名誉ある決闘ではないにしろ、汚らわしい愚民を屠るに変わりはない。勇躍して勝てる者を選べ」

隊長の叱咤に、直ぐ様三人の騎士が選び出され、軽鎧の微かな金属音を立てながら馬から降りた。ルーガも、僅かな迷いもなく三人の部下を選び出す。

「ヴァレリ、キーム、コルネイ。お前達が行け」

ルーガに指名されたのは、部下達の中でも大柄で、特に力のありそうな男達だった。三人とも農民の野良着に革鎧という姿だったが、全身鎧の騎士達を前にして怯える素振りすら見せず、気迫を漲らせて胸を叩いた。

「任せてくれ、親父さん。オローネッツの男の誇りと怒りを、第七の奴らに見せてやるよ」

「屑共に嬲り者にされた村人の悔しさ、万分の一でも晴らさせてもらうさ」

「俺を選んでくれるとは有難い。親父さんの期待に応えてみせるぜ」

「頼むぞ、お前ら。戦い方は分かっているだろうな。相手は金無垢の全身鎧だ」

ルーガの意味あり気な囁きに、三人の男達は揃って笑った。方面騎士団への怒りを底に秘めた、どこまでも冷たい笑いだった。

ルーガに選ばれた男達は、手に持っていた槍や刺股を仲間に預けると、荷馬車の中からそれぞれに新しい武器を取り出した。彼らが手にしたのは、一メトラを超える長さの柄に、金属製の大きな頭部を取り付けた、異様な形の金槌だった。

副官に指名され、剣を抜き放ったまま決闘の場所まで進んできた騎士達は、金槌を見て思わず足を止めた。異様な武器の存在と、落ち着き払った男達の迫力に、只ならないものを感じたのだろう。そうとは知らず、後ろで見物に回った第七方面騎士団の者達は、仲間の勝利を疑いもせず、口々に囃(はや)し立てた。

「おい、連中は何を考えているんだ。今から馬防柵でも造るつもりか」

「言ってやるなよ。地方領の貧乏人共だ。鎧も剣も揃えられるわけがないだろう。農作業の道具を持ってくるしかないのさ」

「普段は漁師か狩人なのだろう。弓矢以外の武器がないのも道理だ」

「おい、いくら惨めな奴らだからといって、手を抜いたりするなよ。我ら第七方面騎士団に逆らった対価は、奴らの命で取り立ててやれ」

決闘の当事者となった第七方面騎士団の騎士達は、何れも陽の光を受けて輝く金色の全身鎧を纏った戦装束である。金属にしては軽く、身動きのし易い軽鎧は、剣でも弓でも貫けない程の強度を誇る。手にはロジオン王国特有の細身の軍刀、金鎧の胸元には金狼を描いた騎士章が、誇らかに刻印されていた。

一方、次々に浴びせられる侮蔑の言葉など気にも留めず、騎士達の前に歩み出た三人の男の出で立ちは、御世辞にも立派とは言えなかった。門番の御仕着せや野良着の上に、各人がまちまちの革鎧である。手にした武器は短刀ですらなく、柄の長い金槌という異様なものである。只、男達の鍛え抜かれた肉体と、鎧姿の騎士を目前にしても微塵もたじろがない胆力だけが、彼らの騎士としての矜持を示していた。

双方の決闘者が出揃い、取り決めの通りに二十メトラ離れた中間地点に於いて向かい合ったとき、待ちかねていたらしい隊長が傲然（ごうぜん）と言い放った。

「良し。今から決闘を始める。決闘は騎士の本分であり、ロジオン王国法に照らし合わせても何ら処罰は受けない。奴らから申し出てきたのだから、相手が農奴でも同じだ。第七方面騎士団の栄えある騎士として、泥臭い虫けら共を縦横に斬り刻んでやるが良い」

逞しい両足で地面を踏み締め、わざと腕を組んだ姿勢で相手を睥睨（へいげい）しているルーガも、腹の底から獰猛に吠えた。

「行け。卑劣な鎧人形に、本物の男の戦いを教えてやれ」

隊長とルーガの掛け声を合図に、一斉に敵味方の歓声が上がる中、騎士達は割り振られた相手を斬り裂こうと、剣を構えて前進する。全身鎧に包まれているにしては、軽やかな動きではあったものの、革鎧しか身に着けていない男達の速度とは、やはり比べるべくもない。オローネッの男達は、瞬時に騎士達との距離を詰めた。

最初に飛び出した農夫姿の男は、相手の剣の切っ先が届くぎりぎりの距離まで一気に肉薄すると、素早く振りかぶって一閃、金槌を騎士の顔面に叩き付けた。大きな鐘を鳴らしたかのような、場違いに美しい打撃音がしたかと思うと、騎士は剣を掲げていることさえ出来なくなったのか、切っ先をだらりと下げたまま棒立ちになり、身体を左右に揺らめかせた。

「何だ、一体どうしたというのだ。面頬には傷の一つも付いていないのに、あいつはなぜ立ち止まっているんだ。決闘の最中だぞ」

「おい、何をしている。しっかり戦わんか」

見物の騎士達に次々に罵倒されても、頭部を殴られた騎士は、呆然と立ち止まって揺れているだけである。騎士を殴打した農夫姿の男は、さらに金槌を振り上げると、右の側頭部を殴り付けた。重い攻撃を受けた騎士の身体が、大きく左側に傾こうとしたとき、すかさず左の側頭部に金槌が振るわれる。さらに右左、右左と連打され、高く澄んだ鐘の如き音が連続して響き渡る頃には、見物人達にも漸く何が起こったのか分かり始めていた。

ロジオン王国が誇る軽量の全身鎧は、斬られても射られても薄っすらとした傷が付く程度で、堅牢に騎士達の身体を護り続ける。しかし、金属を被った状態で強く殴打されれば、脳や内臓に振動という強い負荷が掛かるのである。騎士同士の斬り合いか、領民相手の一方的な略奪しか経験してこなかった方面騎士団の騎士達には、直ぐに理解の及ばない泥臭い戦い方だった。

何度も激しく頭部を殴り付けられた第七の騎士は、突然、丸太のように昏倒した。一切受け身を取ろうとしない様子から、騎士が意識を失っているのは明らかだった。或いは、余りの振動に脳が破壊され、既に事切れているのかも知れない。滑稽ではあるものの、同時に凄惨でもある敗北に、見物人達は言葉を失った。

一人目の勝利を目にしたルーガ達は、倒れた敵に冷たい嗤いを浴びせながら、如何にも暢気に聞こえる口調で囃し立てた。

「方面騎士団の軽鎧は、相変わらず良い音がするな。代官屋敷にある礼拝堂の鐘より、よっぽど良い。やっぱり高価な金属を使ってるのかね」

「それにしても、中身だけ壊される死に方というのは、流石に勘弁してほしいな。方面騎士団の奴ら、勇気があるぜ」

「胴体を叩くより、頭を叩いたときの方が音が響くのは、奴らの頭が空っぽだからだと思うんだ。なあ、ルーガの親父の意見はどうだ」

余りの侮蔑に、第七方面騎士団の隊長は、反射的に腰の剣を引き抜いた。顔を紅潮させた隊長は、歯噛みして己が部下達を睨み据えると、衝撃に声もなく固まった者達に向かって、剣を振り上げながら怒鳴った。

「この愚か者共が。貴様らの剣は飾りか。奴らの手に乗るな。それでも第七方面騎士団の精鋭なのか。さっさと下衆共を斬り殺せ」

同僚の敗北を目の当たりにして、前進を躊躇していた残り二人の騎士は、隊長の激しい叱責に背中を押され、面前の敵へと斬りかかった。ルーガの部下達は、巧みに距離を取って剣を躱しつつ、隙を見ては金槌を振るう。当然、騎士達は剣で攻撃を弾こうとするものの、速度を付けて振り回される巨大な金槌と、切れ味重視の軽い細身の剣とでは、打ち合ったときの結果は明らかだった。

一人の騎士は、金槌の勢いに耐えかねて剣を弾き飛ばされた後、頭と言わず身体と言わず滅多打ちに乱打され、壊れた人形かとばかりに崩れ落ちた。最後に残った騎士は、相手に浅い切り傷を負わせるのが精一杯で、いきなり下手の軌道から振るわれた金槌に膝を叩かれ、地面に倒れ伏した。倒した男はすかさず金槌を振り上げ、騎士の全身を無造作に乱打した。この頃には、美しい鐘の音かと思われた打撃音は、陰惨な弔いの鐘にしか聞こえなくなっていたのである。

第七方面騎士団の騎士達が、一度として経験せず、想像さえ出来なかったであろう無惨な結末に、隊長は馬上で憤激した。

「何だ、これは。こんなものが決闘であるものか。貴様ら、仮にもオローネッツ辺境伯爵家の家臣として、恥じる所はないのか」

隊長の怒声を受けたルーガは、決闘の始まりから浮かべていた、貼り付けたような微笑みを深め、瞳だけを冷たく光らせた。第七方面騎士団の隊長ともなれば、ルーガ達にとっては不倶戴天の仇敵である。その相手に罵られた所で、ルーガは歯牙にも掛けなかったが、オローネッツ辺境伯爵家の名を出された以上、反論せずにはいられない。第七方面騎士団の全員を見据え、ルーガは堂々と宣言した。

「黙れ。貴様ら如き盗賊共に、オローネッツ辺境伯爵閣下の御名を口にする資格はない。門番や農民の姿になってまで、領民を護ろうと戦ってくれる騎士達こそ、我らオローネッツの誇りであると、閣下はいつも仰って下さる。全身鎧に護られて、武器も持たない領民達を襲う貴様らこそ、人間の屑ではないか。卑怯者が、恥を知れ」

ルーガの言葉に、隊長は声もなく歯噛みした。ラーザリ二世が報恩特例法を制定し、地方領主が全ての武力を奪われて以来、ロジオン王国に十六ある方面騎士団は、地方領に於ける絶対的な強者として君臨してきた。その隊長ともあろう地位にいる者が、地方領の者達にここまでの侮辱を許したのは、恐らく初めてだっただろう。貴族らしい容貌を歪ませた隊長、オレグ・パレンテ男爵は、喘ぐように言った。

「最早、我慢ならん。貴様ら全員、最も惨たらしい死を呉れてやるから、覚悟せよ。我らに襲撃され、一気に屠られておけば良かったと、心の底から後悔させてやる」

「応、掛かってこい。貴様らこそ、全員弔いの鐘を響かせてやろう」

ルーガは、鋭い音を立てて腰の大剣を抜き放ち、武器を手にした部下達も、一分の隙もなく身構えた。オローネツ城からの援軍が到着するまで、何とかして戦闘を長引かせなくてはならない。ここからは、全員が四方八方に散開して乱戦に持ち込もうと、ルーガ達は予め決めていたし、敵を攪乱する為の罠も密かに仕掛けられていた。

ところが、思いもかけない反撃に憤激する一方だった隊長は、ここで初めて声もなく嗤った。怒りの極限を迎えた隊長は、相次ぐ挑発が生み出した混乱から醒め、冷徹に目的を遂行しようとしていたのである。

「私としたことが、愚民共の悪足掻きに煽られて、冷静さを欠いてしまっていたか。残念だったな、オローネツの溝鼠。我らは貴様らの手には乗らんぞ。溝鼠の戦い方に付き合ってやるのは、もう十分だ。我ら第七方面騎士団には、剣以外にも武器がある。お前達には到底真似の出来ない戦い方を、特別に見せてやろう。見物の対価は、お前達の命だ」

そう言って、隊長が合図をすると、最後尾から四人の騎士が進み出た。騎士達は深く面頬を下ろし、盾を構えたまま最前列で足を止める。金色の鎧の胸元に刻まれた紋章は、なぜか金狼ではなく、十芒星であり、手にした盾には、薄青く輝く青光石が嵌め込まれていた。

金狼を紋章とする方面騎士団の中で、十芒星の紋章を使う騎士は、一つの職種に限られる。剣ではなく魔術を以て戦闘を補助する、謂わば支援部隊の魔術騎士である。ルーガは、一瞬にして形勢の逆転を悟った。

「魔術騎士を出してくるか。皆、荷馬車の周りに集まれ。一人二人ならともかく、相手が四人もいては厄介だ。何の魔術かも分からん以上、先ずは護りを固めるぞ」

「ほう、能く一目で見破った。後の任務の為に同行させていたのだが、思わぬ所で此奴らを使う羽目になったわ。この借りは、高く付くぞ。やれ」

魔術騎士達は、三メトラ程の等間隔に間を空けて横一列に並ぶと、無言のまま盾に魔力を流し始めた。ルーガ達は、隙を突いて魔術の行使を阻もうとするものの、魔術騎士の周りを囲んだ騎士達がすかさず護りに入る。弓矢は盾で弾かれ、刺股を投げる機会も見出せない。やがて、盾の青光石が仄かに輝くと、魔術騎士達は詠唱を始め、固唾を呑んで身構えるルーガ達に向かって、魔術が展開されていった。

「目的。対象の動きを拘束、若しくは阻害。対象。前方百メトラ以内の人間。事前登録された我が団の者を除く。拘束時間。上限設定値まで。閾値設定。発動」

魔術騎士の掲げた盾から、薄青い光が発せられるや、荷馬車の周りに集まったルーガ達の足下に赤い魔術陣が出現した。次の瞬間、見えない鎖が巻き付いたかのような不快な感覚と共に、ルーガ達はほぼ身動きが出来なくなっていたのである。

「くそ。一箇所に集まったのが、かえって裏目に出たか。済まん、皆。俺の指示が甘かった。誰か動ける者はいないか」

ルーガの問いかけに、数人の男達が弱々しく藻掻いた。ルーガ自身も含め、或る程度の魔力量を持つ者は、魔術の行使に対して抵抗出来るのである。それでも、じりじりと肉薄する第七方面騎士団を迎え撃つには、ルーガ達の動きは余りにも心許なく、最早戦う術は失われたかに思われた。

このとき、絶体絶命の危機に瀕しながら、ルーガは少しも諦めてはいなかった。一人でも多くの仲間を生かす為に、オローネツ城から援軍がやって来ると信じて、指一本でも動かせる間は戦い続ける。もしも力及ばずに殺されたら、魂魄となってロジオン王国と方面騎士団を滅ぼしてみせる。固く決意して、ルーガが視線だけで仲間を見回すと、どの顔にも同じだけの決意が宿っていた。少なくとも、ルーガはそう信じた。

「はは。ざまを見ろ。地方領の虫けら風情が、生意気に王国の騎士に逆らいおって。貴様らは残らず嬲り殺しにしてやるから、覚悟するのだな。掛かれ」

隊長の掛け声と共に、騎士達が徒歩で荷馬車に殺到する。第七方面騎士団の者達にとって、自分達に逆らい、同輩を殺し、聞くに耐えない侮蔑を浴びせかけてきたルーガ達は、既に憎むべき敵だった。手もなく敗北を喫した怒りもあり、第七の騎士達は舌舐めずりしてルーガ達に襲いかかろうとしていたのである。

「お前達、楽に死なせてもらえるなどと思うなよ。薄汚いオローネツの領民共が味わった百倍、千倍の苦痛の内に殺してやるからな」

「おい、誰か松明に火を付けろ。少しずつ焼いてやろうではないか。此奴らに、第七方面騎士団名物の〈篝火〉を味わわせてやろう」

「篝火はな、身体を杭に縛り付け、髪の毛に火を付けるのだ。今まで、篝火で泣き叫ばなかった奴は一人もいない。お前達の大将で試してやろう」

「ひと思いに斬ったりするなよ。じっくりと嬲り殺すのだからな」

第七方面騎士団の者達の言葉は、人間の所業とは思えない程に悪辣なものだったが、少しの誇張も含まれていなかった。襲撃した多くの村々での蹂躙がそうであったように、襲撃者達はきっと言葉通りにするだろう。

ルーガ達は、間もなく自分達に襲いかかってくるだろう地獄を正確に予測した。それでも、恐怖よりも怒り、絶望よりも悔しさが、オローネツの男達を苛む。せめて一矢を報いようと、それぞれが力を振り絞ったものの、魔術の鎖を断ち切ることは出来なかった。その様子を嗤いながら、最初に近付いてきた第七の騎士が、ルーガの横にいた農民姿の男の腹を強く蹴った。男は呻き声さえ立てず、激しく騎士を睨み据えただけだった。

最初の攻撃が合図になったのか、騎士達は次々にルーガの部下達に手を伸ばし、武器を奪っていった。弱々しく抵抗出来た者はいても、騎士達は歯牙にも掛けなかった。隊長や騎士達の楽し気な哄笑（こうしょう）が響く中、一人、二人、三人と剣の柄で殴られ、軍靴で蹴られ、地に伏していった。オローネツの男達は、血と泥で汚れていく顔を歪め、自分自身を待ち構える悲惨な未来にではなく、憤怒と無念の余り涙を零すしかなかったのである。

ルーガもまた、悔しさに歯噛みしながらも、爛々たる闘志を煮え滾（たぎ）らせていた。目を抉るつもりなのか、眼前へと迫り来る剣の輝きから一瞬たりとも目を離さず、ルーガが鎖を引き千切ろうと全力を込めた正にそのときである。馬蹄の響きと共に、薄い硝子を叩き割ったかのような音が高く鳴り響いた。

「止めろ。そこまでだ」

叫びながら、一気に敵味方の真っ只中に駆け込んで来たのは、ルーガが救援の為に先行させていた年若い護衛騎士、ルペラである。さらに、ルペラの乗った馬の背には、軽装の青年が一人同乗していた。青年はルーガ達に笑いかけ、穏やかな口調で言った。

「良かった。何とか間に合ったのでしょうか。オローネツ辺境伯爵閣下の御依頼で、皆さんの助太刀に来ました。ぼくは、魔術師のアントーシャ・リヒテルと言います。あの脆弱な魔術陣は壊しておきましたので、もう自由に動けますよ」

柔らかな表情をした青年の、まるで内側から光が射すかの如き笑顔に、ルーガは遂に戦いの趨勢が決したことを知ったのだった。


ルーガ達が襲撃を予感していたのと同じ頃、エウレカ・オローネツ辺境伯爵は、己が居城であるオローネツ城の執務室で、静かに書類に目を通していた。すると、不意に澄んだ鈴の音が鳴り、どこからともなく青い燐光を纏った封筒が現れた。オローネツ辺境伯や文官達は驚いた顔も見せず、護衛騎士達も嬉し気に頷いて、封筒が緩りと室内を漂う様子に目を細める。微笑みを浮かべたオローネツ辺境伯が、そっと右手を差し出すと、封筒は過(あやま)たず手のひらに着地した。

「いつもながら、優雅な御手紙でございますね。美しく優しく、見る者の心を温める。魔術は為人(ひととなり)を表すのだと、今更ながらに思いますな」

オローネツ辺境伯爵家の家令を務めるイヴァーノ・サハロフ男爵は、怜悧な目元を緩ませながら、真鍮(しんちゅう)の紙切り鋏を差し出した。ロジオン王国でも屈指の大領であるオローネツ辺境伯爵領の領主執務室に、前触れもなく現れた不思議な封筒は、オローネツ城の者達にとっては、見慣れたものだったのである。

「全くだな、イヴァーノ。これ程に美しい魔術を目の当たりにすると、魔術の才に恵まれない我が身が、少しばかり残念になるよ」

　鋏を受け取ったオローネツ辺境伯は、大らかに笑った。堂々たる威厳に満ちた壮年の男は、王都に暮らす大貴族達とは違い、如何にも武人らしい力強さに満ちている。その鋭い眼差しに見詰められた者は、オローネツ辺境伯が決して御し易い人物ではないと悟るだろう。

　自ら封を切ったオローネツ辺境伯は、封筒の中身に目を通してから、便箋をイヴァーノに手渡し、残った封筒を縦横に割いた。四つに割かれた封筒は、それぞれが薄青い蝶に変わったかと思うと、ふわふわと優雅に室内を飛び遊び、幻の如く消えていった。

「今からアントンが訪ねてきてくれるそうだよ、イヴァーノ。何かあの子の好きそうな食べ物を見繕って、持ってきてやっておくれ。きっとまた面倒だと言って、真面に食事をしていないに違いないのだから」

「畏まりました、閣下。アントーシャ様も、そろそろ面倒を見て下さる奥様を御迎えになられても、然程可笑しくはない御歳頃になられますのに。当家に御歳の釣り合う姫君がおられませんのが、返す返すも残念でございますな」

　イヴァーノの声には、深い諦観の響きが籠もっていた。オローネツ辺境伯は、目に見えない何かを見据えるようにして、唇の端を吊り上げた。今まで感じさせていた温か味を跡形もなく拭い去った、冷徹な嗤いだった。

「そうであれば、万事が簡単に解決したであろうよ。アントンの妻に相応しい娘どころか、嫡男でさえあの通りの下衆なのだから、我がオローネツ辺境伯爵家はつくづく子に恵まれぬ。アントンを女婿（じょせい）に迎えるなど、見果てぬ夢であったな」

「継嗣に恵まれないのは、私くしも同様でございますよ、閣下。私くしの継嗣と目される者は、御存知の通りの屑でございますから、長年に亘ってオローネッツ辺境伯爵家の家令を拝命して参りました我が家にも、先などございますまい。アントーシャ様の御身内であられるゲーナ様が、羨ましゅうございますな」

オローネッツ辺境伯とイヴァーノは、目を見交わして苦く笑った。高位貴族家の当主と家令が、臣下の目のある執務室で語るには、余りにも異常な述懐だったが、周りにいる文官も護衛騎士達も、眉一つ動かそうとはしない。オローネッツ城の領主執務室に於いて、継嗣にまつわる話が出るのは初めてではなく、最後にもならないことを、誰もが知っていたのである。

重苦しい空気に支配された室内で、オローネッツ辺境伯が小さな溜息を吐いたとき、再び清らかな鈴の音が鳴った。次の瞬間、執務室の一角に輝かしい金色の光が射し込んだかと思うや否や、二度三度と点滅し、不意に掻き消えた。

光の残像が微かな鱗粉となって煌めく中、静かに立っていたのはアントーシャだった。白シャツと黒いトラウザーズの上に、膝丈のジレを羽織っただけの軽装で、魔術師にも貴族にも見えないアントーシャは、魔術師のローブを着ているときよりも随分と軽やかで、伸びやかな若木の清々しさを纏っていた。

親し気な笑みを浮かべるアントーシャを、オローネッツ辺境伯やイヴァーノ、執務室に詰める護衛騎士や文官までが、満面の笑みで迎えた。

「能く来てくれたね、アントン。待っていたよ。久し振りにそなたの元気な顔を見られて、とても嬉しいよ。さあ、こちらに御出で」

「突然御邪魔して申し訳ありません。御迷惑ではありませんでしたか、閣下」

「私達の間で他人行儀な挨拶は無用だよ、アントン。そなたに会えるのは、いつでも大歓迎だとも。

しかし、一人で突然の訪問となると、今日は遊びに来てくれたわけではないのだろう。簡単な食事の用意をさせているから、食べながら話しておくれ」

オローネツ辺境伯の親し気な言葉に、アントーシャは何とも言えない微妙な顔をして、自分の髪の毛を掻き回した。

「閣下にとって、ぼくはいつまでも御腹を空かした子供のままなのでしょうかね。まあ、有難く頂きますけれど」

オローネツ辺境伯の勧めに従って、執務室に続く客間に移動すると、直ぐに給仕が台車を押してやって来た。オローネツ辺境伯には香り高い紅茶、アントーシャの前には軽食が置かれる。野菜を裏ごしした温かいスープと、濃厚なチーズのキッシュ。薄切りの黒パンは軽く焼かれ、上に鮭の燻製やバターで炒めた卵、薄切りハムなどが載せられている。王城の豪華な料理よりも、素朴で心の籠もったオローネツ城の食事こそが、アントーシャにとって何よりの御馳走だった。

「オローネツ城の料理長は、相変わらず美味しいものを出してくれますね。チーズのキッシュなんて、王都の料理屋でも食べられませんよ。閣下、今日は料理長に御会いする時間はないと思いますので、感謝の言葉を伝えて頂けるように、何方かに御願いして下さいませんか」

まるで親が幼子に対するように、柔和な笑顔でアントーシャの食事を見守っていたオローネツ辺境伯は、上機嫌に頷いた。

「良いとも。伝えておこう。それは良いが、気に入ったのならもっと頻繁に食べに御出で。最近は中々そなたが来てくれないと、オローネツ城の皆が寂しがっているよ。王都からオローネツ城までの距離でさえ、そなたなら一瞬の内に転移してしまえるのだろう。そなたが気軽に遊びに来て、沢山食べてくれたら、料理長も喜ぼう」

アントーシャは、オローネッツ辺境伯に親しく誘いを受けた喜びと、思うように応じられない寂しさを滲ませて、ゆっくりと首を横に振った。幼い頃はゲーナに連れられ、少年になってからは一人で、繰り返し訪れては遊び場にしていたオローネッツ城も、今のアントーシャにとっては、遠い場所になっていたのである。アントーシャは、溜息交じりに言った。

「ぼくも、心からそうしたいのですよ、閣下。只、暫くは慎重に行動しないと、どこで何に足を掬われるか分かりませんからね。ぼくの転移軌道を追える魔術師はいないにしても、王都に姿のない時間があると気付かれるのは、余り得策ではないのです」

「王都の鼠共は、相変わらず辺りを嗅ぎ回っているようだな。ゲーナ様ばかりか、そなたにまで見張りが付いているのかね」

「ぼくたちの所在確認の為に、常に何人か張り付いていますし、数年前からは自邸も盗聴されています。見張りの目を眩ませるのは簡単なのですけれど、今は大人しく監視されていた方が得策だろうと、大叔父上と話し合いました。尾行や盗聴に気付かない振りをするのは、中々に面倒ですね。召喚魔術などという愚かな真似を思い付いてから、魔術の頂を目指すべき叡智の塔は、益々愚劣で窮屈な場所になってしまいました」

めずらしくも暗い声で告げられたアントーシャの言葉に、オローネッツ辺境伯も眉を顰め、深い溜息を吐き出した。ロジオン王国の辺境を護る大貴族として、多くの理不尽に耐えてきた男が、思わず零した溜息だった。

「我が祖国たるロジオン王国は、もう終わりかも知れぬな、アントン。異世界若しくは異次元から、自国の利益の為に人を攫おうなどとは、野盗共の所業と何も変わらぬ。夢物語というには質が悪く、余りにも人を踏み躙り過ぎている。仮に、今後もロジオン王国の繁栄が続いたとしても、国家としての誇りは既に地に堕ちたわ」

「大叔父上も、閣下と全く同じ話をしておられました。召喚魔術を行使せよと王命が下ったときに、ロジオン王国の黄昏の鐘が聞こえると」

「そうであろう。ゲーナ様が御聞きになられた鐘の音は、私の耳にも聞こえているよ、アントン。尤も、報恩特例法などという世紀の悪法を生み出し、自国の民を襲撃させるような王国に、元々誇りなどある筈がないのであろうが」

　アントーシャは、無言のままオローネッツ辺境伯を見詰めた。その視線を受け止めたオローネッツ辺境伯は、穏やかな微笑みを浮かべて先を促した。

「世間話に付き合ってくれて有難う、アントン。さあ、そろそろ用件を話しておくれ。手紙では伝え切れない出来事があればこそ、監視の目のある中を、そなた自らオローネッツ城まで来てくれたのだろう」

「はい、閣下。ぼくが伺ったのは、正に報恩特例法についての用件があったからなのです。王都の近衛騎士団の中に、報恩特例法を駆け引きの道具にして、地方領主を王太子位争いに巻き込もうとする動きがあるらしいと、大叔父上が懸念しておられます」

　アントーシャが語り始めた言葉に、オローネッツ辺境伯の眼光が鋭い輝きを発した。多くの地方領主にとって、報恩特例法の存在は悪夢に等しく、それを撤廃させることこそは、百年以上前から続く悲願なのである。興奮を押し殺した囁き声で、オローネッツ辺境伯は言った。

「聞き捨てならないな。余事なら知らず、報恩特例法を盾にされては、地方領主は耳を傾けざるを得ないだろう。話を持ち掛けてくる者が、我らを利用しようとしているだけだとしてもな。詳しく教えておくれ、アントン」

黙って一揖したアントーシャが、口を開こうとした瞬間、慌ただしく入り口の扉が叩かれた。続いて聞こえてきたのは、執務室の入り口を護る護衛騎士の問いかけと、入室を乞う切迫した声である。オローネツ辺境伯が頷くのを見て、護衛騎士の一人が素早く扉を開けると、慌てた様子で飛び込んで来たのは、案内の文官と髪を乱したルペラだった。

「何が起こった。そなたは確か、ルーガの護衛騎士ではなかったか。まさか、ルーガの身に何かあったのではなかろうな」

オローネツ辺境伯の即座の問いかけに、ルペラは素早く片膝を突いて礼を取ると、必死に荒い息を飲み下しながら答えた。

「御報告申し上げます。オローネツ城から馬の並足で約三アワドの地点で、第七方面騎士団の捕虜三名を護送中の馬車が、敵の襲撃を察知致しました。敵影の確認は出来ておりませんでしたが、ルーガ様が不穏な気配を感じ、敵襲と判断なさったのです。ルーガ様は、オローネツ城に援軍を御願いしてくるようにと、私くし一人に先駆けを命じられました。どうか、どうか御助け下さいませ、閣下」

オローネツ辺境伯の反応は迅速だった。ルペラの報告を聞くや否や、椅子を蹴って立ち上がると、強い声で下知を飛ばした。

「ルーガの勘は外れまい。オネギン、裏門まで走り、最速で出陣出来る者達を集めよ。馬も諸共に。イヴァーノ、第一陣に続く援軍の用意を。ルーガ達を死なせたくない。一ミニトでも早く、援軍を向かわせねばならぬ」

オローネツ辺境伯に名を呼ばれた護衛騎士のオネギンは、一声応えを返しただけで、即座に執務室から走り去った。にわかに緊迫する空気の中、一言も口を差し挟まず黙って話を聞いていたアントーシャは、最後の紅茶を飲み干すと、おもむろに言った。

「ぼくが一緒に行きますよ、閣下。並足で三アワドなら、馬に無理をさせたとしても、一アワド以上は掛かります。今は、一ミニトでも時が惜しいのでしょう。ぼくが馬と騎手とに魔術を掛ければ、五ミニトで行けますし、怪我人がいても対処出来ます」

「頼んでも良いのかい、アントン」

「勿論です。ぼくと閣下の仲ですからね。御遠慮には及びませんよ」

「有難う、アントン。助かるよ。では、早々に行こう」

オローネツ辺境伯とアントーシャは、そのまま執務室を後にすると、足早にオローネツ城の裏門まで歩を進めた。城門前には、オネギンが呼び集めた騎士や門番達が、既に出陣出来るだけの身支度を整え、緊張した顔付きで整列していた。オローネツ辺境伯の居城では、こうした救援要請はめずらしいことではなく、主の詳細な指示がなくても、先ずは出陣態勢を整えるよう訓練されているのである。

集まった騎士達を前に、膝を突かせる時間さえ惜しんだオローネツ辺境伯は、真剣な表情で騎士達を見回した。

「皆、御苦労。ルーガ達がオローネツ城に向かう途中、第七方面騎士団に襲撃されている可能性が高い故、今から救援を出す。直ぐに行ける者はこれだけか、オネギン」

「即座に出られるのはこの八騎でございます、閣下。十ミニト後にはもう三十騎、三十ミニト後にはさらに三十騎の用意が整います」

「事態は一刻を争う。先ずは八騎が先行。十ミニト後にはもう三十騎を出す。三十ミニト後の三十騎も準備を整えよ。八騎、全員騎馬せよ」

　オローネッツ辺境伯の掛け声に、八人は一斉に馬上の人となった。ロジオン王国の歴史の中で武名を謳われたオローネッツ辺境伯爵家の騎士とは言え、武器や武具の調達さえ王城の許可を必要とする中、身に着けているのは古びて重い胸鎧であり、門番姿の者達に至っては、御仕着せに革鎧を当てただけの姿である。それでも、軽やかに馬に飛び乗る身のこなしと、出陣前に炯々と瞳を輝かせた物腰が、方面騎士団に後れを取らないだけの覇気と実力を物語っていた。

「ルーガの護衛騎士には、現場まで案内してもらわねばならぬ。そなたしか案内役は務まらぬ故、疲れていようが頼む。行ってくれるか、ルペラよ」

「勿論でございます、閣下。御前失礼致します」

　それだけ言うと、ルペラも馬に跳び乗った。一刻も早く仲間の下に駆け付けたいという必死の思いが、酷く疲労しているはずのルペラの動きを支えていた。オローネッツ辺境伯は、傍らに立つアントーシャを指し示し、己が騎士達に言った。

「見知っている者も多かろう。これなるは、叡智の塔の魔術師団長であり、我が恩人でもあるゲーナ・テルミン師の甥、一等魔術師のアントーシャ・リヒテル。私にとっても息子に等しい者だ。アントーシャが、今から諸君らに魔術を掛けてくれるそうだ」

　裏門前に集まった騎士達の殆どは、オローネッツ辺境伯が敬愛するゲーナや、我が子よりも溺愛するアントーシャを見知っている。一言の疑問もなく、一斉にアントーシャに信頼の視線が注がれる。穏やかな表情を崩さないままのアントーシャは、ルペラと騎馬に向けて右手を挙げると、謳うように滑らかに詠唱した。

「勇敢なる騎士よ、忠実なる駿馬よ。そなたらの疲労は疾く癒やされ、風となって地を駆け抜けるだろう」

次の瞬間、アントーシャの右手から柔らかな金色の光が溢れ出ると、陽の光に輝きながらルペラと馬とを包み込んだ。思わず周りの騎士達が響めく中、光を浴びた馬は力強く嘶(いなな)き、ルペラは驚きの声を上げた。

「凄い。一気に身体が軽くなってしまった。先程までの疲れが跡形もありません。これならいくらでも駆けられます」

柔らかく微笑んだアントーシャは、ルペラに手を差し出し、馬の背へと引き上げられた。そして、既に騎乗していた騎士達に向かって両手を掲げ、再び詠唱した。

「義によりて立ち上がりたる清廉なる騎士達よ。そなたらもまた一陣の風となり、我らの後を追い来たれ」

今度は先程よりも大きな光が現れ、騎士と馬達とを金色に輝かせる。周囲の人々の驚愕を気にも留めず、アントーシャは言った。

「これで、普段の十倍くらいの速度で走れますよ。ルペラさんとぼくが先行します。後を付いてきてもらう為に、追尾の術を掛けましたので、安心して手綱を握っていて下さい。さあ、御仲間を助けに行きましょうか」

勇躍した騎士達が、腹の底から呼応の叫びを上げる中、ルペラとアントーシャを乗せた騎馬は、オローネツ城を出立した。城門を出るや否や、騎馬は凄まじい速度で走り出す。通常の騎馬では有り得ない、まさに疾風の如き速さだった。

丘陵の頂に聳え立つオローネツ城の裏門から、城下の繁華な街並みを抜け、人通りのない草原に出るまでの道程には、灰色の石を敷き詰めた舗装の所々に紅く光る燐光石を目印に埋め込んだ、一筋の馬車道が敷かれている。オローネツ辺境伯爵領の領都オローニカの住民達に、〈紅道〉と呼び慣わされる街道は、オローネツ辺境伯爵家の許可がない限り、通行を許されない、緊急連絡の為の専用道なのである。

紅い星が小さく瞬くような一筋の道を、十騎程の騎馬が一陣の風となって駆け抜ける中、先頭を走るルペラが堪らずに言った。

「本当に凄い。何という途轍もない速度なのでしょう。それなのに、こうして舌も噛まずに話が出来るし、乗っていて少しも苦痛を感じないとは。これも、アントーシャ様が魔術を御掛け下さったからなのですね。何て凄い」

背後からルペラの腰に摑まり、共に騎馬で駆けるアントーシャは、聞く者を安心させる声音で優しく答えた。

「速度を上げる魔術と風圧から人馬を護る魔術を、同時に展開していますからね。落ちることも衝突することもありませんので、気を楽になさって下さい。それよりも、御仲間がどこにいるのか、位置は分かりますか」

「はい。辺りの風景は頭に叩き込んでおりますので、位置そのものは分かります。ですが、これ程の速度で走られると、一瞬の内に見逃してしまうかも知れません。もう少し走りましたら、いくらか速度を緩めて頂くことは出来ますでしょうか」

「そうですね。一刻も早く駆け付けたいのですから、速度を落とすのは止めて、寧ろ視力の方を補正しましょうか。背後から頭を触らせて頂きますね」

軽やかな口調でさも簡単そうに言うと、アントーシャは、ルペラの後頭部にそっと指を当てて呟いた。

「忠義と友愛に満ちたる瞳は、求める姿を見出さん」

僅かな間も置かず、アントーシャの指先から小さな金色の光球が現れたかと思うと、ルペラの後頭部へと吸い込まれていく。何が起こったかも分からないまま、数度瞬きをしたルペラは、驚きの余り大きな声を上げた。

「うわ、何だ、これは。見えます。速度は変わらないのに、周りの景色がはっきりと見えます。何と不思議なんだろう。これなら大丈夫です」

そのまま三ミニト程馬を走らせたルペラは、左前方に林を発見すると、アントーシャや後続の騎馬に声を掛けた。全速力で馬を駆けさせても一アワドは掛かるはずの距離を、一行は五ミニト程の時間で走り抜けたのである。瞳を輝かせたルペラは、素早く馬首を巡らせて、一気に木々の間に駆け込んだ。

「林の奥の湖の辺りに、ルーガ様達がいる筈です」

ルペラの言葉に、アントーシャが身を捩って背後を確認すると、後続の騎士達も先頭を見失わず、次々に林に走り込んでくる。少しの異常もない様子に安堵し、小さく頷いたアントーシャは、不意に眉間に皺を寄せた。

「この先に魔術陣が敷かれています。どうやら目指す場所のようですけれど、御仲間に魔術師は同行していますか、ルペラさん」

「いえ。ルーガ様と数人の仲間が、少し身体強化が出来る程度です。地方領にいてくれる魔術師など、殆ど見当たりませんので」

「ならば、敵方の魔術だと考えるのが、論理的な帰結ですね。どうやら身体拘束の魔術陣らしいので、取り敢えず壊してしまいましょうか」

「まさか、ここからですか。そんなことが出来るのですか」

既に発動した魔術を妨害するには、発動より遥かに強大な魔力と術式を必要とする。多くの者が知る魔術の知識から、驚愕の声を上げたルペラには答えず、不快気な表情を浮かべたアントーシャは、鋭く詠唱した。

「人々の自由を侵し、縛ろうとする愚かな力よ、粉微塵に砕けるが良い」

アントーシャが口を噤むと同時に、晩春の空に金色の光が立ち上り、薄い硝子を叩き割ったかの如き音が周り一面に響き渡った。高く鋭く美しくもある音に身を震わせたルペラは、目前にルーガ達の姿を見付けるや否や、少しの躊躇もなく敵味方の真っ只中に突入した。ルペラの視線の先では、軍刀を煌めかせた全身鎧の騎士が、ルーガの襟元を摑み上げ、今正に剣先を突き立てようとしている。間一髪、ルペラは間に合ったのである。

「止めろ。そこまでだ。第七方面騎士団の鬼畜共が、薄汚い手を離せ。御味方が駆け付けて下さったからには、お前達は御終いだ。覚悟しろ」

拘束の魔術が砕け散った音とルペラの鋭い叫び、そして、突然の騎馬の乱入に激しい混乱に陥ったのは、身動きを封じられたルーガ達ではなく、第七方面騎士団の者達だった。勝利と報復を確信していた隊長は、思いもかけない援軍の到着に狼狽え騒ぐ騎士達を怒鳴り付け、拘束の魔術を展開していた魔術騎士達を振り向いた。

「おい、何をしている。新しい敵は小勢だ。直ぐに拘束の魔術を掛け直すのだ。忌々しい援軍諸共、拘束してしまえ」

全身鎧の騎士達に護られながら、手にした盾に魔力を注いでいた魔術騎士達は、全く隊長の声に反応を示さなかった。目を凝らして見ると、盾に埋め込まれていた青光石は、全てが粉々に砕け散って跡形も残っていない。拘束の魔術陣が破られると同時に、魔力発動の触媒となった青光石ごと無に帰されたのである。

「馬鹿な。絶対に有り得ない。四人掛かりで発動させた魔術陣が、なぜ一瞬の内に破られるというのだ。どこから、誰に可能だというのだ」

一人の魔術騎士は、そう言って崩れ落ちたかと思うと、座り込む力さえ失って地面に蹲った。他の魔術騎士達も、何事かを呟いたまま、呆然として身を崩す。魔術の常識を覆し、力尽くで魔術を破壊された衝撃は、彼らの心身に耐え難い打撃を与えたのである。

身体の自由を取り戻したルーガは、己れの眼球を抉り出そうと剣を構えていた第七の騎士を、力任せに撥ね飛ばした。魔術騎士に拘束された時点で、オローネツ城からの援軍が間に合うとは、ルーガは考えていなかった。もう一アワドは絶対に必要であり、援軍が駆け付けてくれたときには、ルーガ達は無惨な骸を晒しているはずだった。不可能が可能に変わったと知ったルーガは、力強く叫んだ。

「良し、皆、動けるな。閣下が援軍を出して下さった。ここが、オローネツの力の見せ所だ。怪我の軽い奴は立ち上がれ。一気に片を付けるぞ」

ルーガの声に呼応した部下達は、手に手に武器を取り直し、残りの鎧騎士達に向かっていった。

アントーシャ達に遅れること数瞬、続けて駆け付けてきたオローネツ城の援軍も、馬上から騎士達に攻撃を仕掛けていく。ルーガの部下達のような金槌でこそないものの、オローネツ城の者達が振るっているのは、通常の剣よりも遥かに重量のある片手剣である。方面騎士団との戦いを想定し、金色の全身鎧への対抗策として密かに鍛えられた武骨な剣は、古びた見た目を裏切る強靭さを持っており、鎧姿の騎士達に衝撃を与えるには打って付けの得物だった。

一方、いち早く形勢の不利を悟った隊長と供の数騎は、一斉に馬首を返して戦線を離脱する気配を見せた。そうと察知したアントーシャは、素早く右手を挙げると、逃げ去ろうとする者達に向かって詠唱した。

「傲慢にして小胆なる卑怯者。汝らの行く道には光なく、永遠の闇路を迷うが良い」

アントーシャから発せられた金色の光に包まれた隊長達は、次々に馬から振るい落とされると、為す術もなく地面に蹲った。アントーシャの放った魔術によって、一時的に視力を奪われ、底のない暗闇に捕らわれたのである。

「暗い。目が見えない。何が起こっているのだ」

「おい、どうなっている。誰か助けろ。味方はいないのか」

「もう嫌だ。何だというのだ。この戦いは、最初から最後まで普通じゃない。だから、オローネツに手を出すのは嫌だったんだ」

鎧姿で落馬した衝撃と、魔術で視覚を塞がれた恐怖から、隊長達は立ち上がる気力さえ失ったまま、オローネツ城の者達に捕縛されていった。ルーガ達に襲いかかろうとしていた騎士達も、或る者は金槌で乱打され、或る者は全身鎧の継ぎ目から刺し貫かれ、或る者は重い軍刀を四方から叩き付けられて、次々に倒れ伏した。オローネツ城の援軍が駆け付けてから二十ミニトの内には、第七方面騎士団の騎士達は全員が無力化され、戦いは遂に終わりを告げたのである。

切れた唇から血を滴らせ、肩で荒い息を吐きながら、ルーガは愉快そうに大笑し、ルペラの肩を叩いた。

「助かった。今度こそは、俺の武運も尽きたかと思ったぞ。お前の御陰で、俺も仲間も命を繋いだ。能くぞ間に合ってくれた。感謝するぞ、ルペラ。オローネツ城の仲間達も、来てくれて本当に助かった。有難う」

「ルーガ様や皆様が無事で、心から安堵しました。私くしなどよりも、間髪容れずに援軍を立てて下さったオローネツ辺境伯爵閣下と、オローネツ城の御同輩、そして何よりアントーシャ様の御力添えで、私くし達は間に合ったのです」

ルペラの言葉に、オローネツ城の援軍も口々に騒いだ。不倶戴天の仇敵である第七方面騎士団を打ち破り、ルーガ達を無事に助け出せたのである。終わってみれば楽に過ぎた戦闘に、オローネツの騎士達は意気軒昂（いきけんこう）としていた。

「そうなのだ、代官殿。アントーシャ様が魔術を掛けて下さって、我らは風のように走れたのだ。信じられない速さだった」

「城からここまで、五ミニトと掛かっていない。本当に夢のような体験だったな。素晴らしいとしか言えないよ」

「私も馬も、身体が金色の光に包まれたかと思ったら、風になっていたのです。しかも、恐ろしい程の速度なのに、少しも苦しくなく、楽しい楽しい時間でした」

ルーガは、眩しいものを見る瞳でアントーシャを見詰めてから、おもむろに手にしていた剣を地面に置き、片膝を突いて跪いた。右手を胸に当てて頭を下げる、騎士にとって最大の敬意を示す礼である。ルーガの部下達やルペラ、オローネッツ城の騎士達も、一斉に同じ礼を取った。

「我が身の不徳からなのか、これまで御目に掛かる栄誉に浴する機会を得られませんでしたが、アントーシャ・リヒテル様の御芳名は、オローネッツ辺境伯爵閣下から何度も御伺いしております。大叔父君のゲーナ・テルミン様は、かつて辺境伯爵閣下の窮地を御救い下さったと聞き及びます。そのテルミン様の甥御様が、此度は我らの命を御救い下さった。友軍を御支援下さったばかりでなく、穢らわしい拘束魔術から我らを解き放って下さったのも、アントーシャ様の御力でございましょう。その御慈悲と気高き御心に、深甚なる感謝を奉ります。命の御恩は、我らの命を以て御返し申し上げます」

普段は武骨なルーガが口にした折目正しい言葉は、心底からの感謝と誓いだった。ルーガが口を噤むや否や、オローネッツの騎士達の全てから、一斉に深く礼を捧げられ、アントーシャは一瞬で挙動不審に陥った。

「うわ、困ったな。御願いですから止めて下さい。オローネッツ辺境伯爵閣下には可愛がって頂いているので、これくらいの御手伝いは当然です。どうか頭を上げて下さい。ぼくは、人に頭を下げられるのがとても苦手なのです。そうだ。それよりも皆さんは御疲れでしょうし、怪我をしている方もいるから、快癒の魔術を掛けましょうね」

ルーガ達の真摯な感謝に、いたたまれない思いをしたアントーシャは、一石二鳥とばかりに魔術の行使を決めた。両手を掲げ、やや早口に詠唱する。

「高潔なるオローネッツの勇者達よ、心優しき軍馬達よ。身に負いし疲れも傷も疾く癒やされん。名誉の負傷に成り代わり、心に誉が残るよう」

詠唱の終わりと共に、アントーシャの両手から発せられた光が、辺り一面を輝かしい黄金の色に染め上げる。巨大な光は、やがて小さな光の粒に変わり、ルーガ達の上に煌めきながら降り注いだ。光が消え去る頃には、オローネッツの騎士達は勿論、敵味方の馬に至るまで、全ての傷が癒やされていたのである。

「これは、何という強大な魔力だ」

ルーガは思わず頭を上げ、呆然と呟いた。切れて血を流していた唇には、既に如何なる傷もなく、男らしい顔には流れていた血の一筋すらも残ってはいない。崇拝されることを嫌って、半ば誤魔化すように癒やしの魔術を発動したアントーシャだったが、オローネッツ辺境伯爵領の者達の呆然とした表情を見る限り、目論見が成功したとは言えなかった。

王城を密かに震撼させたローザ宮の騒乱から数日後、近衛騎士団の団長であるミラン・コルニー伯爵と、近衛騎士団の連隊長を務めるイリヤ・アシモフ騎士爵は、王妃エリザベタの住まうリーリヤ宮の一室で、アリスタリスの前に跪いていた。コルニー伯爵もイリヤも、悄然とした青白い顔を隠すように、両膝を突いて頸を晒したままの姿である。

元第四側妃の不貞に気付かず、近衛騎士から愛人を出したという不名誉に、近衛騎士団の名声は地に落ちた。近衛の長であるコルニー伯爵も、アリスタリスの剣の師として知られるイリヤも、その場で首を落とされても否と言わないだけの覚悟を固め、罪人にも等しい姿勢で謝罪の意志を示していたのだった。

〈黄白〉が仄かな光を発しているかに見える、王妃宮の煌びやかな室内で、紫色の生地に文様を織り出した繻子張りの長椅子に無造作に身を投げ出したアリスタリスは、不機嫌な顔で二人を見下ろした。まだ正妃を迎えていないアリスタリスは、古くからのロジオン王家の伝統に則り、成婚までは母の宮殿であるリーリヤ宮に暮らす。その後、王子に与えられる宮殿の一つではなく、王太子だけが住むことを許される光の宮殿、スヴェトリン宮に移るつもりでいたアリスタリスは、輝かしい未来に影を差させた二人の臣下に、怒りを隠そうとはしなかった。

「陛下の側妃と不貞を働いたのが、よりにもよって近衛の騎士だとは、呆れ果てて言葉も出ないな。ローザ宮に不審者の出入りを許していただけでも、近衛騎士団の大きな失態だというのに、不貞の相手が近衛騎士で、おまけに仲間の近衛騎士までが買収されて、大罪に協力していたとはね。騎士の風上にも置けない恥晒しが。ロジオン王国五百余年の歴史の中でも、これ程の醜聞に塗れた近衛騎士団など、聞いた例がないな」

アリスタリスの非難は、もう十ミニト程も続いていた。普段のアリスタリスは、周囲から愛され、大切に護られてきた王子特有の鷹揚さを持っており、執拗に臣下を叱責したりはしない。王太子位争いにも影響を与えかねない重大事件は、流石にアリスタリスから余裕を奪っていたのである。

「元第四側妃の不貞そのものは、目に見えている程単純な構図ではないかも知れない。私の追い落としを狙う王城の陰謀なら、王妃陛下たる我が母上が力になって下さるだろう。それなりの時が経てば、近衛の大失態の影響で貶められた私の名も、きっと元通りになるだろう。十八歳にもなって、母に縋るしか能のない王子だという、新しい汚名と共にな」

アリスタリスの繰り言は、依然として終わりを見せない。イリヤは一言の釈明も出来ず、さらに深く頭を下げるだけだったが、コルニー伯爵は、目の前の床を見据えたまま、アリスタリスに発言の機会を乞うた。

「アリスタリス王子殿下に申し上げます。此度の近衛騎士団の失態は到底許されるものではなく、汚名は団長たる私くしの血によって雪ぐ所存でございます。しかし、アリスタリス王子殿下の御立場につきましては、私くしに考えがございますれば、何卒御耳を御貸し下さいませ」

許しもなく王子の言葉を遮るなど、王城では有り得ない不敬である。コルニー伯爵の不躾な申し出に、アリスタリスは一瞬、怒鳴り付けたい衝動に駆られたものの、結局は発言を認める方を選んだ。苛立たし気な溜息と共に怒りを吐き出し、アリスタリスは言った。

「本来なら首が飛び兼ねない不敬だと、分からないわけではないだろう。仕方がない。そなたの言い分を聞いてやろう。話すが良い、コルニー」

アリスタリスの言葉に、コルニー伯爵への処罰を恐れて身を硬くしていたイリヤは、肩から僅かに力を抜いた。一方、危うい賭けに出たコルニー伯爵は、跪いたままの姿勢で顔だけを上げ、強い瞳でアリスタリスを見詰めた。

「御聞き届けを頂き、感謝の言葉もございません、殿下。早速ながら申し上げます。此度の近衛の失態によって、アイラト王子殿下を王太子に推す一派は、一気に攻勢を強めるであろうと予想されます。また、アイラト王子殿下とクレメンテ公爵閣下は、王国騎士団をアイラト王子殿下の支持者として取り込むべく、既に接触を図っているという情報もございます」

その王太子位争いの流れの中で、元第四側妃の不貞が仕組まれたのではないか、とはコルニー伯爵は言わなかった。証拠を摑めないまま口にしても、只の言い訳にしかならないと知っていたのである。王城の隅々に〈目〉を持つ王妃エリザベタが、正確に見通していた謀を、近衛騎士団の頭脳と呼ばれるコルニー伯爵も、敏感に察知していた。

聞き捨てには出来ない話を耳にしたアリスタリスは、思わず表情を険しくして、長椅子から身を起こした。

「今、何と言った。アイラト王子殿下が王国騎士団と接触だと。確かなのか」

「王国騎士団長のスラーヴァ伯爵が、何度かドロフェイ宮に招かれていると、ドロフェイ宮付きの近衛が報告して参りました。現場で護衛に当たっていた者を問い質し、話の内容を聞き出そうと致しましたものの、守秘義務を理由に誰一人として口を割りませんでしたので、詳細までは分かっておりませんが」

「ドロフェイ宮付きとは言え、同じ近衛の内だろう。何故、団長たるそなたの質問に答えないのだ。命令して聞き出せないのか」

「同じ近衛とは言え、アイラト王子殿下の護衛騎士となっている者は、殿下への忠誠心が篤く、団長たる私くしにも従わぬときがございます。また、警護する宮殿の主人の命は、基本的に団長の命令より優先されるのが王城の伝統でございます為、無理強いも難しいかと存じます。とは言え、ドロフェイ宮にスラーヴァ伯爵を招くとなれば、王国騎士団の囲い込みと見て間違いはございませんでしょう」

想像もしていなかった事態であると同時に、当然とも言える成り行きに、アリスタリスは悔し気に唇を噛んだ。

「近衛と王国騎士団は犬猿の仲。近衛が私を支持する以上、王国騎士団がアイラト王子殿下の側に付くのは、自然な流れではあるのだろうが、今この時期に両者に近付かれるのは面白くないな。とても面白くない。不愉快だ」

「恐れながら申し上げます、殿下。王妃陛下の御生家であるグリンカ公爵家も、アイラト王子殿下の正妃マリベル殿下の御生家であるクレメンテ公爵家も、共に公爵騎士団を擁する名門中の名門であり、王妃陛下の御威光を別にすれば、持てる力は伯仲しております。また、アイラト王子殿下の後ろ盾には、宰相スヴォーロフ侯爵閣下が率いる文官が並び、アリスタリス王子殿下の御味方には、微力ながら我ら近衛が名乗りを上げております。この時点で互角となる争いに、王国騎士団が参入するとなれば」

「一気に天秤が傾くかも知れないな。最後は陛下の御気持ち一つとは言え、味方を集める力そのものを、注意深く観察しておられる可能性もある。何とする、コルニー」

「王国騎士団は、我ら近衛と旗を同じくする選択は致しませんでしょう。中立の立場で傍観してくれれば最上でございますものの、それが望めぬとなれば、我らはもう一つの勢力である、地方貴族の取り込みを図るべきかと愚考致します」

「そなたの言う意味は分かる。しかし、多くの地方貴族は、王家の為すことに口を出さないだろう。まして、王太子の選定に関わろうとする地方貴族など、滅多にいるとは思えない。取り込みなど可能なのだろうか」

知らず知らずの内に、コルニー伯爵の誘導に乗ったアリスタリスは、少女めいた白皙の頬に手を当てて首を捻った。このときを待っていたコルニー伯爵は、思わず数歩膝行(しっこう)して躙り寄り、直とアリスタリスを見詰めながら言った。

「不可能ではございません。寧ろ簡単でございます。彼ら地方貴族の求める果実を、褒美に与えると約束してやれば良いだけなのです。アイラト王子殿下ではなく、アリスタリス王子殿下の御名に於いて」

「地方貴族の求める果実とは、何を指すのだ。一家、二家ならまだしも、協力を約した全ての地方領主が対象となると、領土の加封も陞爵も難しい。税の免除ともなると、陛下の逆鱗に触れかねないぞ、コルニー」

「分かっております、殿下。私くしが御提案申し上げますのは、然程難しい話ではございません。報恩特例法について、御存知でいらっしゃいますか、殿下」

　コルニー伯爵の急な問いかけに、虚を突かれたアリスタリスは、答えるべき言葉を持たなかった。何れ王統を継ぐべき正嫡の王子として、王城深くで傅かれてきたアリスタリスにとって、王都から遠く離れた地方領は、遥かに遠い存在でしかなかった。まして、百年以上前から施行されてきた法律についてなど、十八歳の少年に過ぎないアリスタリスには、座学で学んだ記憶さえあやふやな知識でしかなかった。

　不機嫌な顔で沈黙するアリスタリスを前に、思わず視線を伏せたコルニー伯爵は、小さな溜息を吐いた。湧き上がる失望に蓋をして、コルニー伯爵は話を続けた。

「施行から百余年を経た古い法律で、王都の者には馴染みがございませんので、殿下が御存知ないのも道理でございます。ロジオン王国では、王家のみに武力が集中しており、諸侯の中で騎士団の保持を許されるのは、三代以内に王家の血を有する公爵家のみ。地方の治安維持や王国の防衛には、王国騎士団とは別組織となる方面騎士団が当たっております」

「ああ、そういう話なら知っている。確か、諸侯から維持費を徴収して、方面騎士団を貸し出すのではなかったか」

「左様でございます。そして、維持費の拠出だけではなく、実際に出動した場合、方面騎士団は守護対象となった領民から、一回限り、命と土地以外のものを謝礼として徴発出来るのです。報恩特例法とは、主に方面騎士団の徴発権を保障した王国法にございます」

「成程。だからどうしたのだ、コルニー。方面騎士団の力を借りたというのなら、領民が恩を返すのは当然ではないか」

コルニー伯爵は、アリスタリスに見えない所で、今度は強く手のひらを握り締めた。アリスタリスの無邪気な言葉に、コルニー伯爵の心は激しく波立ち、王子への忠義さえ揺らがずにはいられなかった。それでも、近衛騎士団長としての誇りと自分自身の信念に懸けて、コルニー伯爵はここで引くわけにはいかず、懸命に平静を装って口を開いた。

「御意にございます、殿下。只、方面騎士団の中には、何かとやり過ぎてしまい、領民や地方領主の恨みを買う者が少なくはございません。女を凌辱したり、逆らった領民を虐殺したり、奴隷として売り払ったりと、誇りあるロジオン王国の騎士には相応しくない所業が数多ございます。殿下が王太子となられ、即位された暁に、この報恩特例法を廃止すると御約束頂ければ、全ての地方領主はアリスタリス王子殿下に御味方を致しましょう」

「成程。そなたの言い分は理解する。しかし、そうなれば、今度は方面騎士団からの反発を招くのではないだろうか」

「仰せの通りにございますが、方面騎士団は王都を離れて点在しており、団長であっても滅多に王都には参りませんので、王太子位争いは他所事でございます。一定の発言権を持つ地方領主とは違い、反発を買った所で政局は動きません」

「確かに。地方領主の中には、普段は王都に住む者も多いのだし、彼らの動向は陛下も御気に掛けておられた」

「王国騎士団は、既にアイラト王子殿下に傾いておりましょう。クレメンテ公爵閣下が召喚魔術を行おうとしているのも、王国騎士団に新しい力の可能性を示し、スエラ帝国への侵攻を模索する為かと存じます。王国騎士団は平和に飽き、軍功を立てる機会を求めております故」

アリスタリスは目を閉じ、コルニー伯爵の話を反芻しながら、じっと考え込んだ。報恩特例法という耳慣れない法律についてであっても、王子たる身が簡単に言質を与えてはならないと、聡明なアリスタリスは十分に理解していたのである。短くはない時間の後、アリスタリスはコルニー伯爵に問いかけた。

「そなたの意見を入れたとして、地方領主は動くのか」

「殆どの地方領主からは、確約を求められましょうから、殿下には誓詞を御書き頂かねばならぬものと存じます。誓詞さえ頂戴出来ますれば、私くしが地方領主達を説き伏せて参りましょう。我が命に代えまして、御誓い申し上げます」

小さく頷いたアリスタリスは、コルニー伯爵の傍らで、じっと謝罪の姿勢を取ったままのイリヤにも、同じ問いを重ねた。

「イリヤ卿。卿の意見も聞かせてほしい。報恩特例法の廃止を約せば、地方領主は動くのか。さらに、地方領主を味方に付ければ、アイラト王子殿下に勝てるのだろうか」

不安気な眼差しで話の推移を見守っていたイリヤは、両手を床に突き、瞳に熱い懇願の色を浮かべて、アリスタリスに答えた。

「団長閣下から今回の策を御聞かせ頂き、私くしは勝利を確信致しました。アリスタリス王子殿下から御約束を頂ければ、地方領主共は歓喜して従いますでしょう。また、地方領主が殿下の御味方を致せば、アイラト王子殿下に大きく水を空けるに違いございません。此度の近衛の恥辱を雪ぐ機会を、何卒御与え下さいませ」

幼い頃から剣の師であり、一心に年若い王子を信奉してくれた相手でもあるイリヤに、コルニー伯爵の献策の利を説かれ、アリスタリスは遂に決断を下した。

「良いだろう。策に乗るとしよう。伯が地方領主の過半数の誓詞を集められれば、私も誓詞を返そう。それで良いな、コルニー。いや、コルニー伯爵」

漸く口にされたアリスタリスの言葉に、コルニー伯爵は跪いて礼を捧げ、イリヤは男らしい顔を喜びに輝かせた。

「有難うございます、殿下。我が身に代えましても、必ず殿下の御役に立たせて頂きます。怪我の功名と申しますか、私くしは此度の近衛の不始末の責任を取り、自邸にて謹慎するつもりで、陛下に御伺いを立てております。今日にも御裁可が下りる筈でございますので、極秘の内に地方領主の間を回って話を纏めて参ります」

「我がロジオン王国は広大だ。間に合うのか」

「或る程度爵位が高く、力の強い地方領主達は、殆どが王都内の邸宅に暮らしておりますので、十分に可能でございます。高位貴族でありながら遠く離れているのは、王国の四方に位置する四家の辺境伯爵家くらいのもの。こちらには、私くしが信頼する部下に親書を持っていかせましょう」

「分かった。そなたに与える時間は、一旦は召喚魔術が行われるまでと致そうか。もう時もない。急げ、コルニー伯爵」

多くの拘りを呑み込んだコルニー伯爵と、アリスタリスの決断に歓喜したイリヤは、共に深く頭を下げて承諾の意を示した。二人の近衛騎士は、また一歩、後戻りの出来ない道に踏み出したのである。

捕虜とした第七方面騎士団の騎士達を、乱雑に荷馬車に積み込み、ルーガ達一行はオローネッ城へと帰還した。無事の知らせを聞いたオローネッ辺境伯は、裏門に続く練兵場まで自ら足を運び、笑顔でルーガ達を出迎えた。

「ルーガも皆も、能く戻ってきてくれた。そなた達の無事な顔を見られて、本当に安心したよ。御苦労だったな」

ルーガ達は一斉に騎士の礼を取り、敬愛する主君に笑いかけた。オローネッ辺境伯爵領だからこそ許される遠慮のない口調で、ルーガが言う。

「閣下、御心配を御掛けしました。今回ばかりは危ない所でしたが、閣下が我らの同胞とアントーシャ様を援軍に出して下さった御陰で、無事に帰還出来ました。いや、本当に危機一髪で、今度こそは助からないと覚悟を決めましたよ。援軍が到着してからは、まるで物語を見るかのような成り行きでした」

そう言って、ルーガは大らかに笑った。代官屋敷の者達の身を案じ、自らが駆け付けたい気持ちを必死に抑え付けながら、じっと救出の知らせを待っていたオローネッ辺境伯は、ルーガの明るく男臭い笑顔を前に、漸く愁眉を開いたのだった。

「それは重畳。皆、さぞ疲れたであろう。鎧を解いて緩りと休むが良い。部屋も風呂も食事も、城の者達が心を込めて整えておるからな」

「有難うございます、閣下。昨夜は野宿でしたし、今日は第七の奴らの所為で泥だらけですから、御言葉に甘えさせて頂きます。それで、荷馬車に積んできた蛆虫共はどう致しますか。積み切れなかった奴らは、襲撃を受けた林の木に縛り付けてきました。援軍に来てくれた者達の何人かが、現場に残って見張りをしてくれています」

　午後の日差しを受けて美しく金鎧だけを輝かせ、荷馬車に横たわった第七方面騎士団の騎士達の姿を見て、オローネツ辺境伯は嗤った。アントーシャを見るときの慈愛の瞳や、ルーガに向けていた信頼の眼差しとは似ても似つかない、凍える程に冷えた眼光だった。

「あれ以外にも居るとは、随分と大漁だったのだな。食べられもせぬ腐った魚は、一体どれ程居たのかね、ルーガ」

「村を襲った二十騎の内、尋問の為に連行してきた者が三名。途中で我らの口封じを目的に襲撃してきた者が二十名。その内、死体になった奴らが八人程おります。荷馬車には五人しか積めませんでしたので、最初に捕虜にした三名と、襲撃部隊の隊長、副隊長の二名を連行致しました。勿論、村を襲った奴らの残りは、死体を吊るして獣の餌にしてきました」

「良し。ならば、先程援軍に出した三十騎で、残りの捕虜や死体も引き摺ってこられよう。荷馬車に積まれた蛆虫共は、取り敢えず鎧のまま地下牢に放り込んでおけば良い。オローネツ城の者達が、念入りに尋問してくれようからな。我らの要請もないまま出動し、恩を施したと嘯いて村を襲撃し、さらにはそなた達まで襲撃したのだ。如何に方面騎士団とは言え、積み重なった違法行為を揉み消すのは、並大抵ではなかろうよ」

　オローネツ辺境伯爵家の威信に懸けて、揉み消しなど許さない覚悟でいると、オローネツ辺境伯は口にしなかった。無言のまま、第七の騎士達に冷笑を浴びせたオローネツ辺境伯は、アントーシャに目を向けた。先程までの凍り付いた表情を溶かし、深く優しい声でオローネツ辺境伯は言った。

「有難う、アントン。またしても、そなたに助けられたのだな。そなたが力を貸してくれなければ、ルーガ達の救出は間に合わなかっただろう。私にとって得難い臣下であり、オローネツの誇りでもある者達だ。心から感謝しているよ。ゲーナ様への御恩も何一つ返せておらぬのに、そなたにも助けられる一方だな、私達は」

アントーシャは、オローネツ辺境伯の真摯な眼差しから目線を逸らすと、白く滑らかな頬を微かに染め、誰の目にも分かり易く不機嫌を装った。

「ぼくに他人行儀にするなと仰ったのは、閣下ではありませんか。ぼくにとって、貴方はもう一人の父親のようなものなのですから、市井の人達の言う〈頑固親父〉らしく、もっと横柄に命じて下さったら良いのですよ。さっさと行って助けてこい、と」

オローネツ辺境伯は、愛し気にアントーシャを見詰め、ルーガも無言のまま笑み崩れた。オローネツ辺境伯に付き従っていたイヴァーノは、怜悧な面にはっきりとした微笑みを浮かべながら、ルーガ達を追い立てた。

「さあ、先程閣下が仰ったように、皆は直ぐに休みなさい。給仕も料理人も張り切って用意を整えているのだから、先ずは風呂に入って汗を流し、思う存分に食事をしなさい。言いたくはないけれど、途轍もなく臭いますよ、そなた達は」

イヴァーノの本気とも冗談ともつかない物言いに、オローネツ辺境伯は笑って騎士達に解散を告げると、ルーガ一人を呼び止めた。

「ルーガよ、そなたも疲れていようが、先に少し話したい。良いか」

「勿論です、閣下。アントーシャ様が、惜し気もなく癒やしの魔術を使って下さったので、今直ぐ百の敵と戦えと言われても余裕ですよ」

「ならば良かった。アントン、ルーガは代官を任せている我が腹心故、先程の話の続きはルーガにも聞かせたい。構わないかね」

「閣下が御判断なさったのでしたら、ぼくは全く構いませんよ」

「有難う、アントン。では、早速執務室に移動するとしよう。ルーガは着替えだけしたら、直ぐに来ておくれ」

ルーガは急いで身を清めに行き、オローネツ辺境伯とアントーシャは、そのまま執務室まで戻っていった。執務室に続く居間では、万事に抜かりのないイヴァーノの手配によって、既に茶菓子が並べられ、紅茶の器が温まっていた。

「イヴァーノさんの手際たるや、魔術の如しですね。どうして時間ぴったりの淹れ加減で、美味しい紅茶が用意出来るのか、不思議で仕方ありませんよ。イヴァーノさんが御自分で淹れて下さるのならまだしも、ぼく達と一緒に歩いておられたのに。一体、どうやって指示を出しておられるのか、ぼくには見当も付きません」

笑いながら言うと、アントーシャは少し前まで座っていた椅子に腰掛け、目前に並べられた菓子を遠慮なく口に入れた。

「そなたは酒よりも菓子だからな、アントン。いつそなたが訪ねてくれても良いように、イヴァーノは常に菓子を何種類も用意しているのだ。まだそれ程の歳ではないのに、孫に菓子を与えたがる祖父にも見えて、私やオネギンはこっそりと笑いを堪えているよ」

オローネツ辺境伯の言葉に、アントーシャは嬉し気に微笑み、イヴァーノは平然とした顔で視線だけを泳がせた。オローネツ辺境伯爵家の領政の要、冷たく見える程怜悧な才人として知られるイヴァーノが、実際は情に厚く優しい男であると、領主執務室にいる誰もが知っていたのである。オローネッツ辺境伯が言う。

「魔術とは、魔力だけでなく頭脳も酷使するものだと、ゲーナ様が能く仰っていたよ。魔力だけで魔術が行使出来ると考えるのは、愚か者だと笑っておられたな。今日は、私達の為に沢山の魔術を使ってくれたのだから、せめて甘い物をたんとおあがり」

「有難うございます、閣下。それにしても、方面騎士団とあそこまで真正面から敵対してしまって、後は大丈夫なのですか。必要でしたら、捕虜達をスエラ帝国くらいまで転移させて、状況を分からなくさせてしまいましょうか。肝心の襲撃者が消えて、何の証拠も残らないのですから、第七もオローネッツ辺境伯爵領に手出しは出来ないのではありませんか」

アントーシャの余りにも突飛な提案に、オローネッツ辺境伯やイヴァーノはもちろん、執務室にいた文官や護衛騎士までもが、揃って吹き出した。

「何ということを考えるのだね、アントン。相変わらず愉快な子だな、そなたは」

「アントーシャ様と御話をしておりますと、憎い蛆虫共の話題ですら、普段よりも穏やかな気持ちで話せますな、閣下」

「全くだよ、イヴァーノ」

ひとしきり楽し気に笑った後、オローネッツ辺境伯は表情を真剣なものに改め、アントーシャを見詰めた。

「有難う、アントン。今回の第七方面騎士団の件については、心配は要らないよ。ルーガからの事前の報告で、彼奴らは誰からの要請もなく出動したと確認されている。そなたも知っての通り、地方領主の苦境を憐れまれたゲーナ様が、先代のオパーリン公爵閣下と当時の宰相を動かして、正式な要請のない出動は報恩特例法の対象外にすると、王家の裁可を得て下さったのでな。二十年前から、今回のような場合には、我ら地方領主も方面騎士団の責を問い、領民に被害が出た場合は、相手を討伐出来るのだ」

ゲーナが主導して勝ち取った裁可は、一方的に方面騎士団に蹂躙されるだけだった地方領主達にとって、初めて手にした自衛権とも言えるものだった。今回のルフト村への出動は、領主であるオローネツ辺境伯からも、代官であるルーガからも、ルフト村の村長からも、正式な要請が出されていないと、既に確認されている。代官であるルーガが、領民を襲撃した者達を討伐した所で、王家にも方面騎士団にも罰する術はないのである。

「当時の経緯は、大叔父上から聞いています。だからこそ、閣下は未だに大叔父上に恩を感じておられるのでしょうけれど、当の大叔父上は、報恩特例法の成立そのものを止められなかったと、ずっと悔やんでおられますよ」

「まさか。ゲーナ様に責任などあるものか。ゲーナ様が、報恩特例法に強く反対して下さったと、私は祖父から聞いている。如何に叡智の塔を統べる大魔術師とは言え、簡単には王家の意向に逆らえまい。そもそも、当時のゲーナ様は魔術師団長になられたばかりで、今程の権威を御持ちではなかっただろうに」

オローネツ辺境伯の言葉に頷きながら、アントーシャは心の中で呟いた。ゲーナが最終的に王家の意向に逆らえなかったのは、ロジオン王国の威光に屈したからではない。その胸に刻まれた忌々しい隷属の魔術紋と、高潔な魂を蝕む呪いの如き忠誠が、ゲーナを固く縛り付けていたのである。決して口に出来ない秘密に瞳を揺らしながら、アントーシャはそっと目を伏せた。

やがて、身綺麗になったルーガが入室すると、執務室は一気に賑やかさを増した。予めオローネツ辺境伯に軽装を許されたルーガは、野良着と見紛うばかりの白い綿シャツと焦茶色の綿のトラウザーズという身軽さである。手配の行き届いたイヴァーノの指示で、堅焼きパンに様々な具材を挟み込んだ食べ応えのある軽食が、素早くルーガの目前に置かれた。

「さあ、ルーガ。そなたは食べながら話を聞いておくれ。強行軍で捕虜を連行してくれた上に、第七方面騎士団の襲撃を退けたのだ。さぞかし空腹だろう。ここにいるのは皆、私の身内以上の者達なのだから、儀礼は無用だよ」

「有難うございます、閣下。閣下の御言葉に甘えて頂きますよ、アントーシャ様。正直な所、腹ぺこでしてね」

「重要な話になろうから、酒は後回しになる。済まぬな、ルーガ」

「良くない話ですか、閣下」

「良くないかどうか、私もまだ詳しくは聞いていないのだよ。ゲーナ様が態々アントンを御遣わしになるくらいなのだから、重要な話であるのは間違いないだろうな。何があったのか教えておくれ、アントン」

先程までの穏やかな微笑みを消し、オローネツ辺境伯は、真剣な声で言った。小さく溜息を吐いたアントーシャは、食べていた菓子の粉を丁寧に指から払い落として、椅子の上で威儀を正してから口を開いた。

「先ず、話の前提となる事件について御説明致します。先日、ロジオン王国の王城では、元第四側妃と近衛騎士の不貞が発覚し、突如として大規模な粛清が行われました。妃の不貞は大逆罪に等しく、本来なら王子王女を含めて処刑される所なのですけれど、子の命を惜しんだと思しきエリク王は、元第四側妃と王子王女を、残らず王城から追放するに留めました。皆さん、この件は御存知でしたか」

「私とイヴァーノは知っている。辺境の地に居るからこそ、中央の情報を集めているのでな。ルーガにも、概略は伝えたのではなかったかな」

「御聞きしましたよ、閣下。地方領には、方面騎士団の屑共に貞節を汚されて、死ぬ程苦しんでいる女達が大勢いるというのに、手厚く護られた王城では、王の妃が暇潰しに近衛騎士と不貞に走ると聞いて、呆れ果てたものですよ」

苦々しい表情を浮かべたルーガの脳裏には、第七方面騎士団の騎士達に凌辱され、夫を虐殺されて慟哭していた、若い娘の痛ましい絶望の顔があった。何の罪もないのに、一夜にして地獄に突き落とされた女達に比べ、誰からも傅かれ護られる立場の妃が、自ら進んで王たる夫を裏切った心根が、ルーガには憎かった。

「ぼくも全く同感ですよ、ルーガさん。そして、元第四側妃の不貞の結果、近衛騎士団は大きく面目を失いました。簡単に側妃の不貞を許しただけでなく、当の相手や協力者までもが近衛騎士だったのですから、王城の警備を担う近衛への風当たりが強くなるのも当然ですね。さらなる問題は、春先から近衛の差配をするようになっていた、アリスタリス王子の立場まで悪化したということです」

オローネツ辺境伯は、眉間に皺を寄せて、じっとアントーシャの話に耳を傾けた。地方領の英傑と呼ばれる一方、優れた政治家でもあるオローネツ辺境伯には、既に先の展開が見え始めていたのである。オローネツ辺境伯は、冷たい口調で言った。

「アリスタリス王子と異母兄のアイラト王子は、王太子位を争っているのだったな。年長の王子としてもう一人、候補として挙がっていたアドリアン王子は、元第四側妃の不貞によって完全に失脚した。残る二人の王子の内、アリスタリス王子の支持者の核となるのは、近衛騎士団だと聞いている。近衛が立場をなくした以上、王太子位争いにも影響が出るというわけかね」

「仰せの通りです、閣下。アリスタリス王子は、思わぬ成り行きで経歴に傷を付け、失地を挽回する為に近衛騎士団の団長であるコルニー伯爵が動いたのです。王都に暮らす地方領主を極秘に訪ねては、こう囁いていると言います。アイラト王子殿下と王国騎士団は、さらに力を強める為に召喚魔術を実行しようとしている。王国騎士団の威勢が強まれば、影響下にある方面騎士団も勢いを増し、地方領主への圧力を強くする可能性が高いだろう。王国騎士団に対抗出来るのは、近衛騎士団をおいて他にない。地方領主がアリスタリス王子殿下を支持してくれるのなら、アリスタリス王子殿下が将来的に報恩特例法を撤廃し、王国騎士団と方面騎士団の猛威から、地方領主を護ると約束しよう、と」

オローネツ辺境伯とイヴァーノ、ルーガの三人は、全く同じ戸惑いの表情を浮かべた。百年余の年月、地方領の領民に塗炭（とたん）の苦しみを強いてきた報恩特例法が、本当に撤廃されるというのであれば、地方領にとってこの上ない喜びである。しかし、地方領主を王太子位争いの駒とする為に交わされる約束が、本当に守られるものなのか。王城の約束を無条件に信じられる者は、オローネツ辺境伯の執務室にはいなかった。

重苦しい沈黙の中、最初に口を開いたのは、やはりオローネツ辺境伯だった。是とも非とも言わないまま、オローネツ辺境伯はアントーシャに尋ねた。

「コルニー伯爵の名は、以前から知っている。王都の貴族にはめずらしく、清廉潔白な男だとも聞いているが、だからと言って、今回の話が信じられるとは限らぬ。ゲーナ様はどう御考えになっておられるのかね、アントン」

「コルニー伯爵のことは、大叔父上も相当に評価していました。有能でありながら謀略を好まず、ロジオン王国の近衛には似合わない方だそうです。報恩特例法を撤廃したいという想いも、恐らくは本物だろうと、大叔父上は考えておられます。但し、肝心のアリスタリス王子が約束を守るのかと問われたら、確とは御答えが出来ません」

「成程。問題は、コルニー伯爵ではなく王子の方か。ゲーナ様もそなたも、アリスタリス王子を信じ切れないのだね。アリスタリス王子は見知っているのかい、アントン」

「ぼくは、叡智の塔の魔術師に過ぎませんからね。直接顔を合わせたり、御話をしたりした経験はありません。遠くから顔を見て、噂を聞いた程度です」

「結構だとも。そなたであれば、一目で相手の本質を見抜くであろう。そなたから見て、アリスタリス王子はどうだったのか、忌憚のない所を我々に教えておくれ」

　オローネツ辺境伯の問いかけに、アントーシャは小首を傾げ、束の間考え込んでから、困った顔で笑った。

「とても見目麗しい王子殿下ですよ。日の光を受けて輝く金の髪に、爽やかな夏の空を思わせる青い瞳、すらりと伸びた肢体。見事に整った白皙の美貌。学問も御出来になるそうですし、剣の腕もかなりのものだと聞き及びます」

　オローネツ辺境伯は、馬鹿にしたように唇を歪めた。アントーシャではなく、型通りの美辞麗句によって評されたアリスタリスを嗤ったのである。

「何とまあ、詰まらない文言だな。妙齢の淑女であればまだしも、男の容姿にさしたる意味はあるまい。そなたともあろう者が、飽きる程使い古された定型句を並べるとは、王子の中身は全く空虚だと考えて良いのだろうな」

「そこまでは申しませんよ、閣下。只、正直に言えば、ぼく自身はアリスタリス王子に忠誠を捧げたいとは思いません。何というのか、王子の真実とでもいうものが、ぼくには全く見えないのです。アリスタリス王子はまだ、恵まれた幼子の微睡(まどろみ)の中にいるのかも知れません。少年と言っても差し支えない年齢ですし、現実を見る環境におられないので、当然といえば当然なのでしょうけれども」

アントーシャの言葉に、オローネツ辺境伯は大きく頷いた。領民の苦悩を救おうと全身全霊で戦ってきたルーガや、オローネツ辺境伯とオローネツ辺境伯爵領の為なら、一瞬の躊躇もなく命を捧げる覚悟を秘めたイヴァーノにも、アントーシャの言葉はよく理解出来るものだった。オローネツ城の者達にとって、アリスタリスは命を分け合う同胞にはなり得ないのだろう。オローネツ辺境伯は、苦い微笑みと共に言った。

「ゲーナ様が懸念しておられるのは、アリスタリス王子の不覚悟かね、アントン」

「はい、閣下。報恩特例法の撤廃の為に王太子位争いに巻き込まれた挙句、アイラト王子が次の王太子と決まった場合、地方領主が立場を失う可能性があります。また、アリスタリス王子が勝利したとしても、約束を守る保証がどこにあるのか、と」

実際には、ゲーナもアントーシャも、報恩特例法の撤廃が実現する可能性があるとは、欠片も考えていなかったが、アントーシャは敢えて口にしようとはしない。オローネツ辺境伯の判断に介入するのは不敬であると、アントーシャは思っていた。

「アリスタリス王子が勝つとは限らず、勝ったからといって、約束が守られるとも限らない。ゲーナ様の仰る通りであろうな。それでも」

「はい、閣下。それでも、閣下は協力する道を選ばれましょう」

「我らを案じ、そなたまで来させて下さったゲーナ様を、私は裏切ってしまうのだろうか。そなたをも、失望させてしまうかい、アントン」

憂いを含んだ眼差しで、自分を見詰めるオローネッツ辺境伯に、アントーシャは優しく微笑みかけた。

「どの様な御決断であろうとも、それによって簡単に損なわれる程、ぼくの閣下に対する愛情は、脆いものではありませんよ。何よりも、閣下の御心は、大叔父上にもぼくにも能く分かっています。万に一つでも、愚劣極まりない報恩特例法を葬り去る可能性があるのなら、閣下は御決断なさるでしょう。閣下の御立場であれば当然です。ぼく達は、いつでも閣下の御味方を致しますよ」

「有難う、アントン」

一言、呟いただけで二の句を継げず、言葉を詰まらせたオローネッツ辺境伯に向かって、イヴァーノは平然とした表情で断言した。

「百年を過ぎて巡ってきた機会なのですから、どれ程分が悪かろうと、試して御覧になったらよろしいではございませんか、閣下。失敗してアイラト王子に睨まれても、痛くも痒くもございません。元々オローネッツ辺境伯爵家は、ロジオン王家に反抗的であることで有名な、札付きの地方領主なのですから」

開き直りとも取れるイヴァーノの、いっそ清々しい程不遜な言葉に笑いながら、ルーガもまた、オローネッツ辺境伯に言った。

「仮に、アリスタリス王子に裏切られたとしても、それはそれで良いではないですか。オローネッツ辺境伯爵領の者は、誰一人として王家など信じていない。俺達が信じているのは、オローネッツ辺境伯爵閣下だけだ。信じていない相手に裏切られた所で、俺たちは誰も気にしません。万が一、約束が守られたら儲け物、くらいに考えていきましょうよ、閣下」

「有難うイヴァーノ、ルーガ。そうだな。ロジオン王家の約束など、破られて当たり前だと思えば、私も気が楽になるよ。そなたらの言葉に甘えて、コルニー伯爵の使者が来たら、前向きに考えてみるとしよう。勿論、軽率な判断は下さぬ故、そこは信じてくれるが良い」

心の通じ合った主従の様子に、アントーシャは柔らかく微笑んだ。オローネッツ辺境伯に伝えるべき懸念は、一つではなかった。全ての地方領主達が、オローネッツ辺境伯の如く高潔な人格の持ち主であるはずはなく、領民を大切に思っているわけでもない。ゲーナとアントーシャの最大の懸念は、コルニー伯爵の誘いを受けた地方領主達が示す、反応そのものだったのである。


アリスタリスを口説き落とし、王太子冊立を支持する見返りに、地方領主の求める報恩特例法の撤廃に力を尽くすという言質を取り付けたコルニー伯爵は、即座に動き始めた。近衛騎士団長として元第四側妃の不貞を許した責任を取る為と称して、自ら宰相府に謹慎を申し出ると、咎も聞かずに自邸に引き籠もり、膨大な数の手紙を書き続けたのである。

広大なロジオン王国の四方に位置する辺境伯爵家に対しては、アリスタリスへの協力を求める書状であり、王都に暮らす地方領主達には、極秘の面談を願う書状である。王城から正式に謹慎の沙汰があってからは、極秘で自邸を抜け出し、共に謹慎となったイリヤと共に、連日、地方領主の下を訪ねたのだった。

その日、コルニー伯爵とイリヤが訪れたのは、王都に程近い場所に農耕地帯を有する、ボリス・サッヴァ子爵の所だった。子爵家の王都屋敷としては贅沢な邸宅の奥深く、瀟洒な客間で向かい合った両者は、硬い表情で話し合いを続けていた。サッヴァ子爵が言う。

「コルニー伯爵閣下の仰せは、十分に理解致しました。只、当家の判断を誓詞に認めるとなりますと、簡単には参りませんな。私くしにも領地を背負う責任がございますので、家の存続を第一に考えなくてはならないのです」

コルニー伯爵は、宛ら剣を交えるかの如き真剣さで、サッヴァ子爵の仕掛けた駆け引きの糸を手繰り寄せた。

「サッヴァ子爵の御意見は、御尤もと存じます。ですが、我がロジオン王国の正嫡は、元々アリスタリス王子殿下でございます。陛下の御寵愛が、王妃陛下が御産みになったアリスタリス王子殿下に注がれていることは、王城でも能く知られておりましょう。アイラト王子殿下が王太子に冊立される可能性は、現在でも高くはありません。地方領主の皆様がアリスタリス王子殿下の支持を表明して下されば、形勢は一気に傾くでしょう」

「さて、コルニー伯爵の御言葉程に、上手く運びますかな。アイラト王子殿下には、宰相閣下とクレメンテ公爵閣下という、大層強力な後ろ盾が付いておられますし、陛下はアイラト王子殿下も御寵愛でございましょう」

貴族家の当主としては、当然ともいえるサッヴァ子爵の追及に、コルニー伯爵はここで用意していた手札の一つを切った。

「最近のアイラト王子殿下は、王国騎士団長のスラーヴァ伯爵と御昵懇であらせられます。御存知でしたか、サッヴァ子爵」

「何と、それは初耳ですな」

「スヴォーロフ侯爵閣下とクレメンテ公爵閣下は、異世界からの召喚魔術を行いたいと願い、叡智の塔を動かしました。御二人が行動なさったのは、王国騎士団との関係を強化する為だと聞いています。異世界から新しい力を引き込む筋道が見えれば、王国騎士団の悲願であるスエラ帝国への侵攻が、現実味を帯びてくるかも知れませんからね」

サッヴァ子爵は、それまでの取り繕った表情を改め、忌々し気に眉を顰めた。コルニー伯爵が語った、如何にも真実味のある謀は、多くの地方領主達にとって、最も忌避すべき未来だったのである。

「王国騎士団の侵攻など、我らにとっては迷惑でしかありませんな。どうせ戦費は地方領主の拠出となり、戦果はロジオン王家と王国、王国騎士団のものとなるのですから。コルニー伯爵の御話の通りなら、召喚魔術など言語道断ですな」

「此度の召喚魔術は、陛下の御裁可で実施日まで決まっておりますので、今更止めるわけには参りません。が、アリスタリス王子殿下に御力添えを頂ければ、王国騎士団の増長は止まるでしょう。アリスタリス王子殿下は、他国への侵攻など、夢にも考えておられません。アリスタリス王子殿下御即位の暁には、報恩特例法の撤廃も御約束致しましょう」

コルニー伯爵の熱心な説明に、サッヴァ子爵はちらりと打算的な笑みを浮かべた。サッヴァ子爵にとって、漸く現実的な商談に至ったのである。

「それですよ、コルニー伯爵。当家にとっては、報恩特例法の徴発などよりも、方面騎士団から毎年求められる維持費の方が、遥かに頭の痛い問題でしてな。単純に報恩特例法を撤廃するのではなく、維持費の軽減を優先して頂きたいのです」

「領民から略奪するのは構わない。サッヴァ子爵は、そう仰るのですか」

「いやいや、そこまでは申しませんよ。ですが、領民が方面騎士団に助けられたのなら、当の領民が支払いをするのは当然でしょう。逆に言えば、我ら地方領主からは維持費を徴収し、領民からも二重に取り立てるというのは、明らかにやり過ぎというものですよ。アリスタリス王子殿下は、その辺りを斟酌して下さるのでしょうか」

老練な商人を思わせる顔で、サッヴァ子爵はコルニー伯爵の表情を窺った。コルニー伯爵は、貼り付けたような微笑を崩さず、サッヴァ子爵を見詰めた。コルニー伯爵の瞳は力を失って暗く、内心の失望は明らかだった。

領民に塗炭の苦しみを強いる報恩特例法の撤廃よりも、領主家の経済的な負担の軽減を求められる事態は、当初、コルニー伯爵が予想したものではなかったが、一家二家と訪ねる内に、繰り返し要求される結果となった。王都に暮らす地方領主達の口から、サッヴァ子爵と同じ言葉を聞かされたのは、既に何度目になったのか、コルニー伯爵は数える気力さえ失いつつある。地方領主が報恩特例法の撤廃を望むだろうというコルニー伯爵の見立ては、ある意味、完膚なきまでに覆されていたのである。

コルニー伯爵の目の前で、サッヴァ子爵は微かに身を乗り出し、期待に瞳を輝かせている。コルニー伯爵は、面談した地方領主に対して行ってきた回答を、怒りとも諦観とも付かない思いと共に口にした。

「その辺りは、選択肢を持たせましょう。報恩特例法の適用除外を受けるか、維持費を減額させるかは、地方領主の方々の御判断に委ね、何れかを選択出来るようにするのです。如何ですか、サッヴァ子爵」

コルニー伯爵から、漸く望む通りの回答を引き出したサッヴァ子爵は、満面の笑みを浮かべて頷いた。裕福な子爵家の舵を取る男は、高潔な騎士であるコルニー伯爵とは、別の価値観に生きる貴族だったのである。

「よろしいでしょう。確実に御約束を履行して頂けるのでしたら、当家はアリスタリス王子殿下の王太子冊立を支持致します。今後の御話によっては、私くしが親しくしている地方領主に、根回しをする御手伝いも致しましょう。いや、今回の件が上手く纏まれば、地方領主が百年余に亘って失ってきた富を、今後は手元に残せるかも知れません。誠に有難い御申し出ですよ、コルニー伯爵閣下」

上機嫌に杯を重ねるサッヴァ子爵を残し、コルニー伯爵とイリヤは子爵の邸宅を後にした。アリスタリスの立場だけを案ずるイリヤが安堵して、男らしい唇を緩ませている。一方、コルニー伯爵の表情には喜びもなく、硬く強張ったままだった。

人目を避ける為に用意した質素な貸馬車の中で、重苦しい無言を貫くコルニー伯爵に、イリヤは戸惑いがちに尋ねた。

「今日の話し合いは、私くしには上首尾に思えましたけれど、団長閣下の御考えは違うのでしょうか。ここ数日というもの、地方領主の館を訪ねる度に、閣下が暗い御顔をなさっているのが、私くしは気になっております」

心配に顔を曇らせたイリヤが、一心に自分を見詰める視線を避けるかのように、コルニー伯爵は片手で顔を覆い、懸命に絞り出した声で言った。

「済まない、イリヤ。私は只、自分の愚かさに嫌気が差しているだけなのだ。報恩特例法の撤廃よりも、割り当てられた維持費の軽減を求める領主が、これ程までに多いとは、想像さえしていなかった。つくづく甘い男だよ。私のように無能な男に、近衛騎士団の団長など務まる筈がない。部下に裏切られ、王城で穢れた不貞を働かれるのも、当然の結末だったのだろうな」

「何を仰るのですか、閣下。貴方様を指揮官と仰ぐのは、我ら近衛の誇りでございます。私くしだけでなく、皆も同じ思いでありましょう」

「有難う、イリヤ。そう言ってくれて、私は本当に嬉しいよ」

コルニー伯爵は、顔を上げて無理に微笑みを浮かべた。アリスタリスに忠誠を捧げ、ロジオン王国の在り方に一片の疑いも持たないイリヤに、今のコルニー伯爵には説明を重ねる気力は残されていなかった。


王都ヴァジムの中心地、王城にも近い一等地に建つ屋敷の居間で、ゲーナはアントーシャの帰りを待っていた。貴族の邸宅にはめずらしく、鬱蒼と茂った木々に囲まれた屋敷である。林にも見紛う広大な庭は、容易に人を寄せ付けない雰囲気を漂わせながらも、どこか清々しく落ち着いた佇まいで、ゲーナに安らぎを与えていた。

居間の長椅子に寝そべり、分厚い書物を読んでいたゲーナは、どこからともなく聞こえてきた涼やかな鈴の音に、穏やかな微笑みを浮かべた。書物を置いたゲーナが、ゆっくりと身を起こす間もなく、部屋の一角で魔力が小さな渦を巻く。ゲーナには馴染み深い金色の光が、鮮やかに瞬いたかと見えた瞬間、そこにアントーシャの姿があった。

ゲーナの屋敷そのものが、常に数人の魔術師によって遠目から監視され、魔術陣の出現を探知されているにもかかわらず、アントーシャは魔術を行使した気配さえ摑ませない。術式を描く魔術陣も、触媒となる輝石類も必要としない転移は、世の常の魔術師が行う魔術とは、余りにも異質な術だった。何度目にしても薄れない感嘆の溜息を吐きながら、ゲーナはアントーシャに言った。

「御帰り、アントン。待っていたよ。予定より遅かったのだな」

ロジオン王国の中心たる王都から、最北端に位置するオローネッツ辺境伯爵領まで、魔術師の常識では絶対に不可能な超長距離の転移を成し遂げたアントーシャは、疲れの影さえも見せず、ゲーナの指し示す椅子に腰掛けた。

「只今帰りました、大叔父上。オローネッツ辺境伯爵閣下の所で、またしても方面騎士団との小競り合いがあったので、少し時間を食ってしまいました。閣下やオローネッツの騎士達には、特に被害はありませんでしたので、御心配には及びませんよ。原因となった村の方は、相変わらず悲惨な被害状況だったらしいのですけれど」

アントーシャの告げた言葉の不快さに眉を顰めたゲーナは、何も言わなかった。ゲーナにしても、アントーシャにしても、方面騎士団の略奪行為に対する怒りは臨界点に達しており、一々口に出して罵るような段階は、既に遠く過ぎ去っていたのである。

「赦されざる罪を犯した者と、赦されざる罪を容認してきた者は、必ず相応しい報いを受けるだろう。さあ、それで、此度のコルニー伯爵の動きについて、エウレカ殿は何と言われていたのかね、アントン」

「大叔父上の仰っていた通り、閣下は前向きに御考えになるそうですよ。コルニー伯爵は置くとして、アリスタリス王子や王家には信は置けない。重々分かっているけれども、万が一の可能性を取る、と」

「そうであろうな。私がエウレカ殿の立場でも、きっとそうするだろうよ。どれ程見込みが薄くとも、報恩特例法百余年の歴史の中で、初めて巡ってきた千載一遇の機会であることは、間違いがないのだから」

「王都の動きは如何ですか。大叔父上の〈目〉が、そろそろ地方領主達の動向を伝えてくる頃ではないのですか」

不安そうなアントーシャの問いかけに、ゲーナは皮肉な笑みに唇を歪めた。齢百四十を超え、人生の大半を魔術師団長として生き、長く権力の中枢に身を置いてきたゲーナだからこそ出来る、冷たくも凄みのある笑みだった。

「伝えてきたとも、アントン。元第四側妃の不貞の責任を取って、自ら謹慎を申し出たコルニー伯爵は、極秘に王都に暮らす地方領主の屋敷を訪れている。そして、訪問すればする程、暗い顔になっていくそうだよ。コルニー伯爵の目論見通り、続々とアリスタリス王子の支持者が集まっているにも拘わらず、な」

「これもまた、大叔父上の予想された通りですね。ぼくなどが言うのは失礼ながら、コルニー伯爵は、随分と心の美しい方らしい。必ずしも皮肉ではなく」

「コルニー伯爵の妻女は地方領の出身で、コルニー伯爵自身、何度も領地を訪れているそうだからな。方面騎士団の暴虐も、多少は聞き知っていたのだろう。あの高潔な男には、領民の苦痛よりも自らの財貨を気にする貴族が多いなどとは、予想も出来なかったのだろうさ。苦労知らずであるからな。あれが本物の男になるか、優しいだけの張りぼてで終わるのか、これからの覚悟次第であろう」

予言めいたゲーナの口振りに、アントーシャは思わず眉を顰めた。ゲーナの透徹した視線には、既にコルニー伯爵の策の成否が映し出されているようであり、オローネツ辺境伯の決断を目にしたばかりのアントーシャは、それが望み通りの結末とは思えなかったのである。

「大叔父上は、既に先を見通しておられるのでしょう。コルニー伯爵は報恩特例法の撤廃を望み、多くの地方領主は財貨を望んでいます。だとすれば、肝心のアリスタリス王子は、どの道を選ぶと思われますか」

「勿論、地方領主を裏切るとも。余程のことがない限り、先の展開は変わらぬよ、アントン。あの王妃が、報恩特例法の撤廃など認める筈がなく、御綺麗なだけの王子殿下が、己が母親を切り捨てられるとも思えぬ。結果は見えておるさ。火を見るよりも明らかに」

一瞬の迷いも見せない、ゲーナの即答だった。アントーシャは目を伏せ、暫く逡巡してから、そっとゲーナに問いかけた。

「もしも、召喚魔術が何らかの成果を残したら、クレメンテ公爵の発言権は強くなり、アリスタリス王子は劣勢に立たされるかも知れず、簡単には地方領主を切れなくなります。そう考えれば、召喚魔術を成功させた方が得策ではありませんか」

「今更何を言うのだ、アントン。召喚魔術など、決して成功してはならぬ禁忌の術ではないか。人を攫うからというだけではなく、そもそも魔術の理に反するものなのだから。私よりも、魔術の申し子たるお前の方が、一層強く感じているだろうに」

「ぼくなら、術の発動後に魔術陣に干渉して、召喚の対象を人から物へと、力尽くで替えてしまえると思います。或いは、召喚魔術の成功と見せ掛けて、別の魔術にすり替えてしまうことも、不可能ではないでしょう。最後にもう一度だけ御願いします、大叔父上。ぼくの為に、計画の内容を考え直しては頂けませんか」

アントーシャは必死に言い募った。何度も説得し、何度も拒まれ、遂には覚悟を決めた後でさえ、アントーシャはゲーナを説得せずにはいられなかったのである。淡い微笑みを浮かべたゲーナは、深い愛情の籠もった眼差しで、じっとアントーシャを見詰めたものの、首を縦には振らなかった。

「有難う、アントン。こんな老いぼれの命をそこまで惜しんでくれるのは、この世でアントーシャ唯一人だよ。本当に有難う」

アントーシャは、止めていた息を大きく吐き出し、椅子に身体を投げ出した。ゲーナの答は、アントーシャにも分かり切ったものであり、ゲーナの固い決意の前に、アントーシャは言うべき言葉を失ったのである。

「やはり、説得は出来ませんか」

「報恩特例法は、この王国を蝕む宿痾よ。毒を以て毒を制する場合もあろうが、彼の悪法を撤廃させるには、国を二分する程の力が要る。誰が王太子になろうが、小手先の策略ではどうにもなるまい。第一、お前の美しい魔術を、穢れた召喚魔術の成功の為に使うなど、私は認めないよ。忌むべき報恩特例法も、ロジオン王国の偽りの栄華も、私の呪われた忠誠心も、召喚魔術と共に終わらせたいのだ。どうか分かっておくれ、アントン」

既に死者の列に繫がっているかの如く、静かな決意を湛えているゲーナに、アントーシャは哀し気に微笑んだ。ゲーナに計画を打ち明けられてから一月近く、遂に己れの感情に蓋をする決断を下したアントーシャは、努めて明るく言った。

「はい。もう何も申しません。何度も同じ繰り言を御聞かせして、本当に申し訳ありませんでした。大叔父上の御意志の通り、ぼくも用意を始めましょう。早速ですけれど、大叔父上が、ぼくの力を封印しておく為に掛けて下さった魔術を解く〈鍵〉を、渡して頂けますか」

アントーシャの笑顔の痛々しさに、ゲーナは思わず目を伏せたものの、慰めの言葉を口にしたりはしなかった。視線だけでアントーシャに詫びてから、ゲーナは言った。

「よろしい。既に用意は整えてある。誰にも邪魔などされぬように、私の〈真実の間〉に行くとしよう。そなたの方は、準備は良いのかね、アントン」

「今から観客を招きたいと思います。御出で」

アントーシャが、優しく一言呟くと、ふわりと金の光が巻き上がる。すると、瞬きの間を置いて、腕の中に三匹の猫達が抱かれていた。揃って美しい顔をした、三種の毛色の猫達は、ローザ宮からアントーシャが引き取ってきた母子である。

「おお、この子達がアントンの新しい眷属なのか。愛らしいな」

猫好きのゲーナは目を細め、そっと右指を差し出した。三匹の猫達は、警戒する素振りも見せず、暫くゲーナの匂いを嗅いでから親し気に喉を鳴らした。アントーシャは、漸く屈託のない表情になり、自身も猫のように喉の奥で笑った。

「どうやらこの子達に気に入られたようですよ、大叔父上。純白の母猫がベルーハ〈白〉、茶色の交じった子がコーフィ〈茶〉、灰色の模様のある子がシェール〈灰〉です。暫く〈真実の間〉にいてもらって、ぼくの魔力にも馴染んだので、今日からはこの邸に置いて下さい。どの子も賢くて、とても可愛いのです」

「猫達と同居するのは大歓迎だよ、アントン。もう少し捻った名前を付けても良かったとは思うがな。まあ良い。この子達を連れて出掛けよう」

そう言うと、ゲーナは椅子から立ち上がり、壁の一角に掛けられた絵画の前へと足を進めた。アントーシャと過ごす時間の多い居間に、然り気なく飾られているのは、森の木々が黄金の色に染まる、ロジオン王国の北の大地の情景である。王都で邸宅が買える程の価値のある絵を、ゲーナは迷いのない手付きで横へずらし、後ろに隠されていた小さな聖紫石の石板に、そっと右手を当てた。

「ゲーナ・テルミンが作りし神秘の空間、何人たりとも立ち入る術を持たぬこの世の絶域(ぜついき)。我が〈真実の間〉へと移動。座標確認。同行者はアントーシャ・リヒテルとその眷属ベルーハ、コーフィ、シェール。閾値設定。発動準備」

聖紫石の石板に魔力を流し、ゲーナが術式を展開するや否や、居間の床一面に銀色の魔術陣が現れ、眩い光を放ち始めた。そして、アントーシャと三匹の猫達が、魔術陣の中央に乗ったとき、ゲーナは言った。

「発動」

銀色に輝く魔術陣が、激しく点滅した次の瞬間、ゲーナとアントーシャは、何処とも知れない空間の中にいた。四方の壁は仄かな燐光を放つ白色で、端から端までどれ程の距離があるのか、はっきりとは認識出来ない。足下には床と呼べるものさえなく、星の瞬く夜空そのままの紺碧(こんぺき)が広がるだけであるのに、彼らはなぜかしっかりと自分の足で立っていたのである。

「我が〈真実の間〉にようこそ、アントーシャとその眷属達」

微笑みを浮かべたゲーナは、両腕を広げて歓迎の意を示した。母猫のベルーハと灰色猫のシェールは、盛んに耳を動かしながら周りを見回しただけで、直ぐに大人しく座り直す。悪戯な茶色猫のコーフィは、緑金の瞳を爛々と輝かせて尻尾を振り、足下で輝く星を取ろうとして、大喜びで爪を搔いた。

「元気の良いお前は、コーフィだったか。コーフィや、その星は真実の星であって、現実の星ではないのだから、如何にお前の爪でも届きはしないよ。遊び道具が欲しければ、後でアントンに強請るが良い。月でも星でも、お前の為に取ってくれるだろう」

「この子は一際好奇心が強くて、いつも耳を立てているのです。好奇心は猫をも殺すと言うそうですけれど、コーフィなら気にも留めないでしょうね」

アントーシャは、ベルーハとシェールの頬を撫で、コーフィの顎を擽ってやりながら、そっと〈真実の間〉を見回した。幼い頃から数え切れない程の回数、ゲーナと共に訪れた場所で、アントーシャは静かに感嘆の吐息を吐いた。

「今日の星々は実に美しく輝いていますね、大叔父上。幾度も見ている筈なのに、今更ながらに心が震えます。本当に綺麗だ」

「お前の下に鍵が戻ることを、天空の星々も喜んでいるのさ、アントン。私も漸く肩の荷が下ろせるよ。さあ、中央に立ちなさい。どこが〈真実の間〉の中央なのか、答を知る者などおらず、お前がそうだと思う位置が、中央という概念を与えられるのだがな」

大らかに笑うゲーナに、優しく微笑み返したアントーシャは、迷いのない足取りで進み出ると、中央と思しき場所で足を止めた。それを見たゲーナも、ゆっくりと歩を進め、アントーシャから三メトラ程離れた位置に立ち止まる。真正面からアントーシャと向かい合い、両手を広げて魔力を練り上げながら、ゲーナは厳かに言った。

「お前が誕生した直後、幼気な赤子であった者に、私は厳重な封印を施した。お前の魔力を封じ、お前の真実を封じたのは、千年に一人の天才と呼ばれる大魔術師、ゲーナ・テルミンの命を懸けた封印だった。今ここに時は至り、私以外には決して解けぬ封印を解く鍵を、お前の手元に返そう。心の準備は良いかね、アントン」

「はい。ぼくの心は定まっています。これまで封印の力で守護して下さり、その為に莫大な魔力を使い続けて下さり、心から感謝しております。有難うございました、大叔父上。御返し頂いた鍵は、召喚魔術の術式を破るそのときにこそ、我が手で使わせて頂きます」

「果たすべき役割を終えられたのは、悔い多き我が生涯に於いて最大の誉だ。お前なら、力の使い道を誤りはしないと信じているよ、アントン。我が最愛の息子よ」

ゲーナは、立ち上がった魔力を慎重に操作し、燦然と輝く銀色の光でアントーシャを包み込んだ。たちまちの内にゲーナの額に滲んだ汗が、千年に一人の天才たるゲーナにとっても、封印の解除が極めて難しい魔術であることを物語っていた。ゲーナは、〈真実の間〉の星々を震わせるような声で言った。

「封印術式の解除準備。封印対象、アントーシャ・リヒテル。封印範囲、深淵にして甚大なる魔力の部分封印、魔術の理を刻みし全眼の完全封印。解除権利者の変更。ゲーナ・テルミンからアントーシャ・リヒテルへ。解除時期の任意設定。設定権利者、アントーシャ・リヒテル。封印解除範囲、全。解除後は再封印不可。解除用の鍵譲渡。鍵はヴァシーリ〈王〉。大魔術師ゲーナ・テルミンが、ここに予知する。全眼の体現者アントーシャ・リヒテルこそは、魔導の王とならん」

ゲーナが詠唱を終えた瞬間、銀色の光となって迸ったゲーナの魔力は、アントーシャを巻き込んだまま一際強く輝いてから収束し、やがて小さな鍵の形を取って、アントーシャの手の中に残った。アントーシャは、一度、美しく輝く銀色の鍵に唇を寄せてから、手のひらで大切に握り締めた。

次にアントーシャが手を開いたとき、鍵は跡形もなく消えていたが、〈真実の間〉にいる者達には分かっていた。ゲーナが渾身の力を傾けて護ってきた封印の鍵は、この瞬間、正しくアントーシャに継承されたのである。

03 リトゥス―儀式は止められず―

04 アマーロ

悲しみは訪れる

ロジオン王国暦五一四年六月七日、初夏の爽やかな風が吹き抜けた夜、遂に召喚魔術が行使される時が近付いていた。王城の一角に聳え立つ叡智の塔に於いて、召喚魔術の儀式が開始されるのは、最も魔力の高まる時間だと考えられている午前二時である。儀式を行う魔術師達は勿論、何らかの形で召喚魔術に関わる人々は、前日の夕刻から王城に詰め、それぞれが緊張の内に時間を過ごしていたのだった。

召喚魔術の行使を画策した権力者の一人、大ロジオンの宰相たるスヴォーロフ侯爵は、執務室に続く休息の為の私室で、静かに葡萄酒を口にしていた。護衛騎士さえ部屋から出し、一人切りになったスヴォーロフ侯爵は、足を組んで長椅子に身を預け、灰色の瞳を虚無の海に揺蕩わせる。天才の中の天才と称される頭脳は、エメリヤン・スヴォーロフの人格に常人では想像も付かない陰影を与え、容易には思考を読ませない。何が本心なのか、或いは本心などというものがあるのかどうかすら、推し量れる者はいなかった。

スヴォーロフ侯爵は、気怠気な仕草で頬杖を突き、部屋の一角に視線を投げた。スヴォーロフ侯爵が見詰める先には、磨き抜かれた飴色の飾り棚があり、片隅には小さな額に入れられた絵が置かれている。肖像画に描かれているのは、十代半ばの少女だろうか。少女の微笑みは夢見るように甘く、それでいてどこか妖精じみた儚さと冷酷さを纏っていた。スヴォーロフ侯爵は、肖像画の美少女に向かって、囁いた。

「ここではないどこかで、貴女は私の声を聞いているのでしょうか、オーファ。これからまた一つ、王城で下らぬ茶番が行われようとしていますよ。或る者は名誉、或る者は権力、或る者は力、また或る者は未知の動力源を求めて、異世界若しくは異次元から人を呼び寄せようとしているのです。世界を二分する大国である大ロジオンで子供騙しの召喚魔術とは、貴女が生きてあれば、呆れて嗤っていたのでしょうね」

　数時間後に行使されるであろう召喚魔術は、ダニエが発案し、クレメンテ公爵が推進した計画ではあるものの、スヴォーロフ侯爵自身も、中心となってエリク王の許可を取り付けた功労者である。そのスヴォーロフ侯爵は、瞳に冷たい嘲りの色を浮かべながら、さらに口を開いた。天才であるが故に、人と親しく語り合う時間を苦痛に感じるスヴォーロフ侯爵にとって、聞く者のいない独り言は、数少ない癖の一つなのである。

「異次元或いは異世界は、果たして実存しているのか否か。それ自体は、興味を持てる命題ではありますが、実証出来る可能性は限りなく低いでしょう。彼のゲーナ・テルミンが、異世界からの誘拐紛いの召喚魔術など成功させようとする筈がなく、必ず何らかの形で妨害するでしょうから。そう、隷属の魔術紋を刻まれた身で、ゲーナがどう動くつもりなのか、彼の者の動向だけは面白いかも知れません。さらに言えば、ゲーナがロジオン王国から自由であれば、私も色々と楽しめたかも知れない。そうは思いませんか、オーファ」

　オーファと呼ばれた少女は、スヴォーロフ侯爵の同腹の姉であり、後にエリク王の第二側妃となったオフェリヤ・スヴォーロフである。幼少の頃から﨟長けて美しく、スヴォーロフ侯爵家の妖精姫と呼ばれていたオフェリヤは、当時は王太子であったエリク王が正妃を迎えた一年後、正妃懐妊の発表を待って、第二側妃として王城に迎えられた。

正妃であるエリザベタは、三代前の王であるラーザリ二世、報恩特例法を制定して中央集権化を推し進めた〈賢王〉を曽祖父に持つグリンカ公爵家の姫として、強い後ろ盾を持って入宮した。さらに、資質的にも王妃の器と呼ばれたエリザベタとの対立は、当時、どの貴族も望んではいなかった。新たに迎える側妃には、高位貴族ではあっても三代以内に王家の血が入っておらず、政治的な野心の希薄な家柄の息女が望まれ、議会によって周到に選び抜かれた結果、オフェリヤに白羽の矢が立ったのである。

スヴォーロフ侯爵家は、幾人もの宰相を輩出した名門中の名門ではあるものの、学者気質の者が多く生まれる家として知られており、ロジオン王国では〈智のスヴォーロフ〉と呼ばれてきた。王統を尊び、側妃との婚姻を国王の義務の如く考えるロジオン王国にあって、高貴な血筋でありながら政敵となる可能性の低いオフェリヤをエリク王の側妃に迎えるという議会の決定を、グリンカ公爵家も拒否は出来なかった。

幼少の頃から施された帝王教育の中で育ったエリク王は、正妃の立場を十分に慮(おもんぱか)ると共に、オフェリヤにも大王国の第二側妃に相応しい待遇と寵愛を与え、巧みに均衡を保った。エリザベタが早々に懐妊したこともあり、ロジオン王国の後宮は誰の目にも安泰に見えた。ここで誕生した第一子が王子であれば、エリザベタの地位は盤石となり、オフェリヤの立場も定まっただろう。

王城に僅かな軋(きし)みが生じたのは、エリザベタの第一子が王女だと分かったときである。一人目の王女を産み落としたエリザベタは、産褥の床で小さな娘を傍に寝かせたまま、エリク王に頭を下げた。ロジオン王国では、女子には王位継承権が与えられておらず、王の妃は必ず男子を得なくてはならない。合理主義者であるエリク王は、女子誕生をエリザベタの責任とするつもりは毛頭なかったものの、これまで一点の不足もなく正妃となったエリザベタにとっては、初めての挫折とも言える出産だった。

王女出産から一年後、エリザベタは再び身籠った。二度目の王妃懐妊の報告を待って、王城に於ける暗黙の了解によって控えられていたオフェリヤの懐妊も許され、正妃に遅れること三月で、第二側妃の懐妊が発表された。

次こそは男子であろうと、多くの宮廷人が根拠もなく予想する中、エリザベタはまたしても女子を産んだ。この瞬間、権力に対する欲求の薄いスヴォーロフ侯爵家の妖精姫、自身でも宮廷の陰謀とは距離を置いていたオフェリヤは、一度として望まないまま、エリク王の次の王太子位を巡る暗闘(あんとう)の渦中に叩き込まれたのである。

オフェリヤが入宮したとき、スヴォーロフ侯爵は僅か八歳の少年だった。英才揃いのスヴォーロフ家でも、歴代最高の天才児と名高く、幼児の頃から大人を遥かに凌ぐ理解力と冷静さを持った子供だった。そのスヴォーロフ侯爵が、唯一、子供らしい思慕を示したのが、十歳年長の姉であるオフェリヤである。大貴族の家に生まれた美貌の令嬢でありながら、浮世離れして世情を厭(いと)い、幼少期のスヴォーロフ侯爵には容易に理解出来ない精神世界に生きるオフェリヤは、少年にとって未知なる存在であり、興味を引かれる数少ない対象の一人でもあった。

オフェリヤがエリク王の側妃になると知らされた日、丸い少年の頬を青褪めさせたスヴォーロフ侯爵は、己が父親である当時のスヴォーロフ侯爵に、はっきりと予言した。

「我が姉君は、王城では決して幸福にはなれないでしょう。姉君の幸福を護って差し上げるには、王城の狐は狡猾に過ぎ、我が家は高邁(こうまい)に過ぎます。また姉君御自身も、王城で謀略の波を泳ぎ切る程、生に執着してはおられないでしょう。悲しい結果になる前に、どうか姉君の入宮を回避する策を御探し下さい」

スヴォーロフ侯爵の言葉は、元々権力欲の希薄だった父の胸を打った。しかし、如何に名門貴族家の嫡男であろうと、僅か八歳の子供の言葉によって王命を退けられるはずがない。何一つ為す術のないまま、オフェリヤは予定通りに入宮し、二年の後、期せずして正妃エリザベタの政敵となってしまったのである。

「オーファ、我が姉上。八歳の私は貴女の入宮を止められず、十歳の私は貴女の命を護れなかった。私に力があれば、貴女は今も笑い掛けて下さったのだろうか。臈長けて美しく、この世に倦んで冷たく、人としての湿度を失った貴女の笑みが、とても懐かしく思い出されます。貴女を失ってから、私は全てが退屈で仕方ないのですよ、姉上」

スヴォーロフ侯爵が、父と共に出産を間近に控えた姉を見舞ったとき、オフェリヤは別人かと見紛う程に衰弱していた。オフェリヤの状態は、宮殿で毒を飼われた結果であり、母親か子供か、どちらかは助からないだろうと診断されているのだと、スヴォーロフ侯爵はこのとき初めて聞かされた。義兄となった男の前に跪き、姉の命を優先してほしいと懇願した義弟に、エリク王が告げた言葉を、スヴォーロフ侯爵は今も一言一句記憶している。

「それは出来ぬよ、エメリヤン。オフェリヤは不憫なれど、王子かも知れぬ子を犠牲にするなど、出来る筈がないであろう。オフェリヤを欺き、密かに堕胎薬を飲ませていた侍女は、〈王家の夜〉が始末した故、此度は堪えてくれるが良い」

実行犯となった侍女は、勿論、グリンカ公爵家の手の者だったのだろう。エリク王は、密かに侍女を処刑して正妃への咎めとしただけで、エリザベタもグリンカ公爵家も、その地位を保ったまま捨て置かれた。

オフェリヤの死について、エリク王を恨んでいるのかと訊かれたら、当時も今も、スヴォーロフ侯爵は否と答えるに違いない。王統の維持と国の繁栄こそが、国王たる者の絶対的使命である以上、当時は王太子に過ぎなかったエリク王が、側妃の命よりも生まれてくる〈王の子〉を護ろうとするのは、極めて当然の判断だった。また、エリザベタにしろグリンカ公爵家にしろ、オフェリヤを害した証拠を残しているとは思われず、エリク王が表立ってエリザベタを罰することが出来ない事情も、スヴォーロフ侯爵にはよく分かっていた。

やがて、オフェリヤの死を予感させられてから間もなく、煌々と月の輝く夜に、オフェリヤは産褥によって身罷った。側妃の命と引き換えに、初めての王子を得たエリク王は、オフェリヤの遺体が眠る寝台の横に座って、長い間じっと黙祷を捧げていた。恐らくは愛でなく、それは王子の母となった者への敬意だった。

オフェリヤの死から一年後、王統府の側妃選定議会が選んだ新しい側妃として、バステルナク侯爵家の息女セラフィナを娶るときも、エリク王はセラフィナを第三側妃とし、亡きオフェリヤを第二側妃の呼び名のまま留め置いた。さらに一年後、エドガル侯爵家のカテリーナが入宮したときも、与えられた身位は第四側妃だったのである。

スヴォーロフ侯爵は、エリク王もロジオン王国も恨んではいない。そうした執着に囚われるには、スヴォーロフ侯爵は理性的であり過ぎた。只、今に至るまでスヴォーロフ侯爵を苛み、突き動かしているのは、真の天才であるが故の、どうすることも出来ない程の退屈と倦怠だったのである。

「愛しい姉上。貴女の命と引き換えに、王子が生まれた瞬間から、私は何度も考えました。貴女を死に至らしめ、私を退屈という不治の病に落としたのは誰だったのか、と。エリク王ではない。我が父上でもない。直接手を下した実行犯だけは、既に始末された。貴女を護れなかった〈王家の夜〉は、単に無能だったに過ぎない。無能であることが罪とされないのであれば、彼らにも責はないのでしょう」

スヴォーロフ侯爵は、適温に保たれた葡萄酒の瓶を手に取ると、静かに硝子の杯に注ぎ込んだ。年代物の高価な葡萄酒は、血の色を超える真紅に輝き、芳しい香りを立ち上らせる。オフェリヤの肖像画に向かって杯を掲げてから、スヴォーロフ侯爵は僅かに唇を湿らせた。

「貴女の死に罪ある者は、エリク王でもなく、我が父でもなく、〈王家の夜〉でもない。勿論、腹の子である筈もない。そうであるならば、私に残された敵は、王妃エリザベタとグリンカ公爵家、そして王妃が心血を注いで王太子の座に押し上げようとしている、アリスタリス王子ということになる。オーファ、我が姉上。このエメリヤン・スヴォーロフのせめてもの退屈凌ぎに、あの女の息子を王位から遠ざけて御覧に入れましょう」

そして、スヴォーロフ侯爵は、心の中で言葉を続けた。全ての元凶とも言える祖国、黄金の国と讃えられるロジオン王国そのものを、己が玩具にしてみせよう。己れを退屈と倦怠の海に置き去りにしようとする大ロジオンは、混乱と衰退という代価を以て負債を支払うだろう、と。

その夜のクレメンテ公爵は、賓客を迎える為に造営された〈ラードゥガ宮〉、壮麗を極めた〈虹の宮殿〉の一室で、数人の腹心達と向かい合っていた。広々と豪奢な部屋は、クレメンテ公爵が王城を訪れた折に自由に使えるよう、王家から特別に貸し与えられたものである。茶会が開ける程の広さを持った貴賓室に、いくつかの控えの間を備え、クレメンテ公爵が宿泊出来る寝室には続きの居間もある。ラードゥガ宮にこれだけの部屋数を有しているのは、王妃の実家であるグリンカ公爵家の他には、クレメンテ公爵家だけだった。

王城に専用の部屋を与えられるのは、王族に次ぐ存在であると宣言されたに等しく、大きな名誉であったが、野心家のクレメンテ公爵にとっては、十分に心を満たすものではなかったのだろう。クレメンテ公爵は、如何にも高貴な血筋を思わせる秀麗な面に皮肉な微笑みを浮かべ、貴賓室を一層典雅に煌めかせている黄金色の壁を指し示しながら、傍のパーヴェル伯爵に尋ねた。

「ロジオン王国の本宮殿であるヴィリア大宮殿には、陛下の御使いになる八分の〈黄白〉が貼り巡らされている。では、貴賓宮殿たるラードゥガ宮に使われるのは、何分の割合の〈黄白〉なのか分かるかね、パーヴェル伯」

クレメンテ公爵の問いかけは、ロジオン王国の貴族にとっての常識を問うものだった。クレメンテ公爵が語ろうとする話の意図を察し、パーヴェル伯爵は丁寧に答えた。

「光り輝くヴィリア大宮殿の〈黄白〉よりは、少々淡い金色でございますな。黄金と銀を五分の割合で鋳造したものかと存じますが、如何でございましょう」

「そう、五分の〈黄白〉だ。伯も能く知っての通り、ロジオン王国では〈黄白〉の使い方に厳密な決まり事がある。八の黄金に二の銀を混ぜ込んだ八分の〈黄白〉は、国王陛下の住まわれるボーフ宮と、正式な謁見の間を置くヴィリア大宮殿でのみ使われる。王家の血を引く公爵家と雖も、宮殿に与えられる部屋は五分の〈黄白〉であり、自邸では〈黄白〉の使用そのものが許されぬ。公爵家当主夫妻と嫡男のみ、手回りの品にいくらか五分の〈黄白〉を貼れるだけなのだ」

クレメンテ公爵は、微かな苛立ちを纏って〈黄白〉の壁を見詰めた。当たり前の壁紙では決して再現出来ない、典雅にして煌びやかな〈黄白〉の輝きは、常にクレメンテ公爵に複雑な感情を呼び起こさせるのである。

「我がクレメンテ公爵家の初代は、王弟の御一人であられた。兄王の即位と同時に臣下に降り、クレメンテ公爵家に婿入りされたものの、亡くなる寸前まで嘆いておられたそうだ。〈黄白〉を貼らぬ壁など見窄らしい、臣下に落とされた身が厭わしい、とな。ロジオン王国の〈黄白〉は、そうして元王族の心を折る為にも使われるのだよ」

パーヴェル伯爵は、安易な言葉を口にしようとはせず、深々とした座礼を返答に代えた。一方、アイラトとの住まいであるドロフェイ宮から、自ら足を運んでいたマリベルは、傲慢な口調で言った。

「王弟殿下であられた御当主様の御気持ちは、わたくしにも能く分かりますわ。けれども、王弟殿下の血筋を受け継ぐわたくしは、再び〈黄白〉の壁に囲まれて暮らしておりますのよ、御父様。今はまだ、この部屋と同じ五分の〈黄白〉でございますけれど、アイラト王子殿下と共に王太子宮に移りましたら、〈黄白〉はさらに輝きを増しましょう。御父様が御悩みにならなくても、アイラト王子殿下が御即位なされば、クレメンテ公爵家も〈黄白〉の家となりましてよ。王妃陛下のグリンカ公爵家が、今現在はそうであるように」

マリベルの言う通り、〈黄白〉に関わるロジオン王国の規程として、王妃に冊立された者の実家は、特別に自邸の内部に王妃の割合の〈黄白〉を用いることを許される。火災や天変地異などの理由で、王城が使用出来なくなった際には、王を始めとする王族が王城から避難し、一時的に王妃の実家に暮らす可能性を考慮しているからである。実際、五百年を超えるロジオン王国の歴史の中では、王妃の実家を仮の宮殿とした事例もあった。

王妃エリザベタの祖母にして、ラーザリ二世の王女でもあった先代の公爵夫人が、グリンカ公爵家が王妃の実家となった結果、屋敷中が〈黄白〉に包まれたのを見届け、満腔の笑顔の内に逝ったのは、ロジオン王国の貴族の間では有名な話だった。

「マリベル妃殿下の仰せの通りでございますよ、公爵閣下。王権の象徴でもある〈黄白〉は、常に奪い奪われるものでございます。かつての御当主様の御手をすり抜けた〈黄白〉が、時を経て閣下の御手に戻るのも、また必定と存じます」

パーヴェル伯爵の言葉には、王の外戚を狙う大貴族と、派閥の中心的貴族という枠には収まらない、温かな慰めと励ましが籠もっていた。クレメンテ公爵は、めずらしくも含みのない表情で微笑んだ。

「伯は、中々に含蓄のある物言いをする。私が伯を腹心とする理由の一つは、その含蓄の故なのだ。王族を初代とする公爵家は、青い血に急き立てられるかの如く、玉座へと吸い寄せられる。勿論、謀反など夢にも思わぬ故、公爵家として許された手段によってだがな。そうか。失われた〈黄白〉は、再び我が手に戻るか、パーヴェル伯」

「はい、閣下。運命がそれを許すなら、閣下のものとなりましょう。輝く未来を引き寄せる為に、非才なる我が身の全力を以て、閣下の御味方をさせて頂く所存でございます。今迄がそうでございましたし、これからも忠勤を御尽くし致します」

「そうですとも。何も御心配には及びません。新しき〈黄白〉は、必ずわたくしが手繰り寄せて御覧に入れますわ、御父様」

クレメンテ公爵とパーヴェル伯爵の会話に割って入るかのように、マリベルは再び高らかに宣言した。マリベルの自信に満ちた言葉に、パーヴェル伯爵に向かって微笑んでいたクレメンテ公爵は、今度こそ不快の意を示した。

「そなたは、少しばかり慎みに欠けるのではないか。やり過ぎてはいけないよ、マリベル。差し出がましい真似をする女と思われたら、アイラト王子殿下の御心が離れるやも知れぬ。ドロフェイ宮でいきなり元第四側妃の話を暴露したときは、こちらの肝が冷えたわ」

「まあ。御父様ともあろう方が、あり触れた御説教をなさいますのね。勿論、殿下の御顔の色は読んでおりますわ。アイラト王子殿下は、貞淑なだけの女や、美しいだけの御人形を愛でられる御方ではございませんもの。夫に尽くすが故のわたくしの謀くらい、笑って受け入れて下さいますわ」

「それでもだ、マリベル。くれぐれも、出過ぎぬように気を付けなさい。そなたは、何よりも先に子を生さねばならない。入宮して三年以上、今のまま懐妊の兆しがなければ、来年には側妃の話が出るだろう。対抗馬を潰して回るのも、そろそろ限界であろうよ」

　最も触れられたくない話題に踏み込まれたマリベルは、噛み締めた唇を隠す為に、手にした扇を開いて口元を覆った。内心の不快を表明し、さらなる話題の継続を拒む、貴婦人ならではの仕草である。薄紅色の繻子に白いレースをあしらった優雅な扇が、このときばかりは抜き身の軍刀のように不穏だった。

　華やかであり優美でもあるラードゥガ宮の一室が、冷ややかな苛立ちに支配されようとしたとき、貴族としての処世術に長けたパーヴェル伯爵は、父と娘のそれぞれを宥める方策として、然り気なく話題を変えた。

「閣下の御手に〈黄白〉を取り戻すには、本日の召喚魔術も手札の一つとなりましょう。万事に動じぬ陛下が、内心で御悩みになっているのは、動力源の枯渇でございます。その問題を解決する可能性を御示しすれば、陛下の御心も傾くかと存じます。少なくとも、可能性があると思わせられたなら、王国騎士団が黙ってはおりますまい」

貴族の最高位である公爵家の令嬢として、厳しく感情の制御を躾けられてきたマリベルも、素早く表情を取り繕い、新しい話題に加わった。

「御説の通りですわ、パーヴェル伯。獰猛な王国騎士団は、過去の栄光が忘れられないのですもの。他国への外征を認めてくれる君主と、その為の力を得る機会があれば、後先を考えずに飛びついてくるのではないかしら。それで、実際の見通しは如何ですの。初めに召喚魔術という発想を持ち込まれたのは、貴方なのでしょう」

「我が家は代々、多くの魔術師を生み出した家系でございます、妃殿下。誠に残念ながら、最近では嫡男のダニエ一人にしか魔術の才はございませんけれども、ダニエの曽祖父にして我が祖父ヤキム・パーヴェルは、先代の魔術師団長でございました。祖父が書き残しました書類の中に、召喚魔術という概念があったのでございます」

扇を閉じて会話に加わるという、マリベルの貴婦人らしい謝罪を受け取ったクレメンテ公爵も、総領娘(そうりょうむすめ)を溺愛する父親らしく、頬を緩めて会話に加わった。

「ヤキム師は、彼のゲーナ・テルミンに、契約の魔術紋を刻んだ方でもあるのだよ、マリベル。あれは全く英断であった。ヤキム師の魔術紋がなければ、如何に強大なロジオン王家とは言え、ゲーナ・テルミンを御せなかったかも知れないのだ。ヤキム師が、死の間際まで心を残されたのが召喚魔術なのだから、ゲーナ・テルミンの最後の大仕事にするに、これ以上のものはなかろう」

そう言って、クレメンテ公爵は酷薄に笑った。クレメンテ公爵にとって、自らとも王家とも距離を置こうとするゲーナは、決して好ましい人物ではなかった。己が手駒にならない存在であるのなら、策略を以て利用する環境を整えるか、程々に苦しめて力を削ぎたいと考えるのが、貴族という存在である。紛う方なき大貴族であるクレメンテ公爵が、ゲーナを窮地に陥れて愉悦の色を浮かべるのは、寧ろ自然な成り行きだった。

魔術師としての才には恵まれなくとも、高位貴族らしい政治力には不足のないパーヴェル伯爵も、平然と言葉を続けた。

「私くしとダニエは、召喚魔術そのものは成功するであろうと考えております。犠牲を厭いさえしなければ、出来ない術ではないのだと、息子が申しておりましたので。問題は二つ、召喚魔術の行使に反対をし続けていたゲーナ・テルミンが、果たして本気で協力するかという点と、召喚後の成果でございます」

「ゲーナ・テルミンは変わり者ですのね、御父様。魔術師と呼ばれる程の者は、常に新しい魔術に挑みたがるものだとばかり思っておりましたわ。魔術師団長は、何故、召喚魔術に反対するのかしら。誰も成し得ていない、世界で最初の試みですのに」

「この世の理に反するから、と述べていたよ、マリベル。魔術師としてのゲーナが知る理、この世の絶対的な真理とでも言うべき法則が、召喚魔術を是とはしないのだと。だからこそ、行う価値があるというのに、頭の固い老いぼれは敵わぬ。千年に一人の天才と呼ばれていても、所詮は魔力量だけなのであろうよ」

召喚魔術の実現に向けて、クレメンテ公爵やパーヴェル伯爵らが交渉に交渉を重ねてきた間、頑なに召喚魔術に反対していたゲーナの様子を、脳裏に思い浮かべたのだろう。クレメンテ公爵の顔には、今度こそはっきりとした侮蔑の笑みが浮かんだ。

「それだけではございませんでしたよ、閣下。召喚される側の権利などと、さらに訳の分からぬ話を力説しておりました」

「召喚される者など、我らの奴隷として定められた存在だと考えれば良いであろうに。ゲーナ・テルミンの思考は、とても貴族のものとは思われぬ。ゲーナの生家といえば、建国以来の名門の内であろうに。まあ、良い。パーヴェル伯の祖父君が施した魔術紋がある以上、ゲーナ・テルミンに全身全霊の力を出させるのは、いとも容易いのだからな。そなたの祖父君は誠に偉大であったな、パーヴェル伯」

亡き祖父を讃えられたパーヴェル伯爵は、満面の笑みを湛えて一揖した。瞳を煌めかせたマリベルが、もう一度口を開こうとしたとき、控え目に扉を叩く音が聞こえ、先触れが賓客の訪れを告げた。この夜、クレメンテ公爵が招いた二人の客、アイラトとスヴォーロフ侯爵が、ラードゥガ宮に足を運んだのである。クレメンテ公爵らは席から立ち上がり、礼と共に二人を迎えた。

「これは殿下、宰相殿。能く御越し下さった」

鷹揚に会釈を返したアイラトは、優雅な足取りでマリベルの傍に近寄り、白い指先に口付けを落とした。

「私の妃が、私を置いて父君の下に行ってしまいましたからね。今夜の儀式までの時間を持て余して、叔父上を御誘いしたのです」

マリベルは、口付けられた指先にそっと力を入れて、夫たるアイラトの手を握り、白皙の頬に仄かな血の色を上らせた。政略で結ばれた秀麗な王子に向けて、マリベルが熱烈な愛を捧げているのだと、世馴れた貴族達の目には明らかだった。

「まあ、殿下。御揶揄いになっては嫌でございますわ。殿下こそ、普段はいつもわたくしを置いていっておしまいになりますのに」

アイラトは口を開こうとはせず、曖昧な微笑みを刻んだまま、マリベルの隣に腰掛けた。一方のスヴォーロフ侯爵は、洗練された所作でクレメンテ公爵に礼を返し、傍らに立つパーヴェル伯爵に話しかけた。

「御子息の様子は如何か、パーヴェル伯。叡智の塔からは、召喚魔術の準備は順調であると報告を受けている。ダニエ殿は、何か言っていましたかな」

「最近は流石に疲れた様子で、叡智の塔から帰れぬ日も多うございました。只、昨日は久し振りに早く帰宅し、ゆっくりと晩餐を共に致しました。ダニエは随分と落ち着いておりまして、為すべきことは為したと、自信を覗かせておりました」

「それは素晴らしい。流石、叡智の塔が誇る英才だ。ダニエ殿なら、きっと我らの求める結果を手繰り寄せてくれるでしょう。仮に今回の試みが失敗に終わったとしても、次に続く形であれば、状況は我らの望む方向へと動きましょう」

胸中に仄暗い深淵を湛えたスヴォーロフ侯爵と、鍾愛(しょうあい)する息子に相応しい将来を思い描くパーヴェル伯爵は、目を見交わして静かに微笑んだ。長椅子に背を預けたクレメンテ公爵は、白大理石に金の象嵌を施した大きな柱時計を見ながら言った。

「さて、我らが叡智の塔に向かうまでには、後三アワドといった所か。マリベルがドロフェイ宮に戻らねばならぬ時間までにも、まだ暫しの余裕がある。よろしければ、皆で晩餐の席を囲みながら、前祝いの杯を掲げるとしよう」

クレメンテ公爵が軽く手を振ると、部屋の隅に控えていた侍従達が、一斉に晩餐の用意に取りかかる。こうして、それぞれの思惑を秘めた群舞は、黄金の国ロジオンを代表する貴顕達によって、さらに優雅に踊り続けられたのである。

召喚魔術の行使を控えた夜半、アリスタリスの住まうリーリヤ宮を、密かに訪れた者達がいた。王妃の宮殿であるリーリヤ宮には、蟻の這い入る隙間もない厳重さで、昼夜を問わず近衛騎士団が警護に当たっていたが、忠実なはずの近衛騎士達は、誰も訪問者を咎めようとはしない。深く被ったローブを一礼して覗き込み、訪問者の顔を確認するだけで、何も聞かないまま次々に行く道を開けていった。

リーリヤ宮の使用人が出入りする通用口から、静かに宮殿内に滑り込んだ所で、訪問者達はローブを脱いだ。無言のまま顔を露わにしたのは、近衛騎士団の団長であるコルニー伯爵と、近衛の連隊長であるイリヤだった。元第四側妃カテリーナの不義を見逃したばかりか、不義の相手と協力者までが近衛騎士だったという重大な不始末の責任を取って、王家から謹慎処分を受けている二人は、アリスタリスの許しを得て、内々にリーリヤ宮を訪れたのである。

不寝番を務める近衛騎士達に小さく頷きかけながら、コルニー伯爵とイリヤは、リーリヤ宮の奥へ奥へと進んでいく。中央の最奥が王妃エリザベタの住む区画であり、右翼が未婚の王女達の暮らしていた区画、そして左翼の最奥がアリスタリス一人の為に整えられた区画である。アリスタリスの居間に到達した二人は、先触れに立った侍従に先導され、粛々(しゅくしゅく)と扉を潜った。

〈黄白〉の輝きに満ちた豪奢な部屋の中、寛いだ様子のアリスタリスは、猫足の長椅子にゆったりと背を預けていた。この夜のアリスタリスは、淡い緑色のブラウスの上に、濃紺のジュストコールを羽織っている。ジュストコールには極小の金剛石が散りばめられており、宛ら夜空の星のように輝いていた。

「能く来てくれた、二人とも。首を長くして待っていたよ。今宵は叡智の塔で召喚魔術が行使されるので、私も行かなくてはならないのだ。そなたの策が実を結んでいるのかどうか、早々に首尾を教えてもらえるかな、コルニー伯爵」

アリスタリスの問いかけに、無言のまま一揖したコルニー伯爵は、胸元から一枚の書類を取り出すと、背後に控えていた近習へと差し出した。アリスタリスから微妙に視線を外したまま、コルニー伯爵は言った。

「書類に纏めましたものが、今日現在までにアリスタリス王子殿下への支持を確約した、王都在住の地方領主の名簿にございます。全体の三分の二程度の地方領主と連絡を取ることが叶い、その内の過半数から賛同を得ました。残る三分の一につきましても、近日中に大半の面談を終える手筈でございます。地方の領地に住んでいる領主につきましては、信頼の置ける者を使いに立て、手紙を届けさせておりますが、此方が出揃うには今暫く時間が掛かるものと思われます。何分、ロジオン王国は広大であり、此度は叡智の塔に転移魔術の行使を依頼するわけにもいきませんので」

鷹揚に頷いて書類を受け取ったアリスタリスは、素早く視線を走らせて確認するや、機嫌良く空色の瞳を輝かせた。

「私が思っていたよりも随分と数が多く、有力な者も含まれている。予想以上の成果だよ、コルニー伯爵、イリヤ卿。コルニー伯爵の有能さを信じてはいたものの、早々に結果が出るとは思わなかった。嬉しい誤算だな。能くやってくれた、二人とも」

アリスタリスに労われ、イリヤは喜びに頬を緩ませた。元第四側妃の騒動の際にアリスタリスを激怒させ、冷たい叱責を浴びていただけに、イリヤの安堵は深かった。計画の発案者であるコルニー伯爵が、硬い表情を浮かべたまま身を強張らせている様子を気に留めず、アリスタリスは名簿を見詰めながら尋ねた。

「地方領主達の名の前に、二種類の印があるのはどういう意味なのだろう。丸と三角。印の意味するものを教えてくれるかな、コルニー伯爵」

「御意にございます、殿下。名簿に書かれた二種類の印は、地方領主達からの望みを内容によって分類したものでございます。殿下への支持を約すに当たり、事が成った場合の褒章として、報恩特例法の撤廃を求めた地方領主が丸印、方面騎士団に拠出する維持費の減額を求めた地方領主が三角印でございます」

「成程。丸印は六家、三角は七十五家。圧倒的に多いのは、方面騎士団に対する維持費の減額というわけか。以前の話では、報恩特例法の撤廃こそが地方領主の悲願だと聞いた気がするが、私の間違いだったのか、コルニー伯爵」

アリスタリスの無邪気にも聞こえる問いかけに、コルニー伯爵は素早く片膝を突き、深く頭を下げた。苦渋に満ちた声音で、コルニー伯爵が言う。

「誠に申し訳ございません、殿下。私くしの不見識でございます。報恩特例法による領民の艱難辛苦よりも、己れの家の財貨だけを求める者がこれ程までに多いとは、全く私くしの思い及ばぬ事態でございました。御恥ずかしゅうございます」

コルニー伯爵の発言は、王家への批判とも取られかねない危うさを孕んでいた。ロジオン王国の中興の祖とも言えるラーザリ二世、世に名高い征服王が定めた報恩特例法の存在が、地方領の領民達を虐げているのだと、はっきりと口にしたも同然だったからである。この場に王妃エリザベタがいたら、コルニー伯爵は厳しく罪に問われていたかも知れないが、エリザベタの最愛の息子であるアリスタリスは、特に気に留める素振りを見せなかった。

「構わないよ、コルニー伯爵。貴族として最も大切にするべきは、己が家の存続と繁栄だろう。その為には財貨も欠かせないのだから、当然の要求とも言える。結果として支持が集まった以上、伯の目論見は的中したと考えて良いだろう。大儀であった」

和やかな笑顔と共にもたらされたアリスタリスの労いに、無表情を保ったままのコルニー伯爵は硬い声で答えた。

「御言葉、忝うございます、殿下。共に地方領主の王都屋敷を訪ね、手紙の送付にも力を貸してくれた、イリヤ・アシモフ連隊長の献身の故でございます」

「分かっているよ、コルニー伯爵。伯やイリヤ卿と前祝いの杯を重ねたい所だけれど、今夜は叡智の塔で召喚魔術が行われるので、私もそろそろ用意をしなくてはならない。目の前の事が終わり、伯らの謹慎が解けたら、ゆっくりと語り合うとしよう」

コルニー伯爵は無言のまま礼を返し、イリヤは如何にも残念そうに口を開いた。イリヤにとって、アリスタリスの言葉は無念を煽るものだった。

「謹慎になどなりませんでしたら、私くし自身が護衛騎士となり、召喚魔術が行使される間も殿下を御護りできましたのに。何が起こるか分からない未知の出来事に挑まれる殿下を、黙って御見送りするだけとは、誠に口惜しゅうございます」

「有難う、イリヤ卿。最初に召喚魔術に関する会議の場に呼ばれたときも、供をしてくれたのはイリヤ卿だったのだから、私も残念だ。次からは、必ず卿に守護してもらおう。此度は苦労を掛けた。そなたらの忠義は忘れないよ」

先に立ち上がったのは、アリスタリスの方だった。近習は恭しく扉を開け、退出するアリスタリスに付き従う。コルニー伯爵とイリヤは、騎士の礼を取ってアリスタリスを見送った後、訪れたときと同じように宮殿を忍び出た。警護の近衛騎士達は密やかに黙礼するだけで、二人に話しかけようとはしない。やがて、リーリヤ宮から三百メトラ程離れ、人目を避ける必要がなくなった所で、イリヤが安堵して口を開いた。

「もう話をしてよろしいでしょう。アリスタリス王子殿下に御喜び頂けて、本当によろしゅうございましたね、団長閣下。これだけで近衛の失態が帳消しになるわけではないでしょうが、幾許(いくばく)かの面目は保てたものと存じます。久し振りに、今夜はゆっくりと寝られる気が致します。地方領主を巻き込む献策といい、支持を約させる弁舌といい、流石でございましたね、閣下」

イリヤの賛辞には一言も答えず、コルニー伯爵はどこか沈痛な眼差しで足下を見詰めたまま、唐突に問いかけた。

「そなたはオローネツ辺境伯爵を知っているか、イリヤ連隊長。オローネツ辺境伯爵領の領主、エウレカ・オローネツ殿だ」

「オローネツというと、王国の北西に位置する辺境の大領でございますね。辺境伯爵との面識はございませんが、オローネツの領地は大ロジオンでも一、二を争う程に広大で、豊かな穀倉地帯でもあると聞き及んでおります。また、オローネツ辺境伯爵は滅多に王都を訪れようともせず、王家に何かと隔意があるという噂を聞いた覚えがございます」

「そのオローネツ辺境伯が、ロジオン王国に四家ある辺境伯爵家の中で唯一、私の親書に返事を下さったのだ。手紙を持たせた者の言葉によると、他の辺境伯爵が態度を保留する中、即答だったそうだよ。報恩特例法を撤廃して領民を救ってくれるのなら、アリスタリス王子殿下だろうとアイラト王子殿下だろうと、一切構わない。必ず王太子として冊立されるように支持しよう、とな。返書にもはっきりと認められていた」

コルニー伯爵の言葉に、イリヤは半ば反射的に眉を顰めた。唯一の正嫡の王子であり、剣の弟子でもあるアリスタリスを、何の迷いもなく信奉しているイリヤにとって、オローネツ辺境伯の返答は、王家と王子に対する不敬としか思えなかったのである。

「アリスタリス王子殿下だろうと、アイラト王子殿下だろうと構わないとは、随分と不遜な物言いでございますな。ロジオン王国の王太子位を何と心得ているのか。そういう人物だから、隔意ありと噂されるのでしょう。御味方にしてもよろしいのですか、閣下」

目の前の闇を見詰めたまま、コルニー伯爵は細く深い溜息を吐いた。イリヤの為人を知るコルニー伯爵には、部下の回答は分かっていた。イリヤ以外の近衛騎士に聞いたとしても、殆ど全員が同じ答を返すだろう。コルニー伯爵は、そっと呟いた。

「そなたは、そのように考えるのだな、イリヤ。報恩特例法の撤廃の為なら、どの王子にでも味方しようというオローネツ辺境伯は、王太子位の重味を知ろうとしない不敬の徒であり、我らが同志とするに問題があるのではないか、と」

「左様でございます、団長閣下。何れの王子殿下であっても構わないなどとは、臣下の身を弁えない不敬であり、大ロジオンの王子殿下を、己が目的を叶える道具として扱うに等しい言説ではございませんか。閣下には別の御考えが御ありなのでしょうか。私くしに気付かない所があるのでしたら、どうか御教え下さい」

「そうだね。先程、そなた自身が話した通り、オローネツ辺境伯爵領は王国の食糧を支えている大穀倉地帯だから、オローネツ辺境伯の支持は、王都や王城でも大きな意味を持つだろう。私はそう思っただけのことだよ、イリヤ」

コルニー伯爵の曖昧な説明に、イリヤは不満気ではあったものの、言葉に出して反論をしようとはせず、コルニー伯爵も何も語らなかった。黄金の満月に照らされ、二人の影が重なり合うように寄り添っていても、互いの心はどうしようもなく遠かったのである。

召喚魔術を行使する予定の時刻まで、遂に残り数アワドにまで迫った深夜、儀式の主役であるゲーナは、叡智の塔の執務室で人を待っていた。世界一の魔術大国であるロジオン王国で、魔術師団長だけが使うことを許された専用執務室には、ゲーナ以外の人影は見当たらない。史上初めて行われる召喚魔術を前に、心を落ち着けたいというゲーナの願いによって、全ての者が執務室から遠ざけられていたのである。

ゲーナの全身から漂う静謐な気配が、深々と執務室を満たす中、不意に小さな鈴の音が響いた。緩りと顔を上げたゲーナが、満足気に微笑むと同時に、柔らかな金色の光が部屋の片隅に渦を巻く。金の光と共に現れたアントーシャは、素早く周囲を見回した。この日のアントーシャは、叡智の塔に配備された短距離移動用の転移魔術陣を使わず、自身の転移魔術によって密かにゲーナの下を訪れたのだった。

「大丈夫だよ、アントン。お前の転移軌道を追える魔術師などこの世に存在しないし、執務室に仕掛けられた盗聴用の魔術機器にも、目眩ましの細工をしておいた。重要な儀式の前に一人になりたいと言っておいたので、二アワド程は自由にしてくれるだろうさ」

「ならば良かった。大切な時間を邪魔されるのは、流石に面倒ですからね。では、早速出掛けるとしましょうか、大叔父上。向こうでは、大歓迎で御待ちになっておられますよ」

柔らかな微笑を浮かべたアントーシャが、そっと手を差し伸べると、ゲーナは上機嫌でその手を取った。白く張りのある青年の手と、細かな皺に覆われた老人の手が、しっかりと握り合わされると、ゲーナは明るい声で言った。

「お前の転移魔術で跳ぶのも、考えてみれば久し振りだな、アントン。万が一の危険を考えて、私は常に人目のある場所か、直ぐに姿を現せる場所にばかりいたからな。召喚魔術が取り沙汰されて以来、王城も叡智の塔も一層窮屈な場所になってしまった。私の動向を探る為だけに、何人の魔術師と〈王家の夜〉を張り付けていたのやら。真に以て御苦労であるな」

アントーシャは、何も言わずにゲーナに微笑みかけ、優しく肩を抱いて引き寄せた。アントーシャの最初の記憶では、見上げる程に大きく逞しかった大叔父が、いつの間にか己が頬にも届かなくなっていたのだと、アントーシャは否応なく気付かされた。瞬間、胸に去来した名状し難い衝動を必死で押さえ付け、アントーシャは静かに魔術を発動させた。

魔術触媒となる輝石も使わず、魔術陣も描かず、謳うように短い詠唱を口にすると、輝かしい光が生み出され、叡智の塔の執務室を黄金に染め上げる。只それだけで、ゲーナの執務室から人の気配が消え去り、二人は王都から遥か離れた辺境の地へと到達した。ゲーナにとっては歳の離れた盟友であり、召喚魔術までに残された最後の時間に会わなければならない人物、オローネツ辺境伯の居城たるオローネツ城である。

「ようこそ御出で下さいました、ゲーナ様。御久し振りに御目に掛かれて、嬉しゅうございます。今日はゆっくりして頂けるのでしょうか」

予め知らせを受けていたオローネツ辺境伯は、満面の笑みでゲーナを迎え、力強い両手で皺深い手を握り締めた。傍らに立って出迎えたイヴァーノも、ゲーナに向かって深々と頭を下げ、全身から温かい歓迎の気配を立ち上らせた。

「久し振りだな、エウレカ殿。イヴァーノも変わりがないようで、良かった」

ゲーナは満足気に頷くと、丁寧に勧められるまま、居間の長椅子にゆったりと腰掛けた。魔術師団長であるだけではなく、テルミン子爵としての地位を持つゲーナは、オローネッツ辺境伯爵領に隣接した位置に領地を有しており、オローネッツ辺境伯爵家との絆は深い。親友とも言える間柄だったオローネッツ辺境伯の祖父の時代から、五人は座れそうな大きさの長椅子に、一人でだらしなく寝そべるのが、オローネッツ城に於けるゲーナの定位置だった。

「この城に御邪魔すると安堵するよ、エウレカ殿。叡智の塔では腹の探り合いばかりだし、塔の執務室にも自邸にも、監視が付いておるのでな。全く、老いぼれ一人に何を警戒しておるのか、馬鹿共の考えは私には理解出来ぬ。何一つ裏を読まずに済むオローネッツ城は、私には楽園だよ」

「そう御考えでございましたら、此度こそはどうか御緩りと御滞在下さいませ、ゲーナ様。魔術師団長たる御身には、長期の休暇は難しいとは存じますけれど、出来る限り御留まり頂ければ、嬉しゅうございます」

「左様でございますとも、ゲーナ様。閣下も私くし共も、いつも首を長くしてゲーナ様の御越しを御待ち申し上げております。ともあれ、色々と御疲れでございましょう。御腹が御空きではございませんか。直ぐに御食事を御運び致しますか」

オローネッツ辺境伯は熱心にゲーナを誘い、イヴァーノは如何にも嬉し気な様子でゲーナを労った。温かく純粋な好意に頰を緩めたゲーナは、しかし、はっきりと首を横に振った。

「二人の気持ちは本当に有難いが、余りゆっくりも出来ないのだよ。今日は、そなたらに今生の別れを告げに参った。エウレカ殿もイヴァーノも、座って私の話を聞いておくれ。そなたらには、ゲーナ・テルミンの最後の頼み事があるのだ」

想像さえ出来なかっただろう宣言に、激しい衝撃を受けたオローネツ辺境伯とイヴァーノは、思わず目を見開いて身体を震わせた。執務室に控えていた文官や護衛騎士達も無言の内に震撼し、にわかに張り詰めた緊張感は、執務室を押し潰しそうな程だったが、そこは常に命の危機を見据え、方面騎士団の敵となることさえ厭わず、長い年月を闘い抜いてきた男達である。オローネツ辺境伯とイヴァーノは、一言も無駄な問いかけをしようとはせず、真剣な眼差しでゲーナに向き合った。

オローネツ辺境伯やイヴァーノの様子に深い満足の息を吐いたゲーナは、傍らのアントーシャに言った。

「アントン、私は二人と話をするので、一アワドばかり席を外していておくれ。終わったら合図をするので、よろしくな」

「分かりました、大叔父上。ゆっくりと御話し下さい。その間、ぼくは厨房にでも行って、料理長に何か食べさせてもらうとしましょう。王都の屋敷では、間に合わせの物ばかり食べているのですから、オローネツ城に来させて頂いたときくらい、栄養を補給しておかないと」

冗談めかして微笑むと、アントーシャは静かに部屋を出ていった。オローネツ辺境伯も、護衛騎士や文官らを下がらせ、居間にはゲーナとオローネツ辺境伯、イヴァーノの三人だけが残った。オローネツ辺境伯とイヴァーノは、一言も聞き漏らすまいと、椅子から身を乗り出すようにしてゲーナを見詰める。当のゲーナは、長椅子の上で姿勢を正しただけで、少しも気負った様子を見せず、穏やかに話し始めた。

「さて、先程も申した通り、今日は今生の別れに参った。我が命は、残り数アワドの内に消えると決まっているのだよ」

オローネッツ辺境伯は、机の下で血が出る程に強く両手を握り締め、一瞬たりともゲーナから視線を逸らさないまま、激情を押し殺した口調で尋ねた。

「差し迫った折に我らの下を御訪ね下さり、誠に有難うございます。ですが、ゲーナ様。貴方様の御命が残り数アワドとは、一体何が起こるのでございますか。その運命を避ける為に、我らに出来ることはないのでしょうか。大恩あるゲーナ様の御役に立てるのでしたら、我ら二人、喜んで命を投げ出しましょう」

ロジオン王国でも有数の大領を治めるエウレカ・オローネッツは、軽々しく命を捨てるなどとは口にしない。オローネッツ辺境伯が言い、家令たるイヴァーノが止めないのであれば、それは命を懸けた誓いとなる。瞳に気迫を滾らせて、必死に問いかけるオローネッツ辺境伯に、ゲーナは温かく微笑みかけ、心からの感謝を示した。

「有難う、エウレカ殿。そなたの気持ちは本当に嬉しく思う。そなたやイヴァーノという知己(ちき)を得たのは、私にとって大いなる幸いだよ。しかし、それでも、運命は私自身が定めたものであり、何者にも変えられはしないのだ。そなたらにも、召喚魔術の企みは知らせてあったろう。今夜、儀式を行う予定になっているのだ」

「あの愚かな儀式は、今夜でございましたか。まさかとは思いますけれど、召喚魔術は、ゲーナ様が御自身で行われるのではございませんでしょうな」

オローネッツ辺境伯の問いかけに、ゲーナは皺深い右手を上げると、そっと自らの胸元を撫でた。

百二十年前、当時の魔術師団長であったヤキム・パーヴェルによって、ゲーナの意志を縛る隷属の魔術紋が刻まれた場所である。

「余りにも恥多き故に、そなたらには秘密にしてきたが、私の胸には、百年以上前から隷属の魔術紋が刻まれているのだよ。何があっても王家の命に従い、王家の為に身命を賭して尽くす。誓いを破ったときには、魔術紋が我が心臓を摑み潰すだろう、と。私を隷属させるべきだと説いたのも、実際に契約を取り行ったのも、先代の魔術師団長だったヤキム・パーヴェルでな。愚かな私は、父母や兄弟姉妹の懇願に負けて、王家からの命を拒否出来なかった。契約を拒むのは王家に対する謀反に等しく、建国以来の忠臣である我がテルミン家が、貴族として生きていけなくなると、生家の皆に泣かれてしまってな」

「何という非道な真似を」

一言だけ呟いて、オローネツ辺境伯は言葉を失った。イヴァーノは、必死に痛みに耐えるかの如く目を閉じた。ゲーナが己れの死を語ったときよりも、さらに大きな衝撃が二人に襲いかかったのである。千年に一人の天才と呼ばれ、ロジオン王国の歴史に二人といない大魔術師であるゲーナが、魔術紋による制約を課せられていたという事実の残酷さに、オローネツ辺境伯とイヴァーノは、慰めの言葉さえ思い付かなかった。

「隷属の魔術紋によって、私は王家の奴隷となった。我が祖国が他国を侵略し、自国の領民を虐げ、遂には報恩特例法などという世紀の悪法を作ったにも拘わらず、私は王家の命に従って魔術を使い続けた。そなたら地方領の皆々の苦悩も、幾許かは王家の人形に成り下がった私の所為なのであろうな」

「何を仰るのです、ゲーナ様。貴方様は如何なるときも、地方領の為、領民の為に御尽力下さったではありませんか。ゲーナ様からの尽きせぬ御恩は、我ら片時たりとも忘れは致しません。そうであろう、イヴァーノ」

「左様でございますとも。ゲーナ様が愚劣な魔術紋に縛られておられたのだと伺った今、有難さが一層身に沁みます。色々と勝手を申し上げてきた我が身を、恥じ入るばかりでございます。さぞ御苦しみだったのでございましょう」

ゲーナへの感謝とロジオン王家への怒りに耐え切れず、涙を浮かべる二人に、ゲーナは穏やかな微笑みを向けた。

「最も王家と方面騎士団に苦しめられてきたのは、そなた達であろうに。私が地方領の為に動いたとて、それは欺瞞（ぎまん）というものだ。王家の権力を強化し、地方領主達の力を削ぐ上で、私が果たした役割もあろうからな。然しながら、二人にそう言ってもらえると、私の心も幾許かは休まるよ。本当に有難う」

身を起こしたゲーナは、深く頭を下げて座礼を取り、二人に謝意を示した。数十年に及ぶ友誼（ゆうぎ）の中で、否応なく隠し続けてきた秘密を打ち明け、一つの重荷を降ろしたゲーナの顔には、晴々とした明るさが灯っていた。柔らかく微笑んだまま、ゲーナは言った。

「そうした訳で、穢らわしい魔術紋を刻まれた我が身は、召喚魔術などという非道にも逆らうことは出来ないのだよ、エウレカ殿、イヴァーノ。同時に、もう我慢も限界を超えたのでな。召喚魔術の行使に失敗して、我が命を終わらせようと決めたのだ」

オローネツ辺境伯とイヴァーノは、己が命を散らすのだと宣言したゲーナの言葉の意味を、漸く理解したのだった。握り締めた手のひらに一層の力を籠めながら、オローネツ辺境伯はゲーナに懇願した。

「御話は分かりましたけれども、だからと言って畏まりましたと引き下がるわけには参りません。その召喚魔術とやらは、必ず失敗すると決まっているのでございますか。何とか御身を護る術はないのでございましょうか」

「召喚魔術そのものは、やろうと思えば成功させられるだろう。徒らに千年に一人の天才などと呼ばれてはおらぬのでな。先代の魔術師団長であるヤキム・パーヴェルが、私の魔力を当てにして考えついた術式が基礎となった魔術なのだから、見込み違いはあるまい。只、あれは決して成功してはならないもの、謂わば魔術師としての禁忌なのだよ、エウレカ殿。どれ程嫌だと思っても、我が胸に刻まれた魔術紋の戒めによって、私は全身全霊で召喚魔術を行わなくてはならない。だからいっそ、外からの力によって魔術陣を打ち破り、その衝撃と反動で死のうと思うのだよ」

「世紀の大魔術師たるゲーナ様の全力の魔術を、外から破ることの出来る魔術師など、この世に居りましょうか。魔術の才なき私くしにも、難しさは容易に想像が出来ます。一体、誰がそのような」

唐突に何かに思い至ったオローネツ辺境伯は、言葉の半ばで沈黙し、強張った顔をさらに青褪めさせた。息を呑んで沈黙するオローネツ辺境伯に代わり、イヴァーノが震える唇で問いかける。

「まさか、ゲーナ様。貴方様は、アントーシャ様に、その御役目を課そうとしておられるのではございませんでしょうな」

「そう、そのまさかだよ。私の今生の願いとして、アントンに頼んでいる。あの子には誠に済まぬことながら、私の術を力尽くで破れる魔術師など、この世にアントンしかいないのだよ。二人には、以前から話してあったであろう。あの子の真の力を人目から隠す為に、私はあの子の力の一部を封印している。隠された鍵を開け、私の施した封印を解けば、千年に一人の天才と呼ばれる大魔術師、このゲーナ・テルミンの命懸けの魔術であろうと、あの子はいとも簡単に破ってしまうだろう」

「ですが、それではアントンが、貴方様を死なせる引き金になってしまいます。あれ程に貴方様を慕っている子に、酷うございます、ゲーナ様」

「そうですとも。アントーシャ様は、決して御同意なされますまい。誰より御優しい方にその為されようは、余りにも、余りにも御可哀想ではございませんか」

落ち着いた大人の仮面を脱ぎ捨て、必死の形相となった二人に責め立てられながら、ゲーナは嬉し気に顔を綻(ほころ)ばせた。

「有難う、二人とも。そなた達が、そうやってあの子を案じてくれるから、私は安心なのだよ。随分とアントンを苦しめてしまったが、私が我儘を押し通した。私の寿命も後二十年程だろうから、最後に王家に煮え湯を飲ませてやりたくてな。そなた達には、私がいなくなった後、あの子を頼みたい。きっと寂しい思いをするだろうし、私を思い出して辛いだろうから、支えてやってほしいのだ。あの子は本当に優しくて、随分と泣き虫なのだよ」

そう語るゲーナの表情にも声音にも、アントーシャに対する深い愛情が滲んでいた。それでも、もう誰が何と説得しようと、ゲーナの気持ちは微塵も変わらないだろう。オローネツ辺境伯とイヴァーノは、否応なくゲーナの決意の重さを理解させられ、揃って口を噤むしかなかった。己が矜持を貫く為に人生を捧げてきた男として、ゲーナから大恩を受けた身として、今の二人に出来るのは、何があってもアントーシャを護り通そうと決意することだけだったのである。

奥歯を噛み締めたオローネツ辺境伯と、深い溜息を吐いたイヴァーノは、椅子の肘掛けを支えにして立ち上がり、重い足取りでゲーナの前に行くと、片膝を突いて跪いた。

「畏まりました、ゲーナ様。オローネツ辺境伯爵家当主、エウレカ・オローネツの名に懸けて、アントーシャの身柄を御引き受け致します。如何なる仕儀に立ち至ろうとも、私くしがアントーシャの盾となりましょう」

「イヴァーノ・サハロフも、己が名に懸けて御誓い申し上げます。アントーシャ様の御身は、命に代えて御護り致します。誓いが果たされないときは、我が命運は尽き果て、我が身は塵となって消え失せましょう」

「有難う、エウレカ殿、イヴァーノ。もう思い残しは一つもない。唯一、この先のロジオン王国の動乱を、我が目で見られないことだけは残念だがね」

ゲーナは悪戯を思い付いた子供のような顔で、二人を見遣った。オローネツ辺境伯とイヴァーノは、驚きに目を見開いた。

「動乱と仰せですか、ゲーナ様」

「そうとも。当然、ロジオン王国は動乱の季節を迎えるとも。私に刻まれた魔術紋は、我が身を縛ると同時に、私を何よりも大切に思ってくれるあの子に対して、私を人質に取っていたも同然なのだよ。そうでなければ、あのアントーシャが、慈愛の光の如きあの子が、ロジオン王国の暴虐に手を拱いている筈がないではないか」

オローネツ辺境伯とイヴァーノは、思わず言葉を失った。最もアントーシャを知るであろうゲーナは、ロジオン王国の辿るべき道の先に、誰も想像さえ出来なかった未来を思い描いているのである。預言者の神秘を纏った声で、ゲーナは言った。

「今宵、我が死によって重き枷は外される。私の施した封印と、呪いの如き忠誠と隷属の首輪に蝕まれた私自身。この二つの軛(くびき)から、あの子は生まれて初めて自由になるのだ。そうとなれば、我が最愛の息子であるアントーシャが、私を死に追い遣り、地方領の領民を塗炭の苦しみの中に沈めてきたロジオン王国を、このままにしておくものか」

声もなく硬直する二人に向かって、ゲーナは、堪え切れないように笑った。間もなく訪れる初夏の青空を思わせる、どこまでも明るく曇りない笑顔だった。

ロジオン王国に於いて王国騎士団長を務めるキース・スラーヴァ伯爵は、腹心の部下であるラザーノ・ミカル子爵と共に、夜半の王城を歩いていた。わざと供の者も連れず、二人だけで歩く道々、スラーヴァ伯爵とミカル子爵の口は滑らかだった。

「叡智の塔に着いたら、儀式まで間もなくですな、閣下。クレメンテ公爵閣下の御招きによって参上致しましたものの、召喚魔術とやらは、本当に成功するものなのでしょうか。私くしには、御伽話に近しい荒唐無稽な話にしか思えませんが」

叡智の塔を擁するロジオン王国は、世界一の魔術大国の名を恣にしてきた。千年に一人の天才と呼ばれるゲーナを魔術師団長に仰ぎ、魔術術式の構成に於いても、魔術機器の発展に於いても、他国の追随を許さない程の力を誇っているのだが、そのロジオン王国の魔術師達であっても、異世界若しくは異次元から人を召喚する魔術など到底現実的だとは思えない。懐疑の念を隠そうともしないミカル子爵の問いかけに、スラーヴァ伯爵は淀みなく答えた。

「普通に考えれば、愚にも付かない夢物語が実現するわけがない。只、今の魔術師団長は彼のゲーナ・テルミンだからな。千年に一人の天才と謳われるゲーナ殿に出来ないのであれば、召喚魔術を使える者などこの世におらず、この先も現れはしないだろう。そうなると、ロジオン王国は困ったことになる」

仄かな星明かりと魔術灯に照らされた深夜の王城に、スラーヴァ伯爵の声が静かに響いた。ミカル子爵は素早く周囲を見回し、怪しい気配がないかを探る。スラーヴァ伯爵の言葉は、酷く危険なものを孕んでいたからである。

「閣下、この場で御口になされてよろしいのですか」

「そなたの用心深さは称賛に値するな、ラザーノ。心配せずとも良い。今宵に限っては、近衛騎士団の犬共も、容易に底を見せない〈王家の夜〉も、他の場所を探っているだろうさ。第一、聞かれた所で然程は困らない。我らがロジオン王国が、大きな岐路に立たされているのだと、名のある貴族であれば大抵は勘付いているからな」

「閣下の仰る岐路とは、資源の問題ですね」

「勿論。青光石や聖紫石を始め、魔術の媒体となる輝石類は、ロジオン王国では既に取り尽くされようとしている。恐らく我々が予想するよりもずっと早く、魔術的な資源は尽きるだろう。魔術陣に魔力を流す為の触媒がなければ、魔術師と雖も身体強化くらいしか出来なくなるのだから、近い将来、ロジオン王国から魔術師と名乗る者が消え去るのかも知れぬな。我が国にとっては、誠に深刻な問題なのだろうさ」

どこか揶揄を含んだスラーヴァ伯爵の言葉に、ミカル子爵は複雑な表情で眉を下げた。一定の身体強化を可能にする程度の魔力しか持たず、魔術にも魔術師にも特に関心も持ってこなかったミカル子爵には、魔術触媒の枯渇がもたらす影響の大きさが、直ぐには想像出来なかったのである。

「我らがロジオン王国から魔術師が消えたとして、どれ程の影響があるものなのか、私くしには想像が難しいようです、閣下。魔術師になるだけの才を持たず、元々魔術とは無縁の生活を営んでいる所為だとは思いますがね」

「影響は大きいぞ、ラザーノ。正確に言うと、魔術師が消えるからではなく、既に使われている魔術を行使出来なくなるからだが。地方領の農村ならまだしも、王都や地方都市に住む者達は、至る所で魔術の恩恵を受けている。澄んだ水を得るのも、光を灯すのも、火を起こすのも、魔術に任せているのだからな」

「成程。そう伺うと、確かに影響は大きいですな」

「魔術大国であるロジオン王国に於いて、井戸から水を汲み、室内で薪や油を燃やすのは、農村の民だけだろうさ。遠距離との通信や転移魔術はともかく、今更王都の民に農村と同じ暮らしをせよと命じたら、王国が揺らぎかねない。人とは贅沢なものなのだよ、ラザーノ。恵まれた暮らしに慣れるのは早く、不便な暮らしに戻るのは難しい」

真夜中の王城では、今宵も煌々と灯りが灯されている。繊細な硝子細工の覆いの中、僅かな揺らぎも見せずに輝いているのは、輝石を触媒として灯された魔術の光である。ミカル子爵は、長く伸びる自身の影に目を向けたまま、密やかに言った。

「閣下の御話は、私くしにも能く分かります。魔術触媒にも寿命があり、一定期間を経た物は取り替えなくてはならないのですから、消費量は莫大でしょう。ロジオン王国が新たな動力源となる存在を求めるのも、当然とは思います。しかし、その代わりが召喚魔術とは、理性的な判断だとは思われません。叡智の塔や宰相閣下は、何を考えているのでしょう。そして、畏れ多くも国王陛下は、何故御許可を出されたのでございましょうか。理解が御出来になられますか、閣下」

「異世界か異次元から人を召喚するというのは、実験の一段階だろうな。叡智の塔が求めているのは、輝石類に代わる触媒に過ぎない。石であろうと異世界人であろうと、魔術陣に魔力を流す為に役に立つなら、何の違いがあるものか。輝石を埋め込むべき場所に、魔術適性を持った異世界人を埋めてしまえば、魔術陣は動くかも知れないのだ」

ミカル子爵は、大きく目を見開き、思わず立ち止まった。魔術灯の光に仄白く浮かび上がった顔に、隠し切れない衝撃と嫌悪を滲ませた副官に向かって、ゆっくりと振り向いたスラーヴァ伯爵は、皮肉な微笑みを刻みながら言った。

「誤解しないでくれ、ラザーノ。私が彼らの考えに賛同しているわけではない。叡智の塔の魔術師共とクレメンテ公爵、パーヴェル伯爵辺りは、そこまでの非道も躊躇しないだろうという意味だ。宰相閣下や陛下の御心の内は、私如き者には読めないよ。天才の中の天才と謳われる智の怪物と、賢王の中の賢王と称えられる陛下の御考えは、深淵にして複雑だからな。只、魔術陣に依存して国を動かしてきた反動が来たのは、間違いのない事実だろう」

「仰せの通りでございますね、閣下。微量な魔力しか持たぬ者でも、動力源さえあれば魔術の恩恵に与れるのですから、魔術を使えない状態に戻れと言われても、簡単に納得は出来ないでしょう。しかし、だからと言って、召喚魔術とは、ロジオン王国の誇りはどこに消えてしまったのか」

ミカル子爵の最後の呟きは、音にもならない音となって、星空に消えていった。暫くの間、無言で歩を進めていたミカル子爵は、崇敬する王国騎士団長に向かって、重々しい声で尋ねた。

「閣下の御話を伺っている内に、嫌な予感がして参りました。我が国の誇る魔術師団長、歴史上にも類を見ない大魔術師たるゲーナ・テルミン師は、非道を嫌うと評判でございます。ゲーナ師なら、内心は召喚魔術に反対しておられるのではありませんか」

「そうだろうな。実際、かなり強靭に反対を続け、最後は王命を下されたと聞いている。ゲーナ殿としては、召喚魔術の成功など望んでいないだろう。そして我らも、明確に失敗してくれた方が何かと都合が良い」

「そうなのですか。召喚魔術の成果によって、アイラト王子殿下の王太子冊立の可能性が高まることを、閣下は御望みなのかと考えておりました。周りに人目がないと信じて、口に出してはならない思惑を申し上げておりますけれど」

素早く周囲を見回したミカル子爵が、声を潜めて言った。王国騎士団長であるスラーヴァ伯爵が、スヴォーロフ侯爵やクレメンテ公爵の誘いに応じ、アイラトへの支持を決めつつある以上、召喚魔術の成功にも相応の期待を掛けているのだと、ミカル子爵は考えていたのである。スラーヴァ伯爵は、峻厳な面に冷笑を刻みながら答えた。

「話を聞いた当初は、私もそう考えたものだが、最近になって気付いたのだよ、ラザーノ。もし召喚魔術が失敗し、今後も成功する見込みがないとなったら、陛下はどうなさると思うかね。或いは陛下以外の為政者達、宰相や公爵家でも良い」

スラーヴァ伯爵の問いかけに、ミカル子爵は真剣に考え込んだ。忠実な腹心と頼むミカル子爵が、眉を寄せて考え込む様子に、スラーヴァ伯爵は忍び笑いを漏らすと、そっとミカル子爵の耳元に囁いた。〈黄白〉と。ミカル子爵は、スラーヴァ伯爵の顔を凝視し、まるで天啓が降りたかの如く身体を震わせた。

「分かりましたよ、閣下。分かりましたとも。〈黄白〉を好んで御使いになられたラーザリ二世陛下は、膨大な量の金と銀を得る為に、三つの小国を属国となされた。ならば、魔術触媒の枯渇した我が国は、再び資源を求めて他国に攻め入ることになりましょう」

ミカル子爵の瞳は熱を孕み始め、潜めた声も興奮の気配が立ち上っていた。瞬く間に答に辿り着いた副官に、満足の視線を投げてから、スラーヴァ伯爵は大きく頷いた。

「そなたは明敏だな、ラザーノ。そうとも。召喚魔術などに頼らずとも、陛下は我ら王国騎士団に、進軍の勅命を下されれば良いのだ。ロジオン王国の百万の武力を活かすに、躊躇する必要があるものか。戦わぬ騎士など、飛べない鳥よりも哀れではないか」

「ええ。私くし達は、大空を飛ぶ為に生きている鳥ですとも。巨大な大鷲なのか、頼りない雀なのかは別にして。私くしも、漸く閣下の意図が分かりました。方面騎士団を再編成し、我が王国騎士団の一部とすることこそ、閣下が悲願とされてきた所ですからな」

「騎士団と名の付くものを、地方領主に養わせるなど、国家としての恥辱でしかない。方面騎士団は全て王国騎士団として再編成し、騎士の地位を引き上げるべきなのだ。騎士団を維持する為の金や土地がないというのなら、戦って勝ち取るのが歴史の倣いよ。他国を侵略する国家はあっても、己が国の民から略奪させる国家など、あって堪るものか」

そう言って、スラーヴァ伯爵は、瞳の奥に激しい怒りを浮かび上がらせた。同じロジオン王国の騎士団に名を連ねる方面騎士団が、報恩特例法の名の下、自国の領民に対して略奪を繰り返している現状は、王国騎士団の団長を務めるスラーヴァ伯爵にとって、耐え難い恥辱だったのである。

「私くしも同感ですよ、閣下。戦う力を持たぬ卑怯者程、綺麗事を言いたがる。百万人近い方面騎士団の者達を、名誉ある騎士として相応しく遇するには、戦ってでも資金を調達するしかありませんでしょう。王国騎士の誇りを守る為、閣下と御一緒に戦場を駆けることこそ、我が望みでございます」

ミカル子爵の力強い言葉に、スラーヴァ伯爵は無言で副官の肩を叩いた。敬愛する指揮官の気安さに微笑みながら、ミカル子爵は質問を重ねた。

「もののついでに御教え下さいませんか。閣下は本当に、クレメンテ公爵閣下の御誘いに応じて、アイラト王子殿下を御支持なさるおつもりなのですか」

「近衛がアリスタリス王子殿下を支持するなら、他に道はないだろう。まあ、本音を言えばどちらでも良いのだ。我らに騎士の本分を尽くさせて下さる方が、我らの主君よ。我らは、ロジオン王国の臣下である前に、騎士という生き方を選んだ者なのだ」

高位貴族というよりは、騎士と呼ぶに相応しい率直さで、スラーヴァ伯爵は言った。その言葉が実現するのかどうか、満天の星は何も答えずに瞬いていた。

ロジオン王国の歴代国王が暮らしてきた栄光の宮殿、この世で最も豪奢な建物の一つであるボーフ宮の最奥、厳重な上にも厳重に警備を重ねた王の私室で、エリク王は深々と長椅子に身を預けていた。透明な硝子の大窓の向こうには、星空に円やかな月が浮かび、夜更けの密やかな気配を漂わせている。

エリク王の傍には、純白の毛並みを輝かせた小さな猫が身を擦り寄せ、微かに喉を鳴らしていた。スニェーク〈雪〉と名付けられた子猫は、贈り主であるロージナが王女の地位を剥奪され、既に王城から追放された後も、エリク王の寵愛を一身に集めているのである。

部屋の片隅と扉の前には、エリク王の護衛を務める近衛騎士達が、凛々しい彫像の如き面持ちで身動きもせずに佇んでいる。エリク王の護衛に当たる騎士達は、思索に沈むエリク王の邪魔をしないよう、自らの存在感をどこまでも薄くし、同時に僅かの緩みもなく周囲を警戒し続ける、一騎当千の精鋭揃いとして知られていた。

静謐な空気を変えたのは、愛らしい純白の子猫だった。エリク王に背を撫でられ、微かに喉を鳴らしていたスニェークは、不意に顔を上げると、緑金の瞳を大窓の外に向けて鳴いたのである。細く愛らしい子猫の声は、微笑ましいばかりのものだったが、殆ど鳴くことのないスニェークにしては、めずらしい甲高さだった。仄かな薔薇色の鼻先と、白く小さな耳を動かす様子からも、スニェークは何かを感じ取っているかに見えた。

エリク王は、スニェークの背を撫でる手を止めると、子猫の緑金の瞳を覗き込み、真面目な口調で問いかけた。

「そなたにしては、めずらしい声であるな、スニェーク。何を鳴くのだ。今宵は、大きな意味を持つ夜になるやも知れぬ。そなたには、それが分かるのだろうか」

エリク王の言葉に耳を傾けているかのように、小さな頭を傾けたスニェークは、丸い瞳を瞬かせてから、もう一度エリク王の手に頬を擦り寄せた。繊細な指先でスニェークの頬を撫でてやりながら、エリク王は言った。

「或いは、引き離された親兄妹が気に掛かるのか。ローザ宮からの知らせによると、そなたの母と兄妹達は、何処ともなく姿を消したらしい。余の第四側妃だった女が穢れた大罪を犯したとは言え、飼い猫にまで罪は及ばぬ故、密かに探させていたのだがな。王国騎士団長のキース・スラーヴァは、猫を見付けて王国騎士団まで連れてくるか、見付けた者が飼ってやるか、自由に選ぶよう宣言したという。今になっても連れられて来ぬとなれば、どこかの物好きが連れ帰ったのであろう」

ローザ宮の飼い猫として愛玩されていた猫達が、自ら王城を出ていくとは考えにくい。何かを食べさせてやった女中も、寝床を与えてやった従僕もおらず、元第四側妃の断罪の日から、一度も姿を目撃されていない以上、誰かに連れられていった可能性が高かった。その誰かがアントーシャだとは、如何にエリク王でも想像出来るはずがなく、猫達の行方は杳（よう）として知れなかったのである。

ゆっくりとスニェークを撫でる手を止めないまま、エリク王が再び思索の海に揺蕩うかと見えたとき、静かに扉を叩く音が響いた。部屋の外で不寝番を務める近衛騎士が、訪問者の来室を告げたのである。エリク王が頷くと、巧みに気配を殺して扉の前に侍っていた近衛騎士が、二度扉を叩いて入室の許可を出す。音もなく姿を現したのは、エリク王の家令であるタラスだった。

「御呼びと伺い罷り越しました、陛下。そろそろ夜も更けて参りましたのに、まだ御休みになられないのでございますね。何かございましたか」

「遅くに呼び出したな、タラス。今宵行われる召喚魔術の儀式とやら、余も叡智の塔まで見物に行こうと思い、そなたを呼んだのだ。急ではあるけれど、そなたならば手配に抜かりはあるまい。用意を整えよ」

〈王家の夜〉の統率者として、完全に表情を制御出来るはずのタラスは、敢えて隠そうとはせず、エリク王の前に苦い顔をして見せた。己が主をよく知るタラスは、エリク王がそう言い出すかも知れないという、半ば確信に近い予感が外れるようにと、密かに願っていたのである。胸の内で敗北の溜息を吐きながら、タラスは言った。

「未知なる魔術を行使する場に、陛下が尊き玉体を御運びなられるのは、些か危のうございます。御考え直し頂くわけには参りませんか、陛下。今宵の叡智の塔には、アイラト王子殿下とアリスタリス王子殿下という、王太子候補の殿下方が御二人御揃いになられます。同じ場に陛下までとは、余りにも危険が過ぎましょう」

「ゲーナが為す魔術が、見物の者まで危険に晒すとは思えぬ。また、余とアイラト、アリスタリスが一所に集まるなど、確かに悪事を企む者には絶好の好機であろうが、そなた達が余に不逞の輩を近付ける筈がない。そうであろう、タラス」

エリク王は、じっとタラスの目を見詰めた。次代の王と、王を支える次代の〈王家の夜〉の長として引き合わされたときから、エリク王が何度も見せてきた、王者としての威厳を込めた目の色だった。タラスはもう一度溜息を吐き、崇拝する王に言った。

「仰せの通りでございます。何が起こりましても、〈王家の夜〉の威信に懸けて、陛下の玉体に近付けは致しません。けれども、陛下。大変に不躾ながら、一つ御尋ねしてもよろしゅうございますか。何度か御尋ねしようとして、口を噤んで参ったのでございますが」

「許す。何なりと尋ねるが良い、タラスよ」

「御意にございます。私くしの疑問は一つでございます。陛下は何故、召喚魔術の行使を御認めになられたのでございますか。失敗すれば有形無形の損失が生まれ、万が一にも成功すれば、それはそれで大変に面倒な事態に陥りますでしょうに。スヴォーロフ侯爵閣下やクレメンテ公爵閣下に御話になられましたように、危険を冒してでも新たな動力源を御求めだったのでございますか」

真剣な表情で自分を見詰めるタラスと、瞳を瞬かせて小さく尖った耳を揺らすスニェークに、それぞれ淡く微笑みかけてから、エリク王は答えた。

「異次元若しくは異界から召喚した者を、新たな魔術触媒として利用し、枯渇する動力源の確保に繋がらないものか検証する。クレメンテ公爵とダニエ・パーヴェルは、かく説明していたのだったな。勿論、愚かな目論見だと思っておるよ、タラス。召喚魔術は誘拐に過ぎないのだと、ゲーナの如く正論を説くつもりはないにしろ、実現する可能性など爪の先程もあるまいな」

「賢王の誉高い陛下は、そのように御考えであられるだろうと分かっておりました。だからこそ、不思議なのです。何故、クレメンテ公爵閣下の請願を御許しになられたのでございますか、陛下」

「さて、何故であろうか。真実は余にすら分からぬよ。強いて言えば、余は契機となる何かを待っているのかも知れぬ。我が王国は、魔術触媒の枯渇に耐えられぬ。そして、取り得る手は限られているのだ。王国の四方、未だ未開の地へと探索の手を伸ばすか、スエラ帝国との関係を強化するか、逆にスエラ帝国と戦いの端緒を開くか。一つだけ、国内で魔術触媒を得る方法もないではないが、余がそれを命ずれば、否応なく国は荒れるであろうよ」

一言たりとも聞き漏らさないよう、半ば瞼を落としてエリク王の言葉に耳を傾けていたタラスは、驚いた顔を見せはしなかった。王家の私事を差配する家令であり、情報の統制と特殊任務を担う〈王家の夜〉の統率者として、何よりも少年の頃からエリク王に無二の忠誠を誓う者として、タラスは王の思考を理解していたのである。タラスは、落ち着いて言った。

「国内で魔術触媒を得る方法とは、如何なるものなのでございましょう。宜しければ、御教え下さいませ、陛下」

スニェークを撫でる指先を止め、タラスの瞳を見詰めたエリク王は、囁くが如き声で一つの言葉を口にした。

「オローネツだ、タラスよ」

「オローネツとは、オローネツ辺境伯爵のことでございますか、陛下。王家の意向にも容易に従わず、叛意を隠そうともしない不逞の輩。ロジオン王国の異端者にして、王都にも勝る領土を有する北の大領主。彼のオローネツ辺境伯爵が、魔術触媒と関係していると仰せなのでございますか」

「然り。ラーザリ二世陛下は、王城を〈黄白〉で満たす為、東の小国に向けて軍を進ませた。征服された国々は、今では東のイラワォン辺境伯爵家の領土となっているが、彼の領土から産出されたのは溢れる程の金銀だけであった。さらに、西のヤロス辺境伯爵領は海に面し、南のバルナウル辺境伯爵領はスエラ帝国に近く、どちらも大きな鉱脈は存在せぬだろう。唯一、魔術触媒を内包している可能性を持つのは、オローネツ辺境伯爵領の深い山々と、アファヌナーシ大森林に続く未踏破の大山脈なのだ。神秘の霊峰たるプリヤーツェド大山脈までは、踏破出来ぬとしても」

タラスは、直ぐには応えなかった。脳内に詳細に描き出した地図を元に、エリク王の言葉を反芻する。一般的に魔術触媒と見做されるのは、魔力を通しやすい輝石類や、〈聖石〉とも呼ばれる極めて透明度の高い宝玉である。北の大地の山間深く、鬱蒼とした木々に守られたオローネッ辺境伯爵領の山々には、手付かずの魔術触媒の鉱脈が存在するに違いない。確たる根拠のない直感ながら、タラスは微塵も疑わなかった。

「御意にございます、陛下。生意気なオローネッ辺境伯の広大な領地には、我がロジオン王国を支えるに足るだけの魔術触媒が眠っておりましょう。何故かは知らず、そう思えてなりません。只、オローネッが抵抗なく領地を明け渡すかといえば、難しゅうございますな。王家の姫君を娶らせようとしても、反対の声が高くなりましょうし」

「縁組一つで王家の手出しを許す程、甘い男ではなかろうよ、オローネッは。強引に事を進められぬわけではないが、流石に名分が立たぬ故、国中の地方領主が離反する危険性も捨て切れぬ。オローネッに手を出すなら、王家も相当の犠牲を覚悟せねばなるまい。だからこそ、決断を下す前に、余はあらゆる可能性を検証しておきたいのだ、タラス。たとえ召喚魔術などという夢物語であったとしても」

じっとエリク王に見詰められたタラスは、軽く肩を竦めて白旗を上げた。容易に心の内を読ませないはずのエリク王が、今は秀麗な面に真摯な色を浮かべ、タラスに語りかけている。血の一滴までエリク王に捧げ尽くす覚悟のタラスは、口元を緩ませながら言った。

「陛下がそういう御顔をなさるときは、誰が何を申し上げても、決して聞き届けては下さいませんからな。私くしもこの歳になりますと、無駄な努力は放棄するようになりました。畏まりました、陛下。直ぐに叡智の塔と宰相府に先触れを出し、御臨席の用意を整えさせます。予定の時刻までは二アワド程ございますので、何とか間に合いましょう」

エリク王は、喉の奥で満足気に笑うと、再びスニェークの細く柔らかな背中に手を伸ばし、ゆっくりと撫で始めた。

「流石に余の家令は物分かりが良いな、タラス。王城の女共と違って、そなたは益体もない繰り言を言わぬので助かる」

「繰り言を聞いて下さる御方であられましたら、私くしも老婆の如くくどくどと申し上げますとも。ともあれ、今宵に限って言えば、御止め立てを憚る思いもございます。私くし自身、陛下が急に御臨席を御決めになられるような気がしておりましたので」

「そうであろう。余も、今宵の儀式は見ておくべきだという気がするのだよ。こういうとき、余の勘は外れぬ。もしかすると、何かが起こるのかも知れぬな、タラスよ」

「如何なる事態になりましても、陛下の御身は私くし共が御護り申し上げます。〈王家の夜〉の総力を以ちまして、陛下の盾とならせて頂きますので、御安心下さいませ。我らがエリク国王陛下が、見ておくべきだと御考えになられますものは、全て貴方様の御目の前に引き出される定めなのでございましょう」

「そなたに任せる。良きように」

「では、御前を失礼申し上げ、暫しの猶予を頂戴致します。用意が整いましたら、私くしが御迎えに参じます」

深く立礼を取ったタラスは、足早に居間を退出していった。後に残ったエリク王は、静かに立ち上がると、庭園に面した大窓の前へと足を進めた。素早く近付いて来ようとする侍従や近衛騎士を、視線一つで制したエリク王は、自身の繊細な手で窓を開け、広々とした露台に出る。日頃は何事も侍従に任せ、扉一つ自分では開ける必要のない立場の王である。常にない行いに、タラスやスヴォーロフ侯爵であれば、注意深くエリク王の表情を読もうとしただろう。

露台から外に目を遣ると、鏡にも似て輝き渡る満月に照らされて、初夏の花々の咲き乱れる庭園が青白く光っていた。その光景を眺めるエリク王の足下に、そっとスニェークが寄り添う。エリク王が自分の肩を叩くと、スニェークはふわりと跳び上がり、肩の上に丸くなった。純白の子猫の被毛も月光を弾き、宛ら青光石のようだった。


魔術触媒も用いず、術式も刻まない転移魔術によって、遥かに遠いオローネツ城を訪れていたゲーナとアントーシャは、僅か一アワド程の間に訪問を終えると、誰にも気付かれない内に、叡智の塔の十三階に戻ってきた。超長距離の転移を終えたばかりとは思えない、晴れやかな表情をさらに緩ませて、ゲーナは言った。

「有難う、アントン。お前の御陰で、もう何一つ心残りはなくなった。さあ、後は二人だけで最後の乾杯をするとしよう。別れの杯などと陰気なことは言わずにな」

柔らかな微笑みを浮かべたゲーナは、魔術師団長の専用執務室に置かれた戸棚から、杯と葡萄酒の入った硝子瓶を取り出し、長椅子の前の机に置いた。

「そこへ御座り、アントン。召喚魔術の行使前とは言え、少しくらいは構わないだろう。この葡萄酒は、お前が生まれた年に造られた物なのだよ。本当は、お前が結婚するときの前祝いに、二人で飲み明かすつもりで、早くから用意しておいたのだが、いつになっても僅かな気配さえないまま、今日になってしまったよ」

冗談めかして笑うゲーナに、アントーシャもまた、肩を竦めて話に乗った。最後の語らいの為に残された僅かな時間、一心に敬愛する大叔父の心残りになるような顔だけは見せまいと、アントーシャは固く決心していたのである。

「魔術師は寿命が長いのですから、急ぐ必要もないでしょう。第一、そういう大叔父上も、一度も結婚しておられないではありませんか。ぼくが、女性に好かれないわけではありません。魔術師は結婚出来ない確率が高いのですよ、色々と」

「私は確かに生涯独身だったし、結婚など考えもしなかった。魔術の深淵を超える魅力を持った女性など、流石にこの世のどこにもいなかったのでな。とは言え、私には、お前という立派な息子が出来たのだから、もうそれだけで良いのだよ、アントン」

自分を見詰める瞳に籠められたゲーナの余りの愛の深さに、泣くまいとするアントーシャの決意は脆くも崩れ去った。アントーシャの瞳から、杯の水を傾けたかの如き勢いで涙が吹き零れたのである。長椅子から立ち上がったゲーナは、静かに向かいに座るアントーシャの傍に寄り添うと、顔を覆って俯いたままの頭を愛し気に撫で続けたのだった。

やがて、アントーシャの嗚咽が鎮まった頃、ゲーナは執務机の引き出しの鍵を開けに行くと、中から黒い書類鞄を取り出し、アントーシャの前に置いた。

「アントン、一緒に書類鞄の中身を確認しておくれ」

アントーシャは乱暴にローブの袖で涙を拭い、机の上に置かれた鞄を見た。ゲーナはそこから何通かの書類を出し、順に並べていった。

「これは、今住んでいる王都の邸宅と土地の権利証。こちらは動産の目録。右端に置いたものが、管理機関に預けてある預貯金の一覧。黒表紙に王国印の押してあるものが、私が持つ子爵位と領地を、お前に譲渡する旨を認めた認可証だよ。今日付けで継承は終えている。また、爵位以外も全てお前の名義に変えてある。相続税は先に財務府の役人共に叩きつけてやったので、ここに出したのは全てお前が自由に処分しても良い財産だけだよ」

何度もゲーナを説得しようとして挫折し、力尽くで隷属の魔術紋を解除しようとしても果たせず、絶望の末にゲーナの意思を受け入れるしかなかったアントーシャである。唯一の家族であるゲーナを失う未来に慄いているだけで、ゲーナの膨大な財産の行方など気にも留めていなかったアントーシャは、赤く充血した目を驚きに見開いた。

「大叔父上、一体何を仰っているのですか」

「私には、身内らしい身内はお前しかいないのだから、お前に全てを残すのは当たり前だろう。百何十年も国家に奉職し、約百年は魔術師団長だったのだ。それなりの額にはなっているから、アントンの好きに御使い。但し、自暴自棄になって、全額をどこかに寄付したりするのは止めておくれ。お前は金銭に価値を見出してはいないだろうが、金銭があるからこそ、保障される自由も存在するのだよ」

「あの豪邸を含めた財産はまだしも、ぼくは養子にもなっていないのに、大叔父上の子爵位と領地を継承することなど可能なのですか」

アントーシャの当然の疑問を前に、ゲーナは笑った。悪戯を成功させた子供を思わせる、明るく無邪気な笑顔だった。

「今回の召喚魔術は命懸けになるので、先にアントンに諸々継がせておきたいと頼んだら、クレメンテ公爵とパーヴェル伯爵が協力してくれたのさ。領地と言っても、羊くらいしかいない田舎だからな。彼奴らにとっては、問題にもならないのだろう。私を懐柔する為に、二つ返事で宰相府に口添えしてくれたよ。継承の要件を満たす方策として、勝手にお前を猶子にさせてもらったよ、アントン。お前をテルミンという忌々しい名に縛り付けたくはなかったので、敢えて養子縁組はしなかった。これも縁と諦めて、リヒテルの姓のまま私の本当の息子になっておくれ」

アントーシャは、沈黙したまま必死に歯を食い縛った。一言でも口を開けば、今度こそ嗚咽が止まらなくなってしまうと、アントーシャにもゲーナにも分かっていたのである。深い愛情を湛えた眼差しを向けて、ゲーナは言った。

「それでな、アントン。これも勝手ながら、お前は明日で叡智の塔を辞める予定になっている。私の一存で、手続きをしてしまったのだ。もうこれで、お前を縛るものは何一つないのだから、自由にしなさい。お前が良ければ、一度両親に会いに帰っても良いのではないかな。猶子にする許可を得る為に、久々にお前の両親に会いに行ったら、アントンの様子を気にしていたよ」

「ぼくはゲーナ・テルミンの息子であり、他に親などおりません」

漸く涙を飲み下したアントーシャは、間髪を容れずに言った。優し気な白皙を僅かばかり強張らせただけで、一切の迷いを見せないアントーシャに、ゲーナは困った顔で眉を下げた。禁忌とは言えないまでも、二人がアントーシャの生家を話題にする機会は殆どなく、アントーシャがゲーナと暮らすようになった経緯も、詳しくは語られてこなかった。

「両親を恨んでいるのかい、アントン。私の説明が足らなかったのだな。彼らは、決して悪い人達ではないし、お前に愛情を感じていないわけでもない。只、我々魔術師とは、別の世界に生きているだけなのだよ。私の親がそうであったように、お前の両親には息子の力が理解出来なかったのだ」

「分かっていますとも、大叔父上。ぼくの両親は、何も悪くはない。生まれたばかりの赤子から、両目を抉り出そうとした人達でも、ぼくは恨んでなどいませんよ。彼らは、未知の存在に怯えていただけなのでしょう」

口を濁して語らなかった事実を、平然と口にしたアントーシャに驚いて、ゲーナは思わず最愛の息子の顔を凝視した。

「誰に聞いたのだ、アントン。当時の事情を知っているのは、私とお前の両親だけの筈なのだが。息子を害そうとするまでに思い詰めていた彼らが、他の者に話しはしないだろう。両親からお前に、何らかの連絡があったのか」

「ぼくが十歳になった年の誕生日に、両親から手紙が届きました。ぼくの両親は、ぼくの目が開いた瞬間に恐れ慄き、悩み苦しんだ末に、赤子の両目を抉り出そうとしたそうですね。愚かな真似をして済まない。その所為でゲーナ様に息子を奪われて、とても後悔している。今までは罪悪感から連絡出来なかったけれども、一日たりともお前を忘れた日などなかった。兄弟姉妹もいるので戻って御出で、と書いてありました。手紙を読んだ途端に、なぜか笑いが止まらなくなったのを覚えています」

「それで、お前はどうしたのだ、アントン」

「ぼくなりに気持ちの整理を付けたかったので、直ぐに会いに行きました。前触れもなく、彼らの目の前に転移したら、化け物を見るような目で見られましたよ。だから、ぼくは丁寧に言ったのです。貴方達も、勿論ぼくも悪くない。御互い住む世界が違うだけだから、良き隣人になりましょう、と。今になって考えると、相当に酷い言い草ですね。けれども、当時は十歳の子供だったのですから、仕方がなかったのだと思います。いくらぼくでも、傷付いていたのでしょう。実の親に害されそうになったぼくを救って下さったのは、貴方です。そのときから、いえ、赤子だったぼくを最初に抱き上げて下さった瞬間から、ぼくが親と呼べるのは貴方だけなのです」

そう言って静かに微笑むアントーシャに、掛けるべき言葉を失ったゲーナは、途方に暮れて天を見上げた。そして、暫くの沈黙の後、二人は同時に大きな声を出して笑い出したのである。

「ああ、そうだな、アントン。私としたことが、柄にもない。血の繋がりなど、魂の絆に比べたら意味を持たないのにな」

「そうですとも、大叔父上。いや、もう父上と呼ばせて下さい。ぼくの為に、これ程までに御心を砕いて頂いて、有難うございます。貴方に育てて頂いて、ぼくは本当に幸せでした。心から感謝しております、父上」

アントーシャから、初めて父と呼ばれたゲーナは、皺深い顔を薄く薔薇色に染め上げて、幸せそうに微笑んだ。

「お前に父と呼んでもらえるのは、こんなにも嬉しいものなのだな、アントン。幸せにおなり、最愛の息子よ。私の望みはそれだけだよ」

「父上がそう願って下さることは、能く分かっています。ですから、ぼくは自分が成すべきだと信じる事を成す為に、全力を尽くしたいと思います。それこそが、ぼくが幸せになれるであろう唯一の道なのですから」

「お前が何を成すのか、聞いても良いかい、アントン」

アントーシャは、深く澄んだ湖を思わせる瞳で、じっとゲーナを見詰めたまま、ゆっくりと笑みを浮かべた。

「勿論、ロジオン王国を打倒し、地方領の領民達が苦しまないで済む国を興すのです。父上は復讐など望まないでしょうし、ぼくもそこに拘るつもりはありません。しかし、貴方が死を以て止めなくてはならない程の悪行を為す国を、このままにしておくものですか。それはもう、魔術の深淵にも勝る理なのですよ」

少しの気負いもなく、当たり前の事実として紡がれたアントーシャの言葉に、ゲーナは染み入るような眼差しを投げかけ、軽く頷いただけだった。もうそれ以上の言葉は必要ではなく、召喚魔術の行使までの残り数刻、アントーシャとゲーナは、只、静かに微笑み合いながら杯を傾けたのだった。

ロジオン王国の誇る魔術の殿堂、王国中から選りすぐりの魔術師達を集めた叡智の塔には、〈儀式の間〉と呼ばれる空間がある。鬱蒼と茂る樹木と目眩ましの魔術陣によって、幾重にも隠蔽された空間は、叡智の塔の裏庭に建つ儀式用の別棟である。二十メトラの四角形の構造で、中央部に造られた吹き抜けの塔頂部も二十メトラの高さ。詰まり、召喚魔術の舞台となる〈儀式の間〉は、正確な正四角錐の建築物なのである。

外側から眺めると、〈儀式の間〉は異様な程に白く輝いている。魔術師と名乗る者なら、叡智の塔の内部に張り巡らされた高価な燐光石よりもさらに希少な純白の白輝石(はくきせき)を、惜し気もなく〈儀式の間〉の外壁に使用している事実に、驚愕せずにはいられないだろう。

魔力伝導率に優れた白輝石といえども、元々の形は大小様々に歪であるはずなのに、〈儀式の間〉の内側にも外側にも、全く継ぎ目は見当たらない。有り得ない程に巨大な一枚の白輝石を、三角形に切り出して組み合わせたかのようで、如何にも不自然な建物だった。

純白に輝く建物には、一見すると扉らしきものは見当たらない。実際、〈儀式の間〉に出入りするには、叡智の塔の奥深くに造られた専用の転移魔術陣を使うしか方法がなかった。〈儀式の間〉に足を踏み入れることを許されるのは、叡智の塔で認められ、秘められた最奥の転移魔術陣に立った者だけなのである。

別塔の内部に足を踏み入れると、そこには見る者を圧倒せずにはいられない光景が広がっている。正四角錐の巨大な壁は、やはり純白に輝く白輝石である。石自体が発光する性質を持っている為、〈儀式の間〉には照明というものは取り付けられておらず、只ひたすらに白い、霞むが如く発光する空間が広がっているのだった。

一方、白輝石を敷き詰めた正四角形の床に目を遣ると、中央部に三十セチ角の四角形の聖紫石が埋め込まれ、仄かな紫色の光を発していた。スヴォーロフ侯爵が用意し、ダニエが魔術陣の術式を刻み込んだ聖紫石を、四角に削って形を整えたものである。聖紫石を中心点とした直径十メトラの真円を描いた線上には、十五セチ四方の四角の青光石が十二個、正確に十二等分した位置に埋められており、白一色に染め上げられた〈儀式の間〉に於いて、異質な存在感を放っていた。

その真円を儀式の場とすると、四方に設えられた白輝石の腰掛けは、儀式への臨席を許された者の為の謂わば観覧席である。背もたれも装飾もなく、長方形に整えた白輝石が置かれただけの腰掛けは、四角の一片に五つずつ置かれている。ロジオン王国の歴史の中、王城で贅を極めた国王であっても、〈儀式の間〉に他の椅子を持ち込んだ例は一度もなかった。椅子の一つにさえ魔術的な意味があるのだと、王城に身を置く程の者であれば、誰もが理解していたのである。

夜の気配が一層色濃く垂れ込める中、白々とした光を強めたかに見える〈儀式の間〉で、ダニエを始めとする叡智の塔の魔術師達は、最後の確認作業に追われていた。召喚魔術の開始時刻まで残り三十ミニトに迫り、もう暫くすれば関係者が入場してこようかという時刻である。

今宵のダニエは、次席魔術師が着る深緑のローブを羽織っていた。窶れて見える顔は青白く、目元には色濃く隈が浮かんでいたものの、表情は落ち着いている。召喚魔術の行使が決定してから約一月、常に心身を苛んでいた緊張と焦燥は既に消え去り、全力を尽くした後の達成感が、ダニエを満たしていたのである。

聖紫石に刻まれた術式を確かめ、十二個の青光石一つ一つの位置に足を運んでいたダニエの下へ、配下の魔術師の内の一人が足早に歩み寄った。ダニエに忠実な魔術師は、王城から告げられた急の知らせを持ってきたのだった。

「次席魔術師閣下に申し上げます。先程、タラス・トリフォン伯爵閣下より叡智の塔へ、先触れが参りました。国王陛下が召喚魔術を御覧になりたいと仰せになり、急遽御臨席なされるそうでございます。国王陛下は定刻の五ミニト前に叡智の塔に御出まし遊ばされ、〈儀式の間〉への転移魔術陣に御立ちになられます」

一瞬顔を強張らせたダニエは、直ぐに平常心を取り戻し、青白い頬を微かに上気させた。宮廷魔術師としてゲーナを超え、ロジオン王国の正史に〈偉大なる魔術師〉として名を刻む為には、国王の臨席はこれ以上ない誉だったのである。

「承知した。誠に恐れ多きことながら、陛下の御臨席に魔術師一同歓喜しております、と御答えせよ。他に御臨席の皆様方には、トリフォン伯から御知らせになっておられようが、転移魔術陣を発動する前に、叡智の塔からも御報告申し上げよ」

ダニエの返答を受けて、伝令役の魔術師が素早く立ち去る。次にダニエは、儀式の進行を任せた部下を呼び、矢継ぎ早に新たな指示を出した。

「陛下の御臨席に際して、観覧の席次を変更する。魔術師団長の正面に当たる腰掛けには、陛下が御座りになられる。トリフォン伯や護衛騎士は、陛下の背後に立たれよう。陛下から見て右側にアリスタリス王子殿下御一行、左側にアイラト王子殿下御一行。陛下の真向かいには、私が立つ。儀式に参加せず、何かのときの為にと控えを指示した魔術師達は、私の後ろに並ぶように。多少儀式が遅れても構わない。慌てず、落ち着いて準備を進めよ」

「畏まりました。魔術師団長閣下は、いつ頃御呼び致しますか」

「そろそろ頃合いだろう。〈儀式の間〉に御越し頂け」

「畏まりました」

叡智の塔の十三階、ロジオン王国の魔術師団長の為だけの執務室へ、足早に向かう部下の背中を一瞥してから、ダニエは、己れの補佐を務める魔術師に言い付け、〈儀式の間〉に集まった全ての魔術師を呼び集めさせた。階級に見合ったローブ姿の魔術師達は、補佐役の命ずるまま、全員がダニエの前に整列する。召喚魔術を行使する予定の時刻まで残り二十ミニト、観客達の入場が始まる間際の時間である。ダニエは、居並ぶ魔術師達に向かって明瞭な声で語った。

「皆、今日までの長い時間、多くの準備を御苦労だった。今宵は有史以来初めて、我がロジオン王国に於いて召喚魔術が行われる。これは、我が曽祖父にして先代の魔術師団長であったヤキム・パーヴェルが、長く念願としていた術であった。召喚魔術の実現によって、魔術の進化は今後一気に加速するに違いない。この歴史的な儀式を行った我々は、必ずや魔術史とロジオン王国の正史に名を刻むことになるであろう」

三十人を超える魔術師達は、或る者は歓喜に頬を紅潮させ、また或る者は青白い顔を強張らせて、ダニエを注視した。彼らの表情を全て記憶しようとでもするかのように、ダニエはゆっくりと一人一人に視線を投げかけてから言った。

「只今から、我らは召喚魔術の準備に入る。今回の儀式には、この上もなく尊き賓客を御迎えする故、転移魔術陣の前に整列して御出迎えするとしよう」

ダニエの言葉に、魔術師達は滑らかに移動していった。転移魔術陣が刻まれた場所に並ぶと、静かに観客の訪れを待つ。間もなく魔術陣が仄かに青く光り、最初の客として現れたのは、スラーヴァ伯爵とミカル子爵、そして待ち合わせていた数名の供の者だった。ダニエを始めとする魔術師達は、両手を胸の前で交差させ、魔術師としての礼を取った。

スラーヴァ伯爵らが所定の場所に案内されると、次は深い黄色のローブを纏ったゲーナが姿を見せた。儀礼的な真似を嫌うゲーナは、嫌そうな顔を隠そうともせず、眉を顰めたままダニエの横に立つと、冷ややかに言った。

「ダニエよ、この者達は何の為に整列しているのかね」

「勿論、御客様を御出迎えする為です。恐れ多くも国王陛下を始め、御二人の王子殿下や宰相閣下、クレメンテ公爵閣下が御臨席になられるのです。我らが礼を尽くして御出迎えするのは、至極当然でございましょう。私くしは逆に、何故それを御尋ねになられるのかが、全く以て不思議でございます」

「重要な儀式前の魔術師が、精神統一もせずに儀礼を行う、か。そもそも儀式に観客を呼ぶ意味が分からないと、私は言っているのだよ」

「皆様方の御希望でございます。それに御応えするのも、王国に忠誠を誓う魔術師としての義務でございましょう。第一、尊き方々に御覧頂ければ、叡智の塔の皆も一層力が入るというものではありませんか」

「いっそ気持ちが良い程に、私とそなたは反りが合わぬな。そなたが何を言っているのか、私には全く理解出来ないよ、ダニエ。魔術の深淵を目指すべき魔術師には、王城の政治など無縁のものであろうに。御苦労なことだ」

大きな溜息を吐き、あからさまに揶揄するゲーナに、ダニエが思わず言い返そうとしたとき、三度転移魔術陣が仄青く光り、アイラト達一行が現れた。常にも増して秀麗なアイラトとクレメンテ公爵、宰相スヴォーロフ侯爵、ダニエの父であるパーヴェル伯爵と、それぞれの供の者達である。ゲーナ以外の魔術師達が揃って深々と礼を取ると、クレメンテ公爵が満足気に頷きながら、ダニエに声を掛けた。

「準備は万端のようで何より。今宵は思いがけず陛下の御臨席を賜ったのだから、存分に成果を上げるのだな、ダニエ。我らも見届けておる故、見事そなたの曽祖父の念願を叶えてみよ。ゲーナは王家との約定により、全身全霊で召喚魔術の成功に努めるが良い」

ダニエは喜びを湛えた笑顔で、ゲーナは一片の熱も感じられない無表情で、アイラト達を見送った。次に現れたアリスタリスは、アイラト達一行の数の多さを目に留めるや、僅かに眉を顰めただけで口を開かず、護衛騎士を伴って席に着いた。

そして、最後に姿を見せたのは、ロジオン王国の国主たるエリク王の一団である。魔術師達は全員が両膝を突き、両手を胸元で交差させたまま深く頭を下げた。先に席に案内されていた者達も、二人の王子以外、片膝を突いて礼を示した。アイラトとアリスタリスは、何れも片手を胸に当て、目線を下げて礼の姿勢を保つ。只でさえ張り詰めていた空気は、さらに緊張を高め、呼吸すら憚られる程だった。

エリク王は、微かな衣擦れの音をさせるだけで、優雅に歩を進めた。王冠も被らず、王笏も手に持たないエリク王が、最も上座に当たる腰掛けに座ると、只の白輝石の塊でしかない腰掛けが、宝玉の埋め込まれた玉座であるかの如く豪奢に見えた。巨大なロジオン王国の頂点に君臨する絶対君主の名に恥じない、堂々たる王の風格であり、仰ぎ見る者の心を騒がせて止まない、滴るばかりの艶やかさである。

「皆、大儀。今宵は急に思い立って、余も見物させてもらうことにした。ゲーナよ、ロジオン王国の王として命ずる。召喚魔術の成功の為に全力を傾けよ」

〈儀式の間〉に集う全ての者の耳目を惹き付けながら、エリク王は言った。

エリク王に命じられた瞬間、ゲーナの胸元が熱を持った。前魔術師団長だったヤキム・パーヴェルによって刻まれた、契約の魔術紋が発動したのである。一切の反抗を許さない絶対的な契約に縛られ、全力で召喚魔術を成功させるよう強制されたゲーナは、内心の屈辱を欠片も感じさせない表情で悠然と答えた。

「御意にございます、陛下。ゲーナ・テルミンの全身全霊の魔力を以ちまして、召喚魔術を行使致します。陛下の忠実な臣下として、御誓い申し上げます」

重々しく頷いたエリク王は、一瞬だけゲーナを凝視し、その傍らで膝を突くダニエに視線を向け、鷹揚に言った。

「此度の召喚魔術を主導するのは、次席魔術師のダニエ・パーヴェルであったな。ダニエよ、余はこの場で見ておる故、余に構わず儀式を始めるが良い」

エリク王に名を呼ばれたダニエは、感激の面持ちで仄かに頬を染めた。エリク王に向かって再び礼を捧げ、無言の内に王への賛辞と忠誠を捧げてから、ダニエは高らかに宣言した。

「国王陛下の有難き御言葉を賜りまして、只今より召喚魔術の儀式を始めさせて頂きます。御着席になられます皆様は、どうぞ御掛け下さいませ。〈儀式の間〉の座席周辺には、魔力を遮断する不干渉の魔術陣が刻まれており、発動後は〈儀式の間〉でどのような魔術が行使されましても、皆様に影響を及ぼしは致しません。また、〈儀式の間〉の中の音は皆様に聞こえますものの、座席からの音は中には聞こえない仕組みでございますので、多少は御話をなされても結構でございます。どうか平静な御心を以て、歴史的な儀式を御覧下さいませ」

そう言って深く頭を下げてから、ダニエは魔術師達に向き直った。上気した頬は既に白く、ダニエの全身から覇気と緊張が立ち上る。次に発せられたダニエの第一声によって、遂に召喚魔術が開始されたのである。

「第一の聖なる三角形を描く者は、定められた場に赴け」

ダニエの声が朗々と〈儀式の間〉に響くと、黒いローブを目深に被った魔術師達が三人、静かに立ち上がって足を進め、真円の最北の位置から順に一番目、五番目、九番目の青光石の上に立った。

ダニエは続ける。

「第二の聖なる三角形を描く者は、定められた場に赴け」

再び、魔術師達の中から新たな三人が音もなく進み出て、二番目、六番目、十番目の青光石の上に立った。

「第三の聖なる三角形を描く者は、定められた場に赴け」

次の三人の魔術師も、視線を伏せたまま魔術陣の中へと歩み出し、微塵の迷いもなく三番目、七番目、十一番目の青光石の上に立った。

「第四の聖なる三角形を描く者は、定められた場に赴け」

最後と思しき三人の魔術師が、沈黙のまま四番目、八番目、十二番目の青光石の上に立つと、真円の上に等分に埋め込まれていた十二の青光石の位置が、全て魔術師で埋め尽くされた。白く発光する空間の中で、黒いローブを纏った魔術師達の姿は、黒い染みにも似て、弥(いや)が上にも儀式の異質さを浮き彫りにしているかに見えた。

魔術師達の配置を確認したダニエは、おもむろにゲーナを振り返った。ゲーナは、ダニエが口を開く前に動き出し、少しの緊張も窺わせない確かな足取りで、〈儀式の間〉の中心点、四角の聖紫石の埋め込まれた場所へと歩いていった。

それを見たダニエは、自らも足を進め、エリク王の向かい側、ゲーナからは後ろ正面に当たる位置に立った。召喚魔術の準備は、こうして全てが整ったのである。針の落ちる音さえも聞こえそうな静寂の中、ダニエは儀式の開始を宣告した。

「定刻に至り、只今から召喚魔術を執り行う。第一、第二、第三、第四の聖なる三角形を描く者は、順に魔力を注げ」

ダニエの合図に反応して、最初に移動した三人、即ち一番目、五番目、九番目の順に、魔術師達の足下から青白く光る線が延び、白輝石を敷き詰めた〈儀式の間〉の床に正確な三角形を描き出した。魔術師達が注いだ魔力が、青光石を触媒として広がり、魔術陣を起動させようとしているのである。

続いて第二、第三、第四の順に、それぞれ三人の魔術師達が魔力を注ぎ、青白く光る線によって次々に三角形が描き出されていく。そうして十二人の魔術師によって繋がれた光線は、四つの三角形を組み合わせた星形、詰まりは青白く輝く十二芒星の形となったのだった。

召喚魔術の魔術陣が、問題なく起動しようとする様子を確認したダニエは、深緑の次席魔術師のローブの中から、片手で握り込める大きさの聖紫石を取り出すと、右の手のひらに載せて一気に魔力を流し込んだ。魔術師にとっては重要な意味を持ち、見物の貴顕達には理解の難しい言葉を、ダニエは滑らかに詠唱する。

「発動の鍵を譲渡。召喚魔術の術式を聖紫石に刻みし者、ヤキム・パーヴェルの曽孫にしてオニシム・パーヴェルが息子、ダニエ・パーヴェルからゲーナ・テルミンへ。譲渡権限、規定術式の発動、必要魔力供給。発動後の設定変更不可。発動後の中止不可。鍵の譲渡開始。鍵はヴァシーリ〈王〉。これより召喚魔術を行使する」

ダニエの宣言と共に、手のひらの聖紫石から紫色の光が放たれ、ゲーナの手のひらに小さな竜巻となって渦巻いた。ゲーナは紫色の渦を握り締め、たった一言〈ヴァシーリ〉とだけ呟くと、全力で足下の聖紫石に魔力を流し込み始めた。千年に一人の天才と呼ばれ、その膨大な魔力は、歴史上でも並ぶ者がないと言われてきたゲーナである。たちまち聖紫石は強く発光し、ダニエによって刻まれた複雑な術式を発動させた。

召喚魔術の発動と同時に、観客席の周囲に予め用意されていた、魔術の影響を遮断する為の魔術陣も発動した。瞬く間に透明な膜の如きものが張られ、正十二角形の魔術陣との間に魔術的な障壁が築かれたのである。少しも視界は遮られないまま、〈儀式の間〉と観客席との間で、確かに空間は隔てられていた。

「召喚魔術は正常に発動致しましたので、皆様の御席には防御の魔術が展開されました。これより先、儀式が終わるまでの間は、皆様の御声は聞こえず、緊急の場合を除き、御席からは御退席頂けません。御協力の程、よろしく御願い申し上げます」

ダニエは、熟練の案内人を思わせる口調で言った。ダニエの手慣れた説明によって、儀式の厳粛さは些か損なわれ、代わりに魔術に疎い観客でも興味を持って見られるであろう、一幕の劇の如き高揚感が場を支配した。

「只今から、異世界や異次元を隈なく捜索し、我らの召喚魔術に適合する対象を選び出します。即座に見つかる場合もあれば、暫し時間を要する場合もございます。何れにしろ、魔術的には時間の概念は伸縮するものでございますので、長くは御待たせ致しませんでしょう。対象者さえ見つけ出せれば、次はいよいよ召喚と相成ります」

一方のゲーナは、ダニエの言葉に耳を傾ける素振りもなく、周囲の喧騒には目もくれず、魔術の行使に集中していた。聖紫石の発する紫の光は、〈儀式の間〉の塔頂部を突き抜け、目も眩む程の輝きを放ちながら、光り輝く星々に埋め尽くされた空に向かって一気に駆け昇っていく。比類なき天才、ゲーナ・テルミンだけに可能であろう、圧倒的な力強さと美しさに満ちた魔術だった。

やがて、星空に吸い込まれるように消えた光は、ゲーナの膨大な魔力を刻一刻と消費しながら、次元の壁を超えようとしていたのである。

〈儀式の間〉で召喚魔術が行われようとする時刻、アントーシャは、三匹の猫達と共に不思議な空間にいた。広いといえば地平線も見えない程に広く、狭いといえば一つの部屋程にも狭い。上下左右の区別もあるといえばあり、ないといえばない。曖昧なまま仄かに光る空間こそは、アントーシャの〈真実の間〉だった。

魔術師にとって〈真実の間〉とは、己れの魔力によって作り上げた〈界〉を意味し、そこに物質的な制約は存在しない。謂わばアントーシャの精神世界に近い空間ではあるが、だからと言って現実世界にアントーシャの肉体が取り残されているわけでもない。精神世界でありながら、現実にある物質をも内包してしまうのが、〈真実の間〉と呼ばれる空間の特徴であり、全ての魔術師が渇望する唯一無二の世界なのである。

己が〈真実の間〉に立ったアントーシャが、右の手のひらを開いて上に向けると、そこに銀色に光り輝く小さな鍵が現れた。古の宝物殿さえ開きそうに見える優美な造形の鍵は、ゲーナの〈真実の間〉に於いて継承されたものであり、アントーシャに施された封印を解く為の暗号を、鍵の形をとって具現化した魔力結晶である。腰を落としたアントーシャは、足下に寄り添う三匹の猫達に手のひらを差し出し、興味津々に見開かれた緑金の瞳に鍵を見せた。

「御覧、お前達。何とも美しい鍵だろう。ぼくの父上になって下さった方が、ぼくの能力を封印する為に、ずっと膨大な魔力を注ぎ続けて下さったから、鍵までが高純度の魔力結晶になってしまった。今回の召喚魔術の触媒として使われている聖紫石、希少性と美しさから、魔術師達がフリゾリート〈宝玉〉と呼ぶ宝石と比べても、遥かに強く美しい魔術触媒なのだよ」

勇敢な三匹の猫達は、代わる代わる小さな鼻先を寄せては、恐れ気もなく鍵の匂いを確かめた。母猫のベルーハは、新雪の如き純白の毛並みを煌めかせながら、思慮深い瞳でアントーシャを見上げ、可憐な声で鳴いた。

「ぼくの力が封印された理由を知りたいのかい。第一の理由は魔力量だよ、ベルーハ。膨大な量の魔力は生まれたての赤子には扱えないから、一時的に余剰分を封印してしまうのさ。父上も幼少期はそうされたという話だし、力のある魔術師なら然程めずらしくはないだろうね。父上がぼくの両親だった人達に会いに来たのも、母であった人の出産と同時に、大きな魔力の発生を感じたからだと言っておられた。そして、もう一つの理由は、ぼくが特殊な〈眼〉を持って生まれてしまったことだよ」

　そう言って、アントーシャは猫達の前に屈み込むと、自分の目元を指で示しながら、ベルーハの緑金の瞳を覗き込んだ。

「ぼくの眼は、今はあり触れた琥珀色に見えているだろう。でもね、生まれたときは、全く違っていたそうだよ。それこそ、偶々ぼくの生家を訪ねてこられた父上が、異常を感じて部屋に飛び込んできて下さらなかったら、息子の瞳の不気味さに怯えた実の両親が、鋏で赤子の両眼を抉り取ろうとするくらいにね」

　アントーシャが自嘲するように言うと、今度はベルーハだけでなく、コーフィやシェールまでもが声を合わせて鳴いた。悪戯な茶猫のコーフィと、淑やかな灰色猫のシェールは、それぞれに主人と定めたアントーシャを慰めているかのようだった。アントーシャは、優しい眼差しで猫達を見詰め、平然とした口調で言った。

「ああ、分かっているよ。お前達は、ぼくがどんなふうであろうと、変わらずに側にいると言ってくれるのだろう。有難う。小さな猫の思い遣りは、詩人の残した百の詩作にも勝る慰めだよ。とは言え、今のぼくは、何一つ傷付いてなどいないよ。ぼくの父上になって下さった方は、どれ程の異形であっても、温かい愛情を注いで下さったからね。本当に大丈夫だよ、ベルーハ、コーフィ、シェール」

　アントーシャが嬉し気に笑うと、猫達も喉を鳴らし、交互にアントーシャのローブに身体を擦り寄せた。アントーシャの愛用する漆黒のローブは、瞬く間に三色の猫の毛を吸い寄せたが、アントーシャは構わずに笑った。

「ここは〈真実の間〉、物質界であって物質界ではなく、精神界であって精神界ではない狭間の界。

お前達がローブをいくら毛だらけにしても、ここを出れば消えてしまうのだろうから、遠慮は無用だよ。ローブを毛だらけにするのは、元気な猫の仕事のようなものだからね。ああ、でも、そろそろ時間になってしまうな。ぼくに迷いが生じない内に、施されていた封印を解くとしよう。生まれたときから共にあったものだから、封印から解き放たれた自分というものが、どうも想像出来ないのだけれど」

アントーシャが言うと、猫達は緑金の瞳を瞬かせ、軽やかに身を引いた。一メトラ程の距離を置き、アントーシャの背後に行儀良く並ぶ。アントーシャは、一度だけ深く息をすると、荘厳な声で謳うが如く詠唱した。

「事実に隠されし真実、封印に守護されし謎の中の謎。時至りし上は、我が前に全てを解き明かすが良い。我が手に戻りし力は過たず、真にして善、善にして美なる儀にこそ使われん。我が全眼はたじろがず、見るべきものらを映し出す。我が最愛の父にして、真に偉大なる大魔術師、永久の師たるゲーナ・テルミンが与え給いし封印よ、正当なる鍵の継承者、アントーシャ・リヒテルが命じる。今こそ解けよ、ヴァシーリ」

次の瞬間、〈真実の間〉の望洋たる空間に、激しい爆発が起こったかに見えた。アントーシャが手にしていた鍵から、無数の閃光が迸り、辺り一面を真っ白に染め上げたのである。アントーシャ以外の者が〈真実の間〉にいれば、目を塞いで倒れ込み、二度と立ち上がれなかったかも知れない程の、恐ろしい光の激流だった。

永遠なのか一瞬なのかも分からない時間が経過した後、いつの間にか閃光は消え去り、元の仄かに白い空間が現れた。じっと立ち尽くしていたアントーシャは、背後の猫達の様子を見る為に振り返った。魔術的な眷属となった猫達は、アントーシャから発した爆発にも耐えられるはずだったが、予想を超えた光の奔流の激しさに、思わず無事を確かめたくなったのである。

猫達の為に腰を落とし、優しい微笑みを湛えて三匹の顔を覗き込んだアントーシャの瞳は、封印を解除する前と同じものではなかった。三匹は揃って丸い猫の眼を大きく見開き、忙しなく耳を動かした。恐れるでもなく厭うでもなく、只々驚愕の余り混乱している猫達に、アントーシャは苦笑して言った。

「驚きが過ぎると、猫でも目を見開いて硬直するものなのだね。そんな様子も、とても可愛らしいけれど。封印を解き放った、生まれたままの姿のぼくは、お前達でさえ驚愕する程に変わったのかい。自分の内面の変化は分かるけれど、流石に容姿までは見えないから、今一つ実感が湧かないな。どれどれ」

ゆっくりと立ち上がったアントーシャの手には、いつの間にか手鏡が握られていた。アントーシャは鏡を近付け、自らの顔を覗き込む。思わず口を開け、瞳を見開いたアントーシャは、やがて小さく吹き出した。

「何とまあ、これは実の両親を責めるのは気の毒だったな。父上がぼくを引き取って下さったのは、奇跡というものだ。ぼくが両親の立場でも、赤子の将来と生家の体面を守る為に、目玉を抉りたくなったかも知れないよ。魔術を知らない両親は、どれ程の混乱と悲嘆に晒されたのだろうね。いくら幼いとは言え、両親には申し訳なかった。そうだな。状況が落ち着いたら、いつか謝りに行くとしよう」

主人を慰めるかのように、ローブの足下に揃って身を擦り寄せてくる猫達に、アントーシャは優しく微笑みかけた。

「それにしても、何という異形の瞳なのだろう。なぜぼくだけが、これ程までに奇妙な瞳に生まれ付いたのか。或いは、この瞳に生まれ付いた意味は何なのか。次の世で再び父上に御目に掛かれたら、二人で研究してみよう」

自らを異形と言いながら、今のアントーシャには、戸惑いも屈託も見当たらなかった。封印を解かれたアントーシャは、異形の瞳が持つ巨大な力を、既に正しく把握していたからである。アントーシャが望めば、異形の瞳は息を吸うよりも容易く隠蔽され、決して誰の目にも触れはしないだろう。

〈真実の間〉に於いて、アントーシャの瞳は深い金色に輝き渡り、目を凝らした者だけに見える瞳孔は、様々に色を変えながらゆっくりと回転する正二十面体だった。


アントーシャの封印が解き放たれた丁度その頃、息詰まる程の緊張を孕んだ〈儀式の間〉では、ゲーナの行使する魔術によって、召喚対象の探索が続いていた。ゲーナの魔力を注ぎ込んだ魔術陣が、青白く発光する様子を注視しながら、エリク王は傍らのタラスに囁いた。

「ゲーナ・テルミンの魔力量は、流石に甚大であるな。並の魔術師であれば、既に魔力が枯渇しておろう。これで儀式は始まったばかりだというのだから、ゲーナが衰えた後は、召喚魔術の再現など不可能であろうよ」

「御意にございます、陛下。ゲーナという男は、契約の魔術紋なしには御せぬ不忠者ではございますが、魔術師としての力量は並ぶ者がございません。クレメンテ公爵閣下は、次の魔術師団長にダニエ・パーヴェルを推そうと根回しを始めておられますけれど、ダニエではゲーナの足下にも及びますまい。ダニエに才がないのではなく、余りにもゲーナが突出しております。千年に一人の天才と呼ばれるのも、決して誇張ではございませんでしょう」

「然り。ダニエ・パーヴェルでは、到底ゲーナの代わりにはなれぬ。ゲーナは既に百四十歳になったのだったか。ゲーナに匹敵するとまでは言わず、叡智の塔を背負うに足る魔術師を探し出せぬ限り、我がロジオン王国は、やがては魔術大国の名を失うであろうな」

体内に内包する魔力量によって、人の寿命が大きく左右される世界にあって、ゲーナが百歳を超えて壮健であることに不思議はなかったが、自ずと限界は存在する。今より五十年、百年の後に至るまで、ゲーナが生き続けられるはずはなく、叡智の塔にも代替わりの時は近付いていたのだった。

〈儀式の間〉では、魔術陣の上に立ったゲーナが、悠然とした表情を崩さないまま、魔術陣に魔力を注ぎ続けている。僅かに憂いの色を湛え、ゲーナを見詰めていたエリク王は、不意に言った。

「そう言えば、ゲーナの身内が叡智の塔に居たのではなかったか。赤子の頃にゲーナが引き取り、手元で育てていると聞いた覚えがある。余の優秀な家令であれば、その者についても調べ上げているのであろう。その者は使えぬのか、タラス。ゲーナの身内であれば、魔力量に恵まれている可能性も高かろうと思うのだが」

問いかけられた言葉に、タラスはそっとエリク王の横顔に視線を向けた。魔術師団長であるゲーナや次席魔術師であるダニエはまだしも、一等魔術師の一人に過ぎないアントーシャの存在にまで、エリク王が注意を向けている。その一点からも、ゲーナを失った後のロジオン王国を想定し、懸念しているであろうエリク王の内心が、容易に感じ取れたのである。

エリク王だけに聞こえる声で、タラスは答えた。

「陛下の御記憶は、いつもながら素晴らしゅうございますな。陛下の仰せの通り、ゲーナの遠縁に当たるアントーシャ・リヒテルと申す者が、若くして叡智の塔の一等魔術師になっております。只、この者は凡庸な魔術師であり、ゲーナの身内贔屓によって引き立てられたものと見られております。我ら〈王家の夜〉も、百年余に亘ってゲーナ・テルミンを監視対象とし、ここ数年はアントーシャ・リヒテル共々監視を強化しておりますが、特に目立った動きはございません。アントーシャが優れた魔術師であるという報告も、一度も聞こえては参りません」

「千年に一人の天才と呼ぶに足る大魔術師、彼のゲーナ・テルミンが、身内贔屓の人事を為すと申すか、タラス。ゲーナは、身内だからと優遇する人間であったろうか。絶対にそうでないと、余にも言い切れはせぬが」

「狷介な老人にはめずらしく、随分と可愛がっているようでございます。ゲーナはその者を猶子として爵位と領地を継がせ、叡智の塔を辞めさせた上で、領地に返すつもりであると聞きました。召喚魔術が終われば、自分も折を見て引退し、その者と共に領地で余生を過ごしたいそうでございます。しかし、陛下が少しでも違和感を御感じになられるのでございましたら」

もう一度、〈王家の夜〉を総動員してでも、アントーシャ・リヒテルの身辺を調べてみるべきではないのか。タラスがそうエリク王に尋ねようとした瞬間、タラスとエリク王の思考は、ダニエの緊張した声によって遮られた。

「皆様、魔術師団長閣下の足下にございます、聖紫石を御覧下さいませ。魔術陣の中央で、一際強く輝いている聖紫石でございます」

エリク王を含めた観客達は、一斉にゲーナの足下を凝視した。白輝石を敷き詰めた純白の床に埋め込まれ、澄んだ紫色に発光していた聖紫石は、禍々しく滴る血を思わせる赤に色を変えて、激しく明滅している。人々が驚きと緊張に言葉を失う中、ダニエは抑え切れない興奮を滲ませながら言った。

「今回の召喚魔術の魔術陣に於いて、術式の要となっております聖紫石が、反応しております。これは、術式として設定致しました召喚条件に適合する対象が、何れかの界、何れかの次元で見つかったという証拠でございます。聖紫石の明滅が止まれば、愈々召喚対象をこちらの次元に引き寄せることとなります」

ダニエの言葉が終わるや否や、〈儀式の間〉に異様な緊張をもたらしていた明滅がぴたりと止まり、聖紫石が目を射る程に赤く輝いた。魔術陣に魔力を流し始めてから、彫刻の如き無表情を貫いていたゲーナは、ここで初めて動きを見せた。固く目を瞑り、両手を胸元で組み合わせ、深く息を吸い込んだのである。ゲーナが集中力を高め、全力の魔力を注ぎ込もうとしているのは、誰の目にも明らかだった。

ゲーナの変化を目にしたダニエは、右の手のひらに掲げた聖紫石を握り締め、自身も魔力を流し込み始めた。ダニエの持つ聖紫石は、〈儀式の間〉の聖紫石の一部を削り取った結晶である。そこに魔力を流せば、召喚魔術の魔術陣を支える聖紫石と、ダニエの持つ聖紫石が魔術的に連結し、召喚魔術の術者であるゲーナの感覚の一部を、一時的に共有出来るのだった。額に薄っすらと汗を浮かべながら、ダニエは手のひらの聖紫石が伝えてくる情報を懸命に読み取っていく。固く目を瞑ったまま、ダニエは言った。

「成功です。我々は遂に、召喚対象を見付け出しました。対象が存在するのは、この世界より複数の界を隔てた先にある類似の次元。性別などは不明。こちらの世界に呼び込む為に、あちらの世界で召喚の魔術陣を展開致します」

ダニエの言葉に、〈儀式の間〉の賓客達は声もなく響めいた。全ての者が魔力を持ち、魔術という不可思議な力が日常的に使われる世界でさえ、異次元や異世界の存在は実証されておらず、異世界から〈人〉を召喚する魔術など、殆どの者にとっては夢物語に過ぎなかった。それが今、正に実現しようとする瞬間を迎え、呼吸さえ忘れる程の驚きと興奮が、一気に〈儀式の間〉を包み込んだのである。

人々の様子を気にも留めず、ゲーナは一人、魔術陣に魔力を注ぎ続けていた。星形の十二芒星の頂点に位置する青光石の上に立つ魔術師達は、召喚魔術の魔術陣を強化し、術の行使を阻害する要素を排除する役割を担っているに過ぎず、召喚魔術そのものを行使しているのは、あくまでもゲーナの魔力である。歳を経た老人の身体が、陽炎の如く揺らいで見える程の魔力を漲らせるゲーナは、千年に一人の天才と呼ばれるに相応しい大魔術師だった。

固く目を閉じたまま、不意にゲーナの身体が強張りを見せた。視覚を超えた魔術的な感覚によって、ゲーナの脳裏に未知の世界が映し出されたからである。夜空に煌めく数多の星々の一つ、一際強く輝く恒星の軌道に乗っている青く美しい惑星に、ゲーナの精神体は引き寄せられた。どこか〈儀式の間〉に似た造りをしている、背の高い建物が立ち並ぶ所、見慣れぬ服装をした、明らかに高い文明を持った大勢の人々だった。

手のひらに握り締めた聖紫石を通して魔術的な感覚を共有し、ゲーナと同じ光景を目にしたダニエは、呻くように呟いた。

「これは、何という不思議な世界なのだ。我々と似ている所もあるが、何もかもが異質ではないか。異常に高い建物の林立も、高速で道を行き来する見慣れぬ乗り物の列も、想像さえしていなかった。真夜中にあれ程の明かりを灯すには、一体どれだけの触媒を揃えれば良いのだ。何と不思議で、何と心惹かれる光景なのか。夢ではない。あれが次元を隔てた異なる界、異なる次元の有様なのか。

ああ、遂に召喚魔術の魔術陣が展開されるぞ」
衝撃に震えるダニエを他所に、ゲーナの目は、いつしか一人の青年に吸い寄せられていった。巨大な灰色の建物の一室で眠っており、顔立ちまでは分からない。ゲーナの魔力は術式のままに召喚魔術を展開し、目覚める気配のない青年の身体の下に、赤い魔術陣を描き出そうとしていた。観る目のある者が見れば、それが〈儀式の間〉に刻まれた魔術陣と同じ、十二芒星に描かれた術式だと分かっただろう。

一番目の正三角形は火、二番目の正三角形は風、三番目の正三角形は水、四番目の正三角形は土を表す。詰まり、かつての魔術師団長だったヤキム・パーヴェルが発案し、ヤキムの血統を受け継ぐダニエが完成させた召喚魔術の魔術陣は、世界を構成する四元素の力を集結しようとしているのである。四つの正三角形が光の線で繋がり、青年の身体の上に十二芒星が出現したとき、召喚魔術は対象を絡め取るだろう。

第一の正三角形は、赤い光で繋がり、煌々と光り輝いた。第二、第三の正三角形もまた、赤い光の線を伸ばし、次々に光り輝いた。そして、四番目の正三角形が描き出されようとした瞬間、ゲーナは心の中で一つの名を強く呼んだ。大魔術師ゲーナ・テルミンの最愛の息子である、アントーシャの名を。

ゲーナが施した封印を解除し、生まれて初めて解き放たれたアントーシャは、〈真実の間〉に留まったまま、自身の力と向き合っていた。封印のない状態を知らないアントーシャにとって、突然もたらされた巨大な力は、想像を超えるものだったのである。

ロジオン王国に於ける魔術の頂点であり、世界最高の魔術の殿堂でもある叡智の塔に於いて、アントーシャが持つ魔力量は、平均的な魔術師の水準だと考えられていた。大きな魔力を持って生まれた者は、己れの魔力を自在に操れる年齢になるまで、魔力の一部を封印される場合があるものの、十歳を超えて封印を解かれない事例は稀である。だからこそ、既に成人したアントーシャが、魔力を封じられていると考える魔術師はおらず、誰もが目に見えるままの姿を信じ込んでいた。

ゲーナによって施された厳重な封印は、アントーシャの二つの力を隠蔽していた。この世に有り得可からざる異形の瞳と、ゲーナにも匹敵する膨大な魔力である。魔術の申し子とも言うべきアントーシャは、幼児の頃から自在に魔力を制御することが可能だったが、ゲーナは頑なに封印を解こうとはしなかった。アントーシャの存在が王家の目に留まり、契約の魔術紋によって隷属させられる危険性を、絶対に排除しておきたかったからである。

ゲーナが王家に隷属させられている以上、ゲーナ自身の命を盾に迫られれば、アントーシャは王家に絶対的な忠誠を誓い、隷属の魔術紋を受け入れるしかなかっただろう。封印を解除する前から、この世の誰にも使えない魔術を行使出来たアントーシャは、自力で封印を破壊することも可能だと知りながら、ゲーナと自分自身を護る為に、自ら封印を受け入れていたのである。

そして、正に召喚魔術が行われている頃、ゲーナから継承した鍵を発動させ、二十二年の時を経て封印を解除したアントーシャは、生まれて初めて完全なものとなった魔力と、神秘の極地とも言える己が瞳と向き合っていた。猫達しか聞く者のいない〈真実の間〉で、アントーシャは小さく呟いた。

「封印を解除する前と比べると、魔力量は十倍くらいになったか。飛躍的に伸びはしたものの、これは想定の範囲内だな。ぼくが自在に制御出来る量だから特に問題はなし、と。それにしても、これでもまだ百四十歳を超えた父上に並んだだけなのだから、つくづく怪物だな、ゲーナ・テルミンという方は」

誇らし気に言うアントーシャの足下では、三匹の猫達が耳を澄ませている。悪戯者のコーフィは、薔薇色の鼻先をひくつかせ、母猫のベルーハと灰色猫のシェールは、緑金の瞳でじっと主人を見詰めていた。アントーシャは、猫達に柔らかな微笑みを向けた。

「そうかい。お前達も、そう思うのだね。ぼくも、最も偉大な魔術師である方の息子になれて、この上もなく光栄だと思っている所だよ。さて、魔力量に違和感がない以上、問題は奇妙な瞳の方だな。見た目が異常であるのは、一先ず棚上げにするとして、働きはどうなのだろう」

そう言って、アントーシャは半ば無意識に抑え込んでいた力を解放し、不可思議な瞳を金色に輝かせながら、ゆっくりと周囲を見回した。至近距離でアントーシャの瞳を覗き込んでいる者がいれば、回転する度に瞳孔が色を変え、星の如く瞬く様子を目にしただろう。暫くの間、そうしていたアントーシャは、やがて深い溜息を吐いた。

「こちらは中々、相当に厄介だな。真面に全てを視ようとすると、余りにも情報過多で気が狂いそうになる。父上は美しく〈全眼〉と名付けて下さったけれど、或る種の呪いではないのかな、この瞳は。赤子の瞳を鋏で抉り出そうとした両親は、息子への慈悲の心を持っていたのだろうな。ああ、いや、待てよ。少し要領が摑めてきたかも知れない」

口を噤んだアントーシャは、先ず右手で右目を隠したまま視線を巡らせ、次に左目だけを隠した状態で周囲を見回した。

「思った通りだな。片目を隠しても、見えるものは変わらない。それは右目であっても左目であっても同じだ。だとすると、回転軸の問題か」

アントーシャは両目を瞑り、深く息を吐いた。二度三度、深呼吸を繰り返して気持ちを落ち着けたアントーシャは、まるで何かに導かれたかのような滑らかさで詠唱した。

「我が瞳に映すはこの世の成り立ち。形あるものと形なきものとを、等しく看破するだろう。人には過ぎたる叡智の瞳、その名は〈真眼〉」

詠唱の終わりと共に、アントーシャの身体が金色に発光した。眩い光が収まり、アントーシャが目を開けたとき、瞳孔は様変わりしていた。ずっと緩やかに回転を続けていた正二十面体の瞳孔が、ある一面で停止していたのである。

「やはり、想像の通りだったな。瞳の権能を限定すれば、自ずと視界は固定されるのか。ああ、それにしても凄い。ぼくたちの世界は、こんな風にして構成されていたのか。真眼で視ると、複雑怪奇な幾何学模様のようだ。成程、世界の真理に近付いたのは確かだろうな。残念ながら、余り詩的な光景ではないにしても」

暫くの間、複雑な表情を浮かべていたアントーシャは、緩りと首を振ってから目を瞑り、再び謳うが如く詠唱した。

「我が瞳に映すは肉体を支配する主人。誰にも摑めぬ幻影を、余さず看破するだろう。生死を隔てぬ神秘の瞳、その名は〈霊眼〉」

再び柔らかな金色に全身を輝かせたアントーシャが、光の消滅と共に目を開けたとき、神秘の瞳孔は纏う光を変え、先程とは別の一面で停止していた。何度か瞬きを繰り返したアントーシャは、興味津々の顔付きで白い髭を動かしていた猫達の方へ、おもむろに振り返った。

「凄い。お前達の魂魄と魔力が、はっきりと見える。今のぼくの瞳は、我々の存在を司る三つの主人、魂と魄とを魔力とを視認出来るようなのだ。色彩や輝き、濁りの有無まではっきりと。それにしても、お前達の精神世界は、随分と綺麗なものなのだね。ベルーハは、毛並みと同じ純白に輝く魂と、澄み切った緑色の魄。金色の強い光はぼくの魔力だね。猫には殆ど魔力はない筈なのだけれど、ぼくの眷属としての回路が開いたから、お前達も魔力を持つようになったのだろう。本当に麗しいよ、ベルーハ」

アントーシャの言葉に、ベルーハは嬉しそうにアントーシャの足先に頬を擦り寄せた。コーフィはアントーシャのローブに爪を引っ掛けて催促し、シェールも待ち切れないとばかりに左右に尾を振りながら鳴いた。アントーシャは、喉の奥で笑って言った。

「分かっている、分かっている。今言うから、良い子で待っておくれ。さて、コーフィは赤く燃え盛る魂だから、随分と気性が強いな。魄は濃い緑色に輝いている。元気一杯だね、お前は。シェールは穏やかに澄み切った水色の魂。とても優しい良い子だね、シェール。魄も冴え冴えとした緑色だから、元気だよ。どちらも魔力はぼくの金色だ」

喜んで益々足下に絡まってくる猫達を、優しく構ってやりながら、アントーシャは真剣な表情で何かを思案していた。アントーシャの異形の瞳が、どれ程の権能を秘めているのか、解明はまだ始まったばかりなのである。

「ぼくの瞳には、他にも色々なものが見えそうな気がするし、現在の魔術の理では説明出来ない事象を引き起こせるのではないかな。ぼくの魔術は、元々が他の人とは全く異なるものではあったけれど。父上でさえ、ぼくの魔術は全き謎でしかないと言っておられたしな。ああ、しかし、検証は後回しにしよう。ぼくの魔術師の人生は長いのだから、ゆっくりと調べていけば良いだろう。今、この場で必要となるのは、やはりこの瞳だろうな」

三匹の猫達から離れ、三度、アントーシャは目を瞑った。二度の詠唱を超える緊張を以て、謳うように言葉を紡ぐ。

「我が瞳に映すは、果てしなき魔術の深淵。全ての世界で為される術を、遍く会得するだろう。我が最愛の父の名付けし魔導の瞳、その名は〈法眼〉」

金色の光の残像が〈真実の間〉を駆け抜けた後、緩りと目を開けたアントーシャは、堪え切れずに笑い出した。瞳孔はまたしても色を変え、一つの面で固定されている。ゲーナが法眼と名付けた瞳で見渡せば、〈真実の間〉を含めた全ての魔術の理と術式が、既にアントーシャの掌の中にあった。さらに、他の誰とも違うアントーシャの魔術の在り様さえも、法眼の力によって余す所なく解き明かされた。術式も触媒も詠唱も必要とせず、魔力量でさえ意味を持たない真の魔術、世の魔術師がその有様を知れば、命に代えても渇望するだろう〈魔〉の神髄が、今、アントーシャのものとなったのである。

暫くの間、楽し気に笑っていたアントーシャは、尾を揺らして耳を動かしている猫達に話しかけようとして、不意に眉を顰めた。アントーシャが足下を見ると、いつの間に変わったのか、仄かに光っていただけの空間には満天の星々が煌めいていた。アントーシャの真下には黄金に輝く満月、冴え冴えとした濃紺の空には無数の星々が瞬いているのである。

息を呑む程に美しく、震える程に神秘的な光景を目にしながら、暗い絶望の表情を浮かべたアントーシャは、足下に広がる星空の一点を凝視したまま呟いた。

「ああ、遂に始まってしまった」

その視線の先の先、界すら隔てているのだろう遥か下方で、ゲーナの魔術が発動する様子が、アントーシャにはありありと視えていたのである。

アントーシャが見ている前で、魔術触媒である聖紫石の色をした光線が、ダニエによって刻み込まれた回路を辿って夜空を上り、ゲーナの力強く輝く銀色の魔力が、直ぐ後を追うが如く巻き上がる。アントーシャは、銀色の光の鮮やかさに溜息を吐き、憧憬を込めてゲーナの魔術を見守った。薄紫の光線と銀色の光線は、やがて放射線状に広がり、広大な夜空を埋め尽くすばかりに輝いたかと思うと、小さく一点に収斂(しゅうれん)し始めた。ゲーナの召喚魔術が、遂に目指すべき召喚対象を探し当てたのである。

　血が出る程に唇を噛み締めたアントーシャは、ゲーナとの約束を果たす為に顔を上げた。すると、アントーシャの視線の先には、薄っすらと輪郭を曖昧にした人型の何かが存在していた。アントーシャが魔術で作り上げた人ならざる者、血肉も意志も持たず人を模した熱量体である。封印されてきた法眼を取り戻したアントーシャは、何一つ詠唱せず、魔力を練る必要もなく、瞬時に奇跡とも見える魔術を発動出来るようになっていたのだった。

〈真実の間〉の星空では、聖紫石が発する薄紫の光線と、ゲーナの魔力そのものである銀色の光線が、大きく螺旋を描きながら一本に縒(よ)り合わさり、無数の星の中の一つへと延びていった。アントーシャの瞳は正確に光線の軌道を追い、いつしか一つに混じり合って赤く変色した光線が、遥かに遠く見知らぬ世界に辿り着く様子を見続けた。赤い光線は、召喚魔術の対象者と思しき青年の身体の上に、召喚の魔術陣を描き出していく。一つ目の正三角形、二つ目の正三角形が光線で繋がり、正に三つ目の正三角形が完成しようとした瞬間、アントーシャの〈真実の間〉に、ゲーナの声が響き渡った。切迫した色を隠さないまま、ゲーナはアントーシャの名を呼んだのである。

　アントーシャは迷わなかった。最愛の父の求めに応じて、間髪を容れず人型の熱量体を星空へと飛ばすと、今にも完成されようとしていた召喚の魔術陣の只中に、熱量体が音もなく滑り込み、召喚対象となった青年の姿と重なり合った。

瞬き程の間も置かず、四つ目の正三角形が描き上がり、召喚の魔術陣が一気に赤く発光する。完成したはずの召喚の魔術陣は、何回か明滅を繰り返し、一際強く発光した次の瞬間、残像も残さずに消え去った。召喚対象を見事に捉え、魔力の鎖で強く縛り付けたまま、再び界を越える為に夜空に舞い上がったのである。

やがて、召喚の行われた星から魔術の痕跡が全て消え去ったとき、静かに眠っていたらしい青年は、何も損なわれないまま元の世界に残っていた。ダニエが完成させた召喚の魔術陣は、アントーシャの投げ入れた熱量体を召喚対象者として認識し、〈儀式の間〉へと運んでいったのだった。


その頃、〈儀式の間〉では、緊張と興奮が最高潮に達しようとしていた。四つの正三角形が赤い光線を描いて完成したとき、ゲーナの足下の聖紫石は、真紅に変色して強く発光した。ダニエは必死に興奮を押し殺しながら、〈儀式の間〉にいる賓客に告げた。

「成功致しました。召喚対象を確保し、魔術陣の中に固定致しました。只今から、〈儀式の間〉に召喚する為の術式に移ります。この世と異なる次元、異なる界の存在が、遂に証明されようとしているのでございます。有史以来の大発見、夢物語が現実に変わる正にその瞬間を、皆様に御覧に入れましょう。召喚対象を固定した状態のまま、いくつかの次元の壁を越えさえ致しましたら、召喚魔術の成功は目前でございます」

息を呑んで儀式を見守っていた賓客達は、大きく響めいた。ダニエの言葉の通り、有史以来一度として実現せず、考え付く者さえ稀であった大魔術は、佳境に差しかかろうとしていた。異次元からの召喚魔術という奇跡は、既に工程の半ばを超えたのである。ダニエの後ろに控える魔術師達も、十二芒星を描いている魔術師達も、普段は冷静な顔を興奮に紅潮させて、ゲーナの一挙手一投足を見守った。

〈儀式の間〉に集まった者達は、無意識の内に成功を確信していた。召喚魔術の術式を組み上げたのはダニエだったが、実際に術を行使しているのは、魔術師団長であるゲーナ・テルミンである。千年に一人の天才と呼ばれ、歴史上並ぶ者のいない魔力を有し、凡そ魔術に失敗したことも、術の行使に苦労したこともない大魔術師である。ゲーナが魔術師団長の地位に就いてから百年以上、連綿と積み重ねられてきた栄光の歴史が、誰の胸にも刻み込まれていたのだった。

ところが、成功の予感に沸き立つ空間の中、不動の姿勢を貫いていたゲーナに、初めて変化の兆しが現れた。ゲーナの秀でた額に一筋の汗が流れたかと思うや否や、大きく上半身を揺らめかせたのである。初めて目にする光景に、先程とは別の響めきが〈儀式の間〉の空気を大きく掻き乱した。

ダニエは、慌てて背後の魔術師を振り返った。

「魔術師団長の魔力は、どの程度残っている。直ぐに確認せよ」

背後の魔術師は、儀式の開始からずっと半透明の白輝石を掲げ持っていた。特殊な術式を刻み込まれた白輝石は、ゲーナの魔力残量を測る役割を担っている。ダニエの切迫した問いかけに、魔術師は一気に顔色を失い、白輝石に浮かび上がった記号を見詰めながら答えた。

「召喚対象を捜索し、確保するまでの工程では、全魔力量の三分の一も減っておりませんでした。しかし、先程は次元の壁を一つ越える為だけに、三分の一を使われました。魔術師団長閣下が残しておられる魔力は、全体の三分の一程でございます」

「何だと。なぜ、次元の壁一つを越えるのに、それ程の魔力が必要なのだ。召喚対象を見付けるまでにも、いくつもの次元の壁を越えていた筈ではないか。行きと帰り、何が違うと言うのだ。まさか、召喚対象の存在が膨大な負荷となっているのか。いや、能い。私が直接視る」

そう言って、ダニエは右手の聖紫石を再び握り締め、先程よりも強く魔力を流し込んだ。ダニエの緑色の魔力が、輝きを放ちながら聖紫石に吸い込まれ、ダニエとゲーナの意識を同調させる。途端に、ダニエは苦しそうに呻いた。

「重い。何という重さだ。一人の人間がこれだけの質量を有しているなど、とても考えられない。この召喚対象は、有り得ない程の魔力を持っているとでもいうのか。それとも、実体のある人間を伴って次元を越える為には、計算した以上に膨大な魔力が要るのか。どちらにしろ、重過ぎる。こんなものは、誰にも耐えられる筈がない」

半ば悲鳴のような声を上げたダニエは、堪らずにゲーナとの同調を解除すると、魔術師達に鋭く指示を伝えた。

「控えの魔術師達は、全員で魔術師団長の足下の聖紫石に魔力を注げ。限界まで注ぎ続けるのだ。十二芒星を形成する魔術師達は、各自準備を。この次元に召喚対象を引き込んだら、お前達の力で〈儀式の間〉へと運ぶのだ。そろそろ来るぞ、次の壁が」

ダニエの叫びの直後、赤く発光していた聖紫石が激しく明滅した。ゲーナは一層大きく身体を震わせ、耐え切れないとばかりに片膝を突いた。常に膨大な魔力量を誇り、天才と呼ばれ続けたゲーナが、これまで一度として見せたことのない姿だった。魔力量を計測していた魔術師が、今度ははっきりと悲鳴を上げた。

「危険水域です。魔術師団長の魔力残量は、もう十分の一程しかありません。まだ次元の壁は残っているのですか、ダニエ様」

ダニエは、三度意識を集中させて、ゲーナの足下の魔術陣との魔術回路を繋ぎ直し、手のひらに握った聖紫石を覗き込んで叫んだ。

「まだだ。まだ一つ残っている。魔力を注ぐ者は、もっと注ぎ込め。ここで耐えずにどうする。死力を振り絞るのだ。また来るぞ」

十数人の魔術師から放たれた魔力は、次々にゲーナの足下にある聖紫石に吸い込まれていくものの、到底ゲーナを支える程の力にはならなかったのだろう。ゲーナは遂に両手両膝を床に突き、床に蹲った姿勢で荒い息を吐いた。〈儀式の間〉にいる全ての者達が、今まで想像だに出来なかったゲーナの姿に衝撃を受けたとき、聖紫石はさらに激しく、〈儀式の間〉を真紅に染め上げるばかりに明滅した。ダニエが組み上げ、ゲーナが行使する召喚魔術は、召喚対象を摑んだまま、いよいよ最後の次元の壁に差しかかったのである。

蹲った姿勢のまま、ゲーナはここで初めて大きな叫び声を上げた。既に枯渇した魔力を限界を超えて振り絞る為の声であり、ぎりぎりの所で術式を維持しているのだと、〈儀式の間〉にいる誰もが覚った。エリク王の命によって発動した隷属の魔術紋に縛られたゲーナは、召喚対象を〈儀式の間〉に引き込もうと、全身全霊を傾けていた。

聖紫石の明滅はさらに激しさを増していき、ゲーナは遂に床に倒れ伏した。魔術師の内の誰かが、悲痛な声でゲーナを呼ぶ。その声に応えるかの如く、ゲーナは必死に藻掻きながら半身を起こそうとし、また倒れ伏した。ゲーナの鼻と口からはいつの間にか鮮血が滴り、床を掻く爪が剝がれ始める。それでも繰り返し、ゲーナは起き上がろうとしていた。

悲壮な顔で唇を嚙み締めながら、召喚魔術の推移を見守っていたダニエは、ここで一つの決断を下した。

「私が支援に入る。魔術師団長の聖紫石に、私も魔力を注ぐ。暫く指揮不能になるかも知れぬから、魔術師はそれぞれに役割を果たせ。何としてでも次元の壁を越えて、召喚対象を引き寄せる。後はお前達で受け止めるのだ」

そう言って、苦痛の中で必死に術を維持するゲーナを一瞥するや、ダニエは瞬時に意識を同調させ、己れの持てる魔力を全力で注ぎ込み始めたのである。

蹲って鮮血を吐き出すゲーナと、決死の形相で聖紫石を握り締めたダニエが、魔力を振り絞ろうとしている最中、アントーシャの投げ入れた熱量体を摑んだ魔術陣は、〈儀式の間〉へと戻る為、正に次元の壁を越えようとしていた。深い苦悩を浮かべた表情で、魔術陣の動きを見定めていたアントーシャは、光線が次元の壁に触れようとした瞬間、己れが創り出した熱量体の質量を、それまでの十倍に引き上げた。

急激に質量を増した熱量体に耐え切れず、ゲーナのものである銀色の魔力が大きく揺らいだ。紫の光線の描く軌道を追い切れず、銀の光線は次元の壁に弾かれて二度、三度と空転したのである。アントーシャの黄金の瞳には、限界を超えて枯渇しかけたゲーナの魔力が、透明の壁に当たっては弾かれ、弾かれては当たりながら、必死に次元の壁を越えていく様子が鮮明に見えていた。

悲しみと絶望に喘ぎ、瞬きもせずにゲーナの魔力を凝視するアントーシャに、足下のシェールがおずおずと鳴き声を上げげた。アントーシャは、一瞬も銀色の光線から目を離さないまま、優しく言った。

「心配してくれるのかい、シェール。お前は優しい子だね。大丈夫、これは父上とぼくとで考えた通りの展開なのだよ。召喚魔術を阻止するといっても、父上は隷属の魔術紋に縛られていて、全力で術を行使しなければならないし、中途半端な形で召喚魔術を失敗させると、今後も同じ試みを繰り返す可能性がある。だから、千年に一人の天才、真の大魔術師たるゲーナ・テルミンの魔力量を以てしても、召喚対象を抱えたまま次元の壁は越えられないのだと、奴らに思い込ませなくてはならないのだ」

　アントーシャの言葉に、シェールは一層細い声で鳴いた。母猫のベルーハは、思慮深い緑金の瞳で不安そうにアントーシャを見詰め、悪戯猫のコーフィでさえ、悲し気な顔で主人の様子を窺った。アントーシャは苦し気に囁いた。

「そう、このやり方は父上に苦痛を強いるよ。ああ、ぼくが作った熱量体の重さで、父上は今、どんなに苦しんでおられるのだろう。堪らなく辛いよ。それでも、絶対に止めるわけにはいかない。他でもない父上が、そう決められたのだから」

　アントーシャは、血が滲む程強く唇を噛み締めた。心の揺れを表すかの如く、〈真実の間〉には激しく雷鳴が轟き、突風が吹き荒れた。三匹の猫達は、突然の変化に耐えようと、必死で床に爪を立てる。猫達が口々に細く鳴く声を聞いたアントーシャは、漸く我に返り、〈真実の間〉は再び静けさを取り戻した。アントーシャは、慌てて三匹の無事を確かめると、小さな猫の頭をそっと撫でた。

「大事はないかい。驚かせてしまって、本当に済まなかった。どうか許しておくれ。ちゃんと気持ちを整理したつもりだったのに、いざというときに動揺してしまうのだから、弱い人間だな、ぼくは。大丈夫だよ。苦しいのは、ぼくではなく父上の方だ。ぼくは自分の責任を果たすよ」

アントーシャは、そう言って淡く微笑んだ。もし目の前にゲーナがいれば、流石の大魔術師も誇りを捨て、最愛の息子と呼んだ者の為に固い決心を翻したのではないかと思わせる程、苦悩に満ちた哀切な笑顔だった。

やがて、大きく揺らぎ、速度を落としていたゲーナの魔力が、次の壁に差しかかった。アントーシャは、さらに強く唇を噛み締め、熱量体の質量をもう五倍に引き上げた。銀色の光線は先程よりも一層苦し気に蛇行し、何度も壁に激突する。紫の光線も軌道を保てず、銀の光線と交差しながら壁の周りを回った。途中、何度も新しい魔力らしき光線が放たれてきたものの、次元の壁を越えるには余りにも弱々しく、到底ゲーナの魔力を補完することなど出来なかった。

「お前達の脆弱な魔力が、我が父上の助けになるものか。身の程知らずの愚か者共が、恥を知れ。二度と愚劣な召喚魔術を行おうなどと、誰にも思わせはしない。これから先の光景を、己が魂に刻み込むが良い」

何重にもなって放たれてくる微かな魔力の光線を、冷たく凍えた目で見詰めながら、アントーシャは言った。怒りに満ちた言葉は、それ自体が命を宿したかの如く煌めき、星となって果てしない夜空に吸い込まれていく。

様々な色の魔力が立ち上っては消えていく中、ゲーナの銀色の魔力は、遂に最後の次元の壁に到達した。その力は既に弱く、もう一度壁を突破出来るとは思えなかった。アントーシャが眉を顰め、次の手を打とうとした瞬間、〈儀式の間〉から新しい魔力が放たれた。ゲーナやアントーシャには遠く及ばないものの、膨大と言って良い量を持った深い緑の光線は、ダニエ・パーヴェルの魔力だった。

ダニエが支援に入ったことを知ったアントーシャは、迷いを捨て去るしかなかった。一気に物事を終わらせる為、熱量体の質量をこれまでの十倍にまで引き上げ、銀と紫、緑の三色の魔力が次元の壁を越えようとした正にそのとき、熱量体に積み重なった質量の全てを、絡みついたままの術式に叩き付けたのである。

瞬間、世界の崩壊を思わせる音を響かせながら、次元の壁諸共、召喚魔術の術式が砕け散った。人知を超えたアントーシャの法眼は、その一つ一つの欠片が行き着く先を、余さず捉えていた。〈儀式の間〉の聖紫石は粉々になり、正四角形の床にも大きく深い亀裂が走る。そして、召喚魔術の破壊と同時に、百年以上に亘ってゲーナを縛り付けていた隷属の魔術紋も砕け散ったのである。

アントーシャは、目には見えない手を伸ばし、ゲーナの身体を離れて空中に霧散しようとする魔術紋の術式を摑み取ると、素早く契約対象を書き換えた。縛られる者は、ゲーナ・テルミンからヤキム・パーヴェルとダニエ・パーヴェルへ。縛り付ける者は、王家からゲーナとアントーシャへ。事前に決めていたわけでもなく、今更意味を持つとも思えなかったが、隷属の魔術紋がゲーナに与えた苦痛と屈辱を知るアントーシャは、そうせずにはいられなかったのである。

召喚魔術の破壊と共に、アントーシャの作った熱量体は役割を終え、大気に解けて掻き消えた。アントーシャは、そちらを一瞥しただけで、直ぐに意識を切り替えた。アントーシャにとって何よりも大切なものが、星の夜空に浮かび上がってきたからである。

それは、美しい三色の光球だった。煌々と光り輝く銀色の光、微かに瞬く黄色の光、鋭利に澄み切った水色の光である。アントーシャが一心に見詰める内に、黄色の光は小さく収斂し、地上のどこかに流れて消えていった。アントーシャは、嗚咽を噛み殺し、黄色の光の消えゆく先を見詰め続けた。

次いで、銀色と水色の光球が今にも消え去ろうとしたとき、静かに座っていたベルーハが、不意に鋭く鳴いた。アントーシャが一度も聞いたことのない、強く厳しい声だった。アントーシャは、驚愕に目を見開いた。

「ぼくを叱ってくれているのか。ああ、そうか。そうなのか。ぼくは馬鹿だ。分かったよ、ベルーハ。本当に有難う。心から愛しているよ、我が眷属」

アントーシャは、間髪を容れずに魔力を飛ばし、今にも消えようとしていた二つの光球を摑み取った。それを大切に引き寄せながら、アントーシャは微笑んだ。涙に濡れた、しかし歓喜に輝く微笑みだった。


右手で聖紫石を握り締め、ゲーナの足下に埋め込まれた巨大な聖紫石に向かって、全力で次元の壁を突破する為の魔力を注ぎ始めたダニエは、直ぐに悲鳴のような声を上げた。召喚対象者を摑んだままの術式は、ダニエの想像を遥かに超えた、異常としか言えない程の質量を有していたのである。

「何という重さだ。星を引き寄せているわけでもないのに、余りにも、余りにも重過ぎる。何とか次元の壁を越えたとしても、これでは上手く制御出来ないかも知れない。十二芒星を成す魔術師達よ。覚悟せよ。魔術師団長と私は、壁を破るだけで精一杯だ。お前達が死力を絞り尽くして、召喚対象を〈儀式の間〉へと運ぶのだ」

ダニエの叫びの切実さに、〈儀式の間〉の賓客達も表情を強張らせた。エリク王の護衛を務める数人の近衛騎士は、佩刀を抜き放ち、下手に構えながらエリク王の周りを固める。エリク王の背後を護っていたタラスは、素早く上着の隠しに手を入れると、いくつかの宝玉を取り出した。万が一の場合に備え、ゲーナに命じて護身の魔術陣を刻ませていた魔術触媒である。

宝玉の中で最も強く輝く一粒、ゲーナが吐き出した鮮血の如く紅い聖紅石を手のひらに載せ、タラスは無言のままエリク王に差し出した。落ち着いた表情を崩さないエリク王は、タラスから聖紅石を受け取ると、直ぐに魔力を流し込む。次に輝きの強い宝玉をタラスが握り締め、近衛騎士の手にも宝玉が渡されると、それぞれに魔力が流し込まれた。〈儀式の間〉に張られた防御の障壁に加え、エリク王の周りにはさらに強固な護りが施されたのである。

エリク王から離れて座っていたアイラトは、異変が起こった直後から、崇拝する父王の姿を目で追っていた。タラスの動きに呼応して、エリク王一行の姿が陽炎の如く揺らぐと、アイラトは深く息を吐き出した。魔術に対する知識の深いアイラトは、父王が強固な魔術障壁によって二重に護られたことを察知したのである。微かに頬を緩ませ、瞳に安堵の色を浮かべたアイラトは、漸くエリク王から視線を離し、再び〈儀式の間〉を注視したのだった。

アイラトと同じ席に座るスヴォーロフ侯爵は、動揺しつつも身を乗り出すクレメンテ公爵や、不安気にダニエを見詰めるパーヴェル伯爵を尻目に、唯一人、薄灰色の瞳を輝かせていた。ゲーナに智の怪物と呼ばれた真の天才、大ロジオンが誇る宰相たるスヴォーロフ侯爵にさえ、予想も出来なかった成り行きに、身に付き纏う倦怠を忘れたのだろう。その面は明るく、口元には楽し気な微笑みが浮かんでいた。

数人の近衛騎士を従えただけのアリスタリスは、思わず座席から腰を上げて、〈儀式の間〉を凝視していた。成人もしていないアリスタリスにすれば、百年の余も叡智の塔に君臨するゲーナは、既に伝説にも等しい存在だった。そのゲーナが蹲り、血を吐き出す姿を目の当たりにして、己が胸に去来する思いが何だったのか、未だアリスタリス自身にさえ分かってはいなかった。

　腹心の部下であるミカル子爵と共に、席に着いていたスラーヴァ伯爵は、堂々とした落ち着きを崩さなかった。エリク王が臨席する場には護衛騎士以外の帯刀は許されない為、寸鉄も帯びてはいなかったが、王国騎士団を統べる武人に相応しい威風は、誰の目にも明らかだった。炯々と輝く瞳が何を見据えているのか、答を知っているのは、傍らに立つミカル子爵だけだっただろう。

　一方、人々の思惑を他所に、必死に召喚魔術を維持していたゲーナが、ここで初めて声を上げた。口から激しく鮮血を吐きながら、淡々と告げたのである。

「私はもう持たない。召喚対象の質量は余りにも重く、残された我らの魔力では、到底次元の壁を越えられないだろう。最早為す術はないのだ。皆を引かせよ、ダニエ。それだけの時間くらいは、私の命で購おう」

　ゲーナの言葉は、〈儀式の間〉に集まった全ての者の耳に突き刺さった。ダニエは、噛み締めた唇から血を滴らせながら答えた。

「まさか。ここまで来て、止められるものか。後ほんの少しで次元の壁を越える。成功は目の前なのだ。そら、壁が割れるぞ」

　ダニエが叫んだ直後、〈儀式の間〉にいた者達は、誰もが聞こえるはずのない音を聞いた。激しく空気を震わせながら、一つの世界が砕け散る音である。途端に、それまでの重ささえ遥かに凌駕する程の質量が、一気に召喚魔術の魔術陣に叩き付けられた。

「十二芒星の魔術師よ、逃げよ」

　そう叫んだゲーナの声を、魔術師達は確かに聞いた。エリク王を始めとする来賓の者達も、はっきりと聞いた。直後、奔流となって押し寄せた圧力の渦が、〈儀式の間〉に襲いかかる。誰一人として、立ち上がることも目を開けることも出来ず、風の中の木の葉の如く翻弄される中、魔術師達は這い蹲って青光石の下を離れた。

「ああ、召喚対象が霧散してしまった。私の召喚魔術が消えていく」

人々の怒号と悲鳴が飛び交う中、ダニエのものらしい嘆きは、次の瞬間には絶叫となって迸った。そして、どれだけの時間が過ぎたのか。圧力の奔流は、不意に何事もなかったかのように掻き消えた。漸く目を開けることの出来た者達は、魔術師も観客も、等しく目を見開いて凍り付いた。

人々が目にしたのは、粉々に砕け散った聖紫石と床一面に広がった鋭い亀裂。握り締めていた聖紫石ごと、片腕をもぎ取られて蹲るダニエ。そして、血の海の中で四散したゲーナの身体だったのである。

04 アマーロ—悲しみは訪れる—

05 ハイムリヒ

運命は囁く

王城を揺るがせた召喚魔術から十日程後、ゲーナによって既に魔術師団の職を解かれていたアントーシャは、漆黒のジュストコールを羽織った姿で叡智の塔を訪れていた。アントーシャにしては誠にめずらしい、ロジオン王国の貴族の正装である。

ゲーナから正式に子爵位を譲られたアントーシャが、王城の敷地内に入ろうとするなら、一切の身分を問わない魔術師のローブか、いわゆる貴族服を着るしかない。金糸銀糸の刺繍や宝石の鈕を全て取り払った拵えに、上質な生地だけが贅沢な装いは、ゲーナの喪に服するアントーシャが耐えられる、限界値とも言えるものだった。

アントーシャは、先ず一等魔術師として自身が使っていた部屋に入り、全ての私物を一つに纏め上げた。叡智の塔が所有する書籍や研究用の魔術触媒等は、何度も丁寧に数え直し、目録と共に係の者に返却する。黒い御仕着せ姿の従僕を制し、自ら部屋を拭き清めたアントーシャは、そのまま叡智の塔の十三階に上ると、ゲーナの秘書官だった魔術師達に静かに声を掛けた。

「ゲーナ・テルミン魔術師団長の猶子、アントーシャ・リヒテル子爵です。本日は、亡き父の執務室を整理する為に伺いました。入室の許可を頂けますか」

常に親し気な微笑みを向けてきた秘書官達が、この日はアントーシャの視線を避けるかの如く俯き、黙って深々と頭を下げた。中から一人進み出て、アントーシャの前に立ったのは、召喚魔術の行使が決まった日、ゲーナに呼び出されたアントーシャを、慇懃に出迎えてくれた二等魔術師だった。

「宰相府から叡智の塔へ、御連絡と御指示を頂いております。リヒテル子爵閣下が御出でになられたら、執務室に御案内せよとの仰せでございます。誠に失礼ながら、貴方様は既に叡智の塔を御辞めになられた方ですので、規則に沿って同席させて頂きます」

「分かりました。御気遣い頂いて、有難うございます、ロモノフ殿。父は、此度の結果も想定しておりましたので、既に粗方は片付けられております。殆ど時間は掛かりませんし、どうぞ御同席頂いて結構ですよ」

アントーシャと二等魔術師、ロモノフと呼ばれた年若い男は、他の秘書官達を伴ってゲーナの執務室だった部屋に入った。二等魔術師が、驚いたように言う。

「これはまた、本当に綺麗さっぱりと整理されておりますね。魔術師団長閣下は、普段はそれなりに散らかされる方だったと思いましたが」

一目で貴族家の者だと察せられる相貌に、驚きの色を浮かべた二等魔術師に対し、曖昧な微笑を浮かべたままのアントーシャは、小さく頷いた。

「最初に会議室から始めましょうか。会議室には、もう何一つ父の物は残っておりません。元々、会議机と椅子くらいしかない部屋ではありましたけれど。魔術師団長の専用書庫については、そちらで蔵書目録を御持ちですね」

「はい。用意してございます」

二等魔術師が後ろを振り返ると、長年に亘ってゲーナの秘書官を務めていた老齢の魔術師が、微かに震える手で冊子を取り出した。年齢に相応しい皺を刻みながらも、常に溌剌(はつらつ)とした様子でゲーナに付き従っていた魔術師である。ゲーナの死の衝撃が、魔術師に残された若々しさを拭い去ったようにも見え、アントーシャは思わず瞳を潤ませた。優しい労りを潜ませて、アントーシャが言う。

「結構です。有難うございます、カールさん。目録もですけれど、長い間、父の側にいて下さったことも。それでは、書庫の中身と目録を突き合わせて下さい。父が個人で揃えていた物は、既に屋敷に運んでおります。間違って叡智の塔の書籍が紛れ込んでいる可能性もありますので、確認を御願いしたいのです」

「畏まりました。御言葉、勿体のうございます、アントーシャ様。直ぐに致しますので、暫し御待ち下さいませ」

　カールと呼ばれた秘書官は、アントーシャに丁寧に頭を下げて書庫に入っていった。黙って後ろ姿を見送ったアントーシャは、ゲーナが私室として使っていた部屋の扉を開けると、二等魔術師達を中に招き入れた。

「どうぞ御覧下さい。私室にも父の物は残っておりません。机の上に置かれているのは、叡智の塔の予算で購入された物品の目録だそうですので、御確認下さい。魔術師団長として、百年の余もこの部屋を使っておられた割には、購入目録に記載された品数が少ないので、こちらも然程の時間は掛からないと思いますよ。父上の気配は、今も残されている気がしますけれど」

　一瞬、アントーシャは目元を柔らげ、ゲーナの面影を探すように部屋を見回した。二等魔術師のミロン・ロモノフは、柔和な笑みを浮かべたまま頷き、他の魔術師達はそっとアントーシャから目を逸らした。アントーシャは、それ以上は何も言わず、片手を差し伸べて魔術師達を促すと、再びゲーナのものだった執務室へと戻った。

「さあ、執務室で最後となります。父上の手配によって、既に引き出しの中まで空になっていますよ。執務机の上に並べられているのは、何人かの方々への手紙です。父からは、これまでの感謝と別れの御挨拶を綴った御礼状だと聞いております。御手数ですけれど、宛名の通りに御渡し下さい。父が使っていた私物は、事前に全て屋敷の方に運んでおりますので、叡智の塔の備品の中に紛失している物がないかどうかだけ、皆さんで御確認頂けますか。父が纏めた目録も、執務机の上に置いております」

淡々と告げるアントーシャの言葉に、直ぐに応える者はいなかった。暫くの後、ずっと無言でアントーシャに付き従っていた壮年の秘書官が、悲哀に震える声で言った。

「ゲーナ様は、本当に御覚悟を持って召喚魔術の儀式に臨まれたのですね。何という、御見事な身の処し方をなさるのか。ゲーナ様を犠牲にしてしまった我々には、その見事さが辛うございます。誠に、誠に申し訳ございません、アントーシャ様。私くし達は、貴方様の大切な御父君を御護り出来ませんでした。私くしも、当の夜、〈儀式の間〉の片隅におりましたのに。力なき身が、口惜しゅうございます」

それまでは苦し気な表情で目を逸らしていた秘書役の一人、騎士にも見える立派な体格をした青年は、アントーシャの顔を見詰めて恐る恐る尋ねた。

「ゲーナ様の御遺体は、もう埋葬されたのでしょうか。偉大な魔術師団長であられたのに、弔いの式典さえ行わないと、ゲーナ様が御遺言を残されたと聞いております。叡智の塔の魔術師には、そもそも弔いに参列する資格はないのかも知れませんが」

アントーシャは、穏やかな笑みを浮かべ、優しい瞳で二人を見詰め返した。ゲーナの秘書役として長く傍らにあった壮年の魔術師や、若い情熱を傾けてゲーナに尽くしてくれた魔術師に、アントーシャは心を籠めて言った。

「弔いの式典を行わないというのは、生前からの父の強い希望でしたので、王都の貴族街の墓地に埋葬だけを致しました。直ぐに分かる場所ですので、よろしかったら一度訪ねてあげて下さい。父は皆様が大好きでしたから、とても喜ぶだろうと思います。生前は父が御世話になり、本当に有難うございました。皆様方の御心は、ぼくもずっと忘れません。ぼくは明日、父が残してくれた領地に戻ります。これからは滅多に王都には来ないでしょうから、父の遺髪を持っていき、領地にも墓を建てるつもりでいます」

二人の秘書官は黙って涙を拭い、深々とアントーシャに頭を下げてから、目録との突き合わせ作業の為に、その場を離れていった。後に残ったのは、アントーシャと最初に声を掛けた二等魔術師、ロモノフの名で呼ばれた青年の二人だけである。長椅子に腰掛けたアントーシャは、ロモノフにも席を勧めてから、然り気なく言った。

「ああ、忘れる所でした。目録にはないでしょうけれど、この執務室に仕掛けられている盗聴の魔術機器は叡智の塔の備品ですから、そのままにしてありますよ」

突然のアントーシャの言葉に、ロモノフは目を見開き、大きく身体を震わせた。しかし、次の瞬間には平静を取り戻し、困惑した表情でアントーシャに問いかけた。

「これはまた、何を仰っているのか分かりませんね。よりにもよって魔術師団長閣下の執務室に、盗聴の魔術機器を仕掛けるなどという無礼を、叡智の塔の誰が致しましょう。何か勘違いをしておられるのではありませんか、アントーシャ様」

ロモノフの答に、アントーシャが嗤った。叡智の塔にいたときのアントーシャが、一度たりとも見せなかった、冷たい軽蔑の嗤いだった。

「ロモノフ子爵家次男、ミロン・ロモノフ殿。貴方がダニエ・パーヴェルに命令されて、父が過去に作った魔術機器を盗み出したのでしょう。ダニエはそれを加工して、父の動向を探る為の盗聴用の魔術機器とし、秘書官の一人である貴方が執務室に仕掛けたのです。我が父が、彼の大魔術師ゲーナ・テルミンが、それに気付かないなどと本当に思っていたのですか、ロモノフ殿」

咄嗟に反論する言葉を失い、ロモノフは奥歯を噛み締めた。二等魔術師という高い地位にあり、ゲーナの秘書官の中では唯一の貴族らしい貴族であったロモノフは、アントーシャの言葉によってもたらされた衝撃に、喘ぎにも似た声を漏らした。

「知らない。私は何も知らない。ダニエ様にも、命令などされていない。誤解です。第一、仮にそうだとするなら、何故、咎めもせずに放置していたのですか。何故です」

「勿論、情報を操作するからに決まっているではありませんか。相手を誘導する為の情報だけを流し、反応を見ることで、逆に相手方の動向を知るのです。貴方は、父上がダニエ達の動きを見張る為に泳がされていた、父上の〈目〉だったのですよ」

アントーシャは、唇を笑いの形に吊り上げた。澄んだ琥珀色の瞳が冷たい怒りを湛えて輝いていなければ、穏やかな微笑みに見えたかも知れない。アントーシャから放たれる重々しい威圧に、ロモノフは堪らず顔を伏せた。

「父上は、ぼくに全てを与えて下さいました。深い愛情と知識だけではなく、爵位も領地も財産も何もかも。その中には、父上が使っていた〈目〉も含まれているので、貴方も今後はぼくの為に動いて下さいね」

ロモノフは、弾かれたように顔を上げた。若々しい顔は屈辱と怒り、不信と恐怖に彩られ、今にも叫び出しそうだったが、実際には一言も言葉を発しなかった。ロモノフの額には、いつの間にか禍々しく赤い隷属の魔術紋が浮かび上がり、数度瞬いて消えたのである。アントーシャは、冷たく言った。

「漸く気付きましたか。貴方の額には、ずっと以前から、父上の魔術紋が刻まれていたのですよ。ああ、大丈夫です。直ぐに今日の出来事を忘れ、貴方は今まで通りに〈目〉の役割を果たしてくれますから。何も心配しないで下さいね、ミロン・ロモノフ殿」

アントーシャの言葉は、魔術師としてのロモノフの誇りを、粉微塵に打ち砕いたのだろう。顔面を蒼白にしたロモノフは、唇を戦慄(わなな)かせながら必死に声を出した。

「嘘だ。この私が、何一つ気付かないまま隷属の魔術紋を刻まれているなど、嘘に決まっている。第一、自分が隷属を強いられている影響で、隷属や契約の魔術は使えなかったのではなかったのか、魔術師団長は」

「まさか。真の天才たる父上に、苦手な魔術などあるものですか。父上は、罪なき人の自由を奪う魔術が御嫌いだったから、王家に使用を強いられないよう、出来ない振りをしていただけです。本当は、得意中の得意なのですよ。それこそ、心からダニエに忠誠を誓っていた貴方を、本人さえ気付かないまま傀儡(かいらい)に出来るくらいにね。卑劣な裏切り者を縛る為なら、父上は術を躊躇したりはなさいませんよ」

ロモノフは、絶望の表情を浮かべると、両手で顔を覆って身を縮めた。アントーシャは、そんなロモノフを蔑みの目で一瞥すると、無言のまま術を発動した。アントーシャの指先から生み出された小さな金色の光球が、ロモノフの額に吸い込まれていく。次の瞬間、ゆっくりと顔を上げたロモノフは、今の一幕など忘れ果てた明るい顔で、再び人好きのする微笑を湛えていたのである。

目録との突き合わせを終えた秘書官達が、揃って執務室に戻ってきたとき、アントーシャとロモノフは、穏やかに向き合っていた。アントーシャは椅子から立ち上がると、秘書官達に向かって会釈した。老齢の魔術師であるカールが、沈んだ声で言う。

「御待たせ致しました、アントーシャ様。全て確認をさせて頂きました。書籍の一冊、小物の一つも誤りなく、目録の通りにございました」

「良かった。では、ぼくはもう、叡智の塔の魔術師ではありませんので、早々に失礼すると致しましょう。皆さん、生前の父への御厚情に、改めて御礼申し上げます。有難うございました」

そう言って、アントーシャは再び深く頭を下げた。ゲーナの秘書官達は、まだ何かを言いたそうにしていたものの、アントーシャは丁寧に、しかし決然と別れを告げた。ゲーナのいない叡智の塔は、アントーシャにとって、愛着の欠片も湧かない過去の墓標に過ぎなかったのである。


その日、クレメンテ公爵とスヴォーロフ侯爵は、エリク王の名で内々の呼び出しを受けていた。面会の場として指定されたのは、王の私室のあるボーフ宮ではなく、ロジオン王国の本宮殿たるヴィリア大宮殿である。ロジオン王国の王が、高位貴族や外国の使者を正式に引見するときに使われる〈聖王の間〉で、彼らは王を待っていた。

〈聖王の間〉には、王の玉座として〈黄白〉の豪奢な椅子が設えられており、外には椅子も家具も置かれていない。扉から玉座まで、王が進む道筋には真紅の絨毯が敷かれ、玉座の後ろ正面に掲げられた国旗には、ロジオン王国の国章たる不死鳥が羽を広げている。規模こそ小さいものの、〈聖王の間〉は正式な引見場の一つなのである。

共にエリク王の縁戚に当たる、クレメンテ公爵とスヴォーロフ侯爵を呼び出すにしては、些か形式張った場所である。常にはない呼び出しに、クレメンテ公爵は不審を抑え切れず、小声でスヴォーロフ侯爵に問いかけた。

「〈聖王の間〉に御呼びとは、如何なる御話であろうか。内々の話題なら、陛下は〈賢王の間〉か〈花王の間〉を選ばれよう。やはり、先日の召喚魔術の失敗について、御不快に御思いなのではあるまいか。そなたは何か御存知か、スヴォーロフ侯」

スヴォーロフ侯爵は、壮年になって尚秀麗な面に、どこか作り物めいた微笑みを浮かべながら、緩りと首を横に振った。

「此度は事前に何の御話もございませんでしたので、予想が付きませぬな。只、召喚魔術の失敗について、何らかの御叱りを受けると致しましても、態々〈聖王の間〉を御使いにはなられませんでしょう。アイラト王子殿下やアリスタリス王子殿下が、御同席になっておられないのも、別の御話である根拠になろうかと存じます。さて、如何なる成り行きであるのか。確かに異例ではございますな」

漠然とした予想ではなく、明確に呼び出された理由を推測しているのだと、スヴォーロフ侯爵は言わなかった。ゲーナ・テルミンが千年に一人の魔術の天才なら、ロジオン王国の宰相たるエメリヤン・スヴォーロフは、〈智のスヴォーロフ〉と呼ばれる名門貴族の血が結実した、謂わば内政の天才である。滅多に内心を覗かせないエリク王が相手であっても、呼び出しの理由を読み解くことは容易かった。

スヴォーロフ侯爵の言葉に、かえって不安を煽られたらしいクレメンテ公爵が、再び口を開こうとしたときである。〈聖王の間〉の壮麗な扉を、静かに叩く音が響いた。七度に亘って叩かれるのは、王の訪れを知らせる合図と決まっている。七度目の音が消えると同時に、侍従が二人掛かりで厚い扉を押し開いた。漆黒の御仕着せに銀糸の刺繍を煌めかせた侍従が、重々しく宣言した。

「御準備を為されませ。陛下の御成りでございます」

クレメンテ公爵とスヴォーロフ侯爵は、片膝を突いて深く頭を下げ、大ロジオンの王を迎えるに相応しい姿勢を取る。エリク王は、家令であるタラスや侍従、護衛の為の近衛騎士達を従えて入室すると、典雅な足取りで真紅の絨毯の上を進んでいった。ロジオン王国では、真紅の絨毯を歩けるのは王族だけと決まっており、供の者達は慎重に絨毯を避けるのである。

数段の階段を上り、豪奢な玉座にゆったりと腰掛けたエリク王は、階下に控えたタラスに頷きかけた。エリク王の合図を受けたタラスは、おもむろに口を開いた。

「陛下の御許しがございましたので、宰相閣下は御起立下さい。どうぞ、私くしの横へ。クレメンテ公爵閣下は、そのまま陛下の御下知を聞かれませ」

タラスの言葉に驚いたクレメンテ公爵は、思わず顔を上げそうになったものの、危うい所で踏み止まった。王に〈そのまま〉と命じられた者が、許しもなく顔を上げ、声を発することは、それだけで罪に問われかねない不敬だった。

起立を命じられたスヴォーロフ侯爵は、微かに身体を震わせるクレメンテ公爵を置き去りにし、仄かな微笑を湛えたままタラスの指示に従った。スヴォーロフ侯爵が、タラスの横に立つと、エリク王の正面にはクレメンテ公爵だけが残った。エリク王は、聞く者を平伏させるだけの力を持った声で、クレメンテ公爵に言った。

「本日、そなたを呼んだのは、先に王城を騒がせた愚かなる騒動の元凶、余の第四側妃であったカテリーナという女について、言わねばならぬ事柄があるからである。元第四側妃は、近衛騎士を愛人としてローザ宮に引き込むという大罪を犯した故、関係者の処分を行ったのだが、後になって新しい事実が判明したのでな。余は、今から裁きをせねばならぬ。キリル・クレメンテ、そなたの娘、アイラトの正妃たるマリベルは、元第四側妃カテリーナの不貞を唆したであろう」

瞬間、クレメンテ公爵は言葉を失った。思い当たる事実がなかったわけではない。寧ろ、マリベルが元第四側妃カテリーナを陥れ、不貞に誘い込んだ顛末は把握している。謀略を主導したのはマリベルだが、クレメンテ公爵は敢えて止めようとはしなかった。洗練を極めた大ロジオンの王城は、優雅に謀を巡らす戦場でもあったからである。

しかし、高位貴族としては当然とも言える謀略が、公に許されるものなのかと尋ねられたら、貴族達は揃って否と答えるだろう。人目を忍び、巧みに隠されるからこその謀略であり、策を白日の下に晒される愚を犯せば、罪を問われるのは明白だった。一瞬にして顔面を蒼白にしたクレメンテ公爵は、堪らず言い募った。

「何卒、何卒御待ち下さいませ、陛下。申し開きをさせて頂きとうございます。どうか発言を御許可下さいませ」

冷ややかな眼差しでクレメンテ公爵を見詰めたまま、エリク王は、タラスに小さく頷きかけた。タラスは恭しく一礼した後、クレメンテ公爵に言った。

「クレメンテ公爵閣下であられましょうとも、正式な場で陛下の許可もなく口を御開きになられるとは、不敬が過ぎましょう。本来であれば、厳しく罰せられるべき所ではございますが、格別の御慈悲でございます。陛下の御許しが出ましたので、御話し下さい」

瞳に不穏な色を浮かべたタラスは、王城では滅多に見せない顔をしていた。エリク王の有能な家令ではなく、〈王家の夜〉の統率者として、崇拝する主の敵を前にしたときの表情である。エリク王に懇願の視線を向けるクレメンテ公爵は、タラスの変化に気付かないまま、自身でも苦しいと分かる弁明を試みた。

「誤解でございます、陛下。我が娘とは言え、マリベル妃殿下はアイラト王子殿下の正妃となられた御方。アイラト王子殿下の御役に立つべく、日々に身を慎んでおられる妃殿下が、元第四側妃の不貞を唆したなどとは、有り得可からざる話でございます。それ程までに悪意のある讒言を、誰が陛下の御耳に入れたのでございましょうか。マリベル妃殿下が、王族の御名を穢すような謀略に手を染める筈がございません。妃殿下と私くしが疑いを掛けられているという事態を、アイラト王子殿下は御存知なのでございますか。アイラト王子殿下にも御出まし頂いた上で、正しい審議を御願い申し上げます」

クレメンテ公爵は、片膝に額を擦り付ける程に頭を下げた。誰よりも気位の高い男の弁明に応えたのは、無感動にクレメンテ公爵を見詰めるエリク王ではなく、瞳を暗く光らせたタラスである。欠片も心を動かされた様子を見せないまま、胸元の隠しから一枚の書類を取り出したタラスは、淡々と内容を読み上げていった。

「クレメンテ公爵家の元侍女、現在はドロフェイ宮でマリベル妃の専属侍女を務めるメアリなる女の弟が、近衛騎士団に所属している。弟は名をロマンと言い、元第四側妃の愛人、現在は正式な夫となったニコラと近しい関係にあった。メアリの依頼を受けたロマンは、ニコラに賭けを持ち掛けた。生来の女好きであり、元々女に好かれる己れを誇っていたニコラに対し、元第四側妃の気を引ければ、現金で百ポルトを支払うと煽ったのだ。ニコラは巧みに誘導されて、あっさりと賭けに乗った」

一切の前置きもないまま詳細な経過を聞かされ、クレメンテ公爵は絶句した。マリベルの企みを黙認していたとは言え、具体的な手筈まで知っていたわけではない。実父であるクレメンテ公爵でさえ、殆ど聞かされていなかった全貌を、タラスはまるで見ていたかの如く語るのである。

「ニコラの同僚の護衛騎士を協力者に仕立て上げたのも、ロマンの仕業であった。ニコラが元第四側妃と密会する夜には、協力者となった近衛騎士とニコラとで、閨の護衛役を務めていたのである。さらに、マリベル妃の専属侍女であるメアリは、一年程前からローザ宮の女官や侍女達への接触を繰り返していた。ドロフェイ宮やリーリヤ宮でも不貞は行われており、表沙汰にならぬ限り王家も黙認していると、根も葉もない噂を広めたのだ。元第四側妃とローザ宮の女官共は、愚かにも噂を信じ込み、元第四側妃の不義を手助けすることに抵抗感を失っていった」

呆然とした表情で、半ばタラスの言葉に聞き入っていたクレメンテ公爵は、ここで漸く正気を取り戻すと、必死になって口を挟んだ。

「待ってくれ、トリフォン伯。伯の話は事実なのか。仮に事実であったとしても、マリベルが指示したとは言い切れないではないか」

「メアリとロマンは既に捕らえ、真実のみを話す隷属の魔術紋を施した上で、それぞれに自白させている。元第四側妃の不貞を唆したのは、全てマリベル妃の直接の指示であり、成功した場合の見返りとして、メアリには良縁といくつかの宝石類、ロマンには将来の出世と金銭が与えられる約束であった、と。マリベル妃の所持品として目録に載る宝飾品数点と、五千ポルトの金貨が、二人の自室から発見されている故、如何なる言い訳も通用するとは思わない方が良い。用心深いロマンは、マリベル妃の花押(かおう)の押された契約書まで、実家の金庫に隠し持っていたのだからな」

己が娘の余りの迂闊さに、クレメンテ公爵は歯を食い縛った。侍女の縁談を整える為に、マリベルが楽し気に釣書を眺めていた姿が、クレメンテ公爵の記憶の中から浮かび上がっては消えていく。

玉座の上で頬杖を突いたエリク王は、クレメンテ公爵の青褪めた顔に関心を持った様子もなく、あっさりと宣告した。

「リーリヤ宮のエリザベタが、タラスを呼び出して言ったのだ。マリベルの侍女の中に、微弱ながらも催眠や誘導の魔術を使える者が居る。如何に愚かで淫蕩な女であったとは言え、流石に大ロジオンの側妃が易々と不義に落ちるのも不自然である故、ドロフェイ宮を調べさせよとな。相変わらず面倒な要求をする女よ、エリザベタは」

王妃エリザベタの名に、クレメンテ公爵は全てを悟った。元第四側妃カテリーナを陥れたマリベルは、結果としてアリスタリスの立場を悪化させたことで、王妃の敵となったのである。ゆっくりと手にした書類を破りながら、タラスが言った。

「ローザ宮の騒乱に於いて、アイラト王子殿下の正妃マリベルの罪状は明白なれど、陛下にあらせられては、正妃の処刑は忍びないとの仰せである。従って、マリベル妃は王族専用の収監所にて一先ず幽閉と致す。夫たるアイラト王子殿下はドロフェイ宮で謹慎。父であるクレメンテ公爵にも、次の沙汰があるまで謹慎を申し渡す」

タラスの宣言に、クレメンテ公爵は声もなく崩れ落ちた。王城に於ける暗黙の慣例を上回る程の厳しい処分であり、名門中の名門たるクレメンテ公爵家であっても、そう易々と失地を回復する機会は訪れないだろう。顔を伏せて黙り込んだクレメンテ公爵に、エリク王は最後通告とも言える言葉を突き付けた。

「暫く時を置いた後、アイラトとマリベルは離縁と致す。マリベルからは王族の称号と一切の権利を剝奪する故、クレメンテ公爵家で引き取るが良い。マリベルがロジオン王国の歴史と王統を穢した大罪は、父たるそなたの手で償わせよ。そなた自身の身の処し方も、謹慎の間に思案するのだな、キリル・クレメンテよ」

クレメンテ公爵は、俯けたままの頭を微かに上下させただけで、エリク王の言葉に答すら返せなかった。公爵家の当主としては有り得ない失態だったが、当のエリク王は何の関心も払わず、スヴォーロフ侯爵へと目を向けた。

「我がロジオン王国の頭脳たる宰相よ。此度のローザ宮の騒動の後始末は、タラスとそなたに任せよう。余は、稚拙な謀略を好まぬ。謀は王城の華と言いながら、絢爛と咲き誇る程の陰謀を巡らせる力のある者など、数える程しか居るまいよ。己が身の程を知るよう、他の貴族共にも能く言い聞かせるが良い、エメリヤン」

「御意にございます、陛下。タラス伯と協議の上、必ず致します」

エリク王の命に、スヴォーロフ侯爵は即座に片膝を突いて答えた。エリク王は鷹揚に頷くと、優雅な仕草で身を起こし、玉座から立ち上がった。再び真紅の絨毯を踏み締めて、扉へと向かうエリク王を止める権限を持つ者は、ロジオン王国には一人として存在しない。タラスや侍従、護衛の近衛騎士達も、粛々とエリク王に付き従った。クレメンテ公爵には、既に言葉を掛けるだけの手間も取らず、エリク王は〈聖王の間〉での断罪を終えたのである。

エリク王一行が去り、陰鬱な気配を漂わせて静まり返った〈聖王の間〉で、スヴォーロフ侯爵はクレメンテ公爵の側に寄った。力なく跪いたままのクレメンテ公爵の背中に、そっと繊細な手を添えると、優し気な微笑みを浮かべて言った。

「さあ、公爵閣下。いつまでもそうしておられては、貴き御身分に触りましょう。どうか御立ち下さい。閣下さえよろしければ、一体何が起こったのか、私くしにも詳しく御話を聞かせて下さいませんか。何か御力になれる道を探せるかも知れません」

一連の成り行きに、常の驕慢を打ち砕かれたクレメンテ公爵は、為す術もなく動揺し、素直にスヴォーロフ侯爵の腕に縋った。

「済まぬ、スヴォーロフ侯。マリベルが、ここまで愚かな娘だとは思っていなかったのだ。手を汚した者達に目録に載る宝石を差し出し、よりにもよって己が花押を押した契約書を持たせるとは。呆れ果てて言葉も出ぬが、それでも可愛い娘なのだ。幽閉の上に離別とは、余りにも不憫に思う。しかも、アイラト王子殿下まで謹慎とは、殿下にも取り返しの付かない傷を負わせてしまった。何とか事態を改善する方途はないのか、知恵を貸してほしい」

「勿論ですとも。公爵家の姫君から王子妃となられた御息女に、ロマンの如き破落戸の相手は荷が重かったのでございましょう。アイラト王子殿下とクレメンテ公爵閣下の御力になれるよう、私くしも知恵を絞りましょう。私くしに御示し出来るのが、いと細き道だったとしても」

そう言って、スヴォーロフ侯爵は再び微笑んだ。どこか婉然とした微笑みは、妖精姫と呼ばれた亡姉、アイラトの生母たるオフェリヤにも似て、美しくも温度を欠いた燐光の揺めきのようだった。

〈聖王の間〉での一幕を終え、エリク王とタラスがボーフ宮に戻ろうとする頃、一組の客が王の帰りを待っていた。タラスによって事前に呼び出されていた、王国騎士団長のスラーヴァ伯爵と副官のミカル子爵である。ロジオン王国の王が住まう特別な宮殿に、初めて訪問する機会を得たミカル子爵は、落ち着かない様子で言った。

「私くしがボーフ宮に参上するなど、想像もしておりませんでした。ロジオン貴族の端くれとして、豪華絢爛な宮殿はヴィリア大宮殿で慣れているつもりでしたが、ボーフ宮の品格と美しさは格別ですね。余りの素晴らしさに、身の置き所がありませんよ。その点、閣下は堂々としておられますが、これまでも御出でになられたことがあるのですか」

仄かに発光するかの如く輝く〈黄白〉の壁を背にしながら、客間の豪奢な椅子に腰掛けているスラーヴァ伯爵は、肩を竦めながら言った。

「あるわけがないだろう。ボーフ宮への立ち入りを許されるのは、王族の皆様と側近方の他には、護衛の近衛騎士くらいだからな。王国騎士団長を拝命している矜持に懸けて、平気な顔を取り繕っているだけだ。第一、参上の経験があるなら、そなたが知らぬ筈はないだろう。何しろそなたは、私が家督を継ぐ前からの腹心なのだからな、ラザーノ」

「そうでした、そうでした。閣下とは学生時代からの長い御付き合いで、知らないことの方が少ないのでした。それにしても、トリフォン伯爵閣下は、なぜよりにもよって、ボーフ宮に閣下を御呼びになられたのでしょう。今回の御呼び出しについては、陛下も御存知なのでしょうか」

「勿論。あのトリフォン伯爵が、陛下の思し召しもなくボーフ宮に客を呼び出すとは、到底考えられぬ。内容はともかく、陛下の御指示があってのことだろう」

二人が親しく話し合う中、重厚な扉を押し開いた侍従が、タラスの来室を告げた。スラーヴァ伯爵とミカル子爵は、素早く立ち上がり、礼と共にタラスを迎えた。〈聖王の間〉で見せた怒りを跡形もなく拭い去り、穏やかな微笑を湛えたタラスが、丁寧に礼を返す。

「本日は、理由も告げずに御呼び立てしてしまい、申し訳ありませんでした。御出で頂き、有難うございます、スラーヴァ伯。ミカル卿も、先日のローザ宮の騒動の際には、御手数を掛けましたな。さあ、どうぞ御楽になさって下さい」

タラスの慇懃な対応に、スラーヴァ伯爵とミカル子爵は、思わず胸を撫で下ろした。何らかの叱責を受けたり、不利益な沙汰を下されたりするにしては、タラスの態度は穏当に過ぎたからである。二人の安心を裏付けるように、タラスは微笑んだまま言った。

「スラーヴァ伯に御越し頂いたのは、このタラスからたっての御願いがあってのことでございます。言うまでもなく、陛下の御声掛りでございますので、忌憚のない御気持ちを聞かせて頂ければ、私くしが良きように話を進めさせて頂きます」

思いも掛けないタラスの言葉に、スラーヴァ伯爵は驚きに目を見張り、ミカル子爵は一転して興味津々に瞳を輝かせた。

「これは驚きましたな。けれども、畏まりました、トリフォン伯。剣を振る術しか知らぬ私くしが、何かトリフォン伯爵の御役に立てるのでしたら、如何様にも致しますので、どうか御用命下さいませ。トリフォン伯の仰せに、否はございません」

貴族らしい駆け引きをしようとする素振りもなく、打てば響くとばかりに応じたスラーヴァ伯爵に、タラスは満足気に頷いた。

「御言葉、誠に忝く存じます、スラーヴァ伯。御願いを致します前に、少しばかり御説明の必要な事情がございますので、御聞き下さいませ。実は本日、元第四側妃の不貞に関して、追加の処分が言い渡されました。元第四側妃カテリーナを唆し、不義へと誘導致しました不忠者が判明したのです。主犯と断じられましたのは、アイラト王子殿下の正妃マリベル。そして、マリベルの手足として働いた専属侍女と、その女の弟である近衛騎士の三名が、さらなる罪人でございます」

タラスの言葉に、スラーヴァ伯爵とミカル子爵は素早く目を見交わした。議会が選出した正式な側妃として、多くの者に傅かれて暮らしていたカテリーナが、易々と不貞に至った成り行きには、どこか不自然さが付き纏う。卓越した指揮官であるスラーヴァ伯爵と、有能な副官であるミカル子爵は、密かに何らかの作為を疑っていたのである。

　二人に小さく頷きかけたタラスは、〈聖王の間〉で行われたばかりの断罪について、淡々とした口調で説明した。王子妃であるマリベルが、主犯として処分を受けるという結果に、スラーヴァ伯爵とミカル子爵は、僅かに身体を強張らせた。

「何者かの関与を疑ってはおりましたが、アイラト王子殿下の正妃ともあろう御方が、糸を引いておられたとは。何とも後味の悪い結果でございますな、トリフォン伯」

「全く以て、嘆かわしき限りですな。この後は一月程の詮議を経て、マリベルの王籍を剥奪し、クレメンテ公爵家に引き取らせます。本来はマリベルをも処刑すべき所ながら、色々と差し障りもございますので、王家としては離縁のみで矛を収めることとなりましょう。実家で幽閉されるか、罪人の収容所にでも送られるか、いっそ毒杯を与えられるか。大罪人となった女の行く末は、クレメンテ公爵家が然るべく決断なさるでしょう」

「私くしがマリベルの親であれば、陛下の尊き御名を穢すような真似を仕出かしたと分かった時点で、刀の錆とするでしょうな。さて、マリベルの王籍剝奪は当然として、クレメンテ公爵閣下やアイラト王子殿下まで御謹慎とは、中々に王城を騒がせる御処分でございますな。御二方とも、此度のマリベルの謀略に関与しておられたのでしょうか」

　既に王子妃の尊称を付けず、クレメンテ公爵家の姫とも呼ばず、罪人扱いで呼び捨てにするタラスに倣い、スラーヴァ伯爵も冷ややかにマリベルを切り捨てた。言葉に嘘はなかったにしろ、スラーヴァ伯爵の関心は、寧ろアイラトとクレメンテ公爵の身の上にあった。アイラトの王太子位冊立を支持するべく、気持ちを固めようとしていたスラーヴァ伯爵にとって、アイラトとクレメンテ公爵の失脚は、王国騎士団の未来を左右しかねない程の急変だったのである。スラーヴァ伯爵の厳しく引き締まった表情と、ミカル子爵の青褪めた顔に視線を向けてから、タラスは優しく言った。

「アイラト王子殿下は関わってはおられませんので、御安心下さいませ。クレメンテ公爵は、知っていて放置しておりましたし、マリベルの父親たる身の責任もございますので、然るべき罪には問われましょう。アイラト王子殿下は、何も御存知なかっただけでなく、マリベルから不貞の教唆を知らされるや否や、即座に陛下に御報告をなさいました。陛下の御名を貶めるが如き陰謀など、御自分の正妃の仕業であっても、我慢ならなかったそうでございます。アイラト王子殿下の御言葉には、陛下も御喜びでございました」

スラーヴァ伯爵は、僅かに肩の力を抜いた。タラスの口振りからも、アイラトはエリク王の寵愛を失っていないに違いない。王太子位への道が遠のいたとしても、完全に可能性が絶たれたわけではないのだろう。

「左様でございましたか。アイラト王子殿下は、誠に気高い御方でございますな。流石に大ロジオンの王子殿下、王家の誇りを体現しておられます。御自身が罰せられ、面目を失う結果になると分かっておられたでしょうに」

王太子位の行方について、スラーヴァ伯爵は一言も口にしなかった。誇り高い騎士であると同時に、ロジオン王国の高位貴族でもあるスラーヴァ伯爵は、王城での言説を弁えていたのである。一層微笑みを深めて、タラスが言った。

「私くしも同じ思いでございます、スラーヴァ伯。アイラト王子殿下は、大ロジオンの王子に相応しき御方でございます。元第四側妃の不貞は、王国の正史には残せぬ恥辱でございますので、マリベルに陛下への不敬があったという理由で、夫たるアイラト王子殿下にも御謹慎頂きます。但し、それは形だけのこと。マリベルとの離縁の手続きが済み次第、アイラト王子殿下は王太子候補に御戻りになられます。以上を踏まえて、陛下はこう仰せでございました。余の大切なトーチカの為に、力になれる家の娘を新しき妃に迎えさせよ、と」

瞬間、スラーヴァ伯爵は大きく目を見開き、堂々たる体躯を震わせた。豪胆な王国騎士団長としては、滅多に見られない動揺だった。エリク王の家令であるタラスに、王が暮らす私的な宮殿であるボーフ宮に呼び出された理由を、スラーヴァ伯爵は漸く察したのである。

「まさか、トリフォン伯爵が御願いと仰せになられたのは」

「ええ。スラーヴァ伯爵の末の御息女は、確かまだ御婚約者が御決まりではなかったと思い、勝手ながら御推薦をさせて頂きました。オスサナ姫と言われましたな」

タラスの言葉に、スラーヴァ伯爵もミカル子爵も息を呑んだ。ロジオン王国に於いて〈姫〉と呼ばれるのは、王女と王家の血を引く公爵家の息女の他には、王子の伴侶となる予定の貴族家令嬢だけなのである。スラーヴァ伯爵は、動揺を押し殺して答えた。

「左様でございます。オスサナには、幼い頃から婚約者を定めておりましたが、相手の御子息が病に伏されまして、この五年程は床から起き上がれない有様でした。家と家との約束でございます故、ずっと御待ちしておりましたものの、三月程前に残念ながら亡くなられました。オスサナも十八歳になり、貴族家の娘としては相応の年齢でございますので、早々に新たな婚約者を決めねばならぬと思っていた所でございます」

「御相手の御子息には申し訳ない物言いながら、これも運命というものでしょう。アイラト王子殿下は御再婚になられるとは言え、他に妃殿下や御子様はおられません。十八歳のオスサナ姫にとっても、良き御相手と存じます。如何でしょうか、スラーヴァ伯」

スラーヴァ伯爵は、直ぐには返答をしなかった。王城の権力に対して関心が薄く、王国騎士団の未来だけを見据えてきた男には、想像だにしない話だったのである。それでも、エリク王に忠誠を誓うスラーヴァ伯爵は、疼くような誇らしさを感じ、思わず頬を緩ませた。

「誠に畏れ多い御話でございます、トリフォン伯。陛下の臣下たる身として、否のある筈がございません。誠に光栄に存じます。只、我が身は伯爵家に過ぎず、アイラト王子殿下の側妃殿下になど、身分が釣り合わないことが心配でございます」

「御心配には及びませんよ、スラーヴァ伯。先のローザ宮の騒乱を見事に指揮なさった功績により、スラーヴァ伯爵を侯爵に陞爵せよと、陛下の仰せでございます。オスサナ姫には、スラーヴァ侯爵家から出された妃殿下として、吉日に入宮して頂きます。陛下とアイラト王子殿下の御考え次第ではございますものの、男子を御出産になられましたら、側妃から正妃にも直されましょう」

予想を遥かに超えた厚遇に、流石のスラーヴァ伯爵も絶句し、忠実な副官であるミカル子爵は、感激の余り目を潤ませた。タラスは、満足の笑みを浮かべて言った。

「首尾良く話は纏まりましたな。それでは、共に陛下の御居間に参りましょう。御愛息の新しい妃殿下となられる方の御父上と、前祝いの杯を交わしたいと、陛下が御待ちでございます。どうぞ、ミカル子爵も御一緒に。遠慮は無用ですよ」

マリベルが仕掛けた不貞の謀略は、自身の運命を激変させると共に、王城にいくつもの嵐を巻き起こそうとしていたのだった。

その日、リーリヤ宮にいるアリスタリスの下を密かに訪れたのは、コルニー伯爵とイリヤだった。元第四側妃の不貞に端を発した騒動から約一月、近衛騎士団に対する厳しい非難の眼差しも、漸く薄れ始めた頃である。

鍛え上げた長身に近衛騎士団の純白の団服を纏ったイリヤは、既に元第四側妃の不貞に関する謹慎が明け、近衛騎士団の連隊長職に復帰している。一方のコルニー伯爵は、近衛騎士団長の地位を返上する覚悟を固めてはいるものの、未だに王城からの引き留めが続いていた。アリスタリスを前にしたコルニー伯爵は、自身の不確定な未来には一言も触れず、王子の無事を喜んだ。

「殿下の御健勝な御様子を拝見し、心から安堵致しました。召喚魔術が行使された日に起こった、有り得可からざる異変とゲーナ師の悲報を聞き、殿下の御身は大事ないのか、ずっと案じておりました。御側で御護り出来ず、誠に申し訳ございませんでした」

深々と頭を下げるコルニー伯爵の傍らで、イリヤは苦し気に眉を顰めた。幼い頃から王子に剣を教え、アリスタリスこそが未来の王に相応しいと信じるイリヤである。護衛騎士の大任を果たせなかった悔しさに、薄っすらと涙さえ溜めながら言った。

「左様でございます。魔術師団長の訃報を聞いたときは、生きた心地が致しませんでした。ゲーナ師が亡くなられる程の異常事態に、殿下が御無事であらせられるのかと不安で堪らず、護衛を務められなかった我が身を呪った程でございます。近衛からの報告で、御怪我などはなかったと聞いておりましたが、それだけで御無事とは言い切れませんので」

裏表なく案じていただろう臣下の言葉に、アリスタリスは鷹揚に頷いたが、少女めいた美貌には恐怖の残滓が浮かび上がっていた。大ロジオンの王城の奥深く、掌中の珠の如く大切に護られてきたアリスタリスにとって、あれ程の惨劇を目撃した経験などあるはずがなく、四散して果てたゲーナの鮮烈な血の色が、今も脳裏に焼き付いていたのである。

「確かに衝撃的な出来事だった。〈儀式の間〉の魔術障壁が強固であり、私達には差し障りはなかったが、記憶は消えてはくれないからな。父上が御臨席になられたことを思えば、本当に危ない所だった。叡智の塔の責任を問うにも、肝心のゲーナが死亡した以上、矛先は鈍るだろう。何れにしろ、彼のゲーナ・テルミンですら耐えられなかった召喚魔術など、今後は棚上げになるのではないかな」

「御意にございます、殿下。陛下や殿下の尊き御身を危険に晒す危険性のある魔術など、決して許されるべきではございません。亡くなられた魔術師団長はともかく、召喚魔術を主導なさった方々は、責任を御取りにならないのでございましょうか。賢王であらせられる陛下や、王家に忠節を尽くしておられるトリフォン伯爵閣下が、不始末を見過ごしになさる筈がなく、何れは然るべき御沙汰が下るものと存じます」

アリスタリスとイリヤが話し合う傍らで、無言のまま耳を傾けていたコルニー伯爵は、ここで半ば強引に割って入った。不敬と非難されようと、コルニー伯爵には是が非でも進めなければならない話があったのである。

「畏れ入ります、殿下。御話し中の所、誠に無作法とは存じますが、御指示を賜りたい問題がございます。御聞き届け頂けませんでしょうか」

「確かに無作法だな、コルニー伯。しかし、伯の日頃の働きに免じて、大目に見てやろう。何を聞きたいのか話してみれば良い」

「有難き幸せでございます、殿下。私くしが御尋ね致したいのは、召喚魔術の儀式の前に、殿下から地方領主達へ、御約束を賜った件についてでございます。予定通り進めさせて頂いても、よろしいのでございましょうか」

「約束というと、方面騎士団の維持費の件だったな。私の王太子位冊立を支持する見返りに、地方領主達から方面騎士団へ、毎年拠出している維持費の額を見直してほしいという話だった。勿論、覚えている」

「左様でございます。方面騎士団に拠出する維持費の額と、報恩特例法の撤廃についての御約束でございます、殿下」

曖昧な表情で頷くアリスタリスから、確実な言質を引き出そうと、コルニー伯爵は敢えて言葉を重ねた。地方貴族の多くが維持費の減額を望み、苦悩の淵に沈む領民を顧みなかったとしても、コルニー伯爵にとっての宿願は唯一つ、報恩特例法の撤廃に他ならなかった。

思わず前のめりの姿勢を取ったコルニー伯爵が、アリスタリスを見詰めてさらに口を開こうとした瞬間、重々しく扉を叩く音が響いた。リーリヤ宮を護る近衛騎士が、予期せぬ客の訪れを告げたのである。

「御話し中に失礼致します、殿下。王妃陛下が直々の御越しにございます」

リーリヤ宮の高位の女官が、淑やかな声で告げた直ぐ後に、微かな衣擦れの音をさせながら入室したのは、エリク王の正妃エリザベタだった。先触れの手間さえ省いた性急な振る舞いは、完璧な淑女と名高いエリザベタにしては異例である。アリスタリスは素早く椅子から立ち上がり、母の華奢な手を引いて上座へと誘う。コルニー伯爵とイリヤは、流れるような動作で片膝を突き、深く王妃への礼を取った。

「母上が急に御出ましになるとは、何かございましたか。御顔の色はよろしいですね。御呼び頂ければ、直ぐに私が御伺いしましたのに」

「今日はとても気分が良いので、心配して頂かなくても大丈夫ですよ、殿下。貴方に早く御知らせしたいことがあって、勝手に来てしまったの。許して下さいね」

自ら保証した通り、エリザベタは確かに健やかな様子だった。この日のエリザベタは、淡い藤色に染め上げた薄琥珀と呼ばれる絹地に、レースと真珠を縫い付けたドレス姿である。涼やかに透ける最上の装いを纏い、仄かに頬を上気させてアリスタリスに微笑みかけるエリザベタは、七人の子を持つ母には見えない程に麗しかった。

「母上に御目に掛かる以上に大切な用など、リーリヤ宮にはございませんよ。コルニー伯爵とイリヤ先生には、別室で待ってもらいましょう」

「近衛騎士団長と連隊長ね。ならば、特別に同席を許します。そなた達にも無関係ではないのだし、明日には王城で知らぬ者は誰一人いなくなるのだから、少しくらい早く耳にしても構わないでしょう。御立ちなさい」

コルニー伯爵とイリヤは、王妃が命令する通りに立ち上がり、アリスタリスの背後に控えた。エリザベタは、楽し気な微笑を浮かべたまま、前置きもなく本題に入った。

「先程、わたくしの所へタラスが報告に来ましたのよ、殿下。元第四側妃カテリーナの不貞に関して、マリベルの嫌疑が立証され、本日中に関係者の処罰が発表されるそうです。罪状は叛逆罪でもも大逆罪でもなく、単なる不敬罪に留まるのだけれど、王家の恥を晒すわけにはいかない以上、或る程度の隠蔽は致し方のない所でしょう。不貞を唆した二人の実行犯、マリベル専属の侍女と弟の近衛騎士は、即刻処刑されます。マリベルは一旦幽閉された後、離縁されてクレメンテ公爵家に戻されると決まったのですって。父であるクレメンテ公爵と、マリベルの夫であるアイラト王子殿下も、それぞれに謹慎を仰せつかり、陛下の御沙汰を待つ形となります」

アリスタリスが王太子を目指す上で、エリザベタの生家であるグリンカ公爵家に次ぐ後ろ盾となるのは、他ならぬ近衛騎士団である。その近衛騎士団が、元第四側妃の不貞を許し、愛人や協力者までもが近衛騎士だったという不始末を犯したのは、アリスタリスには手痛い失点だった。

王妃エリザベタは、近衛騎士団の失地を回復させる為、タラスを通してエリク王に働きかけた。結果、王太子位に近付こうとしていたアイラトが、最大の後ろ盾であるクレメンテ公爵家共々、アリスタリス以上の打撃を受けたのである。大ロジオンの王になるのだと、固く決意しているアリスタリスには、明らかな朗報に他ならなかった。エリザベタの知らせに、滑らかな頬を薔薇色に染めたアリスタリスは、少女めいた美貌を輝かせ、吐息交じりに言った。

「母上の御推察の通りだったのですね。元第四側妃の不貞は、ドロフェイ宮が火元となって仕組まれたものだった、と。マリベル妃は、何という愚かな真似をしたのでしょう。詳しく御教え下さい、母上」

溺愛する王子に憧憬の眼差しを向けられたエリザベタは、満足気に頷き、タラスから教えられた顚末を語って聞かせる。アリスタリスが陶然と聞き入る後ろで、コルニー伯爵とイリヤは衝撃に戦慄した。マリベルの指示を受けた実行犯の一人として、またしても近衛騎士が関わっていたからである。目の前に近衛騎士団の団長がいるにもかかわらず、一言の叱責もしようとしないエリザベタに、コルニー伯爵は王妃の激しい怒りを感じ取っていた。

母をよく知るアリスタリスも、エリザベタの怒りを察していたが、敢えて口に出そうとはしなかった。マリベルの共犯者が近衛騎士であったことは、近衛騎士団にとって拭い難い汚点ではあるものの、謀略の主犯がマリベルだと明らかにされた以上、夫たるアイラトの負った傷は、アリスタリスとは比較にならない程に深いだろう。今のアリスタリスには、その事実だけで十分だったのである。

「それにしても、言い逃れの出来ない証拠まで残すとは、マリベル妃は随分と迂闊ですね。最大の後ろ盾である筈の正妃に足を掬われるとは、アイラト王子殿下も御気の毒に。父であるクレメンテ公爵は当然として、アイラト王子殿下までドロフェイ宮で謹慎になられるとは。まさかとは思いますが、殿下も陰謀に関わっておられたのでしょうか」

「いいえ。残念ながら、違うようよ。クレメンテ公爵は、知っていながら知らない振りをしていたけれど、アイラト王子殿下は何も御存知ではなかったから、一時的な謹慎で済んだと聞きました。陛下の無二の忠犬であるタラスが言うのですから、先ず間違いはないでしょう。マリベルの企みに加担しておられたのなら、話は早かったのだけれど。とは言え、己が正妃の謀略に気付かなかったという事実だけでも器が知れますからね。今回の騒動で、アイラト王子殿下は大きく評価を落とされたと思いますよ」

「私も同感です。迂闊な王など大ロジオンには必要ないと、父上なら御考えになるでしょう。それにしても、全ては母上の掌の中ですね。私の女神であられる母上は、本当に素晴らしいな。感謝致します、母上」

アリスタリスは、エリザベタの前に片膝を突いて跪くと、白く華奢な手を取って口付けを贈った。エリザベタは淡く頬を染め、愛する王子に優し気な微笑みを返す。その一瞬を切り取れば、画家達が好んで描く清らかな母子像のようだった。アリスタリスの手を握り返したエリザベタは、張りのある声で言った。

「さあ、これで天秤は一気に傾きますよ。わたくしの殿下も十八歳になられ、成人まで残す所四年なのですから、良い頃合いでしょう。殿下に相応しい称号を得る為に、本格的に攻勢を掛けていかなくては。殿下の正妃選びも、そろそろ急ぎましょうね」

「私の正妃ですか、母上」

「ええ。殿下の御立場を考えれば、何年も前に婚約が整っていても良かったのです。当時の議会によって、わたくしと陛下の婚約が正式に決定したのは、陛下が十五歳になられて直ぐでしたもの。勿論、わたくしの殿下にも、御話はいくつもあるのだけれど」

大国であるロジオン王国では、王位継承権を持つ王子に自由な婚姻は許されない。私的な愛妾を持つことは咎められず、身分にも制限は設けられていないが、正式な伴侶である正妃、側妃については、伯爵家以上の貴族家の息女と決められている。また、必ず議会による選定を経なければならず、故意に典範に背いた者は、王位継承権を剝奪されるのである。

大ロジオンの正嫡の王子として、生まれながらに次の王と目されてきたアリスタリスは、自身の婚姻に夢など抱いてはいない。アリスタリスが望むのは、父王が座る至尊の玉座であり、妃は目的を達する為の伴走者に過ぎなかった。大国の王子だけが持つ傲慢さで、アリスタリスは淡々と言った。

「正妃の選定によっては、王子の運命も大きく変わってしまう可能性があるのだと、学んだばかりですからね。私の望む道の妨げにならず、私を支える力の一端となれる家の姫であれば、我儘は申しませんよ。私の母上は、もう候補を絞って下さっているのでしょうし」

「分かっていますよ、殿下。王子の正妃は謀の要ですもの。家柄や能力だけでなく、そなたの地位を後押し出来るだけの才覚のある姫でなくてはなりません。候補を絞ってはあるけれど、どの娘も決め手に欠けているので、時間を掛け過ぎてしまったわ。殿下に釣り合う年頃の姫に、多くを求めても無理なのでしょうね」

「私の正妃となる姫に足らないものは、母上が補って下さると信じています。正妃としても女性としても、私は母上に似た方が良いのですが、崇拝する我が女神のような女性が、二人といるとは思われませんからね」

そう言って、アリスタリスは甘く微笑んだ。明るい夏空の色をした王子の瞳を見詰めながら、大ロジオンの王妃エリザベタは、一人息子を溺愛する母親だけが浮かべるのだろう、危うい熱を孕んだ表情を輝かせた。

「わたくしに御任せになって、殿下。わたくしの大切な殿下への支持を集める上で、力となる家の娘を探し出しますからね。殿下の大望を叶えるのは、このわたくし。そなたの唯一人の母にして、王妃の尊称を戴くエリザベタ・ロジオンの使命なのですから」


アリスタリスの正妃を選定する為に、動きを早めようと決意したエリザベタは、不意に視線を流した。アリスタリスの座る椅子の背後、無言で控えているコルニー伯爵とイリヤを、内心の窺えない瞳で見据えたのである。コルニー伯爵は、顔を伏せる仕草で王妃の視線を憚り、イリヤは僅かに身を震わせた。

「殿下への支持といえば、そなた達は二人して、地方領主の下を回っているのだったわね。殿下から伺っていますよ。直答を許します。どう進んでいるのか、わたくしに状況を説明なさい。簡潔に、正確に、嘘偽りなく」

「畏まりました。王妃陛下」

　唐突な王妃の介入に、コルニー伯爵は内心で舌を打った。権謀術数の海に漕ぎ出してもいないアリスタリスと、王城の奥向きを支配する賢妃エリザベタでは、臣下に対する厳しさに雲泥の差があるだろう。何としてもアリスタリスから言質を取り、報恩特例法の撤廃を進めたいコルニー伯爵は、間の悪さを呪いたい気持ちになった。

　エリザベタの命令に、アリスタリスも視線でコルニー伯爵を促した。一礼した後、コルニー伯爵は仕方なく地方領主との交渉について語り始め、エリザベタは途中から白いレースの扇を広げて口元を隠したまま、じっと耳を傾けたのだった。

「私くしとイリヤ・アシモフ連隊長が面談致しました、地方貴族家の当主達は、概ねそうした返答でございました。さらに、態度を保留しておりました辺境伯爵家の内の一家からも、既にアリスタリス王子殿下への支持を約する書状が届いております。方面騎士団の維持費の見直しと共に、報恩特例法の撤廃を実現する旨の御誓約を賜りましたら、地方領主達は一丸となって、アリスタリス王子殿下の御麾下に馳せ参じますでしょう」

　コルニー伯爵が長い説明を終え、居間に重苦しい沈黙が広がっても、エリザベタは口を開かなかった。広げたままの扇を閉じようともせず、只、冷たい瞳でコルニー伯爵を凝視している。アリスタリスもコルニー伯爵も、それが率直な物言いを良しとしない貴婦人特有の表現方法であり、王妃の不快の表明だと理解している。エリザベタの放つ威圧感に戸惑いながら、アリスタリスが尋ねた。

「母上、偉大なるロジオン王国の王妃陛下。コルニー伯爵の説明の中に、何か母上から御叱りを受けなければならない内容があったのでしょうか。どうか御教え下さい」

扇の奥で細く息を吐いたエリザベタは、もうコルニー伯爵を一顧だにしようとせず、アリスタリスを見詰めた。先程まで甘く蕩けていた瞳は、激しい怒りに燃え上がり、溺愛するアリスタリスを責める色を浮かべている。音を立てて扇を閉じ、エリザベタは言った。

「今回の殿下は、少し短慮でしたわね。マリベルの陰謀が発覚するまで、近衛の不始末によって殿下の御立場が悪くなっていたのですから、無理のない所もありますけれど。地方領主を味方に付けるという考えそのものは、悪くはありません。方面騎士団の維持費についても、或る程度の譲歩は仕方ないでしょう。余り地方領主の不満を放置するのも、得策ではありませんからね。但し、報恩特例法の撤廃などは論外ですよ」

エリザベタの厳しい言葉は、イリヤを怯ませ、コルニー伯爵を失望させ、アリスタリスを混乱させた。アリスタリスの立場を尊重するエリザベタは、常に王子に敬意を払った物言いをする。そのエリザベタに、はっきりと叱責されたアリスタリスは、思わず顔を強張らせた。

「申し訳ございません、母上。それ程になりませんか」

「ロジオン王国の国法、それも百年以上前に、我が曽祖父君たるラーザリ二世陛下が定められた法を、地方領主如きの求めで易々と撤廃するなど、王家の威信にも関わりましょう。ましてや、他国には類を見ない報恩特例法は、王家の力の源泉とも言える法律ですのに。地方貴族にはどのような形で約したのですか、殿下」

「コルニー伯爵からの提案で、私を支持する旨の誓詞を出してきた者に、私からの誓詞を返す手筈になっております。実際には、まだ一枚も返しておりません。召喚魔術の失敗の余波で、何とはなしに慌ただしく過ごしておりましたので」

「それはよろしゅうございました。アイラト王子殿下の謹慎で潮目は変わったのですから、短慮な約束をする必要はありません。何よりも、王国法の撤廃を陛下の御許可もなく誓約するなど、叛逆罪に問われても申し開きが出来ませんよ」

エリザベタの発した言葉の衝撃に、アリスタリスは一瞬にして面を青褪めさせた。ロジオン王国の国法では、最も重い罪は国王を害する大逆罪であり、一切の理由を問わず一族諸共に死罪となる。次に重いのは、エリザベタの言う叛逆罪であり、王族を害したり、国家の体制を揺るがせようと目論んだ者は、殆どの場合死罪を免れないのである。

アリスタリスが絶句する横で、コルニー伯爵もイリヤもそれぞれに顔を引き攣らせた。エリザベタの指摘は、正しくロジオン王国の法を理解する者の言葉であり、王権を侵害する行為だと断じられても、理屈として反論するのは難しかった。だからこそ、コルニー伯爵はエリザベタの足下に身を投げ出し、跪いて必死に懇願した。

「誠に申し訳ございません、王妃陛下。私くしの短慮でございました。アリスタリス王子殿下の御身を危うくする意図など、欠片もありは致しません。私くしは、只、ロジオン王国の民の窮状を御知り頂きたかっただけでございます。王妃陛下に御願い申し上げます。何卒、私くしの話を御聞き下さいませ。地方領の領民達は、方面騎士団の暴虐によって、塗炭の苦しみに喘いでおります。ここで、アリスタリス王子殿下が御慈悲を御示し下されば、地方領の領民は、悉く殿下への忠誠を誓いましょう。何卒、報恩特例法の撤廃を御検討下さいませ。御慈悲でございます、王妃陛下」

コルニー伯爵は、額を床に擦り付けながら訴えた。二度、三度、四度、それは秀でた額が赤く染まる程の必死さだった。しかし、エリザベタは微塵も心を動かされた様子を見せず、冷徹な瞳でコルニー伯爵を見据えたまま、冷たく言い放った。

「黙れ、不忠者。偉大なるラーザリ二世陛下が御決めになられた国法を、お前如きが批判するなど、許されると思うのか。お前の浅慮で、危うくアリスタリスが叛逆罪に問われる所であったこと、どう詫びるつもりか。お前の首一つで償えるとは、よもや思うまいな」

エリザベタの言葉は、重大な罪の告発であり、躊躇のない断罪でもあった。ロジオン王国の王妃から、不忠者と決め付けられたコルニー伯爵は、為す術もなく蹲った。アリスタリスの背後に控えたままのイリヤは、蒼白になって成り行きを見詰めているだけで、口を挟めるはずがない。残ったアリスタリスは、唇を戦慄かせながら言った。

「母上、私くしが愚かでございました。簡単に臣下の話に乗らず、母上の御指示を仰ぐべきでした。もう二度と致しませんので、どうか御許し下さいませ。コルニー伯爵も、近衛の失策を取り戻したいばかりに先走ったのでございましょう」

縋るように言い募るアリスタリスに向かって、唇だけを微笑みの形にしたエリザベタは、鋭い言葉の剣によって、さらに容赦なくコルニー伯爵を刺し貫いた。

「そうではありませんよ、殿下。この者は、元々偉大なる国法に不満を持っていたのです。だからこそ、近衛の失策を好機として殿下を唆したのでしょう。愚かな不忠者であり、近衛騎士団にとっては獅子身中の虫（しししんちゅうのむし）です。このような者を、そなたの側に置いてはなりません。この者を捨て置けば、いつか取り返しの付かない裏切りを仕出かすでしょう」

エリザベタの決定的な宣告に、アリスタリスはコルニー伯爵を庇うことを止めた。実際には、報恩特例法の撤廃を約束したからといって、王子たるアリスタリスが罪に問われはしないだろうが、王妃の逆鱗に触れたコルニー伯爵の未来は、既に固く閉ざされたのである。意識して気持ちを切り替え、華やかな微笑みを浮かべたアリスタリスは、エリザベタに向かって大きく頷く。それだけで、アリスタリスの選択を知ったエリザベタは、満足気に言った。

「さあ、下らない話は止めに致しましょう。この部屋は、どうも空気が悪いのではないかしら。わたくしの居間まで送って下さいな、殿下。先程の話の続きは、余計な者のいない所で致しましょうね」

「畏まりました、母上。御供させて頂きます」

先に立ち上がったアリスタリスは、恭しく母に手を差し伸べ、エリザベタは微笑みながら王子に寄り添う。そのまま女官や侍従、護衛騎士達を引き連れて部屋を出ていくときでさえ、エリザベタもアリスタリスも、コルニー伯爵には一瞥も呉れなかった。残されたイリヤは、片膝を突いて二人を見送った後、慌ててコルニー伯爵の下へと駆け寄った。コルニー伯爵は平伏の姿勢のまま、血が出る程に唇を噛み締めていた。

「団長閣下、大丈夫でございますか」

「イリヤ、私はもう団長ではないよ。王妃陛下に不忠者とまで言われたのだ。そんな私が、近衛騎士団を率いるなど、出来る筈がないだろう」

「王妃陛下の御怒りは激しゅうございましたけれど、きっとアリスタリス王子殿下が取り成して下さいます。閣下は、アリスタリス王子殿下の御為に良かれと思って、懸命に動かれただけではありませんか。時間を置けば、王妃陛下も御許し下さるに相違ございません。どうか短気を起こさず、御辛抱下さいませ。御願いでございます」

コルニー伯爵は何も答えず、ゆっくりと頭を上げた。痛まし気な眼差しで見守っていたイリヤは、コルニー伯爵の表情を見た瞬間、胸を突かれたように目を見張った。王妃の断罪に絶望し、打ちひしがれているはずのコルニー伯爵は、なぜか瞳に明るい色を湛え、身体にも覇気が漲り始めていたのである。

「有難う、イリヤ。心配には及ばない。私は漸く踏ん切りが付いたよ。王妃陛下の仰せは正しい。私はどうやら、アリスタリス王子殿下の味方の振りをして、報恩特例法を潰してやりたかっただけらしい。流石に王妃の器と呼ばれる方は、慧眼でいらっしゃるな」

「何故、そのように明るい御顔をなさっておられるのですか。踏ん切りとは何のことでございますか。一体、何を考えておられるのです、団長閣下」

「今はまだ何も。只、自分が言い出した話の始末は付けなければならない。方面騎士団の維持費の軽減は、王妃陛下も御認めになりそうだから、私が何もしなくても特に問題はないだろう。私は、報恩特例法の撤廃を求めた地方領主の下に赴き、この首を差し出して謝罪してくるよ。今の私が為すべきは、それだけだ」

コルニー伯爵は、淡く微笑んだ。不思議な程に柔らかく、透き通った笑みである。イリヤはもう何も言えず、コルニー伯爵が静かにリーリヤ宮を去っていく後ろ姿を、黙って見送るしかなかったのだった。


召喚魔術の失敗によって、叡智の塔を揺るがす大惨事を招いて以来、ダニエは静養の為にパーヴェル伯爵邸に引き籠もっていた。聖紫石諸共に捥ぎ取られた右腕は、直ぐに止血と治療を施されたものの、傷口を平らにする為に再度切断しなくてはならず、ダニエの苦痛は大きかった。四散して命を落としたゲーナを思えば、腕一本の犠牲で助かった幸運を喜ぶべきだったとしても、何日も激痛と発熱に苛まれたダニエには、そう考えるだけの余裕などありはしなかった。部下の魔術師達に、繰り返し鎮痛と快癒の魔術を掛けられながら、ダニエは呻き続けた。

　身体の痛み以上にダニエを苦しめたのは、ゲーナに救われたという事実である。最後の瞬間、全力でゲーナの魔術に同調していたダニエは、自らの死を覚悟した。膨大な質量によって魔術陣が破壊された以上、全ての術者に反動が襲いかかるはずであり、だからこそゲーナは、ダニエを助けようと腕ごと聖紫石との同調を断ち切ったのである。

　十二芒星の魔術師達を魔術陣から離脱させ、ダニエをも強引に弾き飛ばし、ゲーナは唯一人で召喚魔術の失敗による反動を受け止めた。命を失うだけでなく、身体が四散するという凄絶（せいぜつ）な最期を迎えたのは、当然の結果だっただろう。

　一人の魔術師として、天才ゲーナ・テルミンの足下にも及ばなかったダニエは、召喚魔術によってゲーナを超えようとし、逆に命を捨てて救われたことによって、完膚なきまでに敗北した。ダニエの絶望と屈辱は、失った右腕の存在を感じる度に膨れ上がり、ダニエ自身にも制御出来ない激しさで荒れ狂っていたのだった。

　艶のある栗色だった髪は、十日足らずの間に白髪交じりに変わり、ダニエを十歳以上も年上に見せた。召喚魔術の準備を進める間に目立ち始めた目の下の隈は、さらに色濃く浮かび上がり、すっかり痩せてしまった身体には、肋骨が浮かび上がっている。元々の端整な姿を知る者にとって、ダニエの憔悴ぶりは余りにも痛々しく、思わず目を背けずにはいられない程だった。

　アントーシャが叡智の塔に別れを告げた日の夕刻、少しずつ楽になる身体と、少しも癒やされない心の狭間で、深く呻吟（しんぎん）するダニエの部屋を訪れたのは、父親であるパーヴェル伯爵だった。爵位に相応しい威厳を漂わせた相貌に、深い疲労と心労の陰を刷（は）かせて、パーヴェル伯爵はダニエに向き合った。

「今日は具合はどうだね、ダーニャ。少しは食事をしてくれたのか。傷が痛むようなら、直ぐに叡智の塔の魔術師を呼びに行かせよう」

敬愛する父の訪れに、寝台から起き上がろうとしたダニエは、小さな呻き声を上げて身体をふらつかせた。パーヴェル伯爵は、慌てて手を伸ばして息子を支えると、ダニエの背中に自らの手で背もたれを宛がい、楽な姿勢を取らせた。

「急に動いてはいけないよ、ダーニャ。傷は回復しても、失われた体力が戻るには時間が掛かると、医者も言っていただろう。大事にしなくては」

「申し訳ございません、父上。私は、自分が情けなくてなりません。召喚魔術の実現に漕ぎ着けるまでには、父上やクレメンテ公爵閣下に何年も御尽力を頂いたのに、肝心の所で無様に失敗したのですから。父上は何も仰いませんが、きっと父上の御立場を悪くしてしまったのでしょう。その上、私の身体のことでまで御心配を御掛けしてしまうとは」

背もたれに身体を預けたまま、ダニエは精一杯に頭を下げた。悲し気にダニエを見詰めたパーヴェル伯爵は、息子以外には聞かせないだろう優しい声で言った。

「水臭いことを言うものではないよ、ダーニャ。召喚魔術の失敗は、必ずしもお前の所為ではないのだろう。召喚魔術の術式そのものは正しかったと、宰相閣下も仰せだった。私は、我が息子を誇りに思うよ。後は一日も早く元気になって、私を安心させてほしい」

「体力が回復した所で、私の腕は戻りません。身体の不自由な者が嫡男では、パーヴェル伯爵家の体面にも関わるのではありませんか。どうか私を廃嫡になさって下さい、父上。片腕でも魔術は使えますので、私一人でも何とかやっていけるでしょう」

パーヴェル伯爵は、無言のままダニエの背中を撫でた。その手は深い思い遣りに満ちており、衝撃的な召喚魔術の失敗にも、不自由になった息子の身体にも、パーヴェル伯爵の情愛は微塵も損なわれなかったのだと、傷付いたダニエにさえ分かった。

「何があっても、お前は私の大切な息子だよ、ダーニャ。家の体面など、お前と比べれば塵程の価値もない。それに、身体が治り次第、お前は魔術師団長に任じられる。今日、宰相閣下から教えて頂いたのだよ」

思いもよらない言葉に、ダニエは落ち窪んだ目を見開いた。他国の追随を許さない魔術大国である大ロジオンに於いて、魔術師団長の地位に就く者は、世界最高の魔術師という栄誉を与えられたに等しい。ダニエにとっては、命に代えてでも得たいと望んできた称号だったが、今は喜びよりも戸惑いが大きかったのである。

「御待ち下さい、父上。私は召喚魔術の行使に失敗し、陛下の御身まで危険に晒してしまったのです。術者となったゲーナ・テルミンは命を落とし、〈儀式の間〉が破壊されたことによる金銭的な被害も、直ぐには算定さえ難しい巨額でしょう。叡智の塔の名を貶めた私に、何を以て、魔術師団長の地位を授けられる道理がございましょう」

「召喚魔術の行使に失敗したのは、術を行ったゲーナではないか。間違えてはならないよ、ダーニャ。お前が主導したのは事実でも、失敗の責任は魔術師団長だったゲーナが負わなくてはならない。それが組織というものだ。第一、ゲーナ亡き後、叡智の塔を統率出来る力を持つ魔術師など、お前しかいないではないか。実の所は、お前にも責なしとは言えないだろうが、ロジオン王国の未来を考えれば、今ここでダニエ・パーヴェルを処罰するのは得策ではない。陛下や宰相閣下は、そのように御考え下さったのだよ」

父の説明に耳を傾けていたダニエは、暫くの沈黙の後、ゆっくりと頷いた。スエラ帝国に対する牽制という意味でも、魔術師団長の地位を空席にしておくわけにはいかない。そして、召喚魔術の失敗を加味したとしても、ゲーナ亡き後の叡智の塔で、魔術師団長の地位に相応しい力量を持っているのは、ダニエしかいなかったのである。

「父上の仰る通りかも知れません。実際がどうであれ、召喚魔術の失敗を以て私を処分するより、魔術師団長の地位に就けた方が、今は得策なのでしょう。私にとっては、複雑な御話ではありますが」

「複雑に思う必要などないよ、ダーニャ。ゲーナ・テルミンは、確かに魔術の天才だったのだろうが、死んだ者はもう何も出来ない。魔術師団長の重責を担い、ロジオン王国の為に力を尽くせるのは、お前だけなのだ。魔術の才能を持たない私が、お前のように素晴らしい魔術師を息子に持ち、その息子が我が祖父ヤキム・パーヴェルの跡を継いでくれる。私は、心からお前を誇りに思うよ」

部屋に入ってきたときよりも、明らかに顔色の良くなったパーヴェル伯爵の様子を窺いながら、ダニエは尋ねた。

「それではなぜ、浮かない御顔を為さっておられたのですか、父上。ここ数日の御様子が気になっていたのです。父上が私を案じて下さるように、私も父上の御心が気に掛かります。何があったのか、教えては頂けませんか」

ダニエに上目遣いに指摘され、パーヴェル伯爵は困った顔で微笑んだ。ダニエとパーヴェル伯爵は、高位貴族としてはめずらしい程に仲の良い親子である。激痛と苦悩に苛まれる中、巧みに隠されたパーヴェル伯爵の鬱屈を、ダニエは正確に感じ取っていたのだった。パーヴェル伯爵は、小さな溜息を吐いて言った。

「やはり、お前には気付かれるか。心配を掛けたくはなかったのだがな。お前になら話しても構わないが、傷は痛まないのかね。休息の為に時間を空けた方が良ければ、私は一度部屋に戻り、夜更けにでも出直してくるよ」

「大丈夫ですよ、父上。何も分からないまま、一人で心配する方が身体に障りますので、どうか御話しになって下さい」

「分かった。ならば言うとしよう。実は、マリベル妃殿下が、陛下の御不興を買って幽閉されたのだ。元第四側妃カテリーナの不貞は、マリベル妃殿下の策略によるものだったと、発覚してしまったらしい。御父君であられるクレメンテ公爵閣下にも、御夫君のアイラト王子殿下にも、共に陛下より謹慎の御沙汰があった。謹慎後の処分は分からないものの、王城の勢力地図が大きく書き換えられるのは間違いないだろう」

然り気ない口振りで語られた話の重大さに、ダニエは思わず絶句した。マリベルが仕掛けた策略は、結果として王城の政変とも呼べる事態に発展したのである。パーヴェル伯爵が、クレメンテ公爵派閥の中軸を成す存在であると熟知しているダニエは、痩せて肉の落ちた頰を微かに引き攣らせた。パーヴェル伯爵は、そんな息子に頷きかけ、事件の顚末を話し始めた。

「マリベル妃殿下の策略については、公爵閣下も不安を感じておられたと思う。しかし、溺愛する姫君の御力を信じておられたが故に、御止めする機会を逃してしまわれたのだ。私からも、何か御意見申し上げるべきだったと後悔しているよ。公爵閣下は、私の言葉には耳を傾けて下さっていたのだからな」

「陛下とタラス伯のことですから、マリベル妃殿下の策略であると、早くから御存知だったのではありませんか。御存知であっても知らない振りで、実行犯のみを秘密裏に処分してしまう。王城の混乱を最小限に抑えるには、その方が簡単だったように思います。何故、今になってマリベル妃の処分など為さったのでしょう」

「王妃陛下だよ、ダーニャ。カテリーナの騒動によって、近衛騎士団を後ろ楯とするアリスタリス王子殿下に傷が付いたと、王妃陛下が激怒なされたのだ。王妃陛下はトリフォン伯を御呼び出しになり、マリベル妃殿下の断罪を迫ったのだと、宰相閣下が教えて下さった。全く、容赦のない御方だよ、大ロジオンの王妃陛下は。王妃陛下に正面から罪を告発されれば、陛下も御動きになるしかなかったのだろう」

宛がわれた背もたれに身体を預け、楽な姿勢を探しながら、ダニエは眉を顰めた。殆ど接する機会のなかったマリベルは勿論、父の派閥の長であるクレメンテ公爵に対しても、ダニエは特別な感情を抱いてはいない。只、敬愛する父が王城で冷遇される可能性を考えれば、自ずと不安が募ったのである。

「私が心配をするのは、父上の御立場です。父上は、クレメンテ公爵閣下の腹心中の腹心であられる。謹慎後、どの程度の処分が出るにしろ、御息女であるマリベル妃が陛下への不敬で咎められたとなれば、公爵閣下の政治力は大きく後退するでしょう。父上も、何らかの責を問われる可能性があるのではありませんか」

ダニエの問いかけに、パーヴェル伯爵は微笑みで応じた。肉体的な苦痛だけでなく、深い挫折感によって塞ぎ込んでいたダニエが、父親を案じるだけの気力を取り戻したのだと安堵したのである。

パーヴェル伯爵は、力強い声で言った。

「大丈夫だ。案ずる必要はないよ、ダーニャ。私は、本当にマリベル妃の陰謀には関わりがないのだから、処分などある筈がない。何らかの処罰を下されるのなら、公爵閣下と同時に謹慎になっていただろう。私がクレメンテ公爵閣下に従ったのは、元はといえばダーニャを魔術師団長に推したかったからだ。目的が叶った以上、何一つ問題などないよ。公爵閣下に対する、私の敬愛の気持ちは別にしてだがな」

パーヴェル伯爵の言葉は冷静であり、屈託を浮かべていた表情にも、既に張りが戻りつつあった。注意深くパーヴェル伯爵を見守っていたダニエは、考えを巡らせるかの如く沈黙し、やがて納得した表情で頷いた。

「確かにそうかも知れません。私が魔術師団長に任じられるのは、父上の御立場が悪化していない証拠とも言えますね。承知致しました。私は一日も早く体力を回復し、叡智の塔に復帰致します。大ロジオンの魔術師団長として、私が地位を盤石なものにすれば、少しは父上の御役にも立てるでしょう。御任せ下さい、父上」

「頼もしいな。それでこそ我が自慢の息子だ。有難う、ダーニャ。パーヴェル伯爵家は、優秀な魔術師を輩出してきた名門だ。お前の御陰で、我が家の名声も取り戻せるだろう」

ダニエとパーヴェル伯爵は、目を見交わして微笑み合った。苦痛に満ちたダニエの休息は、間もなく終わろうとしているのだった。

清々しい初夏の空に星々が輝き始める頃、純白の大理石を組み上げた四阿で、静かに向き合う者達がいた。四阿とは言いながら、建物には屋根も壁もなく、磨き抜かれた床石の四方に、彫刻を施した柱が高く立つだけである。柱によって内外を分け、何にも遮られずに夜空を一望することの出来る建築は、ルーメン教団に於いて〈星見台〉と呼ばれる特殊なものだった。

中央の椅子に向かい合って座っているのは、濃紫の法衣に純白の飾り帯を掛けた老人と、漆黒の法衣に同じ純白の飾り帯を掛けた青年である。二人の背後には法衣姿の男達が数人、それぞれが沈黙のまま控えていた。

漆黒の法衣を纏った青年は、穏やかで無機質な微笑を浮かべながら、濃紫の法衣の老人に向かって口を開いた。静かに夜の帷を震わせるのは、聞く者の心を知らずに搦め捕るような、どこか蠱惑的な声である。

「今宵は、いつにも増して空気が澄んでおりますね。夜が更ける程には、さぞかし星々が明るく輝きましょう。このような日に星見に御誘い頂くとは、誠に嬉しく存じます、サマラス猊下」

話しかけられた老人は、ゆっくりと頷いた。選ばれた血筋と徳の高さを兼ね備えた高位の聖職者であると、誰もが思い描く佇まいである。

「夜分に呼び立ててしまって、申し訳ありませんでしたね、ハルキス大神徒。来るべき日を前に、貴方と胸襟を開いて話し合いたかったのです」

「庶民の言葉ですと、腹を割っての話と申しますよ、サマラス猊下。では早速、御伺い致しましょうか。私くしは、夜通し貴方様と星を仰ぎたいと願っておりますが、付き従っておられる皆様が、それを良しとはなさらないでしょう」

ハルキスの言葉に、サマラス大神徒の背後に立ち並ぶ者達が、不穏な気配を立ち上らせた。サマラス大神徒は白い眉を微かに下げ、困った顔で微笑んだ。

「相変わらずですね、貴方は。優し気な御顔で、態と人を刺激するようなことを言って、反応を楽しんでいるのですから。また聖下から御叱りを受けてしまいますよ。聖下は、とても貴方を慈しんておられるのですから、御心労を御掛けしてはなりません」

「教主聖下やサマラス猊下の御高徳に、神の祝福がありますように。では、御用向きを承りましょうか、猊下」

一つ深く息を吐いてから、サマラス大神徒はハルキスの瞳を見詰めた。スエラ帝国の国教として君臨するルーメン教団は、聖下の尊称を持つ教主の下、十五人の大神徒の合議制によって運営されている。最高権力者は教主一人であるものの、教主が退位する際には、十五人の大神徒の選挙によって次代の教主が選出されるのである。剣を交え、血を流すだけが戦いではないことを、ルーメン教団の幹部達は熟知していた。

「貴方を相手に、言葉を飾っても意味はありませんね。今からの話は、出来れば内密に御願いしたい。秋口に行われる教主選に於いて、今回は出馬を見送って頂きたいのです、ハルキス大神徒」

「私くしは、未だ立候補を表明しておりませんが、そこは置いておきましょう。サマラス猊下が御出馬なさるのでございますか。私くしの敬愛する教主聖下の御盟友であられるサマラス猊下が、教主の座に御就きになられる御考えなら、喜んで御指示に従いましょう。只の農夫の子に過ぎない私くしを、我が孫のように可愛がり、導いて下さったのは、聖下とサマラス猊下でございます。御恩を忘れは致しません」

「有難う、ハルキス大神徒。それが貴方の本心であると、聖下と私は知っていますよ。とは言え、私に出馬の意思はありません。新たな教主として立つには、私は歳を取り過ぎています。スピリウス・サマラスは、どこまでも教主聖下に付き従って参ります。聖下が御退位なさった後は、私も大神徒の地位を教団に御返しするでしょう」

摑み所のない無機質な微笑を、仄かに温度を感じられるものに変えて、ハルキスは静かに一揖した。サマラス大神徒の言葉に、深い敬意を示す仕草だった。

「聖下にしろサマラス猊下にしろ、真に徳の高い御方は、引き際までもが鮮やかに美しいのですね。私くしも、聖下やサマラス猊下に習いたいと思っております。残念ながら、決して今ではございませんが」

「それは教主選に出馬するという意味ですか、ハルキス大神徒。今日、私が貴方を御呼びしたのは、聖下の御意志だと申し上げても、答えは変わりませんか」

「猊下が独断でこの場に御出ましになられるなどと、最初から思ってはおりません。それでも、サマラス猊下御自身が御出馬になられるのでなければ、私も引くに引けないのです。どうか御察し下さいませ」

再び大きな吐息を吐いて、サマラス大神徒は目を落とした。サマラス大神徒の背後に立つ者達は、厳しい非難の眼差しをハルキスに向け、ハルキスの背中を護る者達は、昂然と彼らの視線を受け止めた。サマラス大神徒は視線を上げようとはせず、ハルキスは穏やかに微笑むだけである。

星見台の真上に広がる空が、いつの間にか夜の色を深くし、煌々とした星が一つ流れ落ちたとき、口を開いたのはサマラス大神徒だった。

「今の票読みでは、貴方は絶対にミケーレ大神徒に勝てません。しかし、貴方を支持する者達は、恐ろしい程に熱が高い。貴方が出馬を強行すれば、貴方を勝たせる為に奔走し、教主選は波乱となるでしょう。結果的にミケーレ大神徒が教主となっても、後々まで遺恨を残すのは目に見えています。聖下も私も、教団内の不和を避けたいのです」

ゆっくりと視線を上げたとき、サマラス大神徒の瞳は暗く沈んだ色を見せ、内心の葛藤を表すかのように揺れていた。サマラス大神徒は言った。

「ミケーレ大神徒は、穏健で学識の高い方です。教主と呼ばれるに、恥じるものではありません。今はミケーレ大神徒に道を譲り、近い将来の教主選に於いて、満場一致で選ばれるべきだとは思いませんか。ミケーレ大神徒は壮年を過ぎようとし、貴方は青年と呼べる程に若い。数回先の教主選まで待ったとしても、決して遅くはありませんよ。ルーメン教団の誇る天才、ヤニス・ハルキスは、いつか必ず教主となる器なのですから」

サマラス大神徒の言葉には、少しの嘘もなかった。サマラス大神徒の後ろから、睨み据えるようにハルキスを凝視したままの者達ですら、異議を唱えはしないだろう。農夫の子に生まれたハルキスは、天才的な頭脳と巧みな弁舌、底の知れない策略と熱烈な信仰心によって、教団の内外で多くの人心を惹きつけ、最年少で大神徒の一人にまで選ばれた逸材なのである。

サマラス大神徒の賛辞を受けたハルキスは、無機的な微笑みを崩そうとはしなかった。それまでの親しみを消した声で、ハルキスは言った。

「サマラス猊下の御厚情には、常に感謝をしております。私くし個人のことでしたら、聖下と猊下の思し召しの通りに致しましたでしょう。私くしは、教主になりたいと思っているわけではないのですから」

「知っています。誰が何と言おうと、貴方は地上の権力など欲してはいない。逆に言えば、そんな貴方だからこそ、私達は不安を感じているのです、ハルキス大神徒。いえ、昔のようにヤニスと呼ばせて下さい。貴方は何故、聖下の御気持ちに背いてまで、今、教主選に出ようとしているのですか、ヤニス。ミケーレ大神徒が教主では、不満なのですか」

「ミケーレ猊下の御人柄にも御見識にも、如何なる不満もございません。只、この世に神の王国を築くには、彼の方は穏健に過ぎると思うのです」

星々の光に照らされた星見台は、ハルキスの言葉に大きく揺れ動いた。正確に言えば、ハルキスの背後に控えた者達は、瞳を輝かせて目の前の背中を見詰め、サマラス大神徒の背後を護る者達は、緊張と怒りに身を震わせたのである。僅かな乱れも見せないハルキスの微笑に、サマラス大神徒は三度目の息を吐いた。

「我らが信じる神の王国とは、地上の権力によって築かれるものではなく、人々の信仰心によって天上の門が開いたとき、初めて辿り着くことの許された場所を指すのですよ。この世に神の王国を築こうとしても、それは天上の影絵に過ぎません。違いますか、ヤニス」

「仰せの通りです、サマラス猊下。しかし、天の門を開くに足る信仰心は、今のままでは集まらないでしょう。神より帝位を預けられた皇帝陛下も皇族も、皇族に膝を折る貴族達も、心から神を敬い、ルーメン教団の教義を護ろうとはなさらないのですから。尊い血の貴族家に生まれ、帝室への崇敬の念の強いミケーレ猊下は、そんなスエラ帝国を変えようと尽力して下さるでしょうか。私くしには、どうにも信じられないのですよ」

「不敬が過ぎるぞ、ヤニス・ハルキス」

声を荒らげたのは、サマラス大神徒ではなかった。背後に従う者の一人であり、高位の聖職者であることを示す真紅の飾り帯を掛けた年嵩の男が、堪りかねたように口を開いたのである。サマラス大神徒が押し留める前に、男は言い募った。

「スエラ帝国の至尊の主であられる皇帝陛下に対し奉り、何という不敬な言葉を吐くのだ、貴様は。教団の外での発言なら、その場で首を落とされても文句の言えない暴言であると、分かっているのだろうな」

「止めなさい。ハルキス大神徒は、私の求めに応じて、この場に来て下さったのです。歯に衣着せぬ話し合いを望んだのも、私の方です。そして、我がルーメン教団では、神を冒涜する言葉以外、発言の自由は認められています」

男を叱責したのは、サマラス大神徒だった。静かな叱責に込められた威厳に押され、年嵩の男は苦々しい顔で口を閉ざした。男と共に声を上げようとしていた者達も、サマラス大神徒の言葉を無視することは出来ず、やはり悔し気に沈黙した。

一方、ハルキスの供をする者達は、年嵩の男の叱責など気にもしていなかった。熱を持った視線はハルキス一人に向けられ、どこか恍惚(こうこつ)とした表情で小さく頷き合っている。異様にも見える反応は、ハルキスを崇拝する者達に多く現れる特徴であり、サマラス大神徒を深く憂慮させている原因でもあった。

悠然と微笑を浮かべたままのハルキスを見詰めながら、サマラス大神徒は祈りを込めるかの如き真剣さで言った。

「供の者が失礼をしました。ですが、その上でもう一度、貴方に御願いします。今回の教主選への出馬は見送ってもらいたいのです、ヤニス。どうしても引けないというのなら、せめて配慮をしてほしい。ミケーレ大神徒が選ばれたときに、貴方を支持する者達を暴発させてはなりません。教団の一大勢力に育ってしまった聖職者達にも、貴方の説教に熱狂する市民にも、少なくない数の下級貴族にも、決して御名を口に出来ない尊き御方にも、粛々と結果を受け入れるように説いて下さい。貴方には簡単な筈です。どうか、どうか聞き分けて下さい」

懇願の色を浮かべたサマラス大神徒に、ハルキスはゆっくりと頭を下げた。深い敬意と親愛の情、強い拒否と決意を込めた仕草だった。

「出来ません」

「ヤニス」

「御許し下さい、猊下。それは御約束出来ません。時間が足らないのです。私くしが行くべき道は遥か遠く、人の生は瞬きの間に過ぎません。一刻も早く、スエラ帝国をあるべき姿に変えることから始めていかなくては、地上に神の王国を築けはしないでしょう」

「その為に諍いを招き、国を乱す結果になっても良いと言うのですか」

「良いとは申しませんよ、猊下。ですから、貴方様こそ、私くしに御力を貸しては頂けませんか。聖下に次いで尊い血を御持ちになり、知識も履歴も人格も、何一つ欠けるもののない貴方様が、私くしに一票を入れて下されば、ルーメン教団は一つに纏まるでしょう。皇帝に仮初めの権力を授け賜うた神も、それを望まれておられます」

温厚で知られるサマラス大神徒は、遂に表情を強張らせた。背後に従う者達が、怒りの声を上げるより早く、厳しい声で叱責する。

「不敬であるぞ、ヤニス・ハルキス。先程、私は供の者達を押し留めたが、今度は私自身が我慢ならぬ。皇帝陛下を仮初めなどと、スエラ帝国の臣民として聞き捨てならぬ。今直ぐに発言を撤回しなさい。我らスエラ帝国の民は、等しく皇帝陛下の臣民である」

その言葉を聞いた瞬間、ハルキスの面に浮かんだのは、静かな悲しみだった。怒るでもなく、声を荒らげるでもなく、ハルキスは沈んだ声で呟いた。

「貴方様でさえ、神の僕であるよりも、皇帝の臣下である己れを選ばれるのですね、サマラス大神徒。我がスエラ帝国の帝権は、神から授けられたものであると宣誓し、スエラ帝国の国教として国民を束ねるルーメン教団で、大神徒の地位にまで上られた貴方様まで」

涼やかな夜風の吹き始めた星見台に、ハルキスの声が重く、厳かに響き渡った。宵の空に広がる星々は一際美しく瞬き、白い光を投げかける。教団の読み物に書かれた預言者の如く、ハルキスは言った。

「神は悲しまれていますよ、サマラス大神徒。現世では宰相閣下の家門に連なる名家の御令息であっても、今は誇り高きルーメン教団の聖職者ではないのですか。サマラス大神徒ともあろう御方が、神の教義を信じず、神の存在をも否定なさるのですか」

「神とは摂理であり、神の教義とは人の世の正道である。人格を持った神など存在せぬ。自らの考えで神の御言葉を詐称するのは、最大の禁忌であるぞ、ハルキス」

「神は確かに存在しておられます。神は人とは隔絶した高位の御存在なのですから、人格がないのは道理。我らに理解が出来なくても、神の御意志はあるのです。私くしは、そう信じております。そもそも神の御存在を信じないなら、宗教など政治と権力の手法に過ぎないではありませんか」

会談の初めから身動き一つせず、微笑みを絶やさなかったハルキスが、星見台に置かれた椅子からゆっくりと立ち上がった。常に優し気に細められた瞳は、大きく見開いてサマラス大神徒を見据え、表情にも峻厳な覇気を漂わせている。サマラス大神徒を鞭打つ厳しさで、ハルキスは言った。

「貴方こそが不敬です、スピリウス・サマラス。神の前に頭を垂れ、思想と行いを正しなさい。この世の最後の日、神の裁かれ、贖罪の炎に焼かれたくないのなら。神はあられる。我らの前に」

まるで劇場の大舞台を支配する看板俳優でもあるかのように、ハルキスは両手を広げた。半ば無意識の動きであり、ハルキス自身、大きな意味を感じてはいなかった。ところが、仄白い星明かりの下でハルキスが断罪にも等しい宣言を行った次の瞬間、星見台に集まった者達の間から、悲鳴にも似た叫びが巻き起こったのである。

「あれは何だ」

「不審者か。まさか」

「人であるものか。透けて光っている。幻影か、魔術か」

いつの間に出現したのか、人々の視線の先には、半透明に透けて輝く人形(ひとがた)の何かが、ゆらりと漂っていた。自ら発光し、一時も同じ形を保とうとはせず、水が流れるかの如く光が揺れ動く。顔形はもちろん、服装も男女の別も分からず、明らかにこの世のものとも思えない人形は、宛ら星の雫のようだった。

人形の背後には、誰一人として目にしたことのない光景が淡く広がっていた。林立する建物は天を衝く程に高く聳え立ち、見慣れない乗り物が高速で道を行き来し、空には巨大な物体が浮かんでいる。余りの不思議さに魅入られた人々は、呆然としたまま囁き合った。

「想像の出来ないような光景だ。あれ程までに高い建物を連ねることの出来る国など、この地上にあるものか」

「我々は何を見ているのだ。幻影や魔術ではない。そんな胡乱(うろん)なものではない。何と美しく神秘的なのだろう」

「ああ、消えてしまう」

瞬く間に薄くなり、泡沫(うたかた)と消え去った光景を前に、誰一人として口を開く者はいなかった。やがて、沈黙を打ち破ったのはハルキスだった。豊かに深く、底に灼熱の歓喜を秘めた声で、ハルキスは言った。

「皆、喜びなさい。あれこそが神であり、神の国なのでしょう。いと高き天上に御坐(おわしま)す神は、迷える我らに道を指し示す為に顕現(けんげん)なされたのです」

目を見開いて硬直するサマラス大神徒と、蒼白の顔で背後に立ち尽くした者達に向かって、煌々と瞳を輝かせ、白い頬を紅潮させたハルキスが、微かに震える声で続けた。

「私に従いなさい、スピリウス・サマラス。伴の者達も。今この時、神が顕現されたことに意味がないなどと、よもや思わないでしょうね。神の御意思は示されました。このヤニス・ハルキスこそが、神の正義を体現する者です」

ハルキスの宣言は、星々の瞬く星見台を熱狂の場に変えようとしていた。ハルキスに崇拝の目を向けていた者達は、涙を流しながら跪き、ハルキスに向かって祈りを捧げ始めたのである。

この夜、彼等が目にした人形が、アントーシャが作り出したエネルギー体であり、召喚魔術の崩壊と共に消え去った魔術の残像であったと知る者は、当のアントーシャを含め、世界に一人として存在しなかった。


ゲーナの遺品の整理を終えたアントーシャは、腰を落ち着ける時間さえ持とうとはせず、早々に王都ヴァジムを後にした。ゲーナと暮らしていた邸宅には、アントーシャの許しを得た者だけが立ち入れるように魔術を掛け、着の身着のままの出立である。魔術触媒も魔術陣も必要とせず、超長距離を転移することの出来るアントーシャは、敢えて領地までの長い旅を選んだのだった。

アントーシャが継承したテルミン子爵領は、ゲーナが魔術師団長として王都に縛り付けられていた長い年月、領地の代官によって統治されてきた。ロジオン王国の地方貴族にはめずらしい選択ではなく、アントーシャが王都で貴族らしい華やかな暮らしを送ろうと思えば、簡単に叶えられただろう。しかし、アントーシャは一切の躊躇なく、王都での未来を捨て去ったのである。

二度と王都で暮らすつもりのないアントーシャは、邸宅の数少ない使用人を集め、念入りに感謝と謝罪を繰り返した。王都に残る者達には、破格の礼金を渡して別れを告げ、テルミン子爵領にまで付いてくると言い張る者達には、代官への手紙と潤沢な旅費を手渡した。気難しいゲーナを支え、長年にわたって支えてくれた使用人達に対して、アントーシャは手厚く報いたのだった。

叡智の塔を訪れた翌日には、アントーシャは馬上の人となった。ロジオン王国の子爵、まして領地を持つ子爵家の当主ともなれば、遠出の際には数台の馬車を仕立て、護衛騎士や使用人を多く伴って旅をするのが普通だが、アントーシャの旅装は極めて簡素だった。大人しく賢い青毛の牝馬を買い入れ、鞍に猫達の籠を一つ積んだだけのアントーシャは、遠駆けの貴族にすら見えなかっただろう。

王都の人混みを抜けてからは、白猫のベルーハと灰色猫のシェールがアントーシャの鞍の前に座り、いたずらな茶猫のコーフィは肩に乗って、興味津々に周囲を見回した。愛くるしい瞳をした牝馬はネーロ〈黒〉と名付けられ、機嫌良く尾を振っている。アントーシャと三匹の猫、青毛の愛馬との旅は、それから二週間以上も続いていった。

「ぼくは、移動というと転移魔術ばかりだったから、こうして馬でのんびりと動くのは初めてなのだよ。お前達も王城で飼われていた猫だから、郊外に出た経験はないだろう。御覧、この景色を。小さな花が辺り一面に咲き誇って、まるでどこまでも黄色の絨毯が広がっているようだ。美しい所だね、ロジオン王国は。王城の煌びやかな〈黄白〉よりも、この慎ましい黄色の花の方が遥かに美しいよ」

ロジオン王国の郊外では、初夏になると至る所でポーチュラカの花が咲く。可憐な黄色の花を眺めながら、アントーシャは自分の連れに話しかける。ベルーハとシェールは同意するかのように甘閑だった。

く鳴き、コーフィはひらひらと飛ぶ蝶を追って目を動かす。ネーロは黒い被毛を光らせて、小さく嘶いた。何事にも効率を尊ぶダニエなどが目にしたら、怒って叫び出しそうな程、一行の道行は長閑だった。

いくつもの地方領を抜け、青々と葉を茂らせた山道を進み、アントーシャ達は大きな通用門に差しかかった。どの地方領の門と比べても巨大であり、領地の規模と歴史を窺わせるだけの風格を漂わせている門は、オローネツ領の領都オローニカに入る為の関所であり、アントーシャの当面の目的地だった。アントーシャは、ここからオローネツ城に赴き、己が領地に立ち寄るよりも先に、オローネツ辺境伯に面会するつもりなのである。

アントーシャは、貴族専用の大門には行こうとせず、一般用の通用門の列に行儀良く並んだ。籠にも入れずに三匹の猫を連れた青年の姿は、否応なく周囲の注目を集めていたが、アントーシャは少しも気にしていなかった。

「ねえ、御兄さん。急に話し掛けたりして御免なさいね。さっきから気になってしょうがなくてさ。あんたの連れている猫達は、随分と大人しいんだね。籠に入れなくても、逃げていったりしないのかい。馬を怖がらない猫っていうのも、めずらしいと思うけどね」

アントーシャの直ぐ前に並んでいた中年の女が、何度も様子を窺った後、好奇心を抑えかねた顔で聞いた。見るからに穏やかな表情を見せるアントーシャに、遠慮する気持ちも薄らいだのだろう。アントーシャは、柔らかく微笑みながら答えた。

「ええ、大丈夫です。籠は一応用意してみただけで、一度も使ったことはありません。この猫達はとても賢いので、迷子にもならず、ちゃんとぼくの側にいてくれるのです。馬とも仲良しなので、怖がったりもしませんよ」

「おやまあ、凄い猫達だね。器量良しなだけじゃなく、頭まで良いなんて、まるで王様や御妃様が御飼いになる猫みたいだよ。馬の方も大人しくて、本当に可愛いね。良い御仲間がいて良かったね、御兄さん」

「はい。有難うございます。この子達とこの馬の御陰で、ぼくも楽しく旅が出来ました。とても良い経験でしたよ」

如何にもほのぼのとした二人の会話に、アントーシャの直ぐ後ろに並んでいた商人らしい男が、小さく吹き出した。未だ若さの残る利口そうな男は、アントーシャ達に目を奪われていた一人であり、すかさず話に入ってきた。

「兄さんは、御育ちが良いのかして、何とも穏やかで邪気のない御人だね。だから猫達にも好かれるんだろうな」

「有難うございます。ぼくは、この猫達が大好きなので、猫達に好かれているのだと言って頂けると、とても嬉しく思います」

「好きに決まっているさ。猫ってものは、嫌いな人間に飼われるくらいなら、さっさと逃げ出しちまう奴らだからな。それにしても、兄さんは随分と軽装のようだが、それで旅をしてきたのかい。どこから来たんだ」

「王都から来ました」

気負った様子もなく口に出された答に、中年女や商人だけでなく、周りで楽しそうに話を聞いていた者達までが、一斉にアントーシャを二度見した。白シャツと黒いトラウザーズの上に、旅行用の軽い上着を羽織っただけで、何の荷物も持たないアントーシャが、遠い王都から来たという言葉が、にわかには信じられなかったのである。商人らしき男は、驚きに目を見開いて言った。

「王都。このオローニカから王都まで、急ぎの馬車でも十日は掛かるだろう。それだけの距離を手ぶらで、猫を三匹も連れて旅をしてきたというのかい。何とまあ、変わった兄さんだな。その話をすんなり受け入れてしまえるのも、実に不思議だがね」

　そう言うと、男は楽しそうに笑い出し、アントーシャの肩を気安く叩いた。アントーシャは嫌な顔一つせず、男と一緒になって笑う。反対側の肩に乗っていたコーフィは、揺すられたことに抗議するように鳴き、それがまた周囲の笑いを誘ったのだった。

　爽やかな初夏の風に吹かれ、オローニカの通用門に並ぶ人々が楽し気に言葉を交わす中、不意にアントーシャの名を呼ぶ声がした。呆れと戸惑いに揺れながら、どこか切実な響きを纏った声である。アントーシャが振り向くと、通用門の人混みを掻い潜り、簡素な騎士服に佩刀した青年が、慌てて駆け寄ってくる所だった。

「アントーシャ様。ああ、漸く御目に掛かれました。良かった。御待ち申し上げておりました。皆、本当に、一日千秋（いちじつせんしゅう）の思いで御待ち申し上げていたのです。貴方様は、そんな所で一体何をしておられるのですか」

　アントーシャに呼びかけた青年は、オローネツ辺境伯爵領の代官、ルーガ・ニカロフの部下であり、ルーガの護衛騎士を務めるルペラだった。ルペラの前後には数人の騎士がおり、全員が素早くアントーシャを取り囲む。ルペラの同僚らしい騎士の一人は、その様子を確認するや、急いで大門の中へと駆け戻っていった。アントーシャは、微笑みながら答えた。

「貴方は確か、ルペラさんでしたね。ルーガさんの護衛騎士をしておられる。こんにちは、ルペラさん。御久し振りです。御元気そうで何よりです。ぼくは御覧の通り、オローニカに入る許可を得る為に、通用門に並んでいる所です」

アントーシャの長閑な挨拶に、ルペラは何とも形容し難い表情で唸った。ゲーナ・テルミンを襲った惨劇は、遠くオローネッツ辺境伯爵領まで聞こえており、ゲーナやアントーシャに所縁(ゆかり)のある人々は、ゲーナへの哀惜(あいせき)とロジオン王国への怒り、さらにはアントーシャへの憂慮の余り、胃の痛くなる思いをしていたのである。

アントーシャを恩人として敬い、礼儀正しい言動を崩さないルペラが、絶句して立ち竦んでいる様子に、漸く異常を感じ取ったのだろう。微笑みを消したアントーシャは、心配そうにルペラの顔を覗き込んだ。

「いつもと御様子が違いますね、ルペラさん。今日は関所の警備に当たられているのですか。まさか、閣下やイヴァーノさんに、何か問題が起こったのではないでしょうね」

一気に表情を引き締め、オローネッツ辺境伯爵領の心配を始めるアントーシャに、大きな溜息を吐いてから、ルペラは何とか言葉を返した。

「閣下もイヴァーノ様も御健勝であられますので、御安心下さいませ。我々は、オローネッツ辺境伯爵閣下の御命令で、ずっとアントーシャ様を御待ち申し上げていたのです。三日前に貴方様からの御手紙が届いて、オローネッツ城を御訪ね下さると分かり、閣下が即座に御迎えを命じられたのでございます」

「ぼくの迎えですか。どうしてまた、そんな御指示を。勝手知ったるオローネッツ城なのですから、御迎えなどなくても大丈夫なのに」

アントーシャは、驚きに目を瞬かせた。魔術の深淵に至ったアントーシャに、身の危険などあるはずがなく、オローネッツ城は故郷にも等しい場所である。迎えを出される理由を見つけ出せず、アントーシャは首を傾げた。

アントーシャの疑問に答えたのは、足早に近付いてきたルーガだった。知らせに走った騎士を始め、門番や農民姿の部下を引き連れ、周りの視線を一身に集めて登場したルーガは、アントーシャの言葉を聞き付け、呆れたように言った。

「なぜか馬でオローネツ城に御出でになるというアントーシャ様が、気が変わったと仰せになって、どこかに行ってしまわれないか心配で堪らない。是非とも御迎えに行って、貴方様を捕まえてこいと、閣下に厳命されたのですよ。閣下の御心配も御尤もですな。子爵家の御当主様が、何だって一人の供も連れず、一般用の通用門に並ばれているのですかね」

「ルーガさんも御久しぶりです。御目に掛かれて嬉しいですよ。子爵と言っても、小さな田舎町の領主になったばかりの成り上がりですから、態々皆さんを御迎えに出して頂くなんて、大袈裟過ぎて困ってしまいますよ」

本当に困惑しているらしいアントーシャに、笑って良いのか呆れて良いのかも分からず、ルーガは肩を竦めた。

「アントーシャ様の御生家は、王都の侯爵家と伺っておりますがね。まあ良いでしょう。閣下とイヴァーノ様が、心配の余り食事も満足に喉を通らない御様子ですので、早くオローネツ城に御越し頂けませんか。アントーシャ様の御顔を御覧になれば、御二人も安心なさるでしょう。我々からも御願い致します」

「差し出口とは存じますが、オネギンさんを始めとするオローネツ城の騎士達も、溜息ばかり吐いておられます。今のオローネツ城は、まるで秋の長雨に降られているかの如き有様なのです。アントーシャ様さえ御出で下されば、城の空気も明るくなると思います。どうか、早々に我々に御同行下さいませ」

口々に訴えかけながら、ルーガとルペラの視線は、猫達に吸い寄せられていた。二匹は鞍の上に座り、悪戯猫のコーフィは相変わらずアントーシャの肩の上である。緑金の瞳を煌めかせ、自分達の話に耳を傾けているかに見える猫達について、問い質したい気持ちは山々だったが、二人とも今は無視する道を選んだ。オローネツ辺境伯とイヴァーノは、実際、身も細るばかりにアントーシャを待っているのである。

「分かりました、ルーガさん。どうやら、ぼくがのんびりとし過ぎたようですね。御二人に申し訳ないので、先を急ぎましょうか」

生真面目な表情でルーガに頷きかけたアントーシャは、一緒に通用門に並んでいた人々を振り返った。最初に話しかけてきた中年の女は、薄っすらと顔を青くしてアントーシャを見詰め、他の者達も困惑の表情で身を硬くしている。アントーシャは、困ったように微笑んでから、丁寧に頭を下げて言った。

「御騒がせしてしまいましたね、皆さん。思いがけない御迎えがありましたので、一足御先に失礼します。皆さんも並んでいらっしゃったのに、順番を飛ばしてしまう形になってしまって申し訳ありません。皆さん、どうか御元気で」

楽し気にアントーシャを取り巻いていた者達は、突然の成り行きに驚くばかりで挨拶すら返せず、何度も頭を下げるだけだった。只一人、アントーシャの肩を叩いていた商人らしき男が、口籠(くちご)もりながら言った。

「兄さん、いや貴方様は貴族様だったのですか。知らなかったとは言え、気安い口を利いてしまって、大変失礼致しました」

「とんでもない。一般向けの通用口に並んでいたのは、ぼくの勝手なのですから、御気になさる必要などありませんよ。皆さんに話し掛けて頂いて、ぼくも猫達も、とても楽しい時間を過ごせました。有難うございました。御縁がありましたら、きっとまたどこかで御目に掛かりましょうね」

アントーシャは商人らしき男に優しく微笑みかけた。ルーガとルペラは、もうここで笑うことに決めた。彼らの命を救ってくれた奇跡の魔術師は、詰まりはこういう男なのである。オローネツ辺境伯やイヴァーノが、あれ程までにアントーシャを案じ、心を掛けるのは、オローネツ辺境伯爵領の恩人、ゲーナ・テルミンの身内だからでも、魔術の天才だからでもないのだろう。

ルーガに先導され、ルペラ達に周りを囲まれるようにして、アントーシャはオローニカの街に足を踏み入れた。アントーシャの愛馬となった青毛のネーロは、騎士達の一人に手綱を引かれ、猫達は大人しく鞍の上で座っている。一行の様子は、否応なく周囲の視線を集めていたものの、アントーシャは少しも気にはしなかった。オローネツ辺境伯らの憔悴ぶりを聞かされ、段々と不安を感じ始めていたのである。

「皆さんに御心配を御掛けしてしまって、本当に申し訳ありません。手紙さえ御出しすれば良いと考えたのは、ぼくの未熟さです。これ以上、皆さんを御待たせしたくはないので、転移か速度上昇の魔術を使いたいと思います。構わないでしょうか、ルーガさん」

「勿論ですとも、アントーシャ様。一ミニトでも早く、御二人に御顔を見せて頂きたいですからね。その為の魔術は大歓迎ですよ。あの、出来ましたら、速度上昇の魔術というものを、私共々掛けて頂くわけにはいかないでしょうか。厚かましい御願いですし、アントーシャ様の御負担になるのなら諦めます。只、あのとき救援に来てくれた奴らが、如何に素晴らしい体験だったかを事ある毎に自慢するので、すっかり羨ましくなってしまいましてね」

ルーガは申し訳なさそうに頭を掻きながら、アントーシャを覗き見た。武名の高いオローネツ辺境伯爵領でも随一の騎士、剣を取らせれば並ぶ者のいない武人と名高い男の、少年の如き無邪気さに触れたアントーシャは、ルーガに明るく笑いかけた。

「構いませんよ、ルーガさん。御安い御用です。もしよろしかったら、御仲間の皆さんも御一緒に、早駆けでオローネツ城まで戻りましょうか。清々しい夏空の中を走るのは、きっと気持ちが良いと思うのです」

大らかな笑顔で告げられた提案に、ルーガは勢い良く拳を握り締め、アントーシャを囲んでいた騎士達は、揃って賑やかな歓声を上げた。オローネツ城までの道のりを、彼らは風になって駆けていけるのである。


オローネツ城の領主執務室では、オローネツ辺境伯と家令のイヴァーノが、落ち着かない面持ちで書類に向かい合っていた。もう何度目になるかも分からない溜息を吐きながら、オローネツ辺境伯は眉間を指先で揉んだ。

「それにしても、アントンは何を考えているのだろう。あの子なら、瞬時にどこへでも転移出来るというのに、王都からオローネツ城まで、十日以上も掛けて馬で訪ねて来るなどと。やはり、何か理由があるのであろうな」

オローネツ辺境伯が口にしたのは、アントーシャからの手紙で、馬に乗って旅をしてくるのだと知らされて以来、何度も繰り返された問いである。怜悧な面を翳(かげ)らせたイヴァーノは、遠慮もなく眉を顰めながら、オローネツ辺境伯に答えた。

「この三日の間に、十回は同じ御質問を為さいましたよ、閣下。アントーシャ様は、御気持ちの整理をする時間を必要とされているのでしょう。もっと甘えて下されば、とは思いますが、我らが知るアントーシャ様は、御自分の感情を徒らに人にぶつけるような真似を為さる御方ではございませんからな。当家を御訪ね下さるということは、少しは御元気になられた証拠でございましょう」

「然もあろうな。ゲーナ様が、凄絶な御最期を遂げられたのだ。私達でさえ苦しくてならぬのに、アントンがどれ程に辛い思いをしているのか、考えるだけで心が痛む。自分の足で旅をしている間に、僅かでも前向きになってくれていたら良いのだが」

オローネツ辺境伯とイヴァーノが、互いに暗い顔を見合わせ、またしても重い溜息を吐いたときである。慌ただしく扉が叩かれ、一人の騎士が執務室に駆け込んできた。瞳を輝かせた騎士は、オローネツ辺境伯やイヴァーノは勿論、領主執務室にいる全ての者が待ち続けていた知らせを、主人の下へ運んできたのである。

「失礼致します、閣下。正門前に詰めております門番より、急ぎの報告がございました。アントーシャ様の御迎えに行っておられたルーガ様が、たった今、御戻りになられたそうでございます。アントーシャ様も御一緒でございます」

途端に表情を明るくしたオローネツ辺境伯は、勢い良く椅子から立ち上がると、雄々しい声で伝令の騎士に言った。

「おお、そうか。良かった。アントンは無事なのであろうな。様子は如何であった。直ぐに、アントンを連れてきておくれ」

「アントーシャ様に於かれましては、御健やかな御様子と御見受けしたそうでございます。既にオローネツ城内に御入城になられ、執務室を目指して移動しておられますので、間もなく御到着に為られるものと存じます」

「その言葉を聞いて、私も安心したよ。報告、大儀であった。さあ、漸くアントンが到着したぞ、イヴァーノ。きっと空腹であろうから、あの子に食事の用意をしてやっておくれ。それから、部屋と風呂を。あの子にはめずらしく、自分で馬に乗って長旅をしてきたのだ。さぞかし疲れているに違いない。頼んだぞ、イヴァーノ」

「三日前から、全て滞りなく御用意しております、閣下。御座りになり、少し落ち着かれては如何でございましょうか。音に聞こえた地方領の英傑、威風並ぶ者なしと謳われるオローネツ辺境伯爵閣下ともあろう御方が、外出前の幼児のようでございますよ」

「何を言う。イヴァーノこそ、もう早目が潤んでおるではないか。峻厳なること氷雪の如きイヴァーノが、如何した。人が涙脆くなるのは、歳を取った証拠であるな」

オローネツ辺境伯とイヴァーノが、些か大人気ない言い争いをしている内に、ルーガに先導されたアントーシャが執務室に姿を現した。恐縮した顔のアントーシャが、心配を掛けた詫びの言葉を言おうとした途端、オローネツ辺境伯は一言も口を利く間を与えずに走り寄り、アントーシャを強く抱き締めた。

「アントン、能く来てくれた。待っていたよ。私もイヴァーノも、オローネツ城の皆も、そなたを待っていたのだよ。ああ、可哀想に。どんなにか辛かったろう」

オローネツ辺境伯の声は、微かに震えて濡れていた。アントーシャは、口を開きかけたまま驚きに硬直し、やがて静かに涙を零した。オローネツ辺境伯は、何がゲーナの死の契機となったのかを察しているからこそ、アントーシャを深く案じているのだろう。力強い腕から伝わる思い遣りに、アントーシャは必死に嗚咽を押し殺したのだった。

アントーシャとオローネツ辺境伯は、無言で固く抱き締め合い、オローネツ城の領主執務室に、しめやかな追悼の涙が広がっていく。やがて、場の空気を変えるように口を開いたのは、誰よりも赤い目をしたイヴァーノだった。

「さあ、閣下もアントーシャ様も、先ずは御座り下さいませ。アントーシャ様は、長旅をしてこられたのです。さぞかし御疲れでございましょうから、休憩に致しましょう。まさか、直ぐに御帰りになるなどとは仰らないでしょうな、アントーシャ様。今度こそは、ゆっくり御滞在になって下さらないと、オローネツ城の皆が収まりませんよ」

アントーシャの肩を抱いたまま離さず、椅子へと連れていきながら、オローネツ辺境伯もイヴァーノに同調した。

「そうだとも、アントン。今回こそ、簡単には帰さないよ。最後にゲーナ様に御目に掛かったとき、そなたを猶子に迎えたと御聞きしているのだ。リヒテル姓のままゲーナ様の御猶子となったのならば、私の猶子にもなっておくれ。養子とは違い、猶子は必ずしも相続を前提とせぬ制度である故、貴族家の当主であっても縁組に支障はあるまい。いっそのこと、領地に帰らず、このままオローネツ城に住めば良い。そう思うであろう、イヴァーノ」

「余りに性急な御話の運び方に、流石の私くしも驚きましたよ、閣下。とは言え、御猶子に御成り頂くのも、オローネツ城に御住み頂くのも、大賛成でございますな。既に、アントーシャ様の御部屋の御用意も整っております。来賓用の客間ではなく、閣下御自身の御部屋にも近い御子息様用の区画でございます」

「結構。いつもながら、イヴァーノに抜かりはないな。どうだい、アントン。そなたなら、テルミン子爵領との行き来も自由なのだから、住まいはオローネツ城にすれば良いのではないか。元々は王都で暮らしていたのだから、支障はあるまい。そうであろう、皆」

オローネツ辺境伯が執務室を見回すと、アントーシャの供を務めてきたルーガも、護衛騎士のルペラも、オローネツ城の文官や護衛騎士達も、揃って大きく頷いた。涙を拭ったアントーシャは、嬉しそうに頬を緩め、猶子の話には触れないまま言った。

「有難うございます、閣下、イヴァーノさん。ぼくを労って下さる御気持ちは、本当に有難く思います。今回は、御言葉に甘えさせて下さい。大事な御相談もありますので、ぼく達を暫くオローネツ城に滞在させて頂けると助かります」

「良いとも、良いとも。本当にずっとオローネツ城に居ると良いのだよ、アントン。そなたが居てくれれば、皆とても喜ぶよ。ぼく達ということは、供の者を連れているのかね」

「はい。青毛の馬とこの子達を」

そう言って、アントーシャは、護衛騎士の一人が持ってきた籠を指し示した。気を利かせた護衛騎士が籠を開けると、中から三匹の猫が顔を出し、挨拶とばかりに揃って甘えた声で鳴く。動物好きのオローネツ辺境伯は、途端に顔を綻ばせた。

「これは愛らしい猫達だ。勿論、お前達も大歓迎だよ。我が城の料理長は有能な男である故、お前達の喜ぶ食事を作ってくれるだろう。しかし、アントン。そなたは猫を三匹も連れて、王都から旅をしてきたのかい」

「それどころか、アントーシャ様は猫達を籠にも入れず、オローネツの領民達と仲良く談笑しながら、一般用の通用門に並んでおられましたよ。馬の鞍の上に二匹、御自身の肩の上に一匹乗せて。猫達も猫達で、馬や人混みを怖がる様子も見せず、済ました顔で我々を眺めているのですからな。面白いやら不思議やら、閣下とイヴァーノ様が御待ちでなければ、その場で色々と問い詰めたい所でしたよ」

　楽しそうに言ったのは、寛いだ様子のルーガである。ルーガは通用門での情景を思い浮かべたのか、くぐもった笑い声を漏らした。オローネツ辺境伯は、思いの外大らかなアントーシャの表情に安堵し、明るく笑った。

「相変わらず愉快な子だな、アントン。そなたの言動には、いつも意表を突かれるよ。それにしても、猫達は能く迷子にならなかったものだな。王都からの旅の間、籠にも入れずに連れてこられる猫など居らぬだろうに。やはり、そなたの魔術なのかい」

「仰せの通りです、閣下。この子達は、特別な契約によって、ぼくの眷属となっています。既に魔術的な繋がりが出来ていますので、人の話す言葉もほぼ完璧に理解していますよ。それに、麗しい白猫のベルーハの御陰で、ぼくは父上を完全には失わずに済んだのです」

　瞬間、オローネツ城の領王執務室は、重い沈黙に包まれた。改めて口には出さなくとも、ゲーナ・テルミンの壮絶な死は、執務室にいる誰もが知っている。アントーシャの言葉の意味を測りかね、オローネツ辺境伯が、戸惑いがちに尋ねた。

「そなたが父上というのは、当然、ゲーナ様だろう。失わずに済んだとは一体どういう意味なのか、聞いても良いのかい、アントン」

　この世ならぬ何かを見通すかの如き眼差しで、捉え所のない微笑みを浮かべていたアントーシャは、表情を真剣なものに改めると、部屋にいる者達に向かって丁寧に頭を下げた。

「父上との御別れがどうだったのか、落ち着いてからゆっくりと御伝えするつもりでした。魔術師でない方々に理解して頂くには、長い説明が必要だと思うからです。けれど、閣下や皆様方が、ぼくの為に御心を痛めて下さっていると分かりましたので、かなり長くなりますけれど、この場で御話しさせて頂きます。我が最愛の父、ゲーナ・テルミンは、予てからの計画の通り、召喚魔術の失敗によって亡くなりました。直接的に死の契機となったのは、ぼくが行使した魔術であり、どれ程嘆こうとも事実は変えられません」

アントーシャは、敢えて淡々と言った。ゲーナ自身の口から宣告され、召喚魔術の後にはアントーシャの手紙で知らされ、イヴァーノが王都に放っている〈目〉や〈耳〉からも伝えられていた情報だったが、アントーシャ自身の口で語られる言葉には、想像を超えた悲哀が滲んでいる。執務室に集まった者達は、思わずアントーシャから視線を逸らさずにはいられなかった。アントーシャは、淡く微笑んで話を続けた。

「有難うございます。何も仰らなくても、父を悼み、ぼくを案じて下さる皆さんの御気持ちが伝わってきます。これこそが、叡智の塔から消え失せてしまった、真実の思い遣りなのでしょうね。けれども、御心配には及びません。白猫のベルーハの指摘によって、我が父上の魂と魔力は、一端ここに繋ぎ止められたのですから」

そう言って、アントーシャは、そっと手を差し出した。手のひらに大切に載せていたのは、銀色に光り輝く小さな鍵だった。純銀よりも白銀よりも輝かしく、いっそ神々しい程の光を纏って、鍵はアントーシャの下にあった。オローネッツ辺境伯は、鍵を凝視したまま尋ねた。

「これは何の鍵なのだい、アントン。ゲーナ様の魂と魔力を繋ぎ止めるとは、一体どういう意味なのか、私達に教えてくれるのかね」

「勿論です、閣下。鍵の形はしていますけれど、この世の何かを開ける鍵ではありません。これは、父上の魔力が結晶化したものなのです。父上が、ぼくを王家の干渉から護ろうと、能力の一部を封印して下さっていたことは、閣下やイヴァーノさんも御存知だと思います。封印を維持する為に、父上は二十年以上も膨大な魔力を注ぎ続けて下さった。結果、ぼくに渡された封印解除の暗号まで、魔力結晶として物質化したのです」

　魔術師為らざる者達にとって、アントーシャの説明は難解なものだったが、只一人、多くの知識に精通し、魔術への造詣も深いイヴァーノだけは、大きく頷いた。

「封印や術式を保護する為に、魔術師が術式の核となる部分を暗号化するという話を、聞いた記憶がございます。アントーシャ様は、その暗号を鍵と表現しておられるのですね。暗号は常に鍵の形になるのですか」

「イヴァーノさんは本当に博識でいらっしゃる。仰る通り、魔術師の多くは、暗号を鍵という言葉で表現しますけれど、それは便宜上使っている比喩に過ぎません。暗号である鍵は、形而上的な鍵であって物質的な鍵ではなく、暗号を解除したら後には何も残りません。長い魔術の歴史の中でも、暗号としての鍵が物質化した例はなく、我が父上だけが成し得た奇跡なのです。この鍵には、それ程までに膨大な魔力が籠められているのでしょう」

　オローネッツ辺境伯は、アントーシャが持つ鍵に深い眼差しを注いでいた。魔術の理は理解していなくとも、英傑と呼ばれる男は、人の心というものを知っている。オローネッツ辺境伯は、涙を含んだ声で言った。

「そうではない。そうではないよ、アントン。魔力の量でなどあるものか。本当は、そなたにも分かっているのだろう。ゲーナ様がそなたを愛する御気持ちが、それ程までに深く強かったということなのだよ」

「はい、閣下。ぼくもそう思います。物質ならざるものが物質化し、術が解けた後も残り続けるのは、父上の愛情の故です。父上の大いなる愛は、生涯に亘ってぼくを温め、生まれてきた意味を与えて下さるでしょう」

流れる涙を拭いもせず、アントーシャは静かに微笑んだ。手のひらの鍵を見詰め、一度ゆっくりと瞬きをしてから、アントーシャは説明を続けた。

「召喚魔術を行使する直前、ぼくは父上から鍵を継承し、自身の封印を解きました。そして、父上と約束していた通り、この手で召喚魔術の術式を破壊して、父上を死に至らしめました。父上は、ぼくが叩き付けた術を受けて亡くなったのです。先程も申し上げましたように、如何に言葉を飾ろうとも事実は変わらず、ぼくは終生それを背負って生きていくでしょう」

ゲーナとアントーシャが交わした約束について、ゲーナの口から聞かされていた二人、オローネツ辺境伯とイヴァーノは、重い沈黙のままアントーシャを見守った。ルーガ達も、口を閉ざして耳を傾けた。オローネツ城の領主執務室の中を、アントーシャの湿った声だけが吹き抜けていく。

「父上が亡くなった瞬間、ぼくは次元の狭間ともいうべき場所にあって、父上の魂魄が理の中に溶けてゆくのを見送ろうとしていました。覚悟をしていた筈だったのに、我が手で父上を殺してしまったのだと見せ付けられて、死にたい程に苦しかった。そのとき、ベルーハがぼくを叱ってくれたのです。泣くよりも先に、父上の魂と魔力を追い掛けろ、と」

アントーシャは、静かに目を閉じた。脳裏に浮かび上がるのは、あの日、〈真実の間〉で確かに起こった、この世ならぬ出来事だった。

召喚魔術の術式を破壊した直後、〈真実の間〉に立ち竦み、星明かりさえない虚無の夜空を見詰めていたアントーシャは、ゲーナの死と同時に出現した光球の軌跡を、絶望の眼差しで追っていた。微かに瞬く淡い黄色の光球は、人の身体を司る〈魄〉である。壮絶に四散した末の死によって、司るべき身体を失ったゲーナの魄は、瞬く間に微かな光さえも消し去り、何処とも知れない空に溶けていった。人ならぬアントーシャの霊眼には、ゲーナの魄が身体としての記憶を失い、新しい熱量体として世界に還元された瞬間がはっきりと視えていた。

次いで、冴え冴えとした水色に輝く光球と、輝かしい銀色に煌めく光球が、暗い夜空に浮かび上がった。ゲーナの精神を司る〈魂〉と、魔力を司る〈霊〉である。血が出る程に唇を噛み締めて嗚咽を堪え、アントーシャが二色の光球を見送ろうとしたとき、白猫のベルーハが鋭く鳴いた。

ベルーハの鳴き声は、一つの天啓としてアントーシャを貫いた。その瞬間、アントーシャは、一つの可能性に気付いたのである。肉体を依(よ)り代(しろ)として、精神体や魔力が人の存在を形成するのであれば、極めて高純度の魔力結晶体である封印の鍵を使って、一時的にゲーナの存在を留められるのではないか、と。

アントーシャの霊眼は、遥かな時空を超え、今にも消えようとするゲーナの魂と霊とを探し当てた。それを自身の膨大な魔力によって包み込み、大切に抱きかかえるようにして引き寄せ、手のひらに載せた鍵にそっと重ね合わせる。すると、最初に魔力を司る霊が、次に精神を司る魂が、ゆっくりと銀色の鍵に吸い込まれていったのである。

アントーシャが手を離すと、鍵はそのまま空中に浮かび上がり、一際強く発光した。眩い光の残像が霧となって霧散したとき、そこにはいるはずのない人がいた。全身を仄かな銀色に輝かせ、この世のものではない神秘性を纏って、ゲーナが静かに佇んでいたのである。アントーシャが嗚咽交じりに父を呼ぶと、ゲーナは困った顔で微笑んだ。

「そなたとの今生の別れは、もう済んだと思っていたのだがな、アントン。私の最愛の息子は、本当に仕方のない悪戯坊主だ。その美しい奇跡の瞳を、この世の理を曲げることに使ってはいけないではないか」

優しく叱りながら、ゲーナは大きく両腕を広げた。アントーシャは躊躇なくゲーナの腕に飛び込み、万感の思いで父の背を抱いた。実体を失ったはずのゲーナは、〈真実の間〉に存在する間だけは、仮初めの抱擁を可能にしていたのである。アントーシャは、泣きながら言った。

「父上。さぞ苦しまれたでしょう、父上。〈儀式の間〉での御様子は、ぼくにも朧気に感じ取れていました。いっそのこと、最初から最大の重量で術式を破壊した方が、御苦しみが少なかったかも知れません。申し訳ありませんでした。どうしても一言だけ、父上に謝りたかったのです。単なる自己満足だと分かってはいるのですが」

「何を言うのだ、アントン。苦しかったのは私ではない。私の我儘に付き合わされて、己が手で父と呼ぶ者を傷つけなくてはならなかった、お前の方だろうに。誰よりも優しいお前に酷な真似をさせ、こんなにも苦しめてしまった。泣かないでおくれ。そして、どうか、罪深い私を許しておくれ。本当に済まなかった」

ゲーナの謝罪に、アントーシャは何度も首を横に振るだけで答えず、只、父の背を抱き締める腕に力を籠めた。ゲーナは、情愛の滲む声で言った。

「死した我が身には、様々な真理が分かるよ、アントン。お前を深く悲しませてしまったが、私達の決断は正しかった。召喚魔術は、絶対に阻止しなくてはならなかった。ヤキム・パーヴェルとダニエが組み上げた召喚魔術の術式は、この世の理を曲げてしまう。理を守る為の捨て石に為れたのだから、私は死に甲斐があったのだよ。お前の瞳には、この世の真理が映っているのだろう、我が最愛の息子よ」

「はい、父上。分かっています。ぼく達魔術師は、この世の理を守らなくてはならない。そうでなければ、世界を簡単に破壊してしまうでしょう。ぼくの瞳には、理の果てが見えますよ、父上。それが理解出来る年齢になるまで、ぼくの瞳を封印して下さったこと、深く感謝しています。有難うございました」

満足の笑みを浮かべたゲーナは、そっとアントーシャを抱き締めていた腕を解き、万感の思いを籠めて愛する息子の顔を見詰めた。既に実体を失ったゲーナであっても、慈愛に満ちた眼差しは少しも変わらなかった。

「もう一度お前に会えて、とても嬉しかったよ、アントン。最初に赤子だったお前に出会えた日から、私はずっと幸福だった。心からお前を愛しているよ。私達には、何一つ悲しむ理由などありはしない。お前が偉大なる奇跡の瞳で、少しだけ理を曲げてしまったことを、どうやら世界は許してくれたらしい。分かるかい」

「分かりますとも、父上。貴方が下さった鍵を通して、ぼく達の魂と霊が結び付きました。いつかどこかで、また共に過ごせますね。嬉しいですよ、とても」

「お前が現世の身体を失ったときには、私が必ず迎えに来よう。約束するよ、アントン。人の生は瞬きの間に過ぎない。再び巡り会えるまで、ずっとお前を見守っているよ。お前の悪戯の御陰で、私にはそれが許されたのだから」

「はい。御待ちしています、父上。きっとまた御目に掛かりましょう」

「ゲーナ・テルミンの最愛の息子にして、この世の理を体現するアントーシャ・リヒテルよ。真にして霊、霊にして法なる全眼の主よ。今このときから、お前は魔導師と名乗るが良い。お前の真眼は、遍く天地を看破する。お前の霊眼は、全ての神秘を我がものとする。そして、お前の法眼は、術式も触媒も用いずに、神の奇跡を起こすだろう。この世で唯一人だけが使える魔術によって、人々を導いておくれ、私のヴァシーリ」

そう言うと、ゲーナの霊体は柔らかな光を放って揺らめき、いつの間にか満天の星が瞬き始めた夜空に溶けていった。今度こそ本当にゲーナを見送ったアントーシャは、長い時間、〈真実の間〉に立ち続けていた。己が手でゲーナを死に至らしめたことで、鮮血を噴き出しながら痛み続けていた心の傷は、ゲーナの心からの感謝と祝福によって塞がれ、手の中に戻った鍵から伝わる微かな熱が、優しくアントーシャを温めたのだった。

短くはない時間を掛けて、〈真実の間〉で起こった出来事を語り終えたアントーシャは、もう一度深々と頭を下げた。頬には薄く涙の跡が光っていたものの、表情は晴々と明るく、見る者を安心させるだけの力強さがあった。

「ベルーハの指摘の御陰で、ぼくは最後に父上に御目に掛かれました。そして、父上が残して下さった鍵を通して、ぼく達の魂と霊は固く結び付けられました。今でも悲しくて堪らず、耐え難い気持ちになる瞬間はありますけれど、ぼくは大丈夫です。父上は、今もぼくの側にいて下さいます。父上が魔導師と呼んで下さったぼくには、それが分かるのです。御心配を御掛けして、本当に申し訳ありませんでした」

アントーシャが話す間、目を閉じて聞き入っていたオローネツ辺境伯は、潤んだ瞳で何度も繰り返し頷いた。

「そなたが救われたと感じているのであれば、これ程の喜びはないよ、アントン。一途にゲーナ様を慕っていたそなたが、如何に深く傷付いたのか、私達はそれを案じていたのだ。ゲーナ様は、御自分の信念に従って道を御選びに為られ、そなたという息子の手で本懐を遂げられた。さぞかし御満足であったろうと思うよ」

オローネツ辺境伯と共に、召喚魔術の儀式に向かう直前のゲーナに会い、胸の内を打ち明けられていたイヴァーノは、赤く充血した目でアントーシャを見詰めていた。極めて有能な実務家であり、容易に感情に動かされないはずの男は、皺を刻んでも尚端整な顔に涙の跡を残したまま言った。

「そうですとも、アントーシャ様。私くしは、ゲーナ様が羨ましゅうございます。貴方様のような御子息を迎えられて、ゲーナ様は誠に御幸せでございます。最後にアントーシャ様に御会いになり、生死を超えた縁で結ばれ、如何に御喜びになられたことか。誠に良うございました。オローネツ城の者達も、安心致しますでしょう。閣下も年々涙脆くなられ、御慰めするのに骨が折れて参りましたので、助かりました」

「いやいや、涙脆くなったのは、イヴァーノ様も同じではありませんか。アントーシャ様が相手となると、閣下もイヴァーノ様も大差はありませんな。市井の者達が言う所の、立派な〈過保護親父〉ですよ」

ルーガの大らかな冗談に、オローネツ辺境伯やイヴァーノも含め、皆が笑った。アントーシャも、嬉しそうに微笑みながら言った。

「今度からは必ず、真っ先にオローネツ城を訪ねさせて頂きます。今のぼくにとって、オローネツ城こそ、我が家とも言える唯一の場所ですからね。今回は、この先の選択肢について考えてみたくて、態と時間を掛けて馬で旅をしてきたのです」

「この先というと、そなたの身の振り方かい。冗談ではなく、本当にオローネッツ城で暮らすわけにはいかないのかね、アントン。テルミン子爵領の領主になったからといって、領地に住まねばならぬ法はなかろう。魔術師団長であられたゲーナ様は、御役目故に王都に住んでおられたし、王城に職を持たぬ地方貴族でも、王都での暮らしを選ぶ者は多い。テルミン子爵領の運営も、これまで通り代官に任せおいても良いのではないかね。私とイヴァーノの精神の安寧の為にも、そなたはオローネッツ城に居ておくれ」

「有難うございます、閣下。御言葉はとても嬉しく思います。ぼくも出来るだけ御側に置いて頂きたいと思っています。亡き父上からも、そう勧められておりましたから。只、今回ぼくが考えたかったのは、我が身の置き所ではなく、ロジオン王国についてなのです。この国を倒すにはどうしたら良いのか、旅の間ずっと思案していました」

アントーシャが然り気なく口にした瞬間、領主執務室に漂う空気が一変した。優し気にアントーシャを見詰めていたオローネッツ辺境伯は、瞳を鋭く光らせて威風を放ち、穏やかに微笑んでいたイヴァーノは、微笑んだまま小さく護衛騎士であるオネギンの名を呼んだ。オローネッツ辺境伯の護衛騎士筆頭を務めるオネギンは、即座に二名の部下に指示を出し、一人を扉の外側、もう一人を扉の前に立たせ、以後の入室を固く禁じさせた。椅子に座ったままのルーガは、異様な程に瞳を煌めかせ、じっとアントーシャを凝視している。

僅かの間を置いて、静かにアントーシャに尋ねたのは、堂々たる領主の顔をしたオローネッツ辺境伯だった。

「今、ロジオン王国を倒すと言ったね、アントン。そなたのことだ。全てを理解し、覚悟を決めた上で言っているのだろう。そして、一度口に出したからには、王国を倒す道筋を見出したに違いない。そなたの考えを、私達に聞かせておくれ」

「これ以上は、聞くだけでも危険かも知れませんよ、閣下。正直に申し上げると、オローネッツの皆様方を巻き込んでしまう可能性に、ぼくは今も悩んでいるのです。直ぐにオローネッツ城を御訪ねしなかったのは、その悩み故でもありました」

「今更だよ、アントン。そなたが案じてくれる気持ちは分かるが、我が執務室には話を聞くことを躊躇する者など居ないよ。さあ、どうか話しておくれ」

オローネッツ辺境伯に断言され、アントーシャが周りの者達に視線を向けると、イヴァーノは豪然として頷き、ルーガは獰猛に笑った。オネギンら護衛騎士や文官達も、強い瞳でアントーシャの言葉を待っている。大きく一つ、迷いを断ち切るかのように頷いて、アントーシャは話し始めた。

「分かりました。では、少し迂遠になりますけれど、最初に魔術の理について説明させて下さい。今、オローネッツ城の牢には、第七方面騎士団の襲撃者達が囚われており、中には魔術師も含まれています。彼の魔術師達は、穢らわしい拘束の魔術を使って、ルーガさん達の身体の自由を奪いました。ロジオン王国では、十六の方面騎士団と王国騎士団、近衛騎士団、さらには公爵家が擁する各騎士団にも魔術師が配属され、戦力の一部となっています。しかし、そうした魔術師達は、ときに拘束の魔術を使い、ときに情報の伝達を行い、ときに移動の補助をするだけで、直接的には戦闘に参加しません。違いますか、ルーガさん」

話を振られたのは、常に戦いの最前線に身を置いてきたルーガだった。ルーガは、少しの迷いもなく言った。

「アントーシャ様の仰る通りです。方面騎士団にいる魔術師達が、直接的に攻撃してきた事例は、過去に一度もありませんな。第七方面騎士団だけじゃない。閣下に拾って頂くまで、いくつもの地方領を渡り歩いてきましたが、どの方面騎士団でも同じだったと思います。俺が生まれ故郷を出奔する原因になった、或る地方領での大掛かりな襲撃でも、魔術師達は領民の家を焼いているだけでした。堆く積み上げられた領民達の死体ごと」

「非道を行って恥じぬ者は、いつか必ず報いを受け、魔術の恩恵を失うでしょう。ともあれ、ルーガさんの仰る通り、魔術師は直接的な戦力には成り得ません。それがなぜなのか、御分かりになりますか、ルーガさん」

アントーシャの問いかけに、ルーガは首を傾げた。全ての者が魔力を持つ世界にあって、魔術を直接的な戦力として利用しようとする者はいない。有史以来、魔術による殺傷が不可能であることは、誰もが知る常識だった。

「魔術師が直接的な戦闘力にならない理由ですか。そういうものだからとしか、御答えの仕様がありませんよ、アントーシャ様。今、貴方様から御質問を受けるまで、魔術で人を殺傷する可能性にすら、思い至りませんでした。しかし、改めて考えてみると、確かに妙な気がしますね。国の権力者などという連中が、魔術師に目を付けないわけがないでしょうに」

ルーガの答に、アントーシャは大きく頷き、自身の手のひらを見詰めた。そこには、ゲーナの残した鍵が、銀色の光を放って輝いている。大切な鍵から目を離さないまま、アントーシャは続けた。

「我が父上は、契約の魔術紋によって王家に縛られておられました。如何に理不尽な命令を下されようと、抵抗すら出来ない隷属の楔です。千年に一人の天才であり、魔力量では歴史上でも並ぶ者のない大魔術師たる父上を、ロジオン王家は自由に利用することが出来たのです。もし、魔術によって人を殺傷出来る世界であったなら、王家は父上を兵器として扱い、父上御一人の力を以て一国を滅ぼしていたでしょう。言い換えると、隷属の魔術紋で強制したとしても、魔術によって人を殺めたりは出来ないという証拠なのですけれど」

　アントーシャの言葉は、決して大袈裟なものではなかった。次元の壁を越えて異世界にまで届くゲーナの魔術が、直接的な戦力として敵軍を襲ったとしたら、立ち向かえる人間など存在するはずがない。ゲーナの膨大な魔力が、銀色の槍となって敵軍に降り注げば、瞬く間に夥しい数の兵士が骸を晒していただろう。

　ゲーナが戦力となったときの惨状を思い描いたのか、執務室に重苦しい沈黙が広がる中、アントーシャに答えたのはイヴァーノだった。ゲーナとの親交を通して、魔術への理解を深めていたイヴァーノは、何かを思い出そうとするかの如く、宙を見詰めながら言った。

「閣下と私くしは、幼い頃よりゲーナ様の薫陶(くんとう)を受ける栄誉に恵まれました。閣下の御祖父様と御親友であられたゲーナ様は、定期的にオローネツ城を御訪ね下さったからです。ときには魔術を見せて頂き、多くの御話を聞かせて頂きました。そう、もう何十年前になるでしょうか。私くしが十にもならない子供の頃に、ゲーナ様は確かこう仰せでございました。この世の魔術は、人を攻撃する力を持たない。魔術の理がそれを許さないのだ、と。覚えておられますか、閣下」

「思い出したよ、イヴァーノ。スエラ帝国の話題になったとき、ゲーナ様も戦をなさったのかと、私が御尋ねしたのだ。不躾な質問にも御怒りにならず、ゲーナ様は微笑んで御教え下さった。我々が使う魔術には、大きな制限が掛かっている。私は、魔術に於ける制限を理と呼び、素晴らしき恩寵であると感謝していると。そう仰せになったときのゲーナ様は、まるで叡智が人の形を取ったかの如き御尊顔であられた。不思議だな。幼い頃の出来事であり、今の今まで忘れていたのに、何故か鮮明に思い出される」

オローネッツ辺境伯の言葉には、荘厳な何かが宿っているかのようだった。世界の神秘を知るアントーシャは、若々しい顔に不可思議な微笑みを浮かべ、ゆっくりと説明を続けた。オローネッツ城の領主執務室は、さらに緊張を高めていく。

「この世の魔術師は、魔術回路を組み上げて術式を構築し、魔力を用いて輝石類に刻み込みます。結果、聖紫石や青光石といった輝石類が、魔術触媒として完成され、魔力の注入によって、物理法則を超えた現象を引き起こすのです。術式を構築せず、自らの魔力で身体強化を行うだけの者は、魔術師とは呼ばれません。魔術師とは、術式によって物理を超越する術者の総称なのです」

アントーシャは右手を掲げ、手のひらに小さな火を灯した。火は仄かな明かりとなって揺らめき、執務室にいる全員の目を引き付けた。

「これは本物の火です。触れれば熱く、可燃物に接すれば燃え上がります。ところが、これを火弓のように飛ばして誰かを燃やそうとしても、魔術は絶対に発動しません。魔術回路にも術式にも誤りがなく、発動に要する魔力が十分であっても、どうしても出来ないのです。比類なき大魔術師であられた我が父上でさえ、小さな種火一つ扱えなくなってしまう。それこそが、魔術の理というものなのでしょう」

アントーシャは、ゲーナですら不可能だと言い、事実その通りであった。この世に唯一人だけ、術式を用いずに魔術を使い、触媒さえ必要としない存在がいるのだと、今のアントーシャは話さない。どこか敬虔な色を纏って、アントーシャの声が流れていく。

「父上とぼくは、魔術の理を祝福だと考えていますけれど、世の中には逆に不満を感じる者達もいるのです。その不満こそが、召喚魔術に踏み切った真の目的ではなかったのかと、父上は推察しておられました。異世界の人間であれば、魔術の理に縛られず、直接の火力、人を殺す兵器として魔術を行使出来る可能性があるのではないのか。誰かがそう考えても、決して不思議ではないでしょう。実際、一度でも理を破る方法が分かってしまえば、この世界の魔術師でも模倣出来るかも知れません。父上は仰いました。召喚魔術の術式を研究していたヤキム・パーヴェルや、今回の召喚魔術に許可を与えたエリク王は、その可能性を模索していたに違いないと」

アントーシャの話は、執務室にいる者達に大きな衝撃をもたらした。ゲーナとアントーシャが、ゲーナの死を以てしてまで召喚魔術を阻止しなければならなかった真の理由を、全員が正しく理解したのである。

「漸く分かったよ、アントン。この世の全ての人々の命と平和の為に、ゲーナ様は尊い御身を犠牲にして下さった。そして、そなたは最愛の父上を己が手で傷付けてまで、世界を護ろうとしてくれたのだね。決して魔術の理を破る方法を見付けさせず、魔術紋に縛られたゲーナ様が兵器となる未来を、根底から消し去ろうとして」

オローネツ辺境伯は、静かに目を閉じて胸に手を当てた。イヴァーノもルーガもオネギンも、執務室にいた全ての者達が、オローネツ辺境伯に倣って黙祷した。自らも瞼を閉じ、亡きゲーナに深い祈りを捧げたアントーシャが、ゆっくりと顔を上げたとき、澄んだ琥珀色の瞳は金色の光を帯び、煌々と輝いていた。アントーシャは言った。

「父上の御決断によって、叡智の塔で強行された召喚魔術は、完膚なきまでに失敗に終わりました。被害も大きなものでしたし、少なくとも当分の間、魔術の理を踏み破ろうとする者はいないでしょう。しかし、愚かで欲深な権力者は、再び禁忌を犯そうするかも知れず、ぼくは父上を死に追いやったロジオン王国を許す気持ちになれません。ですから、一石二鳥の方策として、ロジオン王国を滅ぼそうと思うのです」

アントーシャが再び宣言した瞬間、オローネッツ城の領主執務室は異様な気配に包まれた。誰一人として声を出さず、表情も変えず、執務室を満たす熱量だけが、爆発的なまでに膨れ上がったのである。オローネッツ辺境伯は、アントーシャには一度として向けてこなかった、冷徹とも言える視線で尋ねた。

「そなたの言い分は能く分かる。我ら地方領の者達も、ロジオン王国への忠誠心は尽き果てているのだ。この部屋に居る者の中で、王国への叛逆を夢に見なかった者など、一人として居ないだろう。しかし、問題は可能性だよ、アントン。私には、オローネッツ辺境伯爵領の当主という立場と義務がある。万に一つも勝ち目のない戦いに、領民や臣下を巻き込むわけにはいかぬのだ。そなたのこと故、私の葛藤も理解した上で、王国を倒すと言明したに違いない。さあ、改めて尋ねよう。そなたが何をしようとしているのか、私達に教えておくれ」

オローネッツ辺境伯の厳しい視線を受け止めても、アントーシャはたじろがない。寧ろ、金色を帯びた瞳は益々冴え冴えと輝き始めていた。

「父上によって魔導師と名付けられたぼくが、倒国(とうこく)の戦略を描く以上、魔術を軸にした展開になるのは当然の帰結です。父上が命を捨ててまで御守りになられた魔術の理は、ぼくにとっても絶対的なものですから、ぼく自身が直接的な火力となる戦いは致しません。ぼくは、ぼくだけに使える魔術によって、ロジオン王国の根幹を揺るがせようと考えています。一つを例にするなら、長距離の転移です。これまでのぼくは、超長距離の転移魔術によって、王都とオローネッツ城を行き来していました。それに比べ、馬で旅をするというのは、途轍もなく時間と手間の掛かることでした。魔術による転移技術を持ちながら、王家がそれを地方領に使用させようとしないのは、地方領の機動力と戦力を低減させる上で、極めて有効な策でしょう」

アントーシャの言葉に、執務室にいる者達は、暗い怒りの表情を露わにした。ロジオン王国では、通信と転移に関する一切の技術と魔術機器は、王家によって一元的に管理されている。王家が認めた者達が、一瞬の内に転移の魔術陣で移動し、通信の魔術機器によって遠隔地との会話を可能としているのに対し、地方領の貴族と領民達は、未だに徒歩や馬で移動し、狼煙を上げて急を知らせているのである。

広大なオローネツ辺境伯爵領の騎士達は、第七方面騎士団が村々を襲撃したという連絡を受ける度、間に合わない悔しさに歯噛みしてきた。遥かに広がる豊かな領地が、そのときばかりは恨めしかった。湧き上がる激情に、思わず口を開いたのはルーガだった。

「そうなのです、アントーシャ様。アントーシャ様と同じように、俺達が自由自在に転移出来れば、もっと多くの領民達を助けてやれたに違いありません。俺達は、浅ましく長居をしている下衆共を屠り、領民達に救助の手を差し伸べるしか出来ないのです」

「どれ程悔しい思いをしてこられたのか、能く分かるつもりですよ、ルーガさん。距離とは最大の障害であり、同時に最大の戦力でもありますからね。逆に想像してみて下さい。ぼくが転移魔術を使い、武装したルーガさん達を瞬時に移動させたとして、その先がエリク王の寝室であればどうなるでしょうか。恐らく数ミニトとしない内に、エリク王の首は落ちるでしょう。転移による襲撃を繰り返せば、ロジオン王国の王城から為政者を一掃し、国家を機能不全に陥らせることも、決して不可能ではありませんよ」

オローネツ城の者達は、アントーシャの奇跡とも言うべき超長距離転移を、何度も目の当たりにしている。武装したオローネツの騎士達が、本当に王城に突入出来たとしたら、襲撃は必ず成功するだろう。語られた内容の凄まじさに、誰もが戦慄を禁じ得なかった。アントーシャは、気負いもなく話を続けた。

「けれども、ぼくは思ったのです。そうした襲撃を繰り返して、ロジオン王国を揺るがせたからといって、本当に王国が倒れるでしょうか。報恩特例法の制定から約百年、方面騎士団に蹂躙されてきた人々の、尽きせぬ無念が晴れるでしょうか。魔術の理を護る為に尊い命を捧げた父が、能くやったと喜んでくれるでしょうか。答は否です。転移による襲撃は、手段の一つに過ぎません。歴史上、最も偉大な魔術師たるゲーナ・テルミンの息子として、この世の理を守護する役目を担った魔導師として、ぼくは真の意味でロジオン王国を倒し、人々を救済する手段を講じなくてはならないのです」

そう言い切ったアントーシャに、オローネツ辺境伯は大きく頷きかけた。オローネツ辺境伯は、重く胸に響く声で断言した。

「能く言った、アントン。その通りだ。エリク王の如き、暗殺した所で国は倒れぬ。全ての為政者を殺したとて、代わりの者が地位を掠め取るだけであろう。転移による襲撃は、信じられぬ程に有効な手段ではあるが、ロジオン王国百万の兵を皆殺しに出来ぬのなら、それだけでロジオン王国に報いを受けさせる結果には至るまい」

間髪を容れずもたらされた理解と激励に、アントーシャは嬉しそうに微笑み、オローネツ辺境伯に向かって、心を籠めて一揖した。

「御理解頂いて有難うございます、閣下。だからこそ、単なる襲撃を繰り返すのではなく、倒国の旗を掲げなくてはならないのです。具体的には、ロジオン王国の屋台骨を根底から揺さぶる為の方策として、ぼくは神の使徒を名乗ろうかと思います」

瞬間、オローネツ辺境伯を含め、アントーシャの言葉に反応した者はいなかった。余りにも唐突な宣言に、戸惑った者達が秘かに目を見交わす。オローネツ辺境伯は、戸惑いながら尋ねた。

「神の使徒。私の聞き間違いでなければ、そう言ったのかね、アントン」

「はい、閣下。確かに言いました。ぼくは、神の使徒を名乗るつもりです」

「改めて聞いても、そなたの口から出る言葉とも思えぬな。そなたが何らかの信仰を持っているなどとは、一度も聞いた記憶がない。もっと説明しておくれ。そなたのこと故、簡単にそのような言葉を使いはしないだろう」

「勿論、御話し致します。ぼくが神の使徒を名乗るのは、倒国の戦略としてであり、特定の信仰を意味するわけではありません。ですから、正確に言うとすれば、ぼくは神の使徒を騙るのですよ、閣下。恥ずかし気もなく、堂々と」

アントーシャは、そう言って口元を緩めた。ゲーナと共に笑い合っていたときのままに、どこまでも明るく楽し気な微笑みだった。


朗らかな表情のアントーシャに、最初に言葉を掛けたのはルーガだった。滅多に遠慮というものをしないルーガは、がりがりと頭を掻きむしりながら、呆れたように言った。

「アントーシャ様の仰ることの意味が、俺には全く分かりませんよ。俺の頭が悪いからなのか、アントーシャ様が途轍もない方だからなのか。多分、両方なのでしょうな」

大きな溜息を吐くルーガの様子に、アントーシャはさらに微笑みを深くした。ルーガの周りでは、オローネツ辺境伯もイヴァーノも、何とも微妙な表情でアントーシャを見詰めている。勿体ぶるという悪癖を持たないアントーシャは、簡潔に言った。

「何も難しい話ではありませんよ、ルーガさん。ぼくは、過去の歴史に学ぼうと思っただけなのです。強大であり、悪辣でもある国家に対抗しようとしたとき、有効な力とは何なのか。有史以来、最も長く支配者を苦しめ、根底から国を揺さ振ってきた力とは何なのか、ぼくはずっと考え続けてきました。武力に優れた騎士達、豊富な資金力、戦略的に有利な土地、天才的な戦略家、時の運。いくつもの要素がありますし、複数の条件が重なる場合も少なくないでしょう。けれども、そうした全ての要素を超えて、権力者にとって最大の脅威となってきたのは、信仰の力ではないかと思うのです」

　アントーシャの語る声は、誰一人として口を挟む者のいない部屋の中を支配し、少しずつ熱気を生み出し始める。

「人は、自らが帰依する信仰の為であれば、恐れもせず時の権力者に立ち向かい、後には引きません。殺され、犯され、踏み躙られ、奪われ、嘲笑されようとも、決して叛逆の意志を失わないのです。信仰こそ唯一無二であると思い定めた信念、信仰によって結ばれた団結と連帯、或いは信仰を捨てることへの恐怖心程、強い力となるものはないのではないでしょうか。だからこそ、ぼくは、最短でロジオン王国の国力を低下させ、倒国の鐘を打ち鳴らす為に、信仰という手法が有効だと考えたのです」

　ロジオン王国には、特定の国教は存在しない。人々は緩やかな信仰心で先祖を敬う程度であり、そうした国民性こそが王家の権力を絶対的なものにしているのだと、アントーシャは説明した。ロジオン王国の国王が、何らかの宗教を信仰していたとしたら、その宗教の最高権力者が王に対する力を持ち、国家の権力が二重構造となる可能性が高いのである。

実際、ロジオン王国以外の国々では、いくつかの信仰が国家への影響力の多寡を争い、信仰と信仰、信仰と王権とが、膨大な血を流しながら闘ってきた歴史があった。ロジオン王国と世界の覇権を争うスエラ帝国では、今も国教であるルーメン教団が絶大な権力を誇り、皇帝と並び立つ権威として君臨しているのだった。

「今現在、圧倒的な国力を有するスエラ帝国を倒せる者がいるとすれば、ルーメン教団以外に考えられません。ルーメン教団の信徒は六千万人を超え、スエラ帝国民の八割を占めるのですから、仮に教団の総意として皇帝家の廃絶を命じれば、それさえも叶うかも知れないのです。国土で勝り、武力で勝り、人口で勝るスエラ帝国は、ルーメン教団のある限り、国王に権力の集中するロジオン王国を、容易に打ち破れはしないでしょう」

アントーシャは、淡々と語り続ける。スエラ帝国とロジオン王国が全面的な戦いに突入したとして、ルーメン教団が帝国への協力を拒み、平和を求めるべきであると宣言すれば、多くの兵士が軍令を破り、処罰を恐れずに剣を置くだろう。世界に冠たるスエラ帝国の皇帝といえども、ロジオン王国に敵対しようとすれば、先ずルーメン教団の承諾を得ることから始めなくてはならないのである。

「ぼくの言う信仰とは、必ずしも固有の神に対する信仰を指すものではありません。ぼくの最愛の父上は、この世の理を護る為に命さえも捧げられたのであり、その理そのものが、父上とぼくにとっては神にも等しい存在なのです。ぼくが崇拝するオローネツ辺境伯閣下は、領主は領民を護る為にこそ存在するのだという信仰を御持ちであり、オローネツ城の皆さんは、そんな閣下に対する忠節という名の信仰を持っておられるのです」

真剣に耳を傾ける人々は、アントーシャの話を完全には理解していなかった。只、英才と誉高いイヴァーノだけは、爛々と眼を輝かせて聞き入っていた。大魔術師たるゲーナをして智の怪物と言わしめた、彼のスヴォーロフ侯爵には及ばなくとも、オローネツ辺境伯爵領の内政を一手に支えてきたイヴァーノの目には、既にアントーシャの描く未来が朧気に見え始めていたのである。アントーシャは言う。

「ロジオン王国には、百万人を超す戦力が存在します。近衛騎士団と王国騎士団、それぞれに約六万人の騎士を擁する十六の方面騎士団です。一方、百年もの間、戦力の保有を禁じられてきた地方領には、殆ど戦力らしい戦力はありません。オローネツ辺境伯爵領でさえ千人に満たず、他領はそれ以下でしょう。オローネツ辺境伯爵領がロジオン王国に叛旗を翻したとして、千人で百万人の騎士団と真正面から戦えるのかと聞かれたら、それは絶対に不可能であり、無意味でもあります。だからこそ、オローネツ辺境伯爵領の皆さんは、耐え難きを耐えてこられたのではありませんか、閣下」

「その通りだよ、アントン。報恩特例法という狂気の悪法が作られてから、一体どれ程の領民が蹂躙されてきただろう。殺され、奪われ、犯され、挙げ句の果てに奴隷として売られていく領民達を見る度に、一体何度、王国に反逆の狼煙を上げてやりたいと考えたことか。それでも、僅かな戦力しか持たぬ我らでは、犬死ににさえなりはせぬ。私一人が死ぬのなら、一瞬たりとも迷いはなかった。しかし、私が己れの誇りの為に死んだ後、残された領民達が辿る未来を思えば、どうしても踏み切れなかったのだ」

「口惜しゅうございましたな、閣下。報恩特例法の名の下に、自国の領民を蹂躙させる国家など、どうして祖国と思えましょう。我らの命を捨てるだけで済むならば、叛乱の狼煙を上げるのに、一切の躊躇など致しませんでしたのに」

オローネッツ辺境伯もイヴァーノも、落ち着いた声で話しながら、瞳は激しい怒りに燃え上がっていた。蹂躙された領民達の苦痛を目の前で見続けてきたルーガは、初めて方面騎士団の襲撃に遭遇した日から、一度たりとも鎮まらない憤怒に逞しい身体を震わせた。

「皆さんの御苦しみは、ぼくにさえ想像が付きます。戦いの場に於いて数の力は絶対的なものであり、数の差が通常十倍にも達すれば、万に一つも勝ち目などはないのです。ですから、ぼくはこう考えました。我らの味方を一朝一夕（いっちょういっせき）に増やすのは難しく、千で百万の敵と戦えないのなら、敵方の戦力を削るべきである。我らが不倶戴天の敵である方面騎士団を、内部から食い荒らして分裂させ、方面騎士団と方面騎士団とを敵対させてやろうではないか、と」

アントーシャがそう言った瞬間、オローネッツ辺境伯は、厳しい為政者の目でアントーシャを見詰めた。エウレカ・オローネッツは、実の息子以上に鍾愛するアントーシャが相手であっても、領政の根幹に関わる言葉を無批判で受け入れる程、軽々しい男ではなかった。剣を手にしたかの如き威風を漂わせながら、オローネッツ辺境伯はゆっくりと尋ねた。

「そなたの言は正しい。言葉としてならば。しかし、実現させる方策があるとは、今の私には思えない。そなたは、本当にそれが可能だと思うのかい、アントン」

アントーシャは、オローネッツ辺境伯から初めて向けられた厳しい眼光を受け止め、穏やかな表情のまま頷いた。

「勿論、普通のやり方では不可能ですよ、閣下。報恩特例法を作ったラーザリ二世は、或る意味で途轍もなく優れた王であり、彼の王が中央集権化の為に行った施策は、今もロジオン王家による支配の根幹を成しています。地方領に戦力の保持を禁じ、王国が直轄（ちょっかつ）する方面騎士団を地方領の防衛と治安維持に当たらせる。そして、各方面騎士団の維持費を地方領に負担させることによって、地方領主の財貨を食い潰し、王家は無傷のまま蓄財するのです。しかも、王国騎士とは名ばかりで、一生を地方に止め置かれる騎士達の〈娯楽〉として、報恩特例法による略奪を許し、方面騎士団の忠誠をも贖ったのですから、政策としては完璧であり、分断の謀は容易ではありません」

「アントーシャ様の仰る通りですな。実際、そのラーザリ二世の政策に助けられ、ロジオン王国は巨大なる中央集権国家として生まれ変わり、王家の権力は絶対的なものになったのですから。罪なき地方領の領民達からすれば、ラーザリ二世こそ歴史上でも類を見ない鬼畜ではありますが」

「仰る通りです、イヴァーノさん。ラーザリ二世は大政治家であると同時に、稀代の極悪人でもありました。ラーザリ二世の作った悪法によって、長い年月、領民は辛酸を嘗め尽くしてきたのです。しかし、だからこそ、如何に方面騎士団の騎士達とは言え、心の奥では罪悪感を覚えている者がいるのではないでしょうか。ぼくは、流されるままに悪行を重ねつつ、罪悪感を隠している者達を、王国に対する叛逆者に仕立てられないかと考えたのです」

「大変に失礼な物言いですが、少しばかり甘くはありませんか。僅かばかりの罪悪感はあったとしても、結局は襲撃に加わっているのです。奴らは、魂から腐り果てた下衆共ですよ。アントーシャ様は、奴らの良心を信じるとでも仰るのですか」

　ルーガは、アントーシャの言葉を深く吟味するかのように半眼になり、やがて疑わし気に首を傾げた。命を救われて以来、アントーシャを敬愛しているルーガであっても、方面騎士団の者達が改心する未来など、到底信じられはしなかったのである。ルーガの率直な問いに、アントーシャは喉の奥で笑いながら答えた。

「まさか。彼らの良心に期待出来るくらいなら、これまでの悪行は起こりませんでしたよ、ルーガさん。穢れた欲望に駆られ、百年も易きに流されてきたのですから、如何に罪悪感が募ろうとも、今更領民の為に立ち上がるとは思えません。そうではなく、こちらが彼らを追い込み、立ち上がらざるを得ない状況を作り上げるのです。例えば、心のどこかに罪悪感を持ちつつ襲撃を繰り返す者達に、魔術を使って恐怖心を植え付けたらどうなるでしょうか。方面騎士団の非道に対して神は怒り、遂に裁きが下される。方面騎士団の者達よ、即座に悔い改めよ。剣を捨て、地方領を守護する盾となれ。さもなくば、必ずそなたらに神の鉄槌が下されるだろう、と」

　アントーシャは、どこか夢見るように言った。その瞳は炯々と輝き、次第に執務室にいる人々の心を騒がせていく。

「皆さん、想像してみて下さい。神の使徒を名乗る謎の一団に、方面騎士団の本部が襲撃され、甚大な被害を出したらどうなるでしょう。領民を虐殺しようとした者達が、神の使徒を名乗る者達に討伐されたらどうなるでしょう。神の軍勢と思しき騎士団に、方面騎士団が敗北したらどうなるでしょう。そうした異常事態が重なれば、人々は少しずつ恐怖に駆られていくでしょう。局地的な戦いで圧倒的な敗北が続き、誰の目にも明らかな被害が出れば、貴族家の出の者や、家代々が騎士だという者以外は、雪崩を打って方面騎士団を裏切る可能性があるとは思われませんか。ぼくなら、個別の戦いを勝利に導く為の助力を行い、方面騎士団の内部に恐怖心を植え付け、神の奇跡を演出することが出来るだろうと思うのです」

　通常の魔術師が行使した術であれば、叡智の塔の魔術師達は、必ず何らかの痕跡を見つけ出すはずである。逆に言えば、術式も魔術触媒も詠唱も必要とせず、この世の誰にも使えないアントーシャの術は、魔術であって魔術ではなく、多くの者達はそこに神の業を見るだろう。

「ぼくは、畏怖や恐怖によって、方面騎士団の者達の心を動かしたいのです。潜在的に罪悪感を抱えている者が相手であれば、はっきりと目に見える奇跡によって、容易く扇動出来るのではないでしょうか。神の存在、正確に言うのならば、神からの罰が下される可能性を信じさせれば、人の心は脆くなります。要は、神の使徒を名乗る存在が劇薬となり、方面騎士団を分裂させる契機になれば良いのです」

その為に、自ら神の使徒の役割を担うのだと、アントーシャは宣言した。騎士達が剣によって戦うように、ゲーナが魔導師と呼んだアントーシャは、奇跡の力を以て自分だけに許された戦い方をしようというのである。

「普通であれば、信仰が現世的な力を持つには長い時間が掛かります。けれども、罪悪感や背徳感という土壌の上に、目に見える神の奇跡が加われば、信仰という名の恐怖心が広まるのは瞬きの間です。過去、多くの国家が苦闘してきた例に倣って、ロジオン王国にも苦しんでもらいましょう。神の使徒として方面騎士団に鉄槌を下し、恐怖心を伝播させ、闘争心を枯渇させ、戦線から離脱する者を増やし、王国を騒乱の渦に落とそうではありませんか」

長い説明を終えて、漸く口を閉ざしたアントーシャは、ゆっくりと冷めた紅茶を飲み干した。オローネツ城の執務室にいる者達は、誰もが無言のまま、それぞれにアントーシャの言葉を反芻する。打ち寄せる波の如く熱気が広がっていく中、最初に口を開いたのは、異様な程に瞳を煌めかせたルーガだった。

「面白い。アントーシャ様の仰ることは、途方もなく面白い。絶対に不可能だと思っていた倒国に、針の先程の希望が見えてきやがった。この俺を使って下さい、アントーシャ様。神の裁きを下す役にして頂ければ、領民達を虫けらのように踏み躙ってきた奴らを血祭りに上げて、たっぷりと恐怖を煽ってやりますよ」

オローネツ辺境伯は、腕を伸ばしてアントーシャの手を取り、遠慮もなく握り締めた。繊細なアントーシャの手には強過ぎる力だったが、オローネッツ辺境伯は気付きもしない。地方領の英雄と呼ばれる男の顔に浮かぶのは、咆哮する獅子を思わせる獰猛な笑顔だった。

「そなたは、本当に愉快な子だな、アントン。確かに、巨大なロジオン王国相手に、普通に叛逆などしても面白くないな。良いとも、良いとも。私達は、たった今からアントンの言う信仰に帰依するから、オローネッツ辺境伯爵領をそなたの好きに使っておくれ。十とは言わぬ。百に一つ、千に一つ勝つ見込みのある戦いなら、オローネッツ辺境伯爵の名に於いて、私はこの分水嶺を踏み越えられるのでな」

「よろしいのですか、閣下。オローネッツ辺境伯爵領にとっては、とても危険な御決断です。今日は、ぼくの話を聞いて頂けただけで十分なのです。ぼくは猫達しか味方がいませんので、一緒に戦って頂けるのであれば、とても助かるのですけれど」

「構わぬ。私は、そなたの戦略に可能性を見出したのだから、後は突き進むだけだよ、アントン。そなたの言う通り、歴史上、神の軍勢を名乗る者達程、始末に負えぬ軍勢はなかったのだからな。さあ、教えておくれ。そなたのこと故、この先の戦略は勿論のこと、神の使徒としての名称も考えているのだろう」

オローネッツ辺境伯に握られた手を優しい力で握り返し、頬に仄かな血の色を上らせながら、アントーシャは頷いた。

「仮初めではありますけれど、ぼくなりに考えてみました。魔術を使う者にとって、名前の持つ意味は大きいからです。名とは概念の結実にして、齎されし天啓。その名が浮かんだからこそ、倒国の戦略が描かれたとも言えるでしょう」

詠唱するが如く話す内に、アントーシャの琥珀色の瞳は、黄金そのものの輝きを放ち、この世の誰にも視ることの出来ない何かを見据えているようだった。執務室にいる全ての者達に、瞬きもせずに見詰められながら、アントーシャは一息の間を置いて言った。

「我らこそは、この世の理を神とし、非道なる者に裁きを下す神の使徒。その名は、フェオファーン〈神の顕現〉」

アントーシャの告げた名は、それ自体が魔術でもあるかのように、黄金の余韻を纏って人々の間を駆け抜けた。敬虔な気配に満たされ、誰も何も言葉に出来ない沈黙の後、声を上げて笑い出したのはオローネツ辺境伯である。大らかに明るく、奥底に鋼鉄の決意を秘めた笑いだった。

「フェオファーンか。良いな。私の魂にまで、信仰の楔が打ち込まれた気がするよ。では、今日より我らはフェオファーンの名を冠して戦い、方面騎士団を食い荒らし、ロジオン王国に悪行の報いを受けさせてやろうではないか。そうであろう、イヴァーノ」

オローネツ辺境伯爵領の柱石として、容易には感情を動かさないはずのイヴァーノは、唇を微笑みの形に吊り上げて、アントーシャを凝視していた。舌舐めずりをする猛獣を思わせる声で、イヴァーノは言った。

「人間を動かす最大の原動力となるのは、財でも才でも力でもなく、信仰ですか。成程、至言ですな。偉大な王への忠誠も、或る意味の信仰なのですから。狂信者程に強い戦力など、確かに歴史上にございませんでしたな。最初からそれを狙って戦略を立てようとは、何という途轍もない方なのでしょう、アントーシャ様は。素晴らしい。仰せの通り、あの鬼畜にも劣る方面騎士団を、夜も眠れぬ恐怖に突き落とし、己が所業を後悔させ、信仰の名の下に分断させてやりましょうとも。ああ、考えるだけで愉快だ」

オローネツ辺境伯とイヴァーノは、目を見交わして頷き合った。ルーガは歯を剥き出しにして凶暴に笑い、オネギンは底光りする瞳で不敵に微笑んでいる。ルペラも護衛騎士も文官達も、誰一人としてたじろがず、自分を見詰めていることを確かめたアントーシャは、高らかに宣言した。

「では、ここから闘いを始めましょう。我らはフェオファーン。この世に顕現せし神の使徒。味方の犠牲は最小に、敵の被害は最大に。狡猾にして清廉な闘いを。目的は報恩特例法の徹底的な破壊。ロジオン王国への鉄槌。真の信仰とは、正義を体現する方途。百年以上も虐げられてきた人々の苦痛を、加害者の心に思い知らせてやりましょう」

　ロジオン王国暦五一四年六月三十日、オローネツ城領主執務室。初夏の清々しい夕刻に、後に世界を激変させる革命の種が、ひっそりと芽吹いたのである。

本書は２０２０年に刊行した『フェオファーン聖譚曲 op.Ⅰ 黄金国の黄昏』に大幅な加筆修正を行い単行本化したものです。

装丁　宮川 和夫
装画・人物画　つ よ 丸
表紙国旗　ミツミマリ
大扉鍵イラスト　Ｓｌａｙ Ｓｔｏｒｍ

董乃 薗ゑ　すみれの そのえ
「須尾見 蓮（すおみ れん）」名義の著作『神霊術少女チェルニ』シリーズは「小説家になろう」で合計343万PVを突破（2024年7月末時点）。『黄金国の黄昏』旧版が処女小説。

フェオファーン聖譚曲（オラトリオ）　op. I
黄金国（おうごんこく）の黄昏（たそがれ）

2024年10月1日　初版第一刷発行

著　者	董乃 薗ゑ（すみれの そのえ）
発行者	鈴木 征浩
発行所	opsol株式会社 〒519-0503　三重県伊勢市小俣町元町623-1 電話　0596-28-3906（opsol book事業本部）
発売元	星雲社（共同出版社・流通責任出版社） 〒112-0005　東京都文京区水道1-3-30 電話　03-3868-3275
印　刷	シナノ印刷株式会社
製　本	シナノ印刷株式会社
編　集	鈴木 征浩 山下 里恵 谷口 里穂

 ISBN 978-4-434-34298-1 C0093